À PROPOS DE L'AUTRICE

Elizabeth Mayne s'est lancée dans l'écriture en parallèle de son métier d'enseignante, qu'elle exerce auprès d'enfants en difficulté. Fascinée par la rude beauté de l'Écosse, elle aime situer ses romans, empreints de poésie et de mystère, dans les Highlands sauvages.

La captive de Blackstone

ELIZABETH MAYNE

La captive de Blackstone

Traduction française de
MARIE-JOSÉ LAMORLETTE

Les Historiques

HARLEQUIN

Collection : LES HISTORIQUES

Titre original :
HEART OF THE HAWK

HARPERCOLLINS FRANCE
83-85, boulevard Vincent-Auriol, 75646 PARIS CEDEX 13
Service Lectrices — Tél. : 01 45 82 47 47 - www.harlequin.fr
ISBN 978-2-2804-6646-2 — ISSN 1159-5981

Composé et édité par HarperCollins France.
Imprimé en juin 2022 par CPI Black Print (Barcelone)
en utilisant 100% d'électricité renouvelable.
Dépôt légal : juillet 2022.

MIXTE
Papier issu de sources responsables
FSC® C159065

Pour limiter l'empreinte environnementale de ses livres, HarperCollins France s'engage à n'utiliser que du papier fabriqué à partir de bois provenant de forêts gérées durablement et de manière responsable.

Chapitre 1

Mai 841
Fief d'Emory, forteresse de Blackstone

— Je dis que nous allons voguer jusqu'au pays des Vikings et reprendre ce qu'ils ont pillé. Mort aux barbares qui ont volé les femmes d'Emory !

Benjamin d'Emory, cousin du sire du même nom, ponctua ses paroles en laissant tomber une lourde brouette de mortier humide aux pieds du duc d'Emory.

Sire Roderick se redressa. Ses yeux bleus acérés balayèrent la rangée d'hommes d'armes qui travaillaient sous le soleil brûlant à différents niveaux de l'échafaudage. Finalement, son regard perçant se fixa sur le visage échauffé et imberbe de Benjamin.

Tous s'arrêtèrent dans leur travail pour entendre la réponse que le duc allait donner à son dernier parent vivant.

— Nous avons autre chose à faire, déclara Roderick avec dédain.

Irrité parce que Benjamin n'écoutait rien chaque fois que cette discussion avait lieu, il parla assez fort pour que sa voix résonne contre le mur de pierre qu'ils édifiaient, de telle sorte que chaque homme puisse l'entendre.

— Moi, je vous dis que notre premier devoir est de nous défendre. Nous faisons de Blackstone une forteresse imprenable ! Cessez de geindre sur ce que nous n'avons plus. Ce que nous avons perdu, nous l'avons perdu. Mais nous rebâtissons ce fief à neuf. Et que Dieu m'en soit témoin, aucun Viking n'accostera de nouveau à Emory !

Roderick s'exprima avec une telle force qu'aucun homme n'osa reprendre la parole pendant un bon moment. Le raclement des truelles et les grognements des ouvriers qui s'efforçaient de soulever des blocs de granit noir de cinq cents livres pour les mettre en place reprirent autour de lui. Tournant le dos au jeune Benjamin, il fit signe en silence à sa propre équipe de se remettre au travail.

Un autre bloc de granit attendait d'être soulevé du chariot et positionné dans la brèche garnie de mortier du mur de défense. Le meilleur ami de Roderick, sire Michael de Lozere, se pencha avec lui pour empoigner la pierre. Un chevalier teuton plus âgé, sire Deitert, grommela d'abord, puis se courba pour attraper le bloc par-dessous. Ensemble, les trois hommes le hissèrent.

Roderick chancela quand le poids de la pierre bascula sur lui, tandis que les deux hommes plus petits que lui ajustaient les coins du bloc dans la niche. Ils étaient aptes à leur tâche et bien entraînés, sachant exactement comment procéder à la suite d'une longue pratique. Toutefois, savoir comment s'y prendre ne rendait pas le travail plus facile, quand il s'agissait d'encastrer des milliers de blocs pesants dans le mur que Roderick avait conçu pour entourer la forteresse de Blackstone.

Chaque muscle du corps du duc se noua et se gonfla. Des mèches mouillées de sueur tombaient de ses tempes sur ses épaules et s'incurvaient en boucles cendrées qui effleuraient sa chair dorée marquée de cicatrices. La moitié d'entre elles étaient les traces blanchâtres de blessures reçues à la bataille, guéries depuis longtemps et dont il était fier. Les plus récentes formaient des bourrelets sous ses efforts, et étaient plus sensibles au soleil que le restant de sa peau tannée. De celles-ci, il avait honte. Les marques d'un fouet étaient un signe de faiblesse.

Or le duc d'Emory ne se jugeait pas un homme faible.

— Bouge, maudite pierre ! maugréa-t-il.

La sueur faisait glisser ses doigts, une chose qui n'arrivait jamais au combat, quand ses mains étaient couvertes de gantelets.

— Soulevez avec moi, les hommes ! Poussons ensemble ! Maintenant !

Ses compagnons grognèrent sourdement. Par la vertu d'une force brutale, les trois chevaliers placèrent la pierre dans la brèche.

Roderick haleta d'épuisement et passa son bras luisant de sueur sur son front. Michael de Lozere, aux cheveux noirs, et sire Deitert à la tête chauve se laissèrent choir contre un merlon, à l'ombre. La transpiration coulait sur leur dos nu comme sur celui du duc. Michael leva un bras affaibli et, sans un mot, indiqua un endroit derrière Roderick.

Celui-ci pivota sur lui-même et découvrit Benjamin, son jeune cousin irréfléchi, qui passait d'un pied sur l'autre. Puisant dans sa patience qui s'amenuisait, Roderick demanda :

— Qu'y a-t-il maintenant, cousin ?

Benjamin lui décocha un regard de défi, puis rompit le silence et ceignit le cœur lacéré de Roderick d'une autre bande de fer.

— En vérité, messire mon cousin, je veux que vous sachiez que c'est ma dame votre mère qui me manque le plus, déclara-t-il platement.

Roderick émit un son étranglé qui monta de l'arrière de sa gorge. Accepter cette perte parmi tant d'autres était quelque chose qu'il devait encore dominer.

Il tint bon, refusant de faiblir, pour montrer au jouvenceau par la vertu de sa seule force qu'un homme ne flanchait pas aussi aisément.

— Remettez-vous au travail, Benjamin.

A seize ans, Benjamin offrait toutes les promesses que chaque mâle de la famille Emory possédait en naissant, y compris la blondeur. Il avait la haute taille, mais pas encore la largeur d'épaules ou l'abondance de muscles que Roderick avait acquises en ses vingt-huit années. Ses yeux gris, interrogateurs, soutinrent fermement le regard de son cousin jusqu'à ce que les larmes qui y brillaient s'assèchent. Puis il accepta l'ordre qui lui avait été donné, reprit sa brouette et descendit la pente pour aller chercher un nouveau chargement.

Roderick évacua son chagrin dans un accès de mauvaise humeur, poussant ses vassaux et ses serfs à déployer une activité frénétique. Extérieurement, ses buts étaient clairs — restaurer le village, replanter les champs, construire des murs de solide granit noir tiré des falaises de Blackstone.

Le beau manoir de bois qui avait été sa maison d'enfance ne serait jamais rebâti. Il vivait dans la forteresse incendiée et saccagée. Elle restait défendable. Si une attaque se reproduisait... si les Normands osaient revenir... il les abattrait sans pitié.

Réclamer des femmes à cor et à cri pour soulager leur solitude ou leurs souffrances ne faisait nul bien aux Saxons d'Emory. Aucun homme n'était jamais mort de reins douloureux et Roderick ne voyait aucune raison de s'appesantir sur ce qu'ils n'avaient pas.

Les Vikings n'avaient pas fait de quartiers. Ils n'avaient laissé derrière eux que les morts et les mourants, les estropiés et les blessés, et les vieillards trop âgés pour être d'une quelconque utilité.

Roderick savait parfaitement de quoi le jeune Benjamin se plaignait. La vie dans son fief saxon, situé loin dans le nord de la Germanie, était sinistre et dénuée de toute douceur sans femmes et jeunes filles pour réconforter les hommes et alléger le poids d'un travail aussi ardu. Ils étaient séparés du reste de la Saxe par les étendues sauvages des grandes forêts, et isolés ainsi de tout fief voisin appartenant à l'empire.

Il aplatit ses paumes sur la pierre du haut, examinant le village aux huttes carbonisées et les murs en pierre détruits qui étaient tout ce qui restait de son abbaye. Sur la place du village, ses soixante-huit Saxons perdus et solitaires œuvraient ensemble, empilant du bois fraîchement coupé trop vert pour réparer leurs maisons.

Roderick leva les yeux vers le ciel clair et sans nuages et demanda silencieusement à Dieu ce qu'il devait faire pour apaiser les faims, les manques et les tiraillements qui croissaient journellement dans les ventres impatients de dix pages, six prêtres, vingt écuyers, trente hommes d'armes et près de soixante-dix serfs.

Du plus âgé au plus jeune, il avait entendu leur complainte répétée plus de fois qu'il ne se souciait de les compter :

« Messire, nous sommes des Saxons, pas des moines ! Il nous faut des femmes ! »

Cela avait été le refrain permanent depuis qu'il était revenu à la forteresse incendiée le lundi de Pâques, libéré de quatre longues années de service comme champion de Lothaire, le Saint Empereur romain.

Trois mois plus tard, le 1er août, Roderick lui-même admit qu'il éprouvait un besoin lancinant égal à celui dont chaque mâle de son fief se plaignait constamment. Les repas étaient mauvais. La forteresse était sale. La seule commodité présente en abondance était la cervoise.

La mauvaise humeur s'accroissait. Des rixes éclataient fréquemment. L'ivresse gênait le travail et les devoirs à accomplir.

« Messire, il nous faut des femmes ! » devint bientôt le cri général d'un bout de Blackstone à l'autre.

Même les hommes d'armes de Roderick étaient devenus irritables et querelleurs après des mois et des mois de privation. Il n'y avait pas une seule ribaude de village pour apaiser les ivrognes à la taverne de Kimball, qui était recouverte d'un nouveau toit de chaume.

Le duc d'Emory devait faire quelque chose.

Chapitre 2

28 septembre 841, Fête de la Saint-Michel
Fief de Longervais, France

Tandis que son cheval sortait au galop de l'étable, dame Althéaline Bellamy vit Jocelyne laisser tomber la carpette qu'elle secouait sur les marches de marbre blanc du manoir de Landais. La vieille nourrice courut dans l'allée, se planta sur le chemin de Théa et mit ses poings sur ses hanches. Son cri de harpie s'entendit d'un bout de la maison à l'autre.

— Où allez-vous encore, damoiselle Théa ?

Théa tira sur sa bride. Victorieux, son cheval, fit un écart et s'arrêta. Un paquet de feuilles d'automne et de gravier cingla les volumineux vêtements de drap qui flottaient autour des chevilles enflées de la vieille femme. Théa se pencha sur l'encolure cambrée du cheval. Sa sœur Marie se balança de façon précaire sur la croupe de l'étalon et elle jeta un bras autour de la taille de Théa, parvenant à peine à rester en place et à tenir leur panier empli d'herbes et de racines.

Théa reprit son souffle, puis s'exclama :

— Jocelyne ! Mon Dieu, tu pourrais être tuée, à te mettre ainsi devant ce cheval !

— Tuez-moi ! Piétinez-moi ! Ne laissez pas une vieille femme vous barrer le chemin, ma petite !

Jocelyne écarta les bras en une parodie de martyre. Des serviteurs regardèrent par les portes ouvertes et les larges croisées, prêtant à la vieille femme une audience plus importante que ce qu'elle méritait, d'après Théa. La comédie de Jocelyne dura quelques secondes, puis elle rabaissa les bras et un froncement de sourcils revint sur son visage rouge. Théa ne mit pas en question l'autorité qui perça dans sa voix lorsqu'elle répéta :

— Je vous ai demandé où vous alliez !

— Nous allons à Longervais, répondit Marie. Maman a entendu dire que dame Hélène est couchée avec de la fièvre. Théa et moi allons lui rendre visite ; nous rentrerons avant le coucher du soleil.

— Vous allez en visite ? Habillées comme cela ?

— Qu'est-ce que notre tenue a de mal ?

Théa contint Victorieux. Elles portaient leur plus vieille cotte, couverte d'un tablier, qu'elles avaient mise pour une journée de labeur dans la cuisine. Avec quatre sœurs à la maison, les vêtements passaient de l'une à l'autre. Théa arborait une cotte qui avait appartenu à son aînée Andrée. De même, Marie était vêtue d'une jupe de travail qui avait jadis été à Théa. Andrée avait la haute taille et le buste imposant de leur mère, Théa les épais cheveux noirs et les yeux verts provocants de son père. Elle était mince et souple, et pas plus grande que grand-mère Eléonore. Marie possédait les yeux bleus, le caractère accommodant et la silhouette aux courbes féminines de dame Lilla. La jeune Marguerite se formait encore, et promettait de dépasser en beauté ses trois sœurs aînées.

— Vous ne pouvez vous rendre chez quelqu'un vêtues comme des servantes, décréta Jocelyne.

— Pourquoi pas ?

Théa rejeta ses boucles en arrière. Elle gardait les cheveux plus courts que ses sœurs, détestant les tresses et les liens. Ils tombaient librement sur ses épaules en une masse de boucles noires désordonnées.

— Nous avons travaillé toute la journée dans la cuisine !

— Dois-je vous rappeler que vous êtes des dames ? Que

dira le duc d'Auvergne si ses filles courent la campagne dans une tenue négligée ?

— Jocelyne, nous allons porter des herbes, rien d'autre, répliqua Théa.

— Papa ne remarque jamais ce que Théa et moi portons, renchérit Marie. Il est beaucoup trop occupé par les affaires de l'empereur pour prêter attention à nos agissements.

— Humph ! Vous allez faire danser vos jupes autour du jeune Cavell et tourmenter ce garçon. Je le sais.

— Ma parole que non, assura Théa. Nous accomplissons un geste charitable envers une voisine, comme nous le devons, nous n'allons pas badiner avec des écuyers.

— Papa nous écorcherait si nous le faisions, ajouta Marie avec emphase.

— Ainsi, vous reconnaissez que votre père noterait une conduite incorrecte, souligna Jocelyne. Que dirait-il de tenues inconvenantes ?

Elle regarda les arbres rouges et jaunes qui bordaient la rivière. De longues ombres annonçaient l'arrivée du soir.

— Je n'aime pas cela. Il y a eu des troubles, récemment, des poules et des oies qui manquent, des lavandières disparues sans laisser de traces.

— Qu'est-ce que des poules et des oies ont à voir avec notre visite à dame Hélène ? rétorqua Théa d'un ton exaspéré.

Puis elle imita la voix la plus patiente et la plus persuasive de sa mère.

— Jocelyne, nous allons à Longervais. Notre mère y serait allée elle-même sans les hôtes présents dans la grand-salle et la chasse organisée par notre père. Une chasse qui a pour but de débarrasser Landais des belettes et des renards qui attaquent les poulaillers, précisément. Personne ne notera nos tabliers. Nous serons de retour avant le coucher du soleil.

— Bah ! J'ai trop de travail à préparer la fête de dame Andrée pour rester là à discuter avec vous, coquine ! Où est passée Marguerite ? Vous disparaissez toujours quand il y a des choses à faire, vous deux. Vous êtes gâtée à en être perdue, dame Althéaline.

— Ma foi, Jocelyne, tes yeux doivent s'user à nous surveiller toutes les quatre. Andrée est dans la cuisine où elle s'occupe du pain. Marguerite tient compagnie à grand-mère dans son jardin. Marie et moi avons terminé nos corvées. Pourquoi es-tu si querelleuse ? Cela ne te va pas.

La nourrice agita un doigt usé par la besogne en direction de Théa. Des quatre filles Bellamy, c'était la deuxième avec ses manières de garçon manqué qui la chagrinait le plus.

— Osez-vous me corriger, ma jeune dame ? Est-ce moi qui chevauche par monts et par vaux sur cette bête vicieuse, une dague sarrasine sur la hanche ? Mais non. Et vous ne le devriez pas non plus. En outre, ma petite, je peux encore vous châtier avec ma baguette.

Théa ne put résister à l'envie de taquiner sa vieille nourrice, et sourit largement.

— Oui, tu peux encore me donner des coups de baguette, mais peux-tu m'attraper ?

Elle laissa son étalon danser dans le gravier autour de la vieille femme. Sentant ce qui se préparait, Marie se cramponna comme si sa vie en dépendait. Le rire ravi de Théa résonna aux oreilles de Jocelyne tandis que le cheval gris franchissait en trombe les grilles du manoir.

Le château de Longervais n'était qu'à une courte chevauchée à travers la vallée bien entretenue. Des cottages prospères étaient groupés autour de chaque ruisseau. La terre était riche et fertile, fournissant l'herbe et les grains abondants nécessaires au produit le plus renommé de la Picardie — les chevaux. Pas n'importe quels chevaux, mais des percherons, la race robuste nouvellement croisée durant la vie de sire Bellamy. Les percherons étaient déjà reconnus comme les meilleurs destriers jamais élevés.

Les champs qui n'étaient pas plantés de céréales étaient

ceints de barrières pour former des enclos et des pâturages destinés à de petits troupeaux de ces bêtes massives.

C'était sur l'un de ces beaux étalons que dame Théa chevauchait avec sa sœur désespérément cramponnée à elle. D'énormes paquets de boue volaient sous les sabots de Victorieux, tandis que Théa le laissait filer et laissait le vent fouetter ses cheveux.

Elle connaissait les occupants de chaque cottage. Ils agitaient la main et ôtaient leur bonnet pendant que Victorieux passait au galop. Le soleil commençait à disparaître derrière les collines. Il serait hors de vue avant que la lumière pâlisse, prolongeant le crépuscule doré dans la vallée de Longervais.

Leur visite à leur voisine souffrante fut courte et aimable. Les herbes remises à la malade avec quelques paroles de réconfort, les deux jeunes filles furent impatientes de se remettre en route. Théa fit galoper Victorieux sur le sentier usé le long de la rivière.

Des bois situés en hauteur venait le bruit d'autres chevaux au galop et de la trompe sonnée par le maître de chasse. Des chiens aboyaient, poursuivant leur proie.

Marie se pencha en avant et toucha le bras de Théa.

— Entends-tu la trompe ? cria-t-elle.

— Non, répondit Théa, à peine capable d'entendre sa sœur par-dessus le vacarme des sabots ferrés de Victorieux.

— Nous aurions pu aller chasser.

— Maman a dit que non, lança Théa. Pas avec Jocelyne faisant autant de foin à cause du festin de mariage d'Andrée.

— Cela n'a pas empêché maman de participer à la chasse, fit remarquer Marie.

— Je ne pense pas qu'il y ait un pouvoir sur terre capable de garder maman à la maison quand elle veut sortir, et encore moins celui de Jocelyne.

— Peut-être papa, suggéra Marie.

— Ha !

Théa était fixée là-dessus.

— Imagine juste une partie de chasse avec tous ces

seigneurs. Nous n'aurions jamais pu rester à la hauteur de maman et de son faucon.

— C'est vrai, concéda Marie.

Elle changea de sujet.

— Pense un peu, Théa, à la fin de cette semaine Andrée sera mariée. Enfin !

Théa secoua la tête.

— Andrée hésite à propos de tout. Je lui ai assuré cent fois que le seul homme pour elle est Hughes de Cavell. Demain, notre oncle Henri l'évêque va arriver et voilà, la célébration commencera ! Les broches vont tourner et nous aurons une semaine de danse et de bombance.

Elle pouvait à peine attendre.

— Je suppose qu'il était nécessaire que nous aidions Andrée, Marie, reprit-elle. Tu souhaiteras la même chose pour toi quand ton tour viendra.

— Et pas toi ?

Théa arrêta Victorieux au bord de la rivière et glissa gracieusement à bas du cheval.

— Mais si. Seulement rien ne presse, Marie. Nous avons tout le temps du monde pour choisir un époux. Papa le dit.

Elle offrit sa main à sa jeune sœur, qui n'était pas aussi à l'aise qu'elle sur un cheval. Marie se laissa tomber près d'elle et s'écarta pendant que Victorieux baissait la tête pour s'abreuver longuement, ce dont il avait grand besoin.

Théa menait toujours le cheval rondement, appréciant sa force et sa vitesse. Elle caressa sa robe argentée. Il frémit à ce contact, secoua la tête et hennit, soufflant de l'air et des gouttes d'eau par ses naseaux. Puis il poussa son museau velouté contre sa main, avec affection.

— Tout ce que je puis dire, c'est qu'il était temps qu'Andrée se décide.

Marie fit voleter l'encolure de sa cotte pour rafraîchir sa peau.

— Tu sais que c'est le plus cher désir de maman que chacune de ses filles se marie par amour, poursuivit Théa. Et cela, petite sœur, ne se fait pas en un jour.

Marie rejeta ses nattes par-dessus ses épaules.

— Je sais. L'avenir d'Andrée est scellé. Maintenant, c'est à propos de toi que tout le monde s'interroge. T'es-tu avisée que Grégoire de Merrault est venu à Landais pour chercher une épouse ?

— Le champion de l'empereur cherche une dot.

— Ah, mais c'est la même chose ! s'exclama Marie en gloussant.

Théa demanda en silence au Seigneur assez de patience pour traiter avec sa jeune sœur.

— Non, Marie. Nous n'avions certainement pas besoin de la visite de Merrault pour avoir des événements à célébrer à Landais. Pour la première fois depuis des années c'est la paix, et notre frère Roy vient d'être sacré chevalier. La fête d'Andrée a lieu demain, et ses noces suivront ce samedi. Sans oublier l'anniversaire de grand-mère et de grand-père.

Théa marqua une pause.

— Il fait presque noir. Si nous nous baignions ?

— Maman dit que nous sommes trop âgées pour nager dans la rivière comme des enfants, répondit Marie.

— Oui, nous avons grandi.

Théa jeta un coup d'œil à la ferme poitrine de sa sœur que son tablier ne cachait pas. Bien que plus jeune, Marie était mieux dotée qu'elle de ce côté-là. Une lueur malicieuse pétilla dans ses yeux.

— Tu en as envie ?

— Je ferai comme toi, déclara Marie avec impertinence.

Elle suivait sa téméraire sœur dans tout ce que celle-ci entreprenait.

Théa descendit sur la berge, lâchant la bride de Victorieux. Il n'irait pas loin et, s'il le faisait, il lui suffirait de siffler entre deux doigts pour qu'il revienne auprès d'elle. Ce n'était pas une habitude de dame, d'après Jocelyne, mais elle était utile, aux yeux de Théa.

— Je pense que nous ferions mieux de nous en tenir à l'avis de maman, dit Marie en soupirant.

Elle rejoignit sa sœur au bord de l'eau et cueillit l'onde fraîche dans sa main pour la porter à sa bouche.

— La rivière n'est pas aussi protégée que notre étang dans la montagne.

Théa regarda en amont, vers un berceau de verdure très ombragé. Est-ce que leur mère verrait à y redire, si Marie et elle nageaient derrière l'épais écran de ces arbres ? C'était aussi intime que l'étang. Elle marcha dans cette direction, vivement tentée par la chaude soirée d'automne. Mais une jouvencelle de dix-sept ans était censée être réservée et se conduire comme une dame. Relevant l'ourlet de ses jupes, elle ôta ses souliers et goûta l'eau.

— Ah, avoir de nouveau douze ans ! dit-elle avec nostalgie.

Marie se mit à rire.

— Quant à moi, je n'ai nulle envie de redevenir une enfant. Jocelyne nous poursuivra avec sa baguette si nous nageons ici.

— Cela en vaudrait la peine, déclara Théa. Mais je suppose que nous ne devrions pas l'irriter davantage aujourd'hui.

Elle se contenta de s'asperger le cou et le visage, puis, prenant le panier à Marie, elle s'aventura pieds nus dans l'herbe pour trouver des simples et des racines utiles.

— Ah, j'entends déjà Jocelyne ! « N'allez pas près de la rivière ! »

Elle écarta les branches d'un saule pleureur et se courba pour passer derrière.

— Mais où ailleurs qu'au bord de la rivière trouverai-je de l'écorce de saule ?

Elle prit son couteau et coupa une branche, dont elle ôta l'écorce. Elle la renifla et sourit à son odeur piquante. Ses yeux étincelèrent quand elle regarda Marie.

— Parfait.

— Toi et tes remèdes.

Marie ne se souciait pas de ce genre d'activité, qui lui salissait les mains et les durcissait.

— Dis-moi, Théa : que penses-tu de lui ?

— De qui ?

Théa roula l'écorce flexible en une boule et la mit dans son panier.

— Grégoire de Merrault, le champion de l'empereur, sotte que tu es ! Marguerite dit que c'est le plus beau chevalier du royaume.

— Qu'en sait-elle ? Quand est-elle allée à la cour pour voir combien de beaux hommes il y a là-bas ?

— Tu sais fort bien que Margot et moi ne sommes allées nulle part. Seules Andrée et toi êtes allées à la cour. J'ai dit à maman que c'est injuste. Tu n'as qu'un an de plus que moi.

— Un an est un an. Ne t'inquiète pas, ma petite, ton tour viendra… plus vite que tu le penses.

— Eh bien, le plus tôt Andrée et toi serez mariées, le mieux ce sera pour moi. Je ne me contenterai pas d'un gentilhomme de la campagne, comme Andrée. Je veux voir tous les chevaliers de l'empereur avant de faire mon choix.

— La cour n'est pas ce que tu crois, Marie, dit Théa avec un petit froncement de sourcils. La plupart du temps, on attend l'empereur.

— Tu peux parler ! Tu es même allée à un tournoi.

— Et je l'ai regretté.

La seule mention de ce tournoi fit frémir les épaules de Théa. Elle reporta son attention sur le saule qu'elle tenait dans sa main et coupa la fine couche d'écorce. Elle ne voulait pas songer à des choses aussi sinistres par un jour aussi heureux. Elle regarda sa sœur et sourit.

— La foire était très curieuse. Il y avait des étals de marchands installés partout. Maman a dit que ma tête tournait dans tous les sens comme celle d'une chouette et que j'avais les yeux exorbités. Mais après ce tournoi, papa a décidé qu'assister à un spectacle aussi sanglant n'était pas une distraction convenable pour ses filles, alors maintenant aucune de nous n'y va plus. Toutefois, peut-être que tu peux convaincre oncle Henri de retirer sa menace d'excommunication sur tous ceux qui participent à ce genre de folie, pour pouvoir y aller. Ah, du jonc doux ! Viens, Marie, aide-moi à cueillir les feuilles.

— Oh, Théa, est-ce qu'il le faut ? Autre chose me turlupine. Personne ne m'a jamais expliqué pourquoi notre oncle s'est mis dans un tel état lors de ce tournoi de Montigney. Et tu n'as pas encore dit un mot sur sire Grégoire de Merrault. Il te regarde, tu sais.

— Pourquoi me regarderait-il ? Pas cela, Marie, seulement les feuilles. Fais attention. N'arrache pas les racines, ou il n'y en aura plus l'an prochain.

— Oh, tu m'ennuies.

Marie fit claquer sa langue, puis plissa le nez devant l'odeur luxuriante de la terre mouillée. Un petit frisson causé par toutes ces choses gluantes la parcourut.

— Qu'en est-il d'oncle Henri ? Quel grand péché a été commis pour le mettre si en colère ?

— Marie, sers-toi de ta tête. Notre oncle l'évêque est intervenu pour arrêter la tuerie insensée de chevaliers consacrés à Dieu dans des combats meurtriers. La mort pour le jeu est déshonorante. Or c'est ce que sont devenus les tournois du roi. C'est pourquoi papa nous a interdit d'y assister à l'avenir.

— Oh.

Marie fit de nouveau claquer sa langue.

— Est-ce tout ? Et pourquoi ignores-tu sire Grégoire ? Es-tu timide ?

Théa s'agenouilla avec soin près des joncs, ses mains agiles déterminées à remplir le panier.

— Je ne sais pas être timide.

— Penses-tu qu'il a parlé à papa à ton sujet ?

— Par le ciel, j'espère que non ! rétorqua vivement Théa.

— Théa ! C'est le champion de Lothaire ! Il vit à la cour parmi la meilleure des compagnies, celle des gens qui servent l'empereur. Tu pourrais y vivre aussi.

La bouche de Théa s'abaissa légèrement aux coins.

— Je n'ai pas dit que je voulais vivre à la cour. En outre, il y a des rumeurs déplaisantes à son propos.

— Concernant la nièce de l'empereur Lothaire, Anne d'Aix-la-Chapelle !

Marie gloussa et jeta un coup d'œil de côté à sa sœur, pour juger de sa réaction.

— Je sais. J'ai tout entendu dans la cuisine. Penses-tu qu'il soit vrai que sire Grégoire a dame Anne pour maîtresse ? Elle était pauvrement dotée, paraît-il, puis elle s'est brusquement retrouvée veuve.

Théa haussa un sourcil au-dessus de ses larges et lumineux yeux verts. Contrairement à Marie, elle ne s'intéressait pas aux potins des cuisines.

— Certains pourraient penser qu'Anne d'Aix-la-Chapelle jouit d'une position enviable. Maman nous a expliqué les avantages du veuvage. Toutefois, que sire Grégoire ait ou non une liaison avec elle, je doute que papa considérerait Merrault comme convenable pour l'une de nous. Moi, je n'estimerai jamais le commun champion de l'empereur digne d'être un mari.

— Le *commun* champion ? répéta Marie, ébahie. Est-ce parce qu'il a tué le duc d'Emory à Montigney que tu n'aimes pas Grégoire ?

— Sire Roderick n'est pas mort à cause des blessures que lui a infligées Grégoire de Merrault. Même si j'imagine qu'elles étaient assez sérieuses pour cela. La vraie raison pour laquelle le Saxon a été vaincu n'a été connue qu'après la fin du tournoi. Il avait subi une méchante saignée avant le début de ce déshonorant affrontement.

Les yeux de Marie s'arrondirent dans son visage hardi.

— Tu plaisantes, Théa ! s'exclama-t-elle, choquée. Qui peut concevoir une chose pareille ?

— La vérité est bien gardée.

Théa secoua la tête.

— Je sais néanmoins comme un fait certain que le Saxon a été attaqué à l'aube ce matin-là et flagellé avec un fouet à bœuf jusqu'à ce que son sang coule jusqu'à ses chevilles.

— Pourquoi ? Qui a fait cela ? Grégoire ?

— Non, je ne pense pas. Si quelqu'un est à blâmer, c'est dame Anne. Elle voulait qu'il meure parce qu'il avait retiré son offre de l'épouser.

— Vraiment ? Il avait sans doute des raisons pour cela. J'ai ouï dire que c'était un ménage à trois — Anne, Grégoire et sire Roderick. Et que le Saxon l'a prise en flagrant délit de trahison avec son rival.

— Je ne répète pas des potins de cuisine, Marie. Je te narre ce que j'ai entendu sire Georges dire à maman quand il nous a escortées à la maison au retour de Montigney. Maman était si troublée qu'elle a oublié que je chevauchais à côté, et, bien qu'ils aient parlé en privé, j'ai surpris leurs paroles échauffées. Sire Georges disait que dame Anne avait délibérément trompé Emery, et maman partageait son avis. Ce que je n'ai pu comprendre, c'est pourquoi le Saxon a participé au combat en dépit de son état. Les hommes font les choses les plus stupides à cause de leur sens de l'honneur déplacé.

— Alors tu n'accepterais pas la cour de Grégoire, même si les rumeurs inondent le pays qu'Anne d'Aix-la-Chapelle doit bientôt être bannie et enfermée au couvent de Solbert ?

— Non, je ne l'accepterais pas, même si elle était enterrée à Solbert aujourd'hui. Qu'il suffise de dire que ce champion ne m'inspire pas.

Marie fit encore claquer sa langue.

— C'est aussi bien. Marguerite l'adore. Cette sotte fille glousse à chaque mot qu'il lui dit.

— Elle est encore une enfant, et perdra cette habitude en mûrissant, je l'espère.

— Ainsi, Théa, qui choisiras-tu, puisque tu as des raisons de refuser Merrault ?

Théa haussa les épaules.

— Personne.

— Oh, Théa, dis-moi la vérité. As-tu un admirateur secret dont tu n'as pas parlé ?

Théa lança une brève œillade au visage plein d'expectative de sa sœur, puis secoua la tête.

— Je crains que non, Marie.

— Tu as sûrement rencontré quelqu'un à la cour. Quelqu'un de spécial !

Marie serra ses mains délicates.

— Oh, ce n'est pas juste ! C'est toujours toi qui t'en vas, pendant que je reste à la maison et que personne ne me dit rien. Quand maman verra-t-elle que je ne suis plus une enfant ?

— Peut-être le jour où tu cesseras de faire des caprices, la fustigea doucement Théa.

Marie contempla ses mains, puis se mit à rire d'elle-même. Elle jeta ses bras autour des épaules de Théa et l'embrassa sur la joue.

— Je t'adore, ma sœur.

— Et moi, je t'adore aussi.

Théa lui tapota le bras.

— Tu sais, la plupart du temps je pense que je ne me marierai pas.

— Bien sûr que si, tu te marieras.

— Non.

Théa secoua la tête en un déni solennel.

— Je suis allée à la cour aussi souvent qu'Andrée. Il n'y a pas eu de propositions pour moi. Papa et moi en avons parlé lors de sa dernière visite à la maison. Je lui ai dit que je doutais qu'un homme m'aime un jour autant qu'il aime maman. Je ne suis pas parfaite comme Andrée.

Marie leva les yeux au ciel.

— Théa… Tu sais que tu es la favorite de tout le monde. Tu ne dois pas laisser une idée aussi sotte prendre racine dans ton esprit.

Théa rejeta ses boucles en arrière, négligemment.

— Je ne sais pas, Marie. J'ai mes défauts, et peut-être que les autres les voient rapidement. Je ne sais pas chanter, et je ne joue d'aucun instrument pour m'attirer des admirateurs comme Andrée. Papa m'a dit que je n'ai pas à me marier si je ne le souhaite pas. C'est aussi bien qu'il soit de cet avis. Je suis sûre que notre frère Jason me permettra de rester à Landais comme sa châtelaine. C'est ce qui se fait pour les sœurs non mariées.

— Tu laisserais quelque défaut te priver d'une vie de délices ?

— De délices ? Oh, Marie, tu dois cesser d'écouter les ménestrels. La vie n'est pas du tout comme ils la dépeignent dans leurs chansons. A propos du mariage, je suis simplement réaliste. Il me serait intolérable d'être mariée à quelqu'un que je n'aime pas ou qui ne n'aime pas. Si je ne trouve personne qui ait ces sentiments particuliers pour moi, je préfère ne pas me marier et demeurer dans la maison que j'ai toujours connue.

Théa se remit debout et brossa des moisissures de son tablier, puis continua à suivre la berge. Tandis que la lumière quittait la vallée, elle ne vit pas le bateau qui glissait sans bruit sur la rivière.

Chapitre 3

— Le Seigneur a répondu à mes prières, annonça Benjamin d'Emory à ses compagnons, dans la barque.

C'était sa première expédition. Son cœur battait la chamade parce que ici, enfin, il avait trouvé quelque chose de plus que quelques sacs de grains et de semences : des femmes, de belles et jeunes femmes franques.

De sa position au gouvernail, à l'arrière de la barque, sire Roderick ne put s'empêcher d'être d'accord avec son jeune cousin, pour une fois. L'étalon gris qu'il distinguait sur la berge était la réponse à ses propres souhaits. Il n'avait pas quitté l'animal du regard depuis qu'il l'avait aperçu sans surveillance à un coude de la rivière.

— Doucement, Ben, avertit sire Michael de Lozere, qui avait plus d'expérience que le jeune homme dans ce type de chasse. Le son porte, sur l'eau.

Deux jouvencelles qui discutaient avec animation retenaient son attention comme celle de Ben. Leur conversation venait d'un renfoncement de la rive, où des saules et des peupliers formaient une crique abritée. Roderick risqua de déséquilibrer le bateau pour toucher le bras de Michael et le forcer à voir autre chose que des femmes.

— Regardez !

Michael détacha les yeux des charmantes créatures.

Dans un carré d'herbe paissait un massif cheval gris. L'animal fixa les trois hommes, pointa les oreilles et flaira l'air de ses naseaux frémissants. Apparemment non alarmé, il agita sa longue queue brillante et se remit à manger.

— C'est une belle pièce, hein, Faucon ? murmura Michael.

— Oui, la plus belle que j'ai vue depuis longtemps.

— Je veux celle avec les tresses

Soudain, Ben se dressa. Un coup sévère de Michael sur son bras le fit se calmer. Le duc ne voulait pas effrayer l'étalon.

Une fille glapit, couvrant le vacarme des oiseaux. L'autre rit. Le cheval cessa de paître, leva la tête pour les regarder, puis ramena son attention sur Roderick. Celui-ci imagina que l'animal trouvait les jouvencelles aussi distrayantes que lui. Il jeta un coup d'œil dans la crique. Même dans la demi-lumière du crépuscule, elles paraissaient toutes deux jeunes et tentantes. Mais elles avaient les cheveux noirs. Pour cette raison, Roderick les rejeta. Il n'avait que faire de femmes aux cheveux noirs.

Un autre éclat de rire le fit jauger les filles d'un œil plus critique. Il se concentra sur celle qui avait les cheveux libres. Elle portait une cotte fort simple et un tablier, mais son regard aiguisé détecta des étoffes de qualité. Ses mains agiles coupaient des feuilles dans la verdure de la berge. La courbe de sa gorge et la pâleur de sa peau le rendirent douloureusement conscient de la longue, très longue période depuis laquelle il n'avait pas eu une femme sous lui.

Que ce soit l'abstinence ou l'impression créée par le crépuscule d'une rare beauté, cette fille le tentait plus qu'il n'osait l'admettre. Malgré la couleur de ses cheveux.

Or il ne pouvait être tenté. Pas quand le vrai trésor de cette expédition sur la Somme se tenait devant lui, demandant à être dompté. En outre, il avait déjà à bord de son bateau amarré dans l'estuaire du fleuve toutes les femmes que celui-ci pouvait contenir, mais un cheval, un beau destrier — pour une trouvaille de cette valeur il ferait de la place ! Il prit son casque de Viking et le posa sur sa tête. La barque se balança quand le Faucon descendit dans l'eau peu profonde. La rivière clapotait contre la coque.

Attrapant une corde faite de cuir tressé, Michael gloussa quand Ben commença à se lever. Le grand sourire du jeune homme prouvait qu'il avait complètement oublié qu'il était vêtu comme un barbare, de fourrures, d'un pagne et de molletières, à l'instar de Michael et Roderick. Quand il se dressa de toute sa taille, il enfonça son casque à cornes sur sa tête.

— Par les dix orteils de Dieu, elle est magnifique, murmura-t-il.

— Maudit soyez-vous, Benjamin ! Vous allez les faire mourir de frayeur en leur montrant votre vilaine face sous ce casque !

Roderick empoigna le pagne de son cousin et le fit se rasseoir avec brusquerie.

— Concentrez-vous sur la tâche à accomplir. Oubliez les femmes. C'est le cheval que nous allons prendre.

— Le cheval ? Quel cheval ?

Ben s'étala sur des sacs de semences volées et des rouleaux de tissu de contrebande. Sa tête pivota telle une toupie sur son cou maigre.

— Oh.

La surprise du jeune homme fit sourire Michael, ses dents blanches apparaissant dans son visage mince, mangé par une barbe noire. Ben indiqua la crique abritée, coassant dans son effort pour parler à voix basse.

— Je prendrai ces deux-là en échange d'un cheval n'importe quel jour de la semaine.

— Vous êtes un satané imbécile.

Roderick fit taire son cousin d'un regard, tandis qu'il poussait la barque sur la rive.

— Restez avec le bateau.

Equipés de cordes, Roderick et Michael se faufilèrent en douce sous les arbres. Ben se jeta à plat ventre afin d'avoir une bonne vue de la crique. Peut-être que les jeunes filles étaient venues se baigner, espéra-t-il. Cette perspective l'enchantait. Elles étaient deux jouvencelles d'une beauté peu commune.

— Il commence à faire sombre, Théa. Nous ferions mieux de rentrer.

Marie s'assit sur une bûche et releva ses jupes pour lacer ses brodequins boueux. Théa se pencha et chercha dans l'herbe.

— Marie, as-tu caché mes souliers ?

— Non. Victorieux s'est enfui, tu sais.

— Non, il ne s'est pas enfui.

Se rappelant où elle s'était déchaussée, Théa courut pieds nus jusqu'à cet endroit.

— Ils ne sont pas là. Marie ?

— Je ne les ai pas cachés ! protesta sa sœur. Théa, rappelle Victorieux. Nous sommes déjà assez en retard sans avoir à rentrer à pied.

Elle prit le panier et le passa à son bras.

— Oh, flûte !

Théa écarta les hautes herbes.

— Si je ne les trouve pas, je devrai revenir demain pour les chercher à la lumière du jour.

Elle s'arrêta, se redressant, et regarda le ciel qui s'assombrissait.

— Tu as raison. Nous ferions bien de rentrer rapidement.

Portant deux doigts à sa bouche, elle émit un sifflement perçant. Ce son inattendu fit sursauter Ben qui se tapissait dans l'herbe, à deux pas derrière la jeune fille qui laçait ses chaussures. Un deuxième signal retentit juste comme il bondissait en avant pour capturer la jouvencelle.

Théa contempla la berge où Victorieux paissait un moment plus tôt. Il était invisible.

— Victorieux, viens, mon bon !

Elle écarta des branches de saule.

— C'est curieux…

Elle inclina la tête de côté pour entendre la réponse du cheval. Puis elle siffla une troisième fois, faisant s'enfuir les oiseaux. Ce bruit fut suivi par le son rassurant des sabots de l'étalon.

— J'espère que Victorieux n'est pas dans l'avoine. Maman déteste qu'il piétine les champs.

Se tournant vers sa sœur, Théa fut saisie de voir qu'une espèce de monstre cornu avait attrapé Marie et la tirait dans les buissons.

— *Marie !*

Elle entendit Victorieux qui renâclait avec colère et frappait le sol de ses sabots. Le corps figé, elle tourna la tête d'un côté et de l'autre, apercevant des scènes qui l'horrifièrent.

Deux hommes barbus, à demi nus, portant un casque à cornes, contrôlaient son cheval. Un troisième disparaissait dans les fourrés avec sa sœur.

— Oh, mon Dieu ! s'exclama-t-elle dans un souffle. Des Vikings !

Marie poussa un hurlement. Sans réfléchir aux conséquences, Théa se jeta sur le Viking qui tenait sa sœur. Marie luttait aussi, donnant des coups de pied et de griffes. Toutes deux visèrent ses yeux et le frappèrent de leurs poings.

Le jeune Viking perdit son casque sous l'assaut de Théa. Déséquilibré, une fille devant lui et l'autre tapant sur son dos, il tomba dans la boue. Marie se libéra. Tous trois roulèrent dans le marécage. Marie s'assit et essuya son visage en poussant des cris hystériques. A califourchon sur le dos du jeune homme, Théa frappait sa tête de ses poings.

— Cours, Marie ! Va chercher de l'aide !

Elle asséna un coup bien senti dans la figure du jeune Viking qui se tournait vers elle. Il hurla et empoigna son nez ensanglanté.

— Cours ! Je peux m'arranger de ce vaurien ! Ce n'est qu'un garçon maigrelet !

Prenant exemple sur son intrépide sœur, Marie frappa le jeune homme à terre avec sa seule arme, son panier. Théa avait presque la situation sous contrôle quand il la jeta sur le dos et la cloua au sol. Il poussa un cri de triomphe.

— Cours, Marie ! Ramène du secours !

— Lâchez ma sœur, espèce de brute ! Théa ! Théa !

Marie houspilla le Viking avec son panier.

— Je le tiens ! Cours, Marie ! ordonna Théa d'un ton frénétique.

Le jeune homme sourit d'un air cruel et grogna d'une manière inintelligible. La terre parut trembler sous le dos de Théa. Le garçon était plus lourd qu'elle l'avait pensé. Elle se tordit et posa la main sur sa dague. Victorieux fit irruption dans la clairière avec un cavalier sur son dos. Il émit un hennissement féroce et terrifiant, tout en ruant.

— Théa ! hurla Marie en se tournant et en apercevant l'étalon enragé qui portait un homme immense.

C'était dix fois plus effrayant qu'un jeune Viking, parce que Marie savait que Victorieux devenait fou quand un homme essayait de le monter. Elle tomba et recula comme un crabe, en criant :

— A l'aide ! Au secours ! Théa ! Victorieux va nous tuer !

L'étalon furieux cingla l'air de ses jambes, dangereusement près de la tête du jeune Viking. Celui-ci n'était pas assez sot pour rester où il était. S'écartant de Théa, il lui laissa une chance de rouler hors de danger. Elle évita les sabots du cheval et bondit sur ses pieds. Essoufflée, elle saisit fermement sa mortelle dague sarrasine.

Un deuxième Viking s'arrêta net. Il vit la lame dans ses mains et recula. Sagement, il leva ses mains vides pour montrer qu'il n'avait pas d'arme. Théa essaya de recouvrer son souffle et de penser à ce qu'il valait mieux faire. Avec son couteau, elle avait fragilement le dessus. L'homme recula encore. Le plus jeune soignait son nez qui saignait.

Il restait le plus dangereux de tous, celui qui avait réussi à monter Victorieux et qui le tenait fermement à l'écart par la seule force de sa volonté. Cela n'était pas rien, Théa le savait. Victorieux n'avait jamais toléré le poids d'un homme sur son dos. C'était pour cela qu'il était devenu son cheval.

Elle s'essuya la bouche de sa manche et plaça sa sœur en sûreté derrière elle. Marie tremblait aussi fort que les saules et se tordait les mains avec impuissance. Théa fixa les yeux sur le Viking à cheval. Il brisa le silence tendu en déclarant platement, dans un français plus que passable :

— Nous ne vous voulons pas de mal. Partez. Emmenez votre sœur et allez-vous-en.

La lumière était faible, mais Théa vit clairement son visage barbu, dur et sans compromis. Elle entendit aussi le commandement qui perçait dans sa voix grave et sonore. Il la stupéfia. Elle resta où elle était, contemplant bouche bée le barbare à la peau dorée, si magnifique sur son cheval. Une pièce de fourrure ceignait ses hanches minces. Une cape, de fourrure également, tombait de ses épaules puissantes. Des bandes de cuir se croisaient sur son torse nu. Des bracelets polis encerclaient les muscles saillants de ses bras, qui se contractaient dans son effort pour contrôler l'étalon. Saisie par le pouvoir terrifiant de ce sauvage barbare, Théa sut qu'elle devait prendre la main de Marie et partir en courant.

Elle était ébranlée, mais quelque chose en elle se rebellait devant son ordre.

Victorieux piaffa sous la domination du Viking. Ce dernier était un cavalier expérimenté pour avoir si aisément soumis sa monture. Toutefois, Théa tenait toujours son couteau. C'était un point contre lequel il ne pouvait discuter.

— Je vous ai dit de prendre votre sœur et de partir.

— En vous laissant voler mon cheval ? rétorqua-t-elle en redressant l'échine. Non, je ne renonce pas à ce qui est à moi.

— Théa ! Ne sois pas stupide ! N'as-tu pas entendu ce qu'il a dit ? Nous pouvons partir !

Marie serra le bras de sa sœur, la tirant en arrière.

— Non !

Théa chassa la main de Marie.

— Obéis-moi, ma sœur. Cours. Va chercher papa. Ils ne voleront pas mon Victorieux.

— Doux Jésus, un cheval est un cheval, Théa. Je ne peux pas te laisser.

— Pars, j'ai dit. Je peux les contenir avec ma dague jusqu'à ce que tu ramènes papa et Roy.

— Théa ! s'écria Marie d'une voix angoissée.

— Cours ! ordonna Théa sans que sa résolution faiblisse. Il faudra me passer sur le corps avant que je laisse un barbare voler le meilleur cheval jamais élevé à Landais.

Le géant monté sur Victorieux était armé. Marie, horrifiée, le vit tirer une épée d'un fourreau accroché à sa hanche. C'était la dernière chose qu'elle avait besoin de voir pour être convaincue de courir. Elle fit volte-face et détala entre les arbres.

Le cœur de Théa battait trop fort à ses oreilles pour qu'elle entende le raclement de l'acier, mais elle vit la longue lame à double tranchant que le magnifique guerrier levait au-dessus de l'encolure de Victorieux. Son arme n'était rien, en comparaison.

Elle se mit à trembler, se rendant compte qu'elle avait fait une grave erreur, mais elle se ressaisit en pensant qu'elle avait réussi à tenir deux de ces hommes en arrêt avec sept pouces d'une lame aiguisée comme un rasoir. Ils saigneraient abondamment s'ils osaient s'approcher d'elle. Elle devait simplement gagner du temps, les retenir, et peut-être que son père et une douzaine des chevaliers qui étaient en visite à Landais viendraient à son secours. Ce fut cette pensée qui lui donna le courage de tenir pied.

— Allez-y, ordonna le Viking à ses hommes, sans quitter des yeux le regard de Théa tandis qu'il rengainait son épée. Nous nous retrouverons au bateau.

Le jeune homme bondit dans les fourrés. L'autre défendit loyalement le terrain entre son seigneur et Théa. L'ignorant, elle garda ses yeux plissés et furieux fixés sur le barbare à cheval.

Il tira sur la bride et enfonça ses talons dans les flancs de Victorieux, forçant l'animal à volter.

— Espèce de bâtard sans nom ! Descendez de mon cheval avant de le blesser !

Théa bondit en avant, levant une main pour attraper les rênes de l'étalon.

— Descendez, maudit soyez-vous !

En réponse à ses cris, Victorieux se cabra. Le Viking tint bon pendant que le cheval luttait contre lui. Théa recula, aussi horrible que ce combat lui paraisse. L'homme et l'animal étaient fous de rage, le premier pour contrôler l'étalon, Victorieux pour se libérer.

Le percheron rua et piaffa. Le casque doré du Viking s'envola de sa tête et atterrit près des pieds de Théa, mais elle y fit à peine attention. Sa mâchoire tomba sous le choc, car maintenant que ses traits étaient visibles elle le reconnut.

— Mon Dieu ! s'exclama-t-elle dans un souffle. Roderick d'Emory !

Son cœur cessa de battre. Cela ne se pouvait pas ! Le Faucon d'Emory était mort ! Mais il était inoubliable. Doté de cheveux dorés pâlis par le soleil, il avait un front haut au-dessus de pommettes ciselées et d'un fier nez romain. Toutefois, c'étaient ses yeux que Théa ne pouvait confondre avec d'autres. Ils avaient l'intensité de ceux d'un prédateur, et étaient maintenant rivés sur elle comme si elle était la proie sur laquelle il avait l'intention de fondre. Elle voulut courir, mais ses jambes refusaient de bouger.

Soufflant fortement, Victorieux se soumit, baissant la tête en signe de défaite. Théa déglutit et retrouva sa voix, ainsi que la faculté de s'approcher de son cheval.

— Messire Faucon, je vous en supplie, ne prenez pas mon cheval. C'est une bonne monture, et je l'aime.

Quand elle toucha la bride de ses doigts, Victorieux se calma. Ses flancs se soulevèrent et frémirent, et bien que ses jambes tremblent, il supportait parfaitement le poids de l'homme sur son dos, comme s'ils étaient faits l'un pour l'autre. Un tremblement traversa le ventre de Théa et une folle pensée lui vint à l'esprit : était-elle faite pour cet homme, elle aussi ?

— Vous me connaissez ? demanda Roderick d'Emory d'une voix rauque.

Son visage se contracta, sauvage et farouche, aussi beau que l'animal qu'il avait choisi de dominer. Son torse nu se souleva, luisant de sueur. Son regard perçant fixé si résolument sur Théa fit trembler chaque nerf et chaque os de son corps.

C'était un homme de chair et de sang, pas un fantôme, se dit-elle.

— Oui, je vous connais. Je vous ai vu tomber à Montigney, et ai entendu dire après cela que Dieu vous avait repris.

Théa se signa et pria hâtivement que son père arrive bientôt.

— Non, ma dame, Dieu ne m'a pas repris ce jour-là, mais m'a jeté dans l'enfer sur terre. Je prends le cheval. J'en ai besoin.

Les mains de Théa se crispèrent sur la bride de Victorieux. Elle devait le retarder, gagner du temps.

— Pourquoi faites-vous cela ? Le duc d'Emory n'a pas à voler. Vous avez été et serez toujours le favori de l'empereur Lothaire.

Ses paroles firent que la bouche de Roderick se durcit en une ligne sinistre et furieuse, cernée par sa barbe sombre. D'un geste brusque, il libéra la tête de Victorieux et cria :

— Michael, à moi ! La jouvencelle m'a reconnu. Ligotez-la et portez-la dans mon bateau.

Théa fut trop stupéfaite pour bouger. Elle aurait dû partir avec Marie quand elle en avait eu l'occasion.

Elle se tourna, prête à se servir de sa dague. Quand Michael essaya de l'attraper, elle le frappa à la main qu'il cherchait à poser sur elle. Ses longues jupes l'entravèrent alors qu'elle reculait devant l'homme méfiant. Elle trébucha et tomba. Il la suivit et la fit rouler dans la poussière. Elle sentit la lame, qu'elle tenait entre ses doigts serrés, s'enfoncer profondément.

— Aïe ! Malédiction !

L'homme brun crispa les mains sur son ventre.

— Scélérat !

Théa inspira. La poignée de sa dague, ornée de pierres précieuses, sortait du ventre de son adversaire.

— Grâce au ciel, vous avez ce que vous méritez, espèce d'animal !

— Par le sang du Christ ! cria Roderick. Ben, à moi !

Théa se mit à genoux, tirant sa jupe de sous l'homme blessé.

— Oh, non ! Oh, non ! murmura-t-elle, craignant pour sa propre vie.

Se remettant sur pied, elle se tourna pour courir enfin, en s'exclamant :

— Qu'ai-je fait ?

Elle n'avait pas parcouru trois pas qu'un bras de fer la souleva de terre et qu'elle fut juchée en travers de sa propre selle. Des dents blanches étincelèrent dans la barbe blonde du Faucon d'Emory.

— Vous êtes capturée, femme.

Il était trop tard pour aider Théa. Chaque chevalier et chaque écuyer qui parcouraient la berge avec des torches et des lanternes étaient arrivés en eux-mêmes à cette conclusion.

Il y avait du sang par terre près de la rive. Sire Bellamy s'agenouilla pour examiner la tache sombre, le visage crispé par la rage. Son fils aîné, Roy, tenait Marie qui sanglotait dans une étreinte protectrice. Leur mère, dame Lilla, était debout, forte et courroucée, et contemplait l'eau d'un œil noir.

— Décris-moi encore ces hommes qui vous ont attaquées, demanda sire Bellamy.

— Il faisait sombre, papa. Nous n'avons pas été averties.

— Réfléchis, Marie ! Les larmes sont inutiles. Qu'as-tu vu ? A quoi ressemblaient ces vauriens ? Répète-le-moi.

Ebranlée, Marie trembla en répondant :

— C'étaient d'énormes créatures couvertes de poils. Des démons, papa. Ils avaient tous des casques avec des cornes aussi grosses que des cornes de taureau et des barbes, sauf celui qui m'a attaquée. Il était blond, avec des cheveux longs et bouclés. Il portait une peau de bête sur les épaules et des bracelets en or. Ils n'avaient pas de chausses, mais étaient vêtus de fourrures.

Elle s'étrangla sur ses derniers mots et tourna son visage contre le torse de son frère, couvert d'une cotte de mailles, en sanglotant de plus belle.

— Pourquoi ai-je laissé Théa seule ?

Roy Bellamy resserra ses bras autour de sa sœur ; il avait la gorge trop crispée pour émettre un son.

— Des Vikings.

Sire Merrault s'avança, tirant son destrier par sa bride. Son visage était sombre et contracté.

— Nous devons les poursuivre, messire Bellamy, avant que la marée ait une chance de tourner.

— Je n'ai jamais vu de tels hommes ! geignit Marie. Et Théa, papa ? Où est-elle ? Que lui ont-ils fait ?

Dame Lilla détourna les yeux de la rivière.

— Théa est partie, Marie. Je crains que tu n'aies vu ta sœur pour la dernière fois.

— Non, jura sire Roger Bellamy en se remettant sur pied. Je la retrouverai. Nous partons après eux. Victorieux a laissé une trace nette. Sire Merrault, je vous prie, descendez la rivière jusqu'à l'abbaye. Avertissez-les que des Vikings ont attaqué Landais.

— Ils sont venus en bateau, messire, dit Lilla en indiquant les joncs écrasés sous les pieds de Merrault.

Il y avait d'autres signes que n'importe quel chasseur sérieux pouvait lire. Une lourde charge avait été traînée de la clairière à travers bois, laissant des marques parallèles dans le sol marécageux. Ailleurs, les sabots de Victorieux avaient piétiné la boue. Il était dur pour Lilla de voir ces traces de lutte et de ne pas être émue aux larmes, mais pour ses trois enfants présents elle se retint.

La dague de Théa gisait sur le sol, oubliée et ensanglantée, au bord de l'eau.

— Vous ne les retrouverez pas, messire mon mari.

Dame Lilla se baissa, ramassa la dague de sa fille et la tendit sans un mot à son époux. Se demandait-il, comme elle, si c'était le sang de Théa qui la tachait ? Et, si oui, pourquoi n'avaient-ils pas découvert son corps ?

Leurs recherches avaient été approfondies. Ils n'avaient pas trouvé d'autres indices d'attaque. Cela ne procurait nul apaisement à Lilla.

Elle passa un bras autour de la taille de Marie et serra sa fille contre elle, ressentant un certain réconfort de la savoir saine et sauve. Mais tandis qu'elle fermait les yeux avec chagrin, elle put seulement penser : *Pas Théa. Pas Théa. Pas celle que j'aime le plus.*

— Vous ne vous en tirerez jamais comme cela ! s'exclama Théa.

Roderick arrêta le cheval sur une falaise peu élevée qui dominait l'estuaire et scruta la mer jusqu'à ce qu'il trouve ce qu'il cherchait — le bateau.

Il était dans une crique, sous la lumière argentée de la lune montante. Le Faucon s'immobilisa, tous ses sens en alerte. Les cloches de l'abbaye, à plusieurs lieues à l'intérieur des terres, n'avaient pas sonné. L'alarme n'avait pas encore été donnée.

Théa remua, mal à l'aise, testant les liens de ses poignets. Elle humecta ses lèvres et répéta sa provocation.

— Vous m'entendez, Faucon d'Emory ? Je dis que vous ne vous en sortirez pas ainsi après m'avoir enlevée avec mon cheval ! Vous serez pourchassé jusqu'au bout de la terre !

— Tenez-vous tranquille, lui ordonna Roderick.

Il n'avait que trop conscience de chaque mouvement qu'elle faisait. Il appréciait de sentir son ferme postérieur niché entre ses cuisses.

Le vent souleva les cheveux de Théa et les répandit sur son torse comme un doux nuage de soie. Il perçut le parfum d'eau de rose qui les imprégnait. Il prit la bride dans sa main gauche, saisit le menton de la jeune fille dans sa paume et la ramena contre lui.

— Femme, dit-il lorsqu'elle se raidit à son contact. Je pourrais m'attarder ici et profiter de vous jusqu'à ce que le soleil se lève, et personne ne viendrait me retirer ce privilège.

Il se réjouit de son exclamation outragée. Elle était furieuse. Il resserra son emprise sur son petit menton buté et approcha ses lèvres rouges et pulpeuses des siennes.

Il y avait assez de lumière pour qu'il puisse voir l'éclat de ses yeux et la pâleur de son visage contre ses cheveux de nuit. Lorsqu'il abaissa sa bouche sur la chaleur palpitante de ses lèvres, elle pressa ses ongles contre son ventre dénudé — des serres aiguisées prêtes à lacérer sa chair.

— Faites-le, dit-il en effleurant ses lèvres closes, et je vous posséderai sur-le-champ.

Le corps entier de Théa frémit. Il fallait qu'elle fasse quelque chose. Elle ouvrit la bouche pour le maudire et ses lèvres se posèrent sur les siennes avec l'adresse d'un faucon plongeant sur sa proie. Elle en fut stupéfaite et choquée. Aucun homme ne l'avait jamais embrassée ainsi. La sensation de sa bouche touchant la sienne ne ressemblait à rien de ce qu'elle avait expérimenté dans sa vie.

Les lèvres de Roderick furent d'abord dures et froides, puis elles s'adoucirent et se réchauffèrent. Théa essaya de se libérer, mais elle n'y parvint pas. Puis elle ne souhaita plus échapper à ce baiser téméraire si nouveau pour elle. Elle était si distraite par la façon dont sa bouche bougeait sur la sienne qu'elle oublia son intention de lui déchirer le ventre.

Aussi abruptement qu'il l'avait embrassée, il s'écarta.

Il rit doucement, talonna les flancs de l'étalon pour le faire avancer et partit avec sa captive, qui était incapable de tenter quoi que ce soit pour l'arrêter. Il devait lui accorder un certain crédit : elle avait plus de tempérament qu'aucune des femmes qu'il avait rencontrées jusque-là dans ce plan insensé de ramener des épouses à Emory, pour ses serfs.

Le cheval franchit rapidement la distance jusqu'à la crique où son bateau était ancré. Roderick héla l'équipage depuis le rivage rocailleux. Sa prisonnière se détendit contre lui pour la première fois. Il s'avisa que sa chaleur lui manquerait dès qu'il démonterait.

— Vous allez descendre, ordonna-t-il.

Théa sursauta et le foudroya du regard par-dessus son épaule.

— Je ne puis sauter de cette hauteur avec les mains liées. Je vais tomber et me blesser sur les rochers.

Roderick serra les doigts sur son bras gauche et la fit passer sur sa cuisse droite.

— Vous ne vous blesserez que si vous tentez quelque chose de stupide. Faites ce que je vous dis.

Théa voulait qu'il démonte le premier. Victorieux répondrait à tout signal qu'elle lui donnerait pendant qu'elle serait sur son dos. Il y avait une chance qu'ils puissent s'enfuir, car une fois que le cheval se mettrait à galoper, personne ne pourrait le rattraper.

— Je ne peux pas. J'ai peur.

Elle crispa ses genoux sur le garrot de l'étalon, cherchant toutes les excuses qu'elle pouvait.

— Je ne sais pas nager.

— Alors vous vous noierez dans un pied d'eau.

Roderick la prit par la taille, la souleva et la laissa se balancer contre le flanc du cheval.

— Ne vous avisez pas de me lâcher dans cette eau ! cria-t-elle.

Il la lâcha. Elle tomba comme une pierre dans les vagues et ne put reprendre pied. Elle chancela en agitant les bras pour se retenir et plongea la tête la première dans l'écume, en hurlant. La bouche emplie d'eau salée, elle s'assit et cracha.

Roderick démonta avec un grand sourire et tendit la bride de Victorieux à ses hommes qui venaient vers lui en pataugeant. Il ôta sa cape et la donna à l'homme le plus proche.

— Servez-vous-en pour aveugler le cheval avant de le faire monter sur la passerelle.

Cela fait, il se tourna vers la petite femme qui s'agitait dans l'eau peu profonde. Elle secoua violemment la tête pour débarrasser son visage d'une mèche mouillée. Roderick ne put s'empêcher de rire : elle avait un bout d'algue sur l'œil gauche. Elle souffla furieusement. Il se pencha pour ôter l'algue et gloussa de nouveau, tout en s'étonnant de sa gaieté. Il y avait très longtemps qu'il n'avait même pas souri.

— Comment osez-vous rire de moi ?

D'un coup de pied, Théa envoya de l'eau à l'homme arrogant qui la dominait de sa hauteur.

— Espèce… espèce de sale Saxon puant !

— Eh bien, quelle langue vous avez, ma petite naïade.

Roderick la prit par le bras pour l'aider à se relever et elle s'écarta de lui afin d'éviter son contact. Cela usa le peu de patience qui lui restait. Il l'empoigna fermement par les deux bras, la sortit de l'eau et la secoua.

— La prochaine fois que je vous dis que faire, garce, obéissez à mes ordres.

Vexée, Théa siffla entre ses dents :

— Je vous tuerai pour cela, Emory.

Au lieu de répondre à sa piteuse menace, Roderick se contenta d'appliquer une tape ferme sur son postérieur trempé. Son cri outragé le refit sourire. La reprenant par le bras, il l'entraîna de force vers le bateau.

Celui-ci se balançait dans le port naturel, ancré près d'une table rocheuse visible à marée basse. L'équipage avait suivi les ordres du duc. Une planche avait été jetée du flanc du bateau sur les pierres qui se trouvaient sous l'eau, et le cheval encapuchonné était prudemment conduit sur le pont.

Voyant ce qui arrivait à Victorieux, Théa jeta un regard désespéré vers la rive, priant que quelqu'un vienne à son secours. L'eau atteignait ses genoux et tirait sur ses jupes. Elle marcha sur une pierre pointue et tomba dans les vagues. Le Faucon la rattrapa et la jeta sur son épaule.

— Non ! s'écria-t-elle, sentant ses os s'enfoncer dans son ventre.

L'eau de mer coulait dans ses yeux et l'aveuglait. Elle se tordit et se débattit en glapissant. Roderick passa un bras ferme sur ses jambes. La petite sorcière aux cheveux noirs essayait de planter ses dents dans son arrière-train. Il fut tenté de la rejeter dans l'eau. Elle coulerait comme une pierre.

Il resserra son emprise sur ses cuisses et regarda le joli derrière rond qui chevauchait son épaule. La fille était de petite taille, mais elle se rattrapait par sa force. Quand il sentit ses muscles se contracter sous sa main, il fut pris de l'envie de la dompter. Il commencerait par lui ordonner de quitter sa cotte trempée.

— Messire, dit Benjamin en s'approchant du bord du bateau. Sire Michael s'est évanoui.

— Avez-vous pansé sa blessure ? demanda Roderick.

— Non, nous n'avons pas eu le temps. Que dois-je faire ?

— Attendez, j'arrive.

Un homme eut l'idée de lui lancer une corde. Il l'attrapa de sa main libre pour remonter la passerelle pentue. Théa choisit ce moment pour se déporter sur le côté, lui faisant perdre l'équilibre. Ils tombèrent dans l'eau. Roderick se releva et lutta contre le courant, qui était fort et dangereux. Dès qu'il fut debout, il chercha sa prisonnière des yeux.

La passerelle avait accroché ses jupes et elle était ballottée contre la coque du bateau et la lourde planche. Elle était inconsciente quand Roderick lui sortit la tête de l'eau. Inerte, elle était beaucoup plus lourde.

— Envoyez-moi l'échelle de corde ! ordonna-t-il en la portant dans ses bras.

L'échelle fut lancée par-dessus bord. Roderick la gravit et remit son fardeau à ses hommes, puis enjamba le bastingage.

— Le bateau est-il prêt ? demanda-t-il tout de suite.

— Oui, Faucon, et toutes les cargaisons arrimées.

— Bon. Levez l'ancre et lâchez la voile. Nous mettons le cap sur Emory, mes braves.

Une clameur de joie salua cette annonce.

En souriant largement, Roderick reprit la jeune fille au marin qui la tenait. Un examen rapide lui indiqua qu'elle respirait correctement. Elle avait une coupure au cuir chevelu, et un petit filet de sang marquait son front.

— Donnez-moi un coup de main, requit-il en se dirigeant vers la proue. Levez la grille pour que je descende cette jouvencelle. Nous avons une dure nuit de travail devant nous, compagnons.

Sur ces mots, Roderick baissa la tête, descendit dans l'écoutille et disparut dans les entrailles du bateau.

Chapitre 4

La cale du bateau puait la sueur, le poisson, la peur. Des doigts frais pressèrent un gobelet d'eau contre les lèvres de Théa.

— Je vous en prie, ne criez pas. Mon nom est Elspeth. Je suis de la Frise. Je sais votre nom. Ils vous ont appelée Théa. Est-ce exact ?

Théa ne put que hocher la tête. Elle repoussa le gobelet, combattant une terrible nausée.

— Vous vous sentez mieux ?

Qui que soit cette femme, son geste secourable l'avait aidée. Elle acquiesça d'un signe, car ses remerciements n'auraient pu être qu'un croassement.

— Vous êtes blessée à la tête, et vous avez dormi une nuit et un jour. N'ayez pas peur. Je ne vous ferai pas de mal.

— Devrai-je être effrayée ?

Théa fixa la femme qu'elle ne reconnaissait pas. Une épaisse natte blonde tombait sur son épaule.

— Est-ce un rêve ?

— Un cauchemar, plutôt, répondit Elspeth en soupirant. Il y a trois jours, je rentrais du marché avec quatre sacs d'épices que la cuisinière m'avait demandé d'acheter. Tout ce que je puis dire, c'est que maintenant je suis captive de ce bateau, avec les épices de mon maître.

— Oh.

Un brusque mouvement vers le haut projeta Théa contre la paroi. Elle leva une main pour se maintenir.

— Jesse est là, à côté de moi.

— Comment vous portez-vous ? demanda une autre voix, depuis l'ombre.

Il y avait très peu de lumière, et Théa distingua à peine le visage rond et hardi d'une autre femme.

— Jesse est de Boulogne, elle a été capturée la première.

— Je vous demande pardon d'avoir déchiré les garnitures de votre tablier. Je n'avais pas d'autre linge pour panser votre tête, déclara Jesse de sa voix rauque.

— Vous n'avez pas à vous excuser.

Théa toucha la bande qui ceignait son crâne. Elle était raide et rêche, comme ses cheveux, et elle supposa que c'était dû à du sang séché. Elle avait assez mal pour que sa blessure soit de quelque importance. Elle ne se rappelait pas comment c'était arrivé.

— Reposez-vous. Il n'y a rien d'autre à faire, dit Elspeth en s'appuyant à la paroi.

Des moutons bêlèrent de l'autre côté.

— C'est un bateau, constata Théa, tandis qu'elle identifiait enfin les mouvements incessants du plancher.

Elle essaya d'étendre ses jambes et ne le put pas. Un autre corps occupait l'espace devant elle et grogna au contact de ses pieds nus. La silhouette se retourna et elle discerna un visage pâle dans la pénombre. Que ce soit une autre femme diminua ses craintes grandissantes.

— Y a-t-il des hommes, ici ? demanda-t-elle.

— Non. Ils sont en haut, sur le pont. Le maître ne leur permet pas de descendre, sauf un qui nous apporte un seau d'eau et de la nourriture au lever du jour.

— Je vois. Où va ce bateau ?

Elspeth haussa les épaules.

— Nous ne savons pas.

— Ce sera un miracle si ces Vikings arrivent à tenir ce rafiot à flot, intervint Jesse.

— Des Vikings ? Vous êtes sûre ? Depuis quand sommes-nous en mer ?

— Cinq jours depuis que j'ai été enlevée à Boulogne, ma petite dame. Cette nuit sera la deuxième pour vous.

— Deux nuits…, murmura Théa.

Comment ? Pourquoi ? Elle ne pouvait répondre à ces questions, mais quelque chose l'irritait fortement. Elle chercha sa dague à son côté et ne rencontra que les plis humides de sa cotte. Elle tourna son visage vers l'unique et faible carré de lumière. Puis elle s'aida du mur pour se mettre debout.

— Faites attention.

Elspeth tendit les mains pour la soutenir. Elles étaient fortes et compétentes. Comment cette femme pouvait-elle être aussi calme ? se demanda Théa, en se souvenant soudain de Marie et de ce qui s'était passé sur la Somme.

Elle tomba à genoux et prit les mains d'Elspeth dans un geste de désespoir.

— Dites-moi : y a-t-il là une jeune fille qui me ressemble ? Avec des tresses noires ?

D'autres mains chaudes se posèrent sur les leurs.

— Non, damoiselle. Il n'y a personne comme vous.

Théa relâcha son souffle, soulagée de savoir que sa sœur était sauve.

— Et qu'en est-il d'un cheval argenté, à la crinière aussi pâle que des cheveux d'ange ?

Elspeth lui tapota l'épaule.

— Ne craignez rien pour lui ; il est derrière cette cloison. Il semble y avoir autant d'animaux que de femmes, sur ce bateau. Prions que notre voyage soit bref.

Théa se calma. Victorieux était près d'elle. Cela signifiait qu'elle aurait un moyen de s'échapper quand ils toucheraient terre. Elle laissa tomber sa tête sur ses genoux et fit une petite prière d'action de grâce. Cela l'emplit de paix, assez pour qu'elle somnole le reste de la nuit.

Théa se réveilla en sursaut, inhalant les fortes odeurs animales qui filtraient à travers les planches derrière sa tête.

Cela ne sentait pas plus mauvais que les effluves acides de corps pas lavés, de sueur et de vomissements qui montaient ces femmes attroupées autour d'elle. Un rayon de lumière tombait de la grille du plafond. Plusieurs femmes gémissaient, réclamant de l'eau. Théa se couvrit la bouche, craignant d'être malade à son tour.

Elspeth dormait et le bras de Jesse lui servait d'oreiller. Il en était de même des autres femmes qui se serraient les unes contre les autres pour se tenir chaud dans l'humidité et se protéger des cahots du bateau. Théa se leva en chancelant. Il fallait qu'elle respire de l'air frais.

L'ouverture carrée qui donnait sur le pont laissait voir le ciel rose de l'aurore. Elle se fraya un chemin à travers les corps et gravit les marches rugueuses qui menaient à l'extérieur.

— Redescendez ! gronda un marin à la barbe rousse, occupé à nouer une corde de chanvre, dès qu'elle sortit la tête.

Il n'avait pas l'air méchant. Théa sut aussitôt qu'elle pouvait l'amadouer.

— Certaines femmes sont malades. Elles ont besoin d'eau et de remèdes.

Elle inspira l'air pur. Dès qu'elle se hissa sur la dernière marche, le vent plaqua ses jupes contre ses jambes.

— Redescendez ! répéta l'homme en se levant pour lui barrer le passage et en brandissant son poing serré.

Ce geste irrita Théa. Elle se redressa de toute sa taille et le foudroya du regard.

— Frappez-moi si vous l'osez, barbare !

Il n'en fit rien, et Théa se sentit plus sûre d'elle.

— Qui est le capitaine de ce bateau ?

— Il n'y en a pas. C'est sire Emory qui tient la barre.

Théa plissa les paupières.

— Vraiment ? Le Faucon d'Emory est votre patron ?

— Oui, et il vous taillera en morceaux pour oser monter sur le pont, maugréa le marin.

Elle lui jeta un regard froid. Elle ne voulait pas redescendre dans la cale. Elle inspecta le bateau. Il ne ressemblait pas aux formidables navires de guerre vikings qu'elle avait vus ancrés au Havre et même aussi loin qu'en Ile-de-France. Mais tous les membres d'équipage étaient blonds, et ils pouvaient fort bien être des Vikings. Le fait qu'elle semblait être la seule personne brune à bord la fit se sentir encore plus singulière et plus isolée. Elle longea l'ombre de la voile et les piles de barils amarrés sur le pont, cherchant la barre. Et elle la trouva.

Là, les mains serrées sur la roue du gouvernail, se tenait son ravisseur. Le souffle de Théa se coinça dans sa gorge.

Baigné par la lumière rose de l'aurore, il était magnifique, et avait plus l'allure d'un barbare qu'aucun Viking ne pouvait l'avoir. Il n'avait nul besoin de porter un casque à cornes pour rendre son visage plus menaçant. Devant elle se dressait un guerrier, beau et dur à la fois. La ligne farouche de sa bouche cernée de barbe prouvait qu'il n'y avait pas en lui la moindre trace de tendresse.

Un frisson parcourut l'échine de Théa. Elle le contempla, les yeux élargis. Un tel homme était dangereux, dangereux *pour elle*. Son ventre se contracta comme sous l'effet de la faim, mais ce n'était pas de nourriture qu'elle ressentait le besoin.

Les yeux de Roderick se rivèrent sur l'ombre qui la cachait. Elle ne put distinguer leur couleur. Mais ils devaient être bleus, aussi bleus et froids qu'un ciel d'hiver. Néanmoins, Théa sentit son sang s'accélérer dans ses veines et une vive rougeur gagner sa gorge et son cou.

— Sortez de derrière ce baril.

Elle aurait dû se rappeler qu'il n'était pas surnommé le Faucon pour rien. Raidissant le dos, elle leva le menton et s'avança au grand jour. Il la transperça du regard.

— Vous êtes le capitaine de ce bateau, messire Faucon ? demanda-t-elle.

Il la fixa avec une expression dédaigneuse, la rendant fort consciente du désordre de son apparence.

— Cela fait deux fois que vous utilisez le nom que l'on ne me donne qu'à la bataille. Comment le connaissez-vous ?

— Je vous ai vu chevaucher la tête nue à l'avant de vos

soldats au dernier tournoi qui a eu lieu à Montigney. Les spectateurs murmuraient votre surnom.

Roderick soupesa ses paroles en silence, un long moment, tandis que des doutes sur son identité venaient le troubler. Son étalon, sa selle richement ornée et sa cotte de drap fin indiquaient une haute naissance. Il endurcit son cœur. Il ne pouvait revenir à la veille, ni changer ce qui était.

— Vous savez beaucoup de choses, petite Franque. Qui est votre suzerain ? Il y a peut-être un profit à tirer de vous en vous rançonnant.

Cette menace glaça Théa. Elle n'y avait pas pensé. Elle pourrait languir indéfiniment dans un cachot humide, attendant d'être libérée. Oserait-il aller jusque-là ? Et elle, oserait-elle lui dire qui elle était, lui donnant l'occasion de brandir cette hache sur la tête de son père ? Oui, sire Bellamy était riche, mais elle avait cinq frères et sœurs à marier et à établir. Une forte rançon pourrait ruiner sa famille. Sagement, elle choisit de garder son identité pour elle jusqu'au moment où révéler qui elle était lui fournirait le meilleur avantage.

— Vous n'obtiendrez rien en me rançonnant, déclara-t-elle.

— Je m'en doutais, petite Franque. Sachez que je ne me soucie jamais de traiter avec de petits nobles. Je ne rends de comptes qu'à l'empereur Lothaire et à Dieu lui-même. Vous êtes ma captive et le resterez jusqu'à la fin de vos jours, pour la blessure que vous avez infligée à mon vassal au bord de la Somme.

Théa haussa le menton. Il voulait se venger d'elle ?

— Votre laquais est mort ? demanda-t-elle.

— Non, il souffre seulement d'une blessure infectée. S'il meurt, je m'assurerai que vous le suiviez dans la tombe.

— Ha ! Vous ne pouvez retenir contre moi la blessure qu'il a reçue. Je n'ai fait que me défendre. Vous lui avez ordonné de m'attaquer.

— Je vous ai laissé la possibilité de partir. Vous avez choisi de vous battre.

— Maudit soyez-vous ! Tournez ce bateau et ramenez-moi chez moi !

— Houspillez-moi, jeune garce, et je vous ferai ligoter, bâillonner et jeter de nouveau dans la cale d'où vous n'auriez pas dû sortir.

— Je ne suis pas une garce ! cria Théa, qui s'efforça de maîtriser sa colère avant de perdre le contrôle d'elle-même. Je vous supplie de me ramener là où vous m'avez enlevée, avant que des charges soient levées contre vous auprès de l'empereur !

— De l'empereur ? répéta-t-il, impassible.

— Avez-vous une idée du crime que vous avez commis ?

Il la regarda comme si elle avait perdu l'esprit.

— Ce n'est pas un crime qui mérite d'être jugé à la cour de l'empereur. Et il n'a pas eu de témoin capable de lever des charges contre moi. Croyez-vous pouvoir faire tomber le duc que vous avez devant vous ? La parole d'une femme n'a aucune valeur dans un tribunal.

Théa ravala la boule qui se formait dans sa gorge. Il disait vrai, mais cela ne signifiait pas qu'elle était sans défense devant la loi. Elle pouvait en appeler à sa famille pour la protéger. Et eux, à leur tour, pouvaient faire appel à leur suzerain pour redresser leurs torts. Mais cela la ramenait à son père et à l'empereur, dont le duc d'Emory dépendait aussi. Quel embrouillamini.

— Peut-être qu'aucune femme ne peut parler contre vous, mais pour le vol d'un cheval maints hommes de Longervais peuvent vous attaquer en justice. Ne redoutez-vous point le jour où vos entrailles seront répandues sur le sable et où quatre chevaux plus forts que celui que vous avez volé vous écartèleront ?

Le Faucon se mit à rire.

— Femme assoiffée de sang ! Mais je n'en attendais pas moins d'une Franque aux cheveux noirs. Pensez-vous que votre roi se dérangera pour un cheval ? Vous êtes bien sotte, si vous le croyez.

Théa serra les poings dans les plis de sa cotte. Ignorait-il que le vol de son cheval était moins important que son enlèvement ? La prenait-il pour une simple servante ? Allait-elle lui révéler son identité ?

Il se pencha vers elle par-dessus la roue du gouvernail.

— Dites-moi, la provoqua-t-il avec un sourire glacial. Quelle courtisane de l'empereur Lothaire se mettrait à genoux dans l'herbe au bord de la rivière pour ramasser des racines et des simples ? J'ai passé quatre ans à la cour d'Aix-la-Chapelle, mais je ne puis vous en nommer une seule.

— Toutes les dames ne se conduisent pas comme des courtisanes, répliqua Théa.

— Oh, oui, et les dames errent dans la campagne sans escorte, dans des vêtements usés et les pieds nus, comme vous, pas vrai ?

Il la rabaissa d'un geste hautain.

— Je me lasse de vos arguments, jeune garce. Redescendez, avant que je vous jette dans la mer.

Théa le défia à ses risques et périls. Elle ne pouvait retourner dans cette obscurité puante sans succomber au mal qui terrassait les autres femmes.

— Les femmes sont malades, déclara-t-elle.

— Elles sont en mer, c'est normal.

— Nous avons besoin d'eau.

— Il n'y en a pas à gaspiller.

— Il ne nous en faut qu'un peu. Votre bateau empeste, Saxon.

Roderick crispa les doigts sur la roue. Cette petite peste le provoquait délibérément. Pourquoi il ne l'avait pas laissée se noyer, il ne le saurait jamais. Mais il savait pourquoi il ne lui avait pas tranché la gorge quand elle avait blessé Michael : aucun homme ne tuait délibérément une femme qu'il désirait.

— Prenez ce seau et remplissez-le, lâcha-t-il d'un ton sarcastique en lui désignant un seau vide sur le pont. C'est tout ce que vous aurez. Et, en échange, vous laverez le pont. Vous voulez de la propreté, vous en aurez.

Réprimant sa colère, Théa prit le seau et alla le remplir. Puis elle redescendit dans la cale, où elle donna aux femmes l'ordre de se laver. Elles étaient peut-être des captives, mais il n'y avait pas de raison qu'elles restent sales, et que l'endroit qu'elles occupaient soit sordide.

Roderick maintint fermement son cap, nord, nord-est. Bien, se dit-il. La jeune rebelle aux cheveux noirs avait perdu de sa superbe devant sa cruauté. Il n'était pas dans ses habitudes de traiter aussi brutalement une femme, mais il refusait d'éprouver une once de compassion pour la jouvencelle qui s'escrimait à laver son pont. Il la surveillait de son regard de faucon. Elle travaillait sans relâche. Il vit cela comme un signe d'orgueil et de colère, deux défauts de son caractère.

Comme le jour s'allongeait, sa peau claire rougit sous le soleil ardent. Pour quelqu'un qui avait des cheveux de jais, elle possédait un teint aussi blanc que de la crème fraîche, qui brûlait aisément. Toutefois, elle préférait manier son seau pesant plutôt que de redescendre dans la cale.

L'équipage de Roderick l'observait avec malaise et intérêt, et une admiration croissante. Une admiration que le duc d'Emory était forcé de partager. Sur les soixante femmes qu'il avait capturées en trois voyages, elle était la seule à avoir osé sortir la tête de la cale. Mais en faisant cela elle avait attiré l'attention de tous ses hommes, et cela ne lui plaisait pas.

En milieu d'après-midi, elle emplit un dernier seau, le descendit elle-même et ne remonta pas. Un soupir de soulagement passa sur le pont.

Le lendemain matin, elle refit surface, sa cotte et ses cheveux propres. Ses boucles noires tombaient librement sur ses épaules.

— C'est une beauté, dit Ben en s'accoudant au bastingage près de Roderick, avec un grand sourire. Je voulais l'autre, mais je me contenterai d'elle.

— Non, vous ne le ferez pas.

Roderick serra les dents, jurant intérieurement parce que cette maudite petite garce avait osé remonter sur le pont. Il n'avait pas besoin de cela ! Il ne voulait pas se torturer à regarder ses jupes danser autour de ses chevilles délicates, lui laissant apercevoir ses jambes fines.

— Vous avez dit que vous ne garderez aucune de ces femmes pour vous, déclara Ben, surpris.

— Ce que j'ai dit et ce que je ferai sont deux choses différentes. Celle-là, je la garde. J'ai un compte à régler avec elle, décréta Roderick.

— Mais qu'en est-il de votre accord avec le frère Laurence ? demanda son cousin, les sourcils froncés. Est-ce que toutes les femmes que nous ramenons à Emory ne doivent pas devenir des femmes mariées ? Est-ce que l'Eglise n'y trouvera pas à redire, si vous arrivez avec des femmes qui ne sont pas destinées au mariage ?

— Mon accord avec ce prêtre ne concerne pas les esclaves. Celle-ci est une esclave, trancha Roderick.

Ben ne put s'en tenir là.

— Elle ne porte pas de chaîne autour du cou, et n'a pas de marque sur la joue.

— On peut y remédier avant de toucher le port.

— Vous marqueriez une femme aussi belle ? s'enquit Ben, incrédule.

Non, Roderick ne marquerait certainement aucune femme, et encore moins sa jolie petite Franque. Mais il ne voulait pas parler de ce qu'il comptait faire d'elle à son jeune cousin.

— Non, mais je suis prêt à lui mettre un collier avant de débarquer, afin que les registres de frère Laurence attestent de sa condition. Si ma parole ne suffit pas.

Ben siffla doucement.

— Je ne vous envie pas cette tâche. Elle ne semble pas du genre à se soumettre de son plein gré à une chose pareille.

— Pensez-vous que je me soucie de son avis ?

Roderick mit froidement fin à la discussion.

— Rendez-vous utile : allez voir Michael et soignez sa blessure.

Benjamin s'en alla. Roderick fixa la mer d'un œil sombre.

Il faisait tout ce qu'il pouvait pour le chevalier, mais sa fièvre continuait.

— Messire Faucon.

La fille aux cheveux noirs tira Roderick de ses pensées. Elle se tenait juste au-dessous de lui. Il s'avisa qu'elle le regardait avec un autre défi dans les yeux, les poings sur les hanches en un geste arrogant. Ses boucles cascadaient sur ses épaules, soulevées par le vent. Les lacets de son corselet étaient en partie défaits, lui donnant un aperçu de sa peau lisse et des douces courbes que l'étoffe recelait.

— Que voulez-vous encore, gueuse ?

Roderick sentit son corps s'incliner en avant, comme pour se joindre à elle. Qu'elle soit maudite !

— Avez-vous des remèdes ou des herbes, sur ce bateau ? Des fruits, même séchés ou flétris ? Quatre dames ont des ulcères de la peau. Si vous ne voulez pas les laisser sortir au soleil, puis-je avoir un onguent pour les soigner ?

— Je garde tout pour l'homme que vous avez blessé, garce.

— Il n'est toujours pas mort ?

Théa rejeta ses cheveux en arrière avec une impudence qui irrita Roderick.

— Il devrait l'être. Je coupais une racine de mandragore avec ma dague, quand vous nous avez attaquées.

Elle nota que la jointure de ses doigts blanchissait. Elle avait fait mouche, et ce n'était que la vérité. Elle avait bien trouvé une de ces précieuses racines de mandragore. Comme talisman, la mandragore protégeait la maison, apportait fertilité et prospérité. Théa avait pensé offrir sa trouvaille à sa sœur Andrée pour son mariage, même si c'était un geste païen. Bien sûr, elle avait soigneusement lavé sa lame après sa récolte, mais il n'avait pas besoin de le savoir.

Elle contempla calmement l'homme en colère qui se tenait devant elle et le provoqua de plus belle.

— Aérez-vous sa blessure chaque jour et le laissez-vous à la diète ? Avez-vous ponctionné la plaie et la recouvrez-vous avec des cataplasmes ?

— Que savez-vous de ces choses-là ?

— Je m'y connais en blessures.

— Vous savez surtout les donner.

— Cela aussi.

Théa soutint son regard. Il la considérait avec plus de convoitise dans les yeux que Grégoire de Merrault. Et il suscitait une réaction en elle. Ce duel lui plaisait.

— Redescendez, gueuse.

— J'ai un nom, Saxon.

Roderick se raidit. Il n'avait pas oublié son nom et doutait de l'oublier un jour. Théa, l'avait appelée sa sœur.

Il maudit cet affrontement avec son regard téméraire. Elle ne lui arrivait pas à l'épaule, mais elle se tenait fièrement campée devant lui, avec courage. Elle n'était comme aucune des femmes qu'il avait capturées et n'avait rien de docile. Elle commettait une grave erreur en le défiant. Il était sur le point de perdre son contrôle.

C'était une Franque. Rien que pour cela, il avait assez de raisons de la haïr. Et elle avait des cheveux de la même couleur qu'Anne d'Aix-la-Chapelle, la nièce infidèle et dévoyée de l'empereur. Pourtant il ne souhaitait pas la tuer. D'autres tourments le tenaillaient.

— J'ai soigné des soldats de l'empereur Lothaire, reprit-elle. Conduisez-moi à votre guerrier blessé. Je puis peut-être l'aider. J'échangerai mes soins contre des remèdes pour les dames.

— Elles ne sont pas des dames.

— Comment savez-vous que certaines d'entre elles ne le sont pas ?

— Peu importe ce qu'elles sont. Dès que mon bateau accostera, elles deviendront toutes les épouses de serfs saxons.

— Pourquoi avez-vous besoin de tant de femmes ?

— Pour contenter mes serfs et repeupler Emory.

— Est-ce là que vous nous emmenez, à Emory ?

— Questionnez-moi encore et vous serez ligotée et bâillonnée.

Il leva une main pour lui imposer le silence. Théa haussa le menton en un geste de défi et se montra mordante.

— Fort bien, laissez mourir votre homme, parce que vous êtes un lourdaud déraisonnable et à l'esprit épais.

Elle eut le dernier mot. Sa cotte claquant dans le vent fort, elle redescendit dans la cale sans rien à donner aux femmes souffrantes. Elle se jeta dans un coin, irritée par les paroles du Faucon. Un frisson glacé la parcourut, quand elle se jura de tuer elle-même Roderick d'Emory.

Chapitre 5

— Que s'est-il passé ?

Elspeth se fraya un chemin dans la cale bondée pour s'asseoir près de Théa. Mais celle-ci était trop furieuse pour discuter de leur sort commun.

Des épouses pour les serfs du duc, afin de repeupler Emory ! Il considérait vraiment les femmes comme du bétail ! Elle n'avait jamais été insultée à ce point, de sa vie. Pas étonnant qu'Anne d'Aix-la-Chapelle ait fait fouetter ce Saxon jusqu'à le laisser à demi mort. Il le méritait.

— Est-ce que quelqu'un vous a fait du mal ? demanda Ellie, l'inquiétude inscrite sur son visage.

— Non, répondit Théa en secouant la tête d'un air obstiné. Je déteste cet endroit. Je ne puis supporter l'humidité et l'obscurité.

— Comme nous toutes. Nous vous trouvons très courageuse d'être montée sur le pont pour parler en notre faveur. Vous ne devriez peut-être pas prendre de risques pour nous.

— C'est gentil à vous de le dire, mais je ne suis pas aussi altruiste que cela. Etre confinée ici et entendre ces plaintes et ces gémissements m'est intolérable. Comment pouvez-vous accepter cela si docilement ? J'ai envie de tuer tous les hommes sur le pont.

Elspeth sourit et fit de la place pour Jesse.

— Jesse, nous avons une championne. Notre Théa est prête à occire nos ravisseurs vikings de ses propres mains.

— Ce ne sont pas des Vikings, déclara Théa.

— Bien sûr que si ! s'exclama Jesse.

— Non. C'était une ruse, un tour pour duper quiconque aurait pu les voir. Ce sont tous des Saxons, et leur chef n'est autre que Roderick d'Emory.

Elspeth retint son souffle.

— Vous en êtes certaine ?

— Absolument, confirma Théa, les dents serrées.

— Que va-t-il nous arriver, maintenant ? s'enquit timidement Jesse.

Théa secoua la tête. Elle n'allait pas répéter l'insulte du Faucon. Jesse et Ellie étaient incapables de résister à la volonté d'un seigneur, mais elle se battrait ! Elle était éduquée, privilégiée, la fille d'un noble. Elle ne perdrait pas courage. Elle ne soupirait pas comme les autres femmes en murmurant « si seulement… ». Elle avait fait ce qu'elle devait en sauvant sa sœur. Maintenant que sa colère était un peu apaisée, elle voulait savoir pourquoi le Saxon avait enlevé ces femmes. Le Faucon d'Emory n'était pas vraiment un barbare. Elle savait que certains courtisans de Lothaire prétendaient que les Saxons étaient indignes de leur compagnie, mais Charlemagne en avait fait des chrétiens.

Toutefois, cela n'expliquait pas pourquoi ce Saxon-là pillait des villages francs, volait des femmes, des poules, des oies, des agneaux, des vaches et des chevaux. Si cet homme était devenu un brigand, pourquoi gaspillait-il son énergie à voler autre chose que de l'or et des bijoux ? Cela n'avait pas de sens.

Peu après la tombée de la nuit, l'homme qui apportait l'eau et la nourriture chaque matin descendit avec une lanterne. Les femmes les plus proches de l'écoutille crièrent et se cramponnèrent les unes aux autres avec terreur.

— Où est la gueuse aux cheveux noirs appelée Théa ? lança-t-il dans l'obscurité.

— Je suis sortie me promener, répondit Théa en se levant et en s'avançant dans la lumière.

— Mon suzerain veut que vous montiez. Sire Michael est à l'article de la mort.

Théa hésita. Cela signifiait-il qu'elle allait mourir à son tour ? Tuer un chevalier était passible d'une lourde peine.

Trop tôt à son gré, elle se retrouva dans une petite cabine étouffante éclairée par des lampes à huile qui se balançaient avec les mouvements du bateau. La pièce sentait la chair en putréfaction. Le mourant était allongé sur une palette, enveloppé dans des draps souillés. Sa peau était d'une pâleur fantomatique à côté de la noirceur de sa barbe. Théa vit pour la première fois la blessure causée par sa dague. Elle émit une exclamation étouffée et pensa, mortifiée : *J'ai fait ça.*

Elle passa devant Roderick et posa les doigts sur le front du blessé. La fièvre le consumait. Retirant sa main, elle se tourna vers le duc. Il la regarda d'un air si dur que son sang se glaça dans ses veines.

— Pourquoi m'avez-vous fait venir ici ? Voulez-vous que je le voie mourir ?

— Oui, gueuse. Pour que vous sachiez pourquoi votre propre vie est condamnée.

— Sot que vous êtes, avez-vous l'intention de le laisser s'éteindre, ou de vous battre pour qu'il vive ? Pouvez-vous faire bouillir de l'eau ?

— Oui, répondit Roderick d'un ton sec.

— Alors faites-en bouillir un bon moment, un quart d'heure au moins. De l'eau salée peut convenir. Et il me faut des linges propres, et de l'aide pour le dévêtir. Il est grand.

— Il se ratatine dans la mort, répliqua le Faucon.

Il envoya un homme chercher de l'eau et demanda des linges à un certain Ben. C'était le jeune homme qui avait attaqué Marie. Lorsqu'il revint, Théa fut frappée par sa jeunesse. Il était à peine plus âgé que son petit frère Jason.

Roderick observa la jeune fille qui s'affairait autour du lit, ôtant les draps sales et les habits fétides de Michael. Il ne lui faisait pas plus confiance qu'il ne pouvait la renvoyer. Il n'oubliait pas qu'elle avait prétendu avoir utilisé une lame empoisonnée. Elle montra une grande force de caractère en ne se pâmant pas quand elle découvrit totalement la blessure et se pencha pour examiner la chair putréfiée. Le visage pâle, elle s'adressa à lui tout de suite après.

— Il nous faut beaucoup d'eau. Ce n'était pas une blessure sérieuse, au départ. Aucun organe n'a été touché, grâce au ciel. Mais vous l'avez laissée s'infecter. Si vous aviez nettoyé la plaie avant que la fièvre s'installe, il ne serait pas mourant, à présent.

Théa ne put deviner pourquoi, mais le Faucon refusa de l'aider à sauver son compagnon. Il se tint à côté, sans lui offrir son assistance, la condamnant du regard et probablement en pensée. Elle choisit de l'ignorer au lieu de se laisser impressionner.

Elle fouilla dans un coffret de remèdes et d'herbes que Benjamin avait ouvert pour elle. Puis elle versa de l'alcool sur ses mains et les sécha, avant de poser des linges brûlants, trempés dans l'eau bouillie, sur la blessure de sire Michael. Pendant que la chaleur extrayait les poisons, elle baigna le blessé de la tête aux pieds. Une heure se passa en une activité frénétique avant que Roderick demande :

— Pensez-vous éviter la corde ?

— Je me moque de ce que vous ferez de moi ! rétorqua Théa d'un ton coupant. Il y a des jours que je ne me considère plus comme vraiment vivante. Mais un mourant mérite un certain confort. Voulez-vous soulever votre ami pour que je puisse changer ses draps ?

Le duc s'avança et saisit Michael dans ses bras pendant qu'elle remplaçait prestement les draps. Quand il le recoucha, elle le couvrit d'une couverture. Roderick ne voulait pas admettre que ses manières efficaces l'impressionnaient. C'étaient les gestes d'une femme habituée aux blessures de guerre.

Il retourna à la barre. Théa fut heureuse de le voir partir. Elle n'avait pas besoin de ce Saxon farouche et silencieux surveillant le moindre de ses mouvements. Sa veille se prolongea tard dans la nuit. Quand elle eut fait tout ce qu'elle pouvait, elle s'agenouilla près du lit et pria Dieu de laisser vivre son patient. Au milieu de ses prières, il ouvrit les yeux. Ils étaient aussi bleus que ceux de son frère Roy.

Il sourit faiblement et demanda d'une voix rauque :

— Etes-vous un ange ? Et si vous ne l'êtes pas, quel est votre nom, douce jouvencelle ?

Ce sourire sur les lèvres d'un homme qui frôlait la mort stupéfia Théa. Sa gorge se contracta. C'était la première fois que quelqu'un lui demandait qui elle était sur cet horrible bateau.

— Je suis Théa d'Auvergne, bon chevalier, répondit-elle en raccourcissant son nom et ses titres pour ne pas le fatiguer. Qui êtes-vous ?

— Michael de Lozere, pour vous servir.

— Vous devez dormir, sire chevalier, dit-elle avec une satisfaction tranquille, car sa fièvre était tombée.

Scrutant les étoiles à minuit, Roderick modifia son cours pour pouvoir se faufiler aisément et sans être vu dans l'estuaire de la Weser. Il voulait éviter d'être repéré par ses voisins les plus voraces, les Danois, aussi cupides que les Francs.

Pour se distraire, il songea au travail qui devait être achevé avant que l'hiver arrive. Ces maudits Vikings lui avaient laissé si peu de choses. Ses efforts lui semblaient si inadéquats. Et il ne pouvait se permettre de perdre son ami et compagnon de combat, Michael de Lozere. Il se fustigea d'avoir cédé aux jérémiades de ses serfs, et d'avoir parlé de ramener des femmes à Emory. Toutes les femmes du monde ne valaient pas la perte de Michael.

Il lâcha le gouvernail et alla voir comment se portait ce dernier.

Le chevalier était allongé nu sur le lit, un linge couvrant son sexe. Un cataplasme était posé sur son ventre et l'odeur forte des herbes emplissait la cabine. Théa baignait son front, son visage, sa gorge et son torse moites de sueur. Elle se tourna quand une ombre tomba sur la couche et riva les yeux sur la bouche du Faucon, attendant ses paroles.

— Etes-vous une sorcière ? demanda-t-il.

— Si j'en étais une, je vous assure que je trouverais un moyen de m'envoler de ce bateau.

Roderick contempla son ami en silence. Sa fièvre semblait avoir diminué.

— Vous n'aurez pas la satisfaction de me pendre pour le meurtre de cet homme, déclara Théa. Il va vivre, et ce ne sera pas grâce à vous.

Sa calme accusation le prit de court. Il regarda son visage, notant que ses yeux clairs, d'un vert lumineux, étaient emplis de fierté.

— Vous pensez marchander avec moi, gueuse ?

— Non, je préférerais conclure un pacte avec le diable, Saxon.

Sur ces mots, Théa rassembla les linges souillés et demanda du savon. Elle était fatiguée. Rester en colère lui réclamait trop d'effort. Roderick ouvrit un coffre et lui tendit un morceau de soude. Elle le prit sans commentaire.

Il faisait plus frais dehors que dans la cabine. Un frisson saisit Théa lorsqu'elle se dirigea vers le bastingage, son seau à la main. Tout était tranquille, comme toujours sur le bateau la nuit, avec les cordages qui craquaient et l'eau qui clapotait contre la coque. Un croissant de lune se cachait derrière des nuages. La mer luisait, grise et verte. Dès que Théa arriva au bord pour plonger son seau, ses yeux las aperçurent une côte.

Elle en fut si surprise qu'elle laissa choir le seau sur le pont, renversant les linges qu'elle voulait laver. Le bateau glissait rapidement entre des montagnes.

Elle pivota, cherchant Roderick du regard.

— Où sommes-nous ? demanda-t-elle en l'apercevant à la barre.

Dans la faible lumière prodiguée par deux lanternes en fer-blanc, elle le vit se redresser avec fierté.

— Au nord de l'empire de Lothaire, petite Franque. En Saxe.

Théa étouffa une exclamation. Ils étaient presque au bout du monde connu. Ravalant sa peur, elle regarda de nouveau la terre ferme. Elle les entourait de tout côté. L'air était froid. Une bande de brouillard couvrait le rivage. Elle ne pouvait imaginer dans quel pays ils arrivaient, mais l'idée que leur voyage touchait à sa fin l'emplissait de terreur.

Elle humecta ses lèvres sèches, sentant un goût de sel. Elle devait avertir les femmes, leur donner le moyen de se préparer. Ses pensées se centrèrent sur la façon de s'échapper quand le bateau accosterait. Ses yeux cherchaient des repères, tandis qu'elle essayait de se rappeler ce qu'elle savait de la cartographie et des côtes.

Roderick avait confié la barre à quelqu'un d'autre et vint la rejoindre.

— Vous avez puisé assez d'eau.

Il lui prit le bras. Surprise, Théa lâcha le seau qui tomba dans la mer. La corde de chanvre lui brûla les paumes.

— Pourquoi m'avez-vous fait peur ? s'écria-t-elle en se libérant et en le regardant avec colère.

Elle pivota pour retourner dans la cale.

— Je ne vous ai pas donné l'autorisation de partir.

Il la rattrapa par le bras et la fit se tourner face à lui.

— Je n'ai pas besoin de vous la demander, rétorqua-t-elle.

— Vous devenez une gêne. Il est grand temps que vous appreniez à garder votre place.

Il la poussa devant lui, tout en criant des ordres à son équipage.

— Placez la grille sur la cale pour qu'aucune des autres femmes ne monte sur le pont. Elle leur a dit que nous approchons des côtes.

— Je n'ai encore rien dit ! protesta Théa. Mais elles ont le droit de savoir.

Avec colère, il la souleva de terre et son bras se noua autour de sa taille tel un ruban d'acier.

— Reposez-moi ! Lâchez-moi !

Il ignora ses cris. Elle paniqua lorsqu'il s'approcha des cabines, et entendit les rires de l'équipage. Le duc ouvrit d'un coup d'épaule la porte voisine de celle de Michael. Théa essaya en vain de se retenir au chambranle. Le jeune Ben se redressa d'un bond sur l'unique lit, les yeux aussi ronds que des soucoupes, les cheveux en bataille.

— Messire ! lança-t-il en sautant sur ses pieds.

— Dehors ! ordonna Roderick.

— Non, ne partez pas !

Théa griffa le bras nu serré autour de ses côtes. Le jeune homme franchit la porte sans un mot et la claqua derrière lui. Le duc jeta la jeune fille sur le lit défait, et elle atterrit dans un nid de fourrures. Avant qu'elle puisse se relever, le Saxon la domina de sa haute taille et posa les mains à plat sur le matelas.

— Vous allez rester ici le reste du voyage.

— Non ! répliqua Théa, essayant d'écarter ses bras musclés.

Elle n'avait pas été aussi effrayée depuis qu'elle avait été enlevée.

— Avez-vous besoin d'une leçon sur l'inutilité de me défier ?

— Vous serez pendu ! siffla-t-elle. Vous me poussez à bout !

— Non, c'est vous qui avez usé ma patience et ne me laissez d'autre choix que de vous enchaîner. Vous entrerez à Blackstone comme une esclave, pour vous châtier d'avoir blessé mon vassal.

— Non !

— Si, Théa, c'est tout ce que vous serez. Vous n'aurez pas d'époux, seulement un maître, et je ferai de vous ce qui me conviendra. Maintenant, levez-vous et ôtez votre cotte.

— Quoi ? s'écria-t-elle. Je n'en ferai rien ! Si vous persistez à me causer du tort, je m'assurerai que vous soyez démuni de toutes vos terres, de tous vos vassaux et vos serfs, et banni de l'empire à jamais. J'implorerai même l'évêque d'Auvergne de vous excommunier !

— Pourquoi ne pas en appeler au pape, tant que vous y êtes ?

Roderick la remit sur ses pieds. La cabine paraissait terriblement exiguë avec lui au milieu.

— Croyez ce que je vous dis, gueuse. Votre vie est entre mes mains. Otez votre cotte. Si vous me forcez à vous l'arracher, je vous battrai pour avoir endommagé ma propriété.

— Pourquoi faites-vous cela ? Je ne vous ai causé aucun tort !

— Je ne puis vous laisser vous promener librement, distrayant mon équipage et me gênant pendant que nous accosterons.

Le teint de Théa avait pris la couleur de la cendre.

— Je ne vous permettrai pas de me brutaliser.

— Je vous ai donné l'ordre de vous dévêtir.

Il s'avança d'un pas. Elle se raidit devant lui, les jambes contre le lit.

— Non.

Lorsqu'il reprit la parole, sa voix était si sourde et si gutturale qu'elle l'entendit à peine.

— Aucune femme ne me défiera, gueuse. Vous allez apprendre le prix de la désobéissance.

— J'ai un nom ! déclara-t-elle farouchement, intimidée par sa taille et sa férocité.

Mais elle pouvait voir clairement que le provoquer ne faisait qu'affaiblir sa position.

— Je vais faire ce que vous dites.

Elle lui tourna le dos et se mit à dénouer ses lacets. *Je ne suis pas une couarde*, se dit-elle. La fierté lui fit redresser l'échine et la tête. Elle cligna des paupières pour chasser les larmes qui lui montaient aux yeux et fit glisser sa cotte de ses épaules. Elle tomba sur sa taille et elle tira dessus pour la faire choir à ses pieds. Puis, avec un orgueil pervers, elle refit face à son tourmenteur, vêtue de sa seule chemise.

Roderick grogna intérieurement. Sa chemise était bordée de guipure et plus belle que tout dessous qu'il avait vu depuis très longtemps. Il fixa la dentelle qui couvrait ses seins et sentit sa volonté s'affaiblir sous le désir de la toucher. Avait-il besoin d'autre preuve qu'elle était une dame ? Il serra les poings et raffermit sa détermination.

Elle devait arriver à Blackstone comme esclave — sinon elle ne pourrait jamais lui appartenir. Il la désirait plus qu'il n'avait jamais désiré aucune femme dans sa vie. Il n'était pas libre de ramener une épouse chez lui, comme ses serfs et ses vassaux. Il avait besoin pour son fief d'une femme titrée dont la dot les sauverait durant les années à venir.

Toutefois, qu'il le veuille ou non, il ne pouvait détacher son regard de sa poitrine qui se soulevait sous la dentelle.

— Entendez-moi bien, petite Franque, dit-il d'une voix enrouée par le désir. Je ne souhaite pas vous battre pour vous forcer à m'obéir, mais je le ferai si vous ne me laissez pas le choix.

Théa ne comprenait pas sa cruauté.

— Pourquoi ? demanda-t-elle. Qu'ai-je fait pour que vous m'humiliiez de la sorte ?

— Vous parlez trop.

Roderick ramassa sa cotte, ouvrit un coffre et la rangea dedans. Elle ne se promènerait pas sur le pont en chemise.

— Que faites-vous ? protesta Théa en s'élançant pour reprendre son vêtement.

Il se retourna face à elle. Du plat de la main, elle effleura une cicatrice qui barrait son torse musclé. Elle se figea, les yeux élargis, et se retint de le griffer. Un instant plus tôt, elle se serait défendue à mort s'il l'avait touchée ; maintenant, elle n'en était plus aussi sûre. Son regard passa d'une horrible marque à l'autre et elle se souvint de ce qu'elle avait entendu dire : les hommes d'Anne d'Aix-la-Chapelle l'avaient fouetté jusqu'à ce que son sang coule sur ses pieds. Elle en voyait le résultat.

Elle réprima une exclamation lorsqu'il tendit la main pour saisir son cou. S'attendant à avoir mal, elle fut surprise par la légèreté de son toucher. Son pouce calleux caressa sa mâchoire et sa joue. Ses longs doigts se glissèrent dans les boucles de sa nuque.

— Vous avez peur de moi ?

Théa nia l'évidence.

— Non.

Il resserra son emprise sur son cou et, de son autre main, lui caressa de nouveau la joue. Elle ferma les yeux. Le roulis du bateau la plaçait au-dessus de lui. Elle se pencha en avant pour garder son équilibre, et il se retrouva plus près d'elle. Elle perçut la chaleur qui émanait de son corps et qui l'enveloppait. Ses mains posées sur sa gorge et sur son visage provoquaient en elle les plus étranges sensations. Sa peur diminua.

Elle cligna des paupières et plongea les yeux dans des prunelles sombres, couleur de saphir, qui étaient à sa hauteur. Une petite voix intérieure lui chuchota qu'il n'était pas aussi menaçant qu'elle l'imaginait. Les sentiments qui accompagnèrent cette pensée la choquèrent.

Les mains dures et calleuses qui caressaient sa joue ne la rudoyaient pas. Il la touchait avec une sorte de vénération. Elle distingua dans ses yeux l'expression la plus étonnante qu'elle avait jamais vue chez un homme. Les mots ne pouvaient décrire ce qu'elle ressentit quand il posa la bouche sur la sienne.

Elle resta figée, subjuguée, tandis que ses lèvres glissaient sur les siennes. Un petit rire hystérique lui échappa. Sa barbe taquinait son menton et ses joues. Elle ne pouvait prononcer une parole. Elle était embrassée par un homme qu'elle aurait dû mépriser.

Elle pensa que si elle avait été une fille obéissante et raisonnable, comme Andrée, ceci ne lui serait pas arrivé. Elle n'avait personne à blâmer, sauf elle-même, d'être devenue la captive de ce Saxon.

Toutefois, il lui semblait inévitable qu'il l'embrasse. C'était inscrit dans son destin depuis qu'elle l'avait vu pour la première fois, entrant si fièrement dans les lices, tête nue, au tournoi de Montigney. Avait-elle follement donné son cœur à cet homme à ce moment-là ?

— Vous ne me repoussez pas, dit-il d'une voix plus égale qu'elle ne s'y attendait, compte tenu de son souffle haché.

Théa ne put formuler la moindre réponse. Elle ne pouvait lui dire combien ses cicatrices la touchaient, ni exprimer la compassion qui l'envahissait. Elle devinait intuitivement qu'il dédaignerait sa pitié.

Il leva son menton, l'embrassa de nouveau, puis murmura contre ses lèvres :

— Mon nom est Roderick, Théa. Ouvrez-moi votre bouche. Je veux vous embrasser comme un homme et une femme s'embrassent.

— Pourquoi ? demanda-t-elle, ébranlée par la sensation de ses lèvres sur les siennes.

Pour toute réponse, il émit une plainte chargée de désir et prit possession d'elle. Elle sentit sa langue brûlante écarter ses lèvres. Il tenait fermement sa tête, tandis que son autre main descendait le long de son dos et la pressait contre lui.

Des frissons la parcoururent alors que sa langue jouait avec la sienne, la taquinant, la tourmentant, la goûtant. Puis ses lèvres glissèrent le long de sa gorge, la faisant trembler tout entière. Il caressa ses seins de sa bouche, ses dents en mordillèrent la pointe trop sensible, et elle se sentit brûler, emplie d'un besoin douloureux. Comment ou quand elle se retrouva allongée sur le lit, elle n'aurait su le dire. Tout ce qu'elle savait, c'était que son corps palpitait et frémissait pour lui.

Il continuait à promener ses mains sur elle, trouvant les douces courbes de son postérieur, écartant ses jambes pour imprimer sa dure virilité dans le creux tendre de ses cuisses. La tension qui habitait Théa fut multipliée par cent. Elle éprouvait un mélange de plaisir, de douleur et d'attente, et le tout se confondait en un sauvage assaut de tous ses sens. Elle se nicha contre Roderick, l'acceptant en elle, satisfaite et chaude, le réconfort de ses lèvres sur les siennes compensant la brève brûlure qu'elle ressentit.

Tout ce qui était extérieur à ce qu'elle éprouvait cessa d'exister. Tout son être était concentré sur le brasier qui les consumait tandis qu'ils se mouvaient à un rythme aussi ancien que le temps, et s'élevaient ensemble, en un merveilleux crescendo, vers un contentement absolu.

Théa n'entendit pas ses propres cris de plaisir, comme elle n'avait pas conscience de ses mains caressant le torse nu de Roderick. Il n'y avait plus rien en dehors de cette union magnifique d'un homme et d'une femme. Ils étaient liés par une force puissante, aussi élémentaire que la vie elle-même. Par une communion de leurs deux âmes qui transcendait tout ce que Théa avait connu jusque-là. Il était l'homme pour qui son destin l'avait préparée. Elle plongea les yeux dans les siens, tandis qu'ils étaient soudés par la vague de plaisir incontrôlable qui les submergeait.

Comprenant à peine comment c'était arrivé, Roderick s'émerveilla de la douceur avec laquelle elle s'était ouverte à lui. Aucune larme d'amertume n'embuait ses lumineux yeux verts. Aucune récrimination ne gâchait la courbe pleine et passionnée de sa bouche. Il pouvait se perdre pour toujours dans son innocence et ses délices. Sauf qu'il ne devait pas se le permettre. Il ne prendrait pas le risque d'être détruit de nouveau par une autre Franque. Jamais plus une femme ne régenterait sa vie.

Il se retira d'elle délibérément, séparant ce qu'il éprouvait de ce qui devait être. Il arrangea ses chausses et se leva aussitôt, la tirant hors du lit et la redressant près de lui. Il tendit la main pour rassembler entre ses seins les bords déchirés de sa chemise.

Elle ne pouvait tenir debout sans soutien. Il passa une main sous son bras. Son cœur battait toujours violemment, et il craignait qu'elle l'entende. Il inspira à fond pour se calmer, et s'efforça d'ignorer la pointe dressée d'un sein qui appelait sa bouche. Il chercha à recouvrer le contrôle de lui-même, qu'il n'avait jamais perdu jusqu'alors. Il sentit son sang s'accélérer dans ses veines et retint une exclamation de triomphe, primitive, à l'idée d'avoir pris sa virginité.

L'avoir possédée la marquait comme sienne, de façon

indélébile. Elle était à lui et à lui seul. Sa semence dans son ventre faisait d'elle sa propriété pour l'éternité.

Elle faiblit contre lui, les genoux chancelants, tremblant contre le support de son bras. Il se pencha sur le coffre qui se trouvait au pied du lit, l'ouvrit, y prit un objet et la saisit par le bras pour l'attirer à lui. Sans explication, il empoigna les deux bouts du collier en fer, les écarta et les passa autour du cou mince de Théa.

— Quel travail faisiez-vous pour votre ancien maître ?

— Quel travail ? répéta-t-elle dans un souffle.

Ses doigts se crispèrent sur le collier en fer. Au centre, il comportait un trou dans lequel une chaîne pouvait être passée. Elle n'avait pas assez de force pour le retirer.

— Je ne suis pas une esclave ! se récria-t-elle.

Roderick prit soin de ne pas lui montrer son manque d'assurance, car il n'y avait pas d'esclaves à Emory. Elle serait la première. Avec le temps, elle apprendrait qu'il n'avait nul désir de rester son maître. En attendant, il suffirait qu'elle joue son rôle, et lui le sien, pour apaiser les prêtres lorsqu'ils débarqueraient.

D'un ton sec, parce que lui mettre ce collier lui faisait honte, il déclara :

— Vous savez ce que je veux dire. Quelles étaient vos tâches ?

— Suivre…

Théa s'interrompit. « Suivre les leçons de mes précepteurs et aider ma mère à mener la maison », allait-elle dire. Elle tourna son visage vers le mur et ramena sa chemise sur elle. Rien ne pourrait la forcer à le regarder. Par le ciel, qu'avait-elle fait ?

Elle était la fille de Roger Bellamy, duc d'Auvergne, duchesse de son plein droit, deuxième fille de la respectée dame Lilla de Landais et de Limousin. Comme son père aurait honte d'elle, s'il pouvait la voir en cet instant !

Sa conduite l'emplissait elle-même d'une vive humiliation. Avoir enlacé cet homme froid et sans cœur, apprécié ses baisers et trouvé du réconfort dans son étreinte était une abomination.

Pourquoi n'était-elle pas morte en luttant contre lui ? Aucun châtiment ne la purifierait de ce péché de luxure. La folie s'était emparée d'elle.

Roderick la prit par l'épaule et la tourna vers lui. Elle essaya de cacher son tremblement, mais il sentit les frissons qui la parcouraient quand il resserra sa main sur sa peau pâle.

— Regardez-moi, Théa.

Il attendit qu'elle lève les yeux, espérant que les siens ne trahiraient pas son désarroi. Sa beauté attisait son désir. Il était damné par deux fois, car il la convoitait de nouveau, plus encore qu'auparavant. Mais le résultat ne lui plaisait pas.

Il s'était attendu à une mégère. Il aurait su que faire d'une petite harpie emplie de hargne. Le sort lui avait livré une vierge qui lui avait offert l'abandon le plus doux qu'il avait jamais goûté dans sa vie. Pourquoi Dieu lui avait-il donné des yeux si candides, qui révélaient combien il l'avait blessée ? Durcissant son cœur, il prit un ton bourru.

— Vous ne m'avez pas répondu. Quel travail faisiez-vous pour votre ancien maître ?

Ebranlée, Théa ne réussit pas à recouvrer sa fierté.

— J'ai été formée à être une châtelaine... et une guérisseuse.

Il haussa un sourcil appréciateur. Cela expliquait sa témérité. Dans les demeures franques, la châtelaine avait beaucoup de pouvoir sur les serviteurs.

— J'ai besoin d'une châtelaine à Blackstone.

Théa ne gardait le contrôle d'elle-même que par la seule force de sa volonté. Elle voulait qu'il s'en aille et la laisse lécher ses blessures toute seule.

— Vous avez vingt femmes parmi lesquelles choisir une châtelaine, sur ce bateau.

— Elles sont destinées à autre chose.

— A être des épouses pour vos serfs, je sais. Je ne veux pas prendre part à ce blasphème.

Des larmes lui montèrent aux yeux, et elle les chassa.

— Je n'ai nul besoin de votre consentement, répliqua

froidement Roderick. Et vous remplirez tous les devoirs que je vous assignerai une fois ce voyage achevé.

Quand le Jugement dernier viendra, pensa Théa, rebelle. Mais elle ne dit rien.

Il prit son trousseau de clés et en ôta une qu'il lui tendit.

— Ceci ouvrira votre coffre près du lit. Vous y trouverez des aiguilles et du fil pour recoudre votre chemise. Comme vous m'avez prouvé que vous avez besoin d'activité en permanence, il y a d'autres choses à raccommoder. Cela devrait vous tenir occupée jusqu'à ce que nous accostions. Vous resterez ici, sans votre cotte pour vous éviter de déambuler, tant que je ne viendrai pas vous chercher.

Il fit une pause, attendant une réaction. Des paroles haineuses leur feraient du bien à tous les deux. Sinon, il franchirait la porte et ne penserait qu'à la magie qui avait eu lieu entre eux.

Elle serra les doigts sur la clé. Quand elle le regarda, la colère qu'il cherchait à provoquer était là, dans ses magnifiques yeux verts.

— Vous n'avez pas à me forcer à me dévêtir pour me garder ici, lança-t-elle d'un ton accusateur.

Il haussa un sourcil, sachant que son arrogance attiserait son courroux.

— Vous n'avez pas montré jusqu'ici une propension à obéir aux ordres, gueuse.

Théa se raidit.

— Je ne vous dois rien, Saxon. Je ne suis pas liée à vous autrement que par ma captivité. Mon devoir est de m'assurer de recouvrer ma liberté. Le plus tôt possible.

Roderick glissa son index dans le trou du collier en fer et tira dessus.

— Défiez mon autorité et vous aurez à en souffrir grandement.

Sa menace tomba dans le vide. Qu'espérait-il ? Elle était une Franque aux cheveux noirs, la race de femmes la plus irritante, la plus obstinée et la plus traîtresse de la Terre.

— Au revoir, Théa. Comprenez bien ceci : je ne vous offrirai ni cottage ni mari à Emory. Plus tard peut-être, quand je me lasserai de vous, je vous vendrai à un maître danois contre de l'or. Jusque-là, vous n'appartenez qu'à moi.

Chapitre 6

4 octobre 841
Forteresse de Blackstone, fief d'Emory, Saxe

— Peu m'importe à quel usage vous avez servi à mon seigneur sur son bateau.

Le chevalier à la barbe grise qui avait escorté Théa depuis le port jusqu'à la forteresse s'arrêta pour lui donner le temps de regarder autour d'elle.

— Je suis sénéchal, et je vais vous indiquer les raisons de votre présence ici.

D'un geste de la main, il désigna la grand-salle dénuée de porte, qui était dans un état pitoyable.

— Vous vous appliquerez à un travail de femme honnête, cuisinant, frottant, veillant aux besoins de ce château. Donnez-moi votre parole que vous ne franchirez pas le mur d'enceinte.

— Pourquoi le ferais-je ?

La rude montée vers la forteresse n'avait pas apaisé la colère de Théa après son interrogatoire par les prêtres chargés de vérifier l'entrée de toute nouvelle personne dans le fief. Elle brûlait de retourner au village et d'arracher les yeux du Faucon. Par le ciel, il l'avait fait passer pour une ribaude devant tous ses vassaux et ses serfs, déclarant qu'il l'avait possédée lui-même et qu'elle n'était pas pucelle. Cette humiliation s'était ajoutée pour Théa à la déplorable impression qu'avait produite sur elle ce pays noyé de brouillard. Un pays de païens, cerné de montagnes escarpées, où elle n'aurait pas été étonnée de voir des dragons, des fées, des lutins ou des trolls. Le village et les champs dévastés par des incendies, les hommes mutilés qu'elle avait aperçus et l'étonnante absence de femmes et d'enfants n'avaient pas amélioré son opinion.

Elle tourna vers le sénéchal un regard blessé qui ébranla la volonté de sire Deitert. Jamais une jeune femme ne l'avait regardé ainsi. Il s'éclaircit la gorge et réprima l'élan de sympathie qu'il éprouvait pour elle.

— Maîtresse, si vous ne me promettez pas de rester à l'intérieur de ces murs, je ferai ce que mon seigneur m'a demandé de faire : je vous entraverai par une chaîne et je vous fouetterai pour votre insolence.

— C'est bon, agréa Théa à contrecœur. Vous avez ma parole.

— Bien. Vous êtes sensée. Comme vous pouvez le voir, il y a beaucoup de travail à exécuter. Je vous montrerai où puiser de l'eau, ainsi que l'état de notre cellier. Vous pouvez compenser votre grossière conduite envers mon suzerain, tout à l'heure, en nettoyant sa chambre et en la rendant habitable pour ce soir.

Le regard de Théa, noir de colère, assura au sénéchal que l'enfer gèlerait avant qu'elle lève un doigt pour Roderick d'Emory.

— Ne me laisserez-vous d'autre choix que de vous flageller ? demanda-t-il.

Théa leva le menton aussi haut que le lui permettait son collier de fer. Elle darda sur l'homme ses yeux hostiles.

— Quel fléau s'est abattu sur ce pays ? s'enquit-elle.

— Les Vikings, femme. Dix drakkars ont accosté dans le port de Blackstone et ces barbares ont tout ravagé. Plus de trois cents hommes, femmes et enfants ont été massacrés en un seul jour, et le reste a été emmené en esclavage.

— Les Vikings ont brûlé votre abbaye, le village et ce château ?

— Entre autres méfaits.

— Quand est-ce arrivé ?

— Le jour de Mardi gras.

Théa n'eut pas besoin de demander si le Faucon d'Emory avait été présent lors de cette attaque. Elle savait que non. Pour Mardi gras, il était à Montigney, risquant sa vie pour distraire l'empereur. Pas étonnant qu'il soit aussi amer. Après avoir failli être tué par Grégoire de Merrault et Anne d'Aix-la-Chapelle, il était rentré chez lui pour trouver son fief dévasté. Il y avait de quoi être aigri.

Elle inspira à fond. Elle ne voulait pas ressentir de sympathie pour Roderick d'Emory. Elle ne voulait pas le voir comme une victime de la cruauté et de l'injustice. Comment pourrait-elle entretenir sa colère contre lui, sinon ?

C'était elle qui était une victime. Elle ne devait pas l'oublier. Elle ne devait pas penser non plus que Roderick faisait passer les besoins de son peuple avant les siens.

Ramenant ses pensées sur sa propre situation, elle jeta un regard noir sur les jonchées souillées de la grand-salle. Il fallait qu'elle prenne une décision. Allait-elle se consacrer à ce taudis et le rendre habitable ? Ou allait-elle se battre bec et ongles jusqu'au moment où elle pourrait s'échapper ?

— Ainsi vous êtes le sénéchal de cet endroit sordide, dit-elle. Quel est votre nom ?

— Deitert.

— Fort bien, vous pouvez m'appeler Théa. Je vous demanderai de rassembler tous les serviteurs et de les informer que je suis désormais la châtelaine de cette vile forteresse. Mais avant, montrez-moi où sire Michael a été transporté. Je dois examiner sa blessure. Ensuite, nous verrons ce qui peut être fait ici.

Sire Deitert lui asséna alors un rude coup.

— Il n'y a pas de serviteurs à Blackstone, femme. Nous avons une vieille cuisinière branlante, mais tout le reste est de votre ressort.

Il leva sa main droite, le poing serré.

— Et si vous me parlez encore comme si j'étais sous vos ordres, vous aurez autant de dents en moins que je pourrai vous en ôter d'un soufflet. Comprenez-vous, garce de Franque ?

D'ici à midi, Théa avait tout vu. Elle connaissait la situation des lieux à l'intérieur du mur d'enceinte, l'état de chaque chambre des quatre étages, la position et l'usage des dépendances et ses chances de s'échapper.

Elle contemplait sérieusement cette possibilité, même si elle savait qu'elle ne pourrait s'enfuir tout de suite : Victorieux était malade. Il avait mal supporté la traversée. La pauvre bête était aussi gonflée qu'une pouliche sur le point de mettre bas. Mais l'étalon se remettrait, à condition que le vieux Saxon nommé Henry s'y connaisse autant en chevaux qu'elle le pensait. Et elle avait une autre idée : le vieux palefrenier devrait quitter ses écuries impeccablement tenues pour devenir l'intendant de la forteresse. Il était le seul Saxon qu'elle avait rencontré ce jour-là à se soucier de propreté.

Autre chose inquiétait Théa : il n'y avait ni cochons, ni poules, ni oies, ni œufs. Ils allaient mourir de faim bien avant que l'hiver s'installe.

Son inspection finie, elle entra enfin dans la seule chambre qu'elle s'était juré de ne pas toucher. La chambre du seigneur. Là, il restait quelques traces de l'ancienne grandeur de Blackstone. Deux murs superbement lambrissés avaient échappé aux flammes. Le sol était en pierre, et il y avait une immense cheminée.

Le seul vrai lit de la forteresse dominait la pièce. Mais les Vikings avaient détruit le baldaquin, volé les draperies, les édredons et les courtepointes. Deux fauteuils à haut dossier avaient été réparés et placés devant l'âtre. Les fenêtres étaient larges, mais dépourvues de vitres et de contrevents qui n'avaient pas été remplacés. Un coffre et une table de toilette rudimentaire complétaient le mobilier. C'était aussi la seule chambre de Blackstone qui était à peu près propre.

Théa pouvait aisément imaginer le Faucon dans cet environnement austère. Même chichement meublé, il respirait sa présence. Mais Roderick d'Emory pourrait embrasser le pape avant qu'elle s'occupe de sa chambre, se répéta-t-elle. Même s'il pensait faire d'elle son esclave personnelle.

La lourde porte s'était refermée d'elle-même quand Théa était entrée. Elle n'y avait pas prêté attention jusqu'au moment où elle décida de ressortir. Quand elle abaissa le loquet, elle entendit un déclic sonore. Ensuite, elle ne put rien faire pour ouvrir la maudite huisserie en chêne neuf, ornée de charnières ouvragées. Elle soupira. *Quelqu'un viendra assez vite pour me libérer*, se dit-elle.

N'ayant d'autre choix, elle s'assit dans un fauteuil et attendit. Au bout d'un moment, elle tambourina des doigts sur les bras du siège, impatiente. Ce bâtard d'Emory avait dû l'oublier. Et qui savait où était passé son sénéchal. Elle lissa sa cotte et appuya sa tête sur sa main.

— Si seulement cela ne pouvait être qu'un rêve, murmura-t-elle en soupirant de nouveau, profondément. Si seulement je pouvais me réveiller dans mon lit et découvrir que rien de tout ceci n'est vrai.

Elle bâilla et fixa la porte fermée.

— Ai-je jamais rêvé d'un chevalier m'emportant sur son cheval ? Eh bien, Théa, voici à quoi ont abouti tes rêves stupides.

En elle-même, elle condamna Roderick d'Emory qui ne semblait pas voir la saleté qui l'entourait. Mais, après tout, il était trop aveugle pour reconnaître une dame quand il en voyait une !

Théa n'avait pas dormi depuis deux nuits. Elle était fatiguée. Son explosion de colère lorsqu'ils avaient débarqué l'avait épuisée. Sa rage à être déclarée publiquement une esclave et la façon dont Roderick avait laissé entendre qu'elle était une femme de petite vertu revinrent la hanter. N'était-il pas suffisant qu'il lui ait passé au cou un collier d'esclave ? Comment avait-il pu, en outre, déclarer devant tout le monde qu'il l'avait possédée ?

Elle connaissait la position des esclaves. La plus basse de toutes. On les utilisait pour n'importe quel travail, et ils n'avaient aucun droit. Personne ne les défendait ni les protégeait.

Qu'était-elle censée faire ? Que ferait sa mère dans une

telle situation ? Elle ne pensait pas que dame Lilla de Landais aiderait un homme qui avait si vilement abusé de sa vertu.

Elle s'endormit. Combien de temps, elle n'aurait su le dire après coup. Elle fut réveillée en sursaut par quelque chose qui tapait contre son pied. Elle releva la tête si brusquement qu'elle heurta le dossier du fauteuil, et découvrit ce bâtard de Roderick assis en face d'elle.

— Vous n'avez pas été amenée ici pour dormir et ne rien faire, déclara-t-il en guise d'ouverture.

Théa battit des paupières.

— Je ne tolère pas les mains oisives, ni les ventres qui veulent être remplis sans avoir accompli une pleine journée de travail.

Elle humecta ses lèvres.

— Alors je vous suggère de purger votre terrain d'entraînement. Vous avez là une troupe de jeunes écuyers bien en chair qui se battent avec des gourdins faute d'avoir mieux à faire.

Roderick croisa les doigts entre ses genoux, son expression était indéchiffrable.

— Qu'est-ce qui vous donne le droit de critiquer ce que vous voyez à Emory ? Quel sort serait le vôtre si je vous renvoyais là où je vous ai trouvée ?

Le regard de Théa s'aiguisa.

— Est-ce que votre père ne vous battrait pas pour avoir disparu si longtemps ? poursuivit-il. Votre maître, ou votre époux, seraient emplis de courroux envers vous.

— Je n'ai ni maître ni époux ! lâcha-t-elle d'un ton coupant. Je ne suis pas une servante et ne l'ai jamais été. Je suis une dame, lourdaud que vous êtes !

Le Faucon bondit sur ses pieds, la tira de son fauteuil et la secoua.

— Ce que vous avez été n'existe plus. Vous commencez une nouvelle vie, ici. C'est le seul choix que vous avez.

— Un choix dont je ne veux pas.

Il se pencha sur elle, l'air dangereux.

— Vous allez venir avec moi. Je vais vous montrer le travail qu'il y a à faire, ainsi qu'aux deux autres esclaves.

Théa savait de qui il parlait. En débarquant du bateau, elle avait vu Elspeth et Jesse portant le même collier qu'elle. Elle les avait entendues répondre aux questions des prêtres, et avait appris qu'elles étaient toutes les deux filles-mères. Les autres femmes, réputées vierges, avaient été regroupées dans l'abbaye en attendant leur mariage avec des serfs.

— Je ne lèverai pas un doigt pour vous aider, répliqua-t-elle avec courage.

Il plissa les paupières.

— Je vous le répète, je n'ai pas l'habitude de nourrir des bouches inutiles. Si vous ne voulez pas travailler, je devrai vous trouver un autre usage.

Il l'attira brusquement contre son torse et lui empoigna les cheveux pour lui rabattre la tête en arrière. Sa bouche descendit sur la sienne.

Théa se figea à ce contact. Ses lèvres étaient dures. Sa langue exigeante s'enfilait dans sa bouche. Elle leva les mains et les pressa sur sa poitrine pour le repousser. Ses doigts se crispèrent sur son justaucorps. Elle refusait d'être de nouveau utilisée aussi bassement. Mais son corps la trahissait, et accueillait cette étreinte avec bonheur.

Ebranlée, elle finit par se libérer et tourna la tête pour échapper à son baiser.

— Je ne serai pas votre ribaude ! lança-t-elle avec amertume.

La tenant fermement, Roderick se pencha au-dessus d'elle.

— Vous ferez ce que j'exigerai de vous, m'entendez-vous ?

— Parfaitement, acquiesça-t-elle d'une voix mordante.

— Fort bien, dit-il, satisfait.

Elle ne résista pas quand il la prit par le bras et la conduisit à travers la galerie, puis dans l'escalier qui descendait à la grand-salle. Jesse et Elspeth attendaient là où il les avait laissées. Roderick poussa Théa vers elles.

— Ecoutez bien ce que je dis, femmes. Vous travaillerez toute la journée, ou vous n'aurez pas une miette de pain. Je veux que cette forteresse soit nettoyée. Qu'elle redevienne ce qu'elle était. Me comprenez-vous ?

Les trois femmes opinèrent, Théa comprise.

Elle n'avait aucune idée de ce que ce bouge avait été auparavant. Il était fou, insensé, s'il pensait qu'il n'avait qu'à agiter la main pour que la forteresse soit restaurée dans son état initial. Une semaine passée à frotter n'y suffirait pas.

— Par où devons-nous commencer ? demanda-t-elle d'un ton glacial.

Il explosa alors en une flopée de mots saxons que Théa n'avait jamais entendus associés de cette manière, même si ses précepteurs lui avaient appris cette langue.

— Par ici ! déclara-t-il ensuite d'une voix menaçante, en désignant un coin de la salle.

— Fort bien, dit Théa en lui adressant une courbette.

Se détournant abruptement, Roderick sortit en trombe par la grande arche dépourvue de porte. Théa regretta qu'il ne soit pas décapité par les gonds tordus qui émergeaient du mur. Puis elle cracha sur le sol, là où il s'était tenu. Jesse fondit en larmes.

Chapitre 7

Elspeth passa un bras sur les épaules de la petite rousse, pour la réconforter.

— Tenez votre langue ! lança-t-elle à Théa. Vous n'avez plus le droit de dire ce que vous voulez. Faites-vous fouetter si cela vous plaît, mais ne nous entraînez pas avec vous. Maudit soit votre orgueil, sotte que vous êtes !

— Sotte ? répéta Théa, surprise par les mots durs d'Elspeth. Vous allez laisser ce bâtard faire de vous une esclave ?

— Comment peut-on l'en empêcher ? Dites-moi ! répliqua Elspeth avec colère. Peu importe ce que vous étiez auparavant. Maintenant, vous êtes l'esclave de l'homme qui possède cette forteresse. Il fera ce qu'il veut de vous. Pour ma part, je tiens à la vie, que ce soit avec ce collier ou avec un rang de perles !

— Oh, Elspeth, ne vous querellez pas, je vous en prie ! supplia Jesse en séchant hâtivement ses larmes. Nous ne devons pas nous disputer. Venez, Théa, allons chercher de l'eau et obéissons au seigneur.

Elle prit Théa par la main et l'entraîna hors de la grand-salle. Près du puits, il y avait des seaux. Jesse commença à les remplir.

Théa tremblait de rage, la bile lui montant dans la gorge. Etait-ce là le sort d'une esclave du duc d'Emory ? Devrait-elle travailler pour lui jusqu'à en tomber d'épuisement ? Elle ne subirait pas ces humiliations en silence. Qu'Elspeth et Jesse subissent le même sort qu'elle était une abomination. Qu'elles l'acceptent était encore pire.

Le Faucon avait su exactement ce qu'il faisait quand il l'avait séduite à bord de son bateau. Il avait agi ainsi à dessein, pour la priver de tout recours auquel elle aurait pu prétendre en tant que dame d'une noble maison. Où trouverait-elle un chevalier, en Saxe, pour défendre une vertu qu'elle n'avait plus ? Comment pourrait-elle prouver qu'il mentait quand il disait qu'elle n'était pas vierge ? C'était une chose vile et cruelle, qu'il lui avait faite.

Sans un mot, Théa prit un seau et retourna dans la grand-salle. Elle s'agenouilla avec raideur et se mit à frotter le sol, sans se soucier de ce que faisaient Elspeth et Jesse.

Que les Saxons essaient de l'enchaîner. Elle les tuerait tous avant de se soumettre. Elle fabriquerait une potion empoisonnée et la ferait boire à tous les dégoûtants personnages de cette demeure. Et quand ils seraient tous à l'agonie, elle s'enfuirait avec son cheval !

Cette journée avait sûrement été la pire que Roderick avait jamais affrontée. Il ne pouvait imaginer que les choses aillent plus mal. L'inspection de son fief l'avait presque convaincu de retourner à son bateau et de mettre les voiles. De se laisser conduire là où les vents l'emmèneraient. Pour échapper aux ensorcelants yeux verts de la jeune Franque, entre autres. Mais pas seulement.

Son domaine était dans un triste état. Il aurait eu besoin d'une centaine d'hommes pour moissonner les champs. Les fruits pourrissaient sur les arbres, les raves devaient être récoltées, les haricots et les pois séchaient sur leurs échalas… Tout cela ne serait pas arrivé s'il n'avait pas emmené ses vassaux dans sa dernière expédition pour se procurer des femmes. Et maintenant, il avait soixante bouches de plus à nourrir. Comment allaient-ils passer l'hiver ?

En outre, il était offensé par la saleté de sa demeure.

Lorsqu'il était rentré du village et qu'il n'avait pas trouvé Théa, il avait été furieux de voir qu'elle avait déjà disparu et avait fouillé tout le château, chambre par chambre, avant de la découvrir dans la sienne. A cette occasion, il s'était rendu compte pour la première fois depuis Pâques du délabrement de la maison, qui lui faisait honte. Il avait été aveugle à ses conditions de vie, préoccupé qu'il était par la réfection des défenses du château. Si sa forteresse était une porcherie, ce n'était pas la faute de Théa.

Il avait terminé sa tournée par une visite au puits, pour s'y rafraîchir, et avait été surpris d'y trouver de l'eau propre, pas recouverte par l'épaisse couche de fange à laquelle il était habitué. Il en avait été stupéfait. Puis il s'était demandé pourquoi il continuait à se laver au puits, alors qu'il existait à Blackstone d'anciens bains romains alimentés par des sources chaudes. Le meilleur atout de la forteresse. Ces bains avaient souffert de l'attaque des Vikings, ils n'avaient plus de toit et les conduites étaient obstruées par des débris, mais il avait décidé de s'y rendre. Il avait travaillé jusqu'à la nuit pour permettre à l'eau chaude de couler de nouveau dans le bassin, avec une idée en tête : ce soir, avant de permettre à une certaine petite jouvencelle horripilante d'aller dormir, il lui ferait connaître cet élément de confort. Il ne doutait pas que cette quantité illimitée d'eau fumante plairait à Théa.

Quand il eut fini, il rangea ses outils et se dirigea vers la grand-salle. Plus il s'en approcha, plus ses mâchoires se crispèrent. Il s'était absenté pendant des heures et se demandait ce qu'il allait trouver. Dieu lui vienne en aide si on lui annonçait que Théa avait de nouveau disparu.

Lorsqu'il entra, il fut accueilli par la lumière de huit torches fichées dans les supports des murs, à la place de la seule qu'il faisait allumer d'habitude. Un grand feu brûlait dans la cheminée. La table sur tréteaux était propre, et supportait des pichets étincelants.

Un page bondit sur ses pieds pour le saluer.

— Oh, bonsoir, messire. Je vais dire dans la cuisine que vous êtes arrivé.

Roderick ne lui répondit pas, médusé qu'il était par la propreté du sol de pierre. Les jonchées sales avaient été enlevées et les dalles reluisaient. Puis il aperçut sire Deitert et Benjamin assis dans l'escalier.

— Que faites-vous là ? demanda-t-il.

Son cousin sourit largement.

— Nous ne voulions pas salir le sol avant que vous l'ayez vu.

Roderick contempla encore ce miracle. Depuis combien de temps n'avait-il pas vu la grand-salle aussi impeccable ?

— Est-ce de la nourriture que je sens ? s'enquit-il.

— Oui, répondit Deitert. Il semble qu'à votre retour les feux flambent plus haut que je n'ai réussi à les faire brûler en votre absence. La vie d'un chevalier n'est pas facile.

L'attention du duc fut attirée alors par des mouvements du côté de la cuisine. Sa cuisinière, la vieille Armina, entrait à petits pas avec un plateau. De la vapeur montait vers son visage. Elle fit une révérence. Derrière elle venait Elspeth, la calme blonde qui semblait si pleine de ressources. Un autre plateau entre les mains, elle s'inclina à son tour, plus agile et plus gracieuse qu'Armina.

— Voulez-vous vous asseoir, messire, pour que nous puissions vous servir ? demanda Armina en attendant de mauvais gré avec le lourd plateau.

Roderick excusait sa brusquerie depuis longtemps déjà. La vieille femme avait été la nourrice de son père, et était maintenant percluse de rhumatismes. Elle ne s'avancerait pas plus tant qu'il ne serait pas assis, c'était la coutume.

— Je dis que nous mangions, déclara Benjamin avec impatience.

— Bonne idée, acquiesça Roderick en montrant le chemin.

Les trois hommes gagnèrent la table et s'assirent sur le banc. Alors seulement, les deux femmes s'approchèrent avec leurs plateaux fumants. L'un d'eux supportait un rouget grillé, farci de grains et épicé de manière fort appétissante. L'arôme qui en montait était très tentant. Sur l'autre plateau, il y avait un assortiment de fèves et de lentilles, dans une sauce poivrée assaisonnée par des échalotes.

— Un festin ! s'exclama Ben en prenant le pichet de cervoise que la rousse Jesse avait posé sur la table.

— Qui a préparé ce repas ? demanda Roderick, car ce n'était pas le genre de nourriture qui sortait de ses cuisines, dernièrement.

— Nous toutes ! répondit Jesse, rayonnante.

Elle vit sourire le duc, et pensa sur-le-champ qu'elle était amoureuse de lui. Ou du moins qu'elle pourrait l'aimer, si cela devait être son lot dans la vie.

— Mais c'est Théa qui s'est souvenue de la manière d'accommoder le poisson, ajouta-t-elle.

— Y en a-t-il encore ?

— Nous vous en cuirons un autre si c'est votre souhait, messire, répondit prudemment Elspeth.

D'après son expérience, mieux valait que le seigneur pense qu'il y avait plus de poisson plutôt qu'il sache que ses placards étaient aussi vides que sa grand-salle. Il leur avait fallu beaucoup d'efforts pour apporter ce repas sur la table.

— Non. Je ne demandais pas cela pour moi. Il faut que vous mangiez aussi. Où est Théa ? Est-elle déjà partie dans les bois ?

— Elle est dans la cuisine, messire, répondit Elspeth de son ton calme.

— Allez la chercher.

Chapitre 8

Théa attisa les feux sous les fours où ses douze miches de pain de seigle allaient cuire. Elle s'essuya les mains sur un torchon et inspecta la cuisine nettoyée.

Maintenant, elle pourrait peut-être manger quelque chose, à condition que la vieille femme sale ne touche pas la nourriture. Elle se versa un gobelet de cervoise saxonne et étancha sa soif. C'était la seule chose disponible en abondance, et la boisson alcoolisée apaisa sa faim et détendit ses membres fatigués.

Elle avait encore de la pâte, celle-ci faite avec de la farine de blé. Elle la partagea en quatre tas et la saupoudra de cannelle, de miel et de noix. Cela constituerait un aliment sucré pour rompre le jeûne du matin.

— Théa, le seigneur vous demande de venir dans la grand-salle, annonça Jesse en entrant en courant.

Théa souffla pour écarter une mèche de sa joue.

— Dites-lui que vous ne pouvez me trouver.

— Théa ! se récria Jesse, alarmée.

— *Dites-lui que vous ne pouvez me trouver.*

— Vous allez le provoquer. Il est content du repas, et veut vous remercier.

— *Dites-lui que vous ne pouvez me trouver !* répéta Théa pour la troisième fois, en abattant son poing sur une boule de pâte.

Effrayée, Jesse pivota et retourna d'où elle était venue. Théa, satisfaite, mit la pâte en forme. Puis elle suspendit un lourd chaudron de lentilles dans la cheminée, pour les laisser frémir toute la nuit. Après quoi elle quitta la cuisine.

Il faisait nuit, à présent. Elle devait trouver un endroit où dormir sans être dérangée par ces bâtards de Saxons, et en particulier par leur seigneur.

Son tour des lieux l'avait convaincue que les écuries offraient le plus de cachettes. Elle s'y rendit et trouva le vieil Henry qui travaillait encore, fabriquant des enclos pour le bétail arrivé par bateau. Il ôta son bonnet et lui adressa un sourire édenté.

— Bonsoir, maîtresse.

— Avez-vous mangé ? lui demanda Théa. Nous avons servi le souper dans la grand-salle.

— J'ai ce qu'il faut ici.

Il lui montra un morceau de viande séchée, qu'il rompit en deux pour lui en offrir la moitié. Théa accepta et le remercia, puis lui demanda s'il voudrait lui présenter les chevaux. Il s'exécuta avec fierté, lui indiquant chacune des bêtes de son maître. Il n'y avait que sept destriers et six juments, dont l'une était grosse. Théa porta son attention sur un destrier magnifique, nommé César, le cheval personnel du Faucon. Il était immense et pas très aimable, surtout avec Victorieux.

— Avez-vous assez de foin ? s'enquit-elle.

— Nous avons une bonne récolte qui sèche dans le grenier, maîtresse.

— Est-ce qu'un valet pourrait en couper, demain ? On a besoin de paillasses fraîches, au château.

— Ce sera fait.

— Merci beaucoup.

Théa regarda les vaches, qui étaient plus nombreuses que les chevaux. Henry lui signala qu'il y aurait bientôt un veau ou deux, et de la crème pour du fromage et du beurre. Elle le remercia de lui avoir accordé du temps et le laissa retourner à son travail.

Restée seule, Théa se glissa dans la stalle de Victorieux. L'étalon, qui allait mieux, la reconnut tout de suite et la salua d'un hennissement.

— Oh, Victorieux ! s'exclama-t-elle en jetant les bras autour de son encolure. Nous sommes si loin de chez nous !

Elle fondit en larmes, incapable de se retenir plus longtemps.

Son cheval renâcla et secoua la tête. Elle crispa les doigts sur sa crinière, hoqueta, puis sécha ses pleurs. Pleurer ne la ramènerait pas chez elle. Elle gratta le poitrail de Victorieux, comme il aimait. Il piaffa un moment sur le sol couvert de paille, puis se cabra, battant l'air de ses sabots.

— Ecartez-vous de ce cheval avant qu'il ne vous tue ! commanda une voix froide.

Théa pivota brusquement et découvrit Roderick qui levait la barre de la stalle. Victorieux retomba sur ses jambes et le chargea.

— Non ! s'écria-t-elle, et elle porta deux doigts à sa bouche pour siffler.

L'étalon s'arrêta juste avant de piétiner le duc, souffla et tourna la tête vers Théa. Puis il recula jusqu'à elle, attendant sa récompense.

— Bon garçon, dit-elle.

Mais elle n'avait rien à lui donner. Roderick se tenait en arrière, ébranlé. Quand l'énorme animal s'était cabré, il avait craint pour la vie de Théa. Il se força à rester calme et, sans rien dire, s'avança pour saisir fermement la bride du cheval.

— Sortez de cette stalle ! ordonna-t-il. Sur-le-champ !

Les mains de Théa se figèrent sur la tête de Victorieux. Elle jeta un regard noir au Saxon. Puis elle donna une dernière tape affectueuse à l'étalon et quitta la stalle.

— Ne vous approchez plus de ce cheval, m'entendez-vous ?

Il donna une pomme mûre à Victorieux, sortit à son tour et se tourna pour affronter Théa. Elle croisait les bras sur sa poitrine et serrait fortement les mâchoires. Roderick haussa un sourcil.

— Vous avez quelque chose à dire, gueuse ?

— Pour la dernière fois, maudit fils de troll, je ne suis pas une gueuse !

Elle se jeta alors sur lui, les poings serrés, et le frappa au visage en criant des jurons en français. Il rit, n'ayant jamais entendu autant de générations vilipendées et honnies. S'esclaffant devant sa pauvre attaque, il se pencha, la saisit par les hanches et la chargea sur son épaule.

— Reposez-moi par terre !

Théa abattit ses poings sur sa tête dure, mais ne réussit qu'à se faire mal. Elle l'empoigna par les oreilles.

— Ne me tentez pas, Théa. Tirez-moi les oreilles et je me vengerai en vous mordant les seins.

— Oh ! Vous êtes l'homme le plus grossier que j'aie jamais rencontré !

— Je suis le seul que vous ayez connu.

Roderick la releva sur son épaule. Elle se plia en deux et frappa son large dos de ses mains délicates. Il rit de nouveau et sortit à grands pas des écuries, ravi qu'elle lui ait donné une raison parfaite de la conduire aux bains. Ils sentaient tous les deux le cheval.

Durant le souper, Roderick avait envoyé deux pages vérifier la profondeur de l'eau, installer des torches et disposer des linges, de la cervoise, du savon et sa robe de chambre au bord du bassin. Ce soir, il avait l'intention de se détendre en compagnie d'une certaine jouvencelle.

Le cœur de Théa chavira quand elle s'avisa qu'il l'emmenait dans les anciens bains romains. Qu'allait-il faire ? Elle pressa les mains sur ses épaules et se redressa pour regarder craintivement autour d'elle. Elle vit des torches qui se reflétaient à la surface du bassin fumant.

Elle réprima une exclamation de surprise quand le Faucon la fit glisser lentement contre lui. Ce n'était pas dû à son geste, mais à l'eau couverte de vapeur qui attirait son corps las et meurtri. Ses pieds nus touchèrent les dalles du sol. Elle détacha son regard de l'eau et fixa des yeux farouches sur Roderick.

— Je ne vous frotterai pas le dos ! déclara-t-elle d'un ton impérieux.

Il se redressa, avec l'impression d'être un géant tant il la dominait de sa haute taille. Elle haussait son menton de cette façon hautaine qui lui rappelait les manières dédaigneuses des dames de la cour de Lothaire. Elle flancha sous son regard dur, perdant un peu de son assurance pendant une fraction de seconde.

— Dites-moi, je vous prie, quand je vous ai demandé de me frotter le dos ?

Il se souvint qu'il ne voulait pas se quereller avec elle, ce soir-là. Il voulait... qu'elle s'abandonne à lui. Troublé, il ajouta :

— Peut-être que je veux vous parler de quelque chose et qu'on ne peut le faire qu'ici sans être interrompus.

— Vraiment ?

Un petit pli se forma joliment entre les sourcils de Théa. Elle gonfla ses lèvres pleines, incertaine.

— Oui.

Roderick hocha gravement la tête.

— Vous avez accompli beaucoup de choses, petite Franque. La façon dont vous avez pris cette maison en mains et utilisé les ressources dont nous disposions n'est pas passée inaperçue. Je pense que ces bains pourraient servir de buanderie pour laver le linge. Peut-être que vous voudriez discuter avec moi des rénovations que j'ai à l'esprit.

— Discuter avec vous ? releva Théa en le regardant d'un air méfiant.

— Oui.

Roderick la prit par le bras et la tourna vers un mur en ruine plongé dans l'ombre.

— Prenez garde où vous marchez. Les pierres sont aiguisées.

Théa avait les pieds meurtris, mais elle ne voulait montrer nul signe de faiblesse devant le Faucon.

— J'ai songé que cette salle pouvait être nettoyée et le mur réparé, reprit-il, improvisant au fur et à mesure qu'il parlait. Des baquets pourraient être installés sur les bancs. Qu'en pensez-vous ?

— Cela me semble une bonne idée. Il y aurait de l'eau chaude tous les jours, cela nous ferait gagner du temps.

— Sauf le Jour du Seigneur. Ce jour-là, nous allons à la messe et personne ne travaille.

— Pas même dans la cuisine ?

— Nous mangeons des plats froids préparés la veille.

Théa compta les jours et en conclut que le dimanche était dans trois jours. Elle avait l'intention d'être partie d'ici là, mais il était bon de savoir à l'avance à quoi elle devait se préparer.

— Cette solution nous évitera de reconstruire la vieille buanderie, qui se trouvait près des cuisines, poursuivit Roderick en lui offrant son bras pour la ramener vers les bains.

— Je suppose qu'elle était de bois et que les Vikings l'ont brûlée ?

C'était la première fois qu'elle mentionnait les Vikings au duc. Il lui jeta un regard noir, qui la dérouta et lui fit oublier de regarder où elle mettait les pieds. Ses orteils heurtèrent une pierre tranchante et elle poussa un cri avant de pouvoir se contrôler.

Immédiatement, Roderick la souleva dans ses bras.

— Vous n'avez pas besoin de me porter ! se défendit-elle en se débattant. J'ai seulement trébuché.

— J'ai vu, petite Franque, répondit-il d'un ton sec. Vous êtes la femme la plus obstinée et la plus orgueilleuse que j'ai jamais eu l'infortune de rencontrer. Vous auriez au moins pu venir à moi avec une paire de souliers.

Il se pencha et la déposa sur le bord du bassin, près des marches qui descendaient dans l'eau fumante. Elle s'écarta immédiatement de lui, mais pas assez vite pour échapper à ses mains déterminées. Il s'assit près d'elle et saisit son pied droit, qu'il attira sur ses genoux.

Il examina ses orteils sales et meurtris avec un froncement de sourcils. Que ce pied délicat soit éraflé et souillé lui rappela sa pauvreté. Quelle sorte d'homme était-il pour ne pas pouvoir fournir des chaussures à la femme avec qui il avait couché ?

La femme avec laquelle il voulait encore coucher… et qu'il convoitait très fortement en cet instant.

— Cela vous importe-t-il ? demanda Théa d'un ton glacial, en tirant sur son pied qu'il tenait légèrement.

Ce contact la troublait ; elle ne pouvait accepter de tendresse de sa part. Seigneur, cet horrible Saxon avait habité ses pensées toute la journée ! Pourquoi n'avait-elle pas volé un couteau dans la cuisine pour le tuer ?

— Oui, cela m'importe, gueuse.

Il leva les yeux pour les plonger dans son regard vert, de la couleur de la mer. Son expression était tendue et farouche, comme si elle voulait le frapper. Puis il prit ses mains et les examina également, constatant qu'elle les avait abîmées aussi.

— Vous allez faire tremper ces petits pieds, déclara-t-il.

— Ah oui, vraiment ?

Les yeux de Théa étincelèrent tandis qu'il poussait son pied vers l'eau fumante.

— Je le dis, alors vous allez le faire.

— Peuh !

Théa lui arracha son pied et le plaça sur son torse, poussant de toutes ses forces pour le faire tomber dans le bassin auquel il tournait le dos. L'expression de surprise qui se peignit sur son visage était sans prix. Roderick d'Emory, le puissant Faucon, le champion de l'empereur, se renversa en arrière, battant vainement de ses grands bras pour empêcher sa chute.

— Ha ! Ha ! s'esclaffa Théa en s'écartant pour éviter la gerbe d'éclaboussures qu'il provoqua en tombant dans l'eau.

Elle réussit à ne pas être complètement trempée, même si sa jupe fut mouillée.

Il se remit sur ses pieds trop vite à son gré, alors qu'elle ne pouvait cesser de rire. Elle n'avait pas eu l'occasion de s'amuser, depuis une semaine.

Il s'ébroua comme un chien, chassant ses cheveux mouillés de ses yeux, et ne perdit pas une seconde pour s'emparer de la cheville de Théa.

— Ne vous avisez pas de rire, petite sorcière !

— Rire ? Je n'oserais pas !

Elle pressa ses mains sur sa bouche. Il offrait un tableau à réjouir les yeux, trempé comme un rat.

— Je ne dirai pas non plus que cela vous va bien et que vous aviez grand besoin d'un bain.

— J'entends bien que vous ne le dites pas.

Les doigts de Roderick s'imprimèrent dans sa cheville.

— Et moi, je ne dirai pas que vous en avez plus besoin que moi.

Il s'avança et saisit les lacets de sa cotte, ses doigts mouillés glissant sur les nœuds.

— Las, gueuse, comme je suis l'homme le plus pauvre de la terre, nous ne pouvons abîmer votre seule cotte. Si vous voulez avoir de quoi vous vêtir demain matin, vous n'allez pas bouger pendant que je défais vos lacets.

Théa se figea.

— Vous avez dit que vous m'aviez amenée ici pour parler.

— C'est ce que nous avons fait, répondit Roderick. Mais comme vous avez insisté pour que je prenne un bain, il me faut de la compagnie. La vôtre.

Il avait des doigts agiles, nota Théa, déroutée. Sa cotte se desserra en l'espace d'un clin d'œil.

Elle secoua la tête.

— Non. Je ne me baignerai pas avec vous.

Il fit claquer sa langue.

— Théa. Vous êtes une sotte. J'ai déjà vu et touché votre corps. L'avez-vous oublié si vite ?

Il plongea les yeux dans les siens, soutenant son regard qu'elle ne put détourner, comme si elle était la proie d'un charme magique. Elle humecta ses lèvres tandis qu'il relevait sa cotte et la faisait passer par-dessus sa tête. Trop tard, elle rompit le charme et songea à sa modestie, serrant les bras sur sa poitrine pour qu'il ne lui ôte pas sa chemise.

— Allons…

Les doigts de Roderick se refermèrent sur sa taille et il la souleva du bord du bassin, l'attirant dans ses bras mouillés.

— Oh, c'est chaud ! s'exclama-t-elle.

Elle crispa les doigts sur ses épaules tandis que l'eau entourait ses jambes et ses hanches, faisant gonfler sa chemise.

— Oui.

Il ne pouvait détacher les yeux des siens. Il était vivement conscient de chaque mouvement qu'elle faisait, de la façon dont ses jambes flottaient et frôlaient les siennes, de la pression de ses mains sur ses épaules. Puis elle fit glisser ses doigts derrière sa nuque.

— Voulez-vous m'embrasser, Théa ? demanda-t-il.

Chapitre 9

— Non, je ne veux pas.

Elle baissa les yeux pour échapper à la chaleur intense de son regard, qui la brûlait plus que l'eau.

— C'est inconvenant.

— Non, c'est la chose la plus naturelle du monde.

— Mais…

Elle détourna son visage, et fut arrêtée par sa main sur sa joue. Que lui arrivait-il ? Cet homme n'avait-il qu'à la toucher pour faire fondre sa volonté ?

— Ah, Théa.

Roderick recula, s'enfonçant dans l'eau jusqu'au menton, et l'attira contre lui, excité par la façon dont ses jambes s'écartaient pour s'accrocher aux siennes. Il courba la tête et baisa le coin de sa bouche, qu'elle mordillait.

Il fut de nouveau frappé par sa petitesse. Tandis qu'il couvrait ses lèvres des siennes, il fit glisser une main dans son dos. Il découvrit deux fossettes au-dessus de son postérieur rond et ferme.

— Messire…, protesta-t-elle contre sa bouche.

— Par le ciel, vous êtes aussi suave à goûter que du miel.

Il saisit sa joue et son menton dans ses doigts. Elle résista à la pression de ses lèvres.

— Non, vous ne devez pas.

— Si, je le dois, répondit-il. C'est la raison pour laquelle je vous ai amenée ici.

Il écarta ses lèvres douces d'un baiser exigeant, excitant. Théa retint son souffle. Cette merveilleuse magie ne pouvait se reproduire ! Elle se rendit à la quête de sa langue, subjuguée par la douceur avec laquelle il la tenait et l'embrassait.

Roderick réprima un cri de triomphe. Elle mollissait contre lui. Il explora les profondeurs de sa bouche. Elle glissa les doigts dans ses cheveux mouillés, sur sa nuque. Un petit gémissement de plaisir s'échappa de sa gorge, lui prouvant qu'elle aimait être embrassée autant qu'il aimait l'embrasser.

Sa bouche était chaude, parfumée par la cervoise et par les herbes dont elle avait assaisonné son repas. Tranquillement, il lui enseigna sa façon de donner des baisers. Il prolongea la leçon aussi longtemps qu'il put le supporter. Mais avant que la folie le submerge complètement, il l'écarta de lui et l'assit sur les marches du bassin.

Il prit ses pieds meurtris contre son torse. Elle ne dit pas un mot quand il saisit un morceau de savon et se mit à la laver lentement. Elle était trop abasourdie pour lui demander ce qu'il faisait, ou le prier de s'arrêter. Ses mains fortes promenaient le savon le long de ses jambes fatiguées, massant les muscles tendus de ses mollets, apaisant la lassitude de ses cuisses.

— Vous sentez-vous mieux ? demanda-t-il.

— Oh, oui.

Il plaça le savon dans ses mains.

— Je suppose que vous ne verrez pas d'inconvénient à achever ce bain toute seule. Pour épargner votre sensibilité, je vais vous laisser et monter la garde à la porte.

Ses yeux s'élargirent de surprise, au point que Roderick faillit rire. Il voulait qu'elle mange dans sa main, et cela arriverait bientôt. Il garda un visage grave en montant les marches pour sortir du bassin. Il ôta son justaucorps trempé et attrapa un linge afin de se sécher.

— Je vous donne dix minutes pour achever vos ablutions, et je reviendrai. Ne vous attardez pas trop dans l'eau, Théa. Il y a beaucoup à faire demain et nous devons dormir.

Roderick sortit de la lumière des torches et disparut au

regard de Théa. Il se frotta la tête, puis s'assit sur un banc placé près de l'entrée des bains. Tandis que l'eau du bassin avait été assez chaude pour diminuer ses ardeurs, l'air de la nuit fouetta son sang.

Il avait une vue parfaite de la piscine et de la jouvencelle qui se baignait. Elle se fiait à sa discrétion et se tenait sur les marches pour ôter sa chemise. Le cœur de Roderick s'emballa quand elle regarda vers la porte, s'assurant qu'elle était seule. Mais il savait qu'elle ne pouvait le voir.

Il sourit lorsqu'elle frissonna et tira le vêtement par-dessus sa tête. Puis elle resta debout un moment, lui rappelant la statue de Diane que les Vikings avaient volée. Mais il ne voulait pas penser aux Vikings. Il voulait seulement observer Théa pendant qu'elle se baignait. Elle le surprit en plongeant gracieusement dans le bassin et en nageant jusqu'au bout, avant de revenir pour se savonner la tête et le corps. Elle lui avait menti en lui disant qu'elle ne savait pas nager, lorsqu'il l'avait enlevée. Il se demanda combien d'autres choses se révéleraient fausses à son sujet. Le temps le dirait.

Charmé par son apparence de lutine, il se promit de l'emmener au mont Kirrel l'après-midi du dimanche. Il avait envie de lui montrer la cascade et l'étang naturel, qui était lui aussi alimenté par une source chaude.

Quand elle eut rincé ses cheveux, elle lava sa cotte et sa chemise et les tordit pour les essorer. Roderick prit cela pour le signe qu'il pouvait revenir. Elle leva les yeux vers lui et redescendit dans l'eau pour lui cacher sa nudité. Il prit sa robe de chambre sur le banc en marbre et la tint ouverte, sans un mot, attendant qu'elle ressorte.

Théa souhaita l'avoir entendu approcher. Elle se serait couverte de sa chemise, mais elle comprenait qu'il faisait un geste courtois en lui offrant sa robe de chambre. Le bain était maintenant plongé dans l'obscurité, les torches étant prêtes à s'éteindre. Alors elle décida de sortir. Elle n'osa pas affronter son regard, mais il ne prêta pas plus attention à sa nudité qu'une chambrière, l'enveloppant aussitôt dans l'étoffe douce et absorbante.

Elle enfila les bras dans les manches volumineuses, et se retrouva nimbée de velours. La robe de chambre traînait par terre et cachait ses mains. Roderick l'attira à lui et noua la ceinture autour de sa taille.

— Je dois suspendre ma cotte et ma chemise pour les faire sécher, dit-elle, intimidée.

— Bien sûr.

Il la relâcha et elle s'empressa d'aller étendre ses vêtements sur la corde tendue dans la cour voisine. Roderick éteignit les torches et porta les gobelets de cervoise fournis par son page près du banc le plus proche.

— Venez, Théa. Asseyez-vous un moment à côté de moi. La nuit est belle. Il y a des étoiles et la lune se lève.

Elle hésita.

— Je ne devrais pas. Je veux dire… Il faut que je trouve une palette pour dormir.

— Vous dormirez où je vous le dirai. Venez.

C'était un ordre. Elle le rejoignit sur le banc de pierre, méfiante, et jeta des coups d'œil nerveux vers la grand-salle et vers la herse située en face, où une sentinelle montait la garde. Il lui tendit un gobelet plein à ras bord.

— Je pense que j'ai eu assez de votre redoutable breuvage, dit-elle. Il m'est monté à la tête, tout à l'heure, dans la cuisine.

Roderick sourit et désigna du menton la grand-salle éclairée.

— Vous n'êtes pas la seule. Deitert a une belle voix à l'église, mais il ne vaut pas un ménestrel pour une ballade.

Théa resserra les doigts sur le gobelet et but une gorgée. Puis elle toucha ses boucles humides, toutes emmêlées, et craignit de paraître hirsute.

Roderick but plus longuement qu'elle et reposa son gobelet vide à ses pieds.

— Voici la lune.

— Je la vois, dit Théa. Elle est très belle.

— C'est la lune des moissons, orangée.

— Elle sera encore plus belle dans deux nuits, quand elle sera pleine.

En disant cela, Théa se souvint qu'elle aurait besoin de la pleine lune pour s'enfuir. Elle ne pouvait se permettre de mollir. Roderick d'Emory était son ennemi. Il ne fallait pas qu'elle laisse ses moments de gentillesse l'affaiblir.

A son tour, elle vida son gobelet. Il le lui prit des mains et le posa près du sien. Ses braies en cuir craquèrent quand il se leva, rappelant à Théa qu'il était tombé à l'eau tout habillé. Ses bottes devaient être gorgées d'eau.

— Il est temps d'aller dormir.

Il la souleva dans ses bras.

— Je peux marcher, protesta-t-elle.

— Je sais, mais je peux aussi vous porter. Tenez-vous tranquille, Théa. Je ne veux pas entendre d'autres récriminations ce soir.

Elle se tut et resta silencieuse, même lorsqu'il entra dans la grand-salle bondée en la serrant contre lui. Au bas des marches qui conduisaient à la galerie, Roderick s'arrêta pour dire à ses hommes d'aller se coucher. Le lendemain, il aurait besoin de toutes les mains disponibles pour mettre en place les nouvelles portes de la salle. Les écuyers grognèrent, mais Deitert leur ordonna de se retirer.

Théa dissimula ses joues en feu sous le menton du Faucon, heureuse que personne ne fasse attention à elle.

Roderick gravit résolument l'escalier et la déposa sans un mot dans sa chambre, sur son lit. Elle bâilla largement, le regardant avec l'air d'une chatte repue. Le visage sombre, il se dit qu'au lieu d'aviver ses sens par la cervoise et le bain chaud, il n'avait réussi qu'à l'endormir.

Après avoir barré la porte, il ranima le feu dans la cheminée. Bien que la soirée soit chaude, au matin la chambre serait glacée. Quand il eut fini, il se tourna et découvrit la femme qu'il convoitait désespérément allongée à plat-ventre en travers de son lit, sur les couvertures. Elle ronflait.

Il soupira. Au moins, elle avait accepté qu'il la touche et qu'il l'embrasse, un moment plus tôt. Mais cela ne le contentait pas. Il s'assit dans son fauteuil près du feu et ôta ses bottes et les liens de cuir qui encerclaient ses mollets, les disposant devant l'âtre pour les faire sécher. Puis il se leva pour délacer ses braies et les quitter. Ensuite il se lava et se sécha rapidement, contemplant d'un œil noir la barbe qu'il devait couper.

Pendant qu'il se préparait à se coucher, il guetta un signe indiquant que le sommeil de Théa était plus léger qu'il n'y paraissait. Mais il fut déçu. La cervoise de Kimball était un breuvage puissant, et elle avait eu raison de la petite stature de la jeune femme.

« Que je sois maudit », grogna-t-il intérieurement. Le désir le tenaillait. Il n'était pas plus un moine que ses serfs.

Les doux ronflements de Théa continuèrent lorsqu'il se coucha. Il la tourna sur le côté, mais elle ne se réveilla pas. Le feu brillait assez pour lui permettre d'examiner ses traits. Aucun froncement de sourcils ne plissait son front, et ses lèvres généreuses étaient détendues. Elle était très jolie, se dit-il. Très jolie et très, très jeune.

Des boucles de cheveux humides collaient à sa gorge et à ses joues. Il les écarta de l'index. Sa peau était délicate et translucide. Quelques taches de son parsemaient son petit nez mutin. Pour une femme aussi brune, elle avait un teint merveilleusement clair, aussi blanc que du lait. Il dessina la ligne fine de ses sourcils et repoussa les cheveux qui tombaient sur son front.

Elle ne pouvait dormir dans sa robe de chambre. Ce n'était pas à son confort, qu'il pensait, mais à ses coffres. Il ne pouvait se payer un autre vêtement de ce prix-là et il ne voulait pas risquer de l'abîmer dans son sommeil. Il défit la ceinture, puis redressa Théa contre lui pour la dévêtir. Ensuite, il la glissa sous le drap et la couverture et la borda.

Pour sa part, il n'était pas prêt à dormir. Il enfila la robe de chambre et descendit dans la grand-salle, pour y quérir un pichet de cervoise qui émousserait ses sens. Lorsqu'il revint, il s'assit devant le feu et prit une pièce de cuir qu'Aldus, son tanneur, lui avait donnée ce matin-là.

Il se releva pour plaquer le morceau de cuir contre les pieds nus de Théa et dessiner leurs contours avec un charbon de bois. Puis, avec son couteau, il découpa des semelles. Cela fait, il prit une alène et des liens en peau de daim et fabriqua des sandales rudimentaires.

Ayant bu un deuxième gobelet de cervoise, il ouvrit son coffre et y chercha une paire de bas qui était trop petite pour lui. Elle serait trop grande pour Théa, néanmoins il la plia sur les sandales et posa le tout au pied du lit.

Une fois couché, il ne put toujours pas dormir. Le lit était froid, sans sa couverture en fourrure que ses hommes avaient oublié de rapporter du bateau. Il la ferait quérir dès le lendemain matin.

La petite femme blottie contre lui ne lui prodiguait que peu de chaleur. Elle était osseuse, toute en coudes et petits genoux pointus. Et, malgré son sommeil de plomb, elle cherchait elle aussi la chaleur et enfilait ses doigts de pieds sous ses jambes en les remuant. Roderick se tourna sur le côté, l'installa contre son ventre et ferma les yeux.

Elle pressa son nez froid au creux de son bras. Il promena les doigts sur les contours de son visage, apprenant à le connaître par le toucher. Ses joues, son menton, son long cou mince qui semblait si frêle et vulnérable. Ce même cou qui refusait de laisser sa noble tête s'incliner devant lui, et qu'il avait si cruellement pourvu d'un collier en fer.

Doucement, sans la réveiller, il écarta les extrémités du collier et le lui ôta. Dessous, sa peau était rouge et irritée. Il baisa l'endroit le plus enflammé. Elle continua à dormir, indifférente à sa présence.

— Jadis, la vie était bonne, ici, Théa, déclara-t-il à mi-voix.

Des souvenirs lui vinrent à l'esprit, trop douloureux pour

s'y appesantir. Il secoua la tête et essaya de nouveau de s'endormir. Une chose était certaine : ce n'étaient pas les regrets qui l'empêchaient de s'assoupir. Il ne regrettait pas un instant d'avoir capturé cette jeune Franque.

Chapitre 10

Des heures semblaient avoir passé, mais cela ne faisait peut-être pas aussi longtemps. La nuit était encore noire ; Roderick savait seulement que le feu avait baissé et que la chambre était devenue plus froide.

Théa remua, s'éveillant en partie, et, sentant la fraîcheur hors des couvertures, enfouit son visage au creux de la gorge du Faucon ; elle chercha sa chaleur, consciente de sa présence pour la première fois de la veille. Elle battit des cils et s'avisa qu'elle dormait dans son lit, nue.

Ses mains opéraient la plus réconfortante et la plus vivifiante exploration de son corps, dissipant les douleurs et la lassitude de la journée la plus dure qu'elle avait connue. Ses doigts prodiguaient de l'apaisement à ses membres de plomb. De l'apaisement et des frissons brûlants.

Roderick caressa le creux de ses reins et massa ses muscles crispés jusqu'à ce qu'elle s'arque contre sa main comme une chatte. Son ventre se plaqua sur le sien. Elle put sentir la pression de son sexe contre sa chair. Un frémissement la parcourut lorsqu'elle leva les bras pour enlacer ses épaules, amenant son corps plus près du sien.

C'était le signal que Roderick attendait pour savoir qu'elle acceptait ses avances. Théa soupira quand ses caresses se firent plus audacieuses. Elle avait besoin de quelque chose de plus, devinant que la faim qu'il éveillait en elle ne pouvait être apaisée seulement par le contact de ses mains et de sa bouche. Pleinement réveillée, à présent, elle ne lui offrait nulle résistance.

Il l'embrassa profondément, la pénétrant de sa langue. Ses mains parcouraient avidement son corps, comme sur le bateau, ses doigts taquinaient ses seins, se promenaient sur son ventre, se pressaient contre la chaleur moite qui ne cessait de s'accroître entre ses cuisses.

Théa savait qu'elle était fort délurée de lui accorder une liberté aussi totale avec son corps. Le contact de ses doigts sur la partie la plus secrète et la plus intime de son être la faisait frémir tout entière. Elle n'osait pas lui demander d'arrêter, de crainte qu'il le fasse.

L'assaut qu'il livrait sur ses sens était si puissant qu'elle n'aurait pu supporter qu'il s'achève abruptement. Ses narines étaient emplies de son odeur, une odeur virile mêlée à celle du savon. Sa bouche tremblait encore de son baiser. Chaque pouce de sa peau vibrait d'anticipation, réclamant d'autres caresses.

Il pressa un genou entre ses cuisses, les écartant, et sa main s'empara de ce qui lui semblait être la seule partie d'elle-même qui comptait encore. Mais elle se trompait. Car lorsqu'il posa sa bouche sur la pointe d'un sein et la saisit entre ses lèvres, puis entre ses dents, une nouvelle vague de plaisir l'envahit. Le contact de sa langue sur son téton dressé la transporta de plus belle. En même temps, il la pénétra de son sexe durci. Tout cela à la fois eut raison d'elle. Elle n'avait jamais éprouvé des sensations aussi merveilleuses, ni cette tension douloureuse qui était un autre plaisir en elle-même.

Roderick gémit en s'immisçant en elle, comblé par l'étroitesse de son sexe qui moulait si bien le sien. Il se durcit encore, ne pouvant se concentrer sur autre chose que sur le plaisir qu'elle lui donnait. Quand elle se resserra encore autour de lui, il frémit de volupté, ayant la preuve qu'elle était totalement excitée.

Il ne pouvait supporter plus longtemps cette douce torture. Pourtant, il abandonna son sein pour baiser sa bouche, tendrement, l'apaisant et la contentant. Il était complètement nouveau pour lui de se comporter de la sorte, de caresser une femme jusqu'à ce qu'elle tremble de désir. Il avait l'habitude des étreintes farouches et rapides, des assauts virulents, mais attendre ainsi et séduire sa partenaire avec lenteur, avec soin, c'était la première fois de sa vie que cela lui arrivait.

Il fallait qu'il se laisse aller. Néanmoins, alors qu'il aurait pu mettre fin à ses tourments, il se retint, prenant plaisir à cette lente danse qui allumait entre eux une flambée de bois sec et les tisons incandescents du désir.

Il se rendit compte qu'elle était plus moite encore, le signal silencieux qu'elle était prête à être possédée avec toute l'ardeur dont il était capable.

Il n'avait jamais connu une femme comme elle.

Privé de toute raison, il eut quand même la présence d'esprit de la laisser respirer alors qu'il s'enfonçait en elle, transporté par le rythme éternel qui scandait l'union entre un homme et une femme. Son corps tout entier était tendu vers le summum de la volupté, qu'il atteignit avec un grand frisson. Il s'affala sur elle, incapable de bouger, de respirer ni de penser.

Les doigts de Théa remuèrent dans ses cheveux et elle leva vers lui ses beaux yeux verts. Ils semblaient refléter tout le contentement que lui-même éprouvait.

— Les prêtres doivent avoir tort, messire, chuchota-t-elle en se haussant pour lui donner un baiser.

— Comment cela ? parvint-il à demander, en luttant pour recouvrer son souffle.

— Quand l'amour est si parfait, il ne peut être un péché.

A sa déclaration, Roderick laissa tomber la tête sur son épaule et étouffa un grognement. Pourquoi avait-elle dit cela ?

— L'amour ? répéta-t-il en mordillant le lobe de son oreille, qui avait la forme d'un coquillage. L'amour n'existe pas, Théa. Ne prenez pas ceci pour plus que ce que c'est — de la luxure.

Théa ravala le sentiment d'avoir été dupée. « De la luxure », avait-il dit. La luxure était l'un des sept péchés capitaux.

— N'y a-t-il pas quelque chose de plus ? demanda-t-elle.

Roderick humecta sa bouche sèche.

— De plus ? Femme, si vous saviez depuis quand je n'ai pas satisfait ma concupiscence, vous ne demanderiez pas davantage.

Il leva la tête de sa gorge et baisa la chair sensible sous son oreille.

Théa déglutit fortement. Elle voulait lui demander si c'était tout ce qu'elle était pour lui — une femme avec qui il avait couché. Mais elle savait que la réponse la blesserait plus que tout ce qu'elle avait subi jusqu'ici de sa part. D'un geste brusque, elle écarta sa bouche de son cou et jeta les jambes hors du lit. Il la saisit par le bras.

— Où allez-vous ?

Elle lui décocha un regard haineux.

— Chercher un endroit dans cette forteresse où je pourrai dormir sans être molestée.

Il resserra sa main au-dessus de son coude.

— Je vous ai dit où vous deviez dormir, Théa.

— Pour que je continue à être votre ribaude ? Non, Saxon, sûrement pas !

Elle secoua son bras, mais ne parvint pas à se libérer. Roderick la ramena brutalement à lui.

— Maudite soyez-vous ! Je n'ai pas offert de vous payer, gueuse.

— Par tous les diables, Saxon ! Vous avez juré de ne pas me donner une miette de pain si je ne travaille pas toute la journée pour vous ! Je ne passerai pas mes nuits sous vous, par-dessus le marché, pour avoir droit à mon repos. Avez-vous une idée de l'insulte que vous me faites ?

Roderick la prit par les deux bras et la rabattit sur le lit.

— Une insulte ? cria-t-il. Sachez, petite mégère orgueilleuse, que je ne vous insulte pas en vous prenant dans mon lit. Je vous fais un honneur auquel aucune autre femme de ce fief ne peut prétendre.

— Non, Saxon, vous m'utilisez. Je viens d'un meilleur

milieu que celui qui considère comme un honneur de coucher avec le seigneur du château.

— Taisez-vous ! rugit-il.

Elle ferma la bouche, fulminant intérieurement, outragée jusqu'au plus profond de son être. Elle était une Bellamy, par Dieu, son égale — et même d'un rang plus élevé que lui. Hormis la honte qu'il lui avait infligée.

Même si elle réussissait à s'échapper et à rentrer chez elle maintenant, elle était ruinée, une femme souillée dont aucun homme décent ne voudrait. Sa colère enfla tandis qu'elle songeait à lui dire une fois pour toutes qui elle était vraiment. Mais elle ne prononça pas ces mots. Elle, une Bellamy, avait été réduite en esclavage. A l'état de ribaude pour un Saxon.

Roderick relâcha lentement son emprise sur ses bras et la laissa allongée sur le matelas. Les marques de ses doigts s'imprimaient dans sa chair. Sacrebleu, elle était une créature hautaine, emplie d'une fierté mal placée. Pensait-elle qu'il allait lui livrer son cœur pour qu'elle le piétine sous ses pieds ?

Il contint soigneusement son courroux. Elle ne savait pas qu'il n'avait plus de cœur. Que celui-ci s'était changé en pierre depuis très longtemps.

L'amour ! Il souffla, haïssant ce mot. Puis, brusquement, il se leva et jeta les couvertures sur elle.

Il alla à son coffre au pied du lit et, avant de l'ouvrir, aperçut les sandales qu'il avait fabriquées. Il les prit, avec les bas.

— Je vous ai fait des souliers, Théa.

Elle se redressa, tenant le drap sur sa poitrine, le fixant de ses yeux intenses et pénétrants qui lui donnaient l'impression qu'elle connaissait tous ses péchés. Il jeta les chaussures et les bas sur ses genoux.

— Ce ne sont que de grossières sandales, mais vous les porterez, dit-il d'un ton bourru.

Il vit son regard blessé. Il ouvrit son coffre, en sortit des braies propres et s'assit dans son fauteuil pour lacer ses bandes molletières et ses bottes. Théa regarda par la croisée et se rendit compte que le matin était encore loin.

— Pourquoi avez-vous fait cela ? demanda-t-elle.

— Fait quoi ?

— Des chaussures pour moi.

— Dans ce pays rocailleux, les pieds nus sont aisément blessés. Et un blessé ne peut travailler. Dormez.

Etait-ce tout ce qu'elle signifiait pour lui ? Etait-elle juste un corps destiné à travailler pour son compte ? Dans sa forteresse, dans sa cuisine et dans son maudit lit. Elle voulait lui poser ces questions. Mais, à la place, elle demanda sottement, comme si cela lui importait :

— Où allez-vous ?

— Je sors inspecter la garde.

Théa était encore éveillée quand il revint se coucher. Il posa sa cotte et sa chemise humides sur le coffre, mais ne dit pas un mot en se déshabillant.

Il était trop tôt pour se lever. Mais se rendormir était impossible. Théa était trop troublée par ce qui s'était passé entre eux pour sombrer dans le sommeil.

Cette fois, lorsqu'il se mit au lit, il prit soin de ne pas rouler au milieu. Sa chaleur avait manqué à Théa. Il ne lui procura pas ce réconfort. En vérité, plus elle songeait à cette sensation de communion, d'âmes se touchant l'une l'autre, plus elle se disait que c'était le fruit de son imagination. Elle ne le ressentait plus, en cet instant. Et il était évident qu'il ne le ressentait pas non plus — si cela lui était arrivé.

Elle doutait qu'il ait jamais éprouvé quelque chose pour quelqu'un.

Tourmentée, elle regarda le soleil qui perçait au-dessus d'une autre aube brumeuse. Le Faucon d'Emory la déroutait profondément. Pourquoi lui avait-il rapporté ses habits ? Pourquoi lui avait-il fabriqué des sandales ? Pourquoi existait-il une magie aussi puissante entre eux quand leurs corps se touchaient ? Est-ce que cette magie existait pour tout le monde ?

Roderick se tourna dans son sommeil. Théa, allongée sur

le côté, regardait par la croisée. Elle décida que cela ne servait à rien de rester couchée.

Elle se leva et découvrit que ses habits n'étaient pas secs. Elle pouvait mal descendre dans la cuisine toute nue, et il faisait trop froid pour enfiler ses vêtements humides. La seule solution qu'elle avait était de sécher sa cotte et sa chemise le plus vite possible.

Roderick s'éveilla en ayant froid, et en cherchant sa peau d'ours. Il ne trouva que des draps fins. A tâtons, il se mit en quête de Théa, qui lui procurerait un peu de chaleur. Il découvrit que cette chaleur lui avait été enlevée.

Il ouvrit les yeux et fixa avec stupeur la scène qu'il avait devant lui. Elle était agenouillée devant la cheminée, enveloppée de leur seule couverture, et s'efforçait de ranimer le feu.

A chaque coup de tisonnier, elle marmonnait, se plaignant d'avoir à se lever dans une chambre glacée, sans un seul serviteur pour veiller au confort du seigneur des lieux. Quand les flammes grandirent, elle tendit sa cotte vers le feu, se lamentant encore de n'avoir rien d'autre à mettre.

Roderick joignit ses doigts sous sa tête, écoutant sa litanie de complaintes. Sa pauvreté le blessait amèrement. Il ne pouvait rien faire, sauf subir la morsure des paroles de Théa.

Plus douloureuse encore était la réalité de son corps. Il s'était réveillé avec un plus grand besoin d'elle que la nuit précédente. Il la désirait.

Mais aucune femme ne le mènerait jamais plus par son sexe. Surtout pas une femme franque, dotée de surcroît de cheveux noirs comme la nuit.

Anne d'Aix-la-Chapelle l'avait peut-être humilié, mais il ne laisserait plus une autre femme se jouer de son cœur.

Il se leva sans un mot. Drapant sa robe de chambre sur son corps roide de désir, il alla à son coffre et y chercha sa tunique la plus propre. Puis, irrité, il rejoignit Théa et lâcha le vêtement sur ses genoux.

— Tenez, dit-il d'un ton bourru.

Surprise, parce qu'elle ne s'était pas rendu compte qu'il était réveillé, Théa saisit l'étoffe en se tournant pour le regarder. Ses doigts effleurèrent un très beau tissu lamé.

— Que dois-je faire de ceci ? demanda-t-elle en scrutant son visage, et en notant sa bouche dure.

Devait-elle raccommoder cette tunique ?

— Mettez-la, dit-il, les dents serrées.

— La mettre ? répéta-t-elle pour en être sûre.

Elle baissa les yeux, honteuse à l'idée qu'il avait entendu ses jérémiades. Elle devait se méfier de son habitude de se parler à voix haute.

— En êtes-vous certain ? Elle est bien trop belle pour l'usage que je vais en faire.

Elle étala le vêtement sur ses genoux, suivant d'un doigt les fils d'or qui l'enrichissaient.

— Pour l'amour du ciel, mettez-la et ne discutez pas. Je vous la donne. Elle tombera plus bas que vos genoux. Même sans votre chemise dessous, vous serez présentable.

Théa dut admettre qu'il avait raison. Avec une ceinture, la tunique lui irait, d'autant qu'il lui avait donné des bas pour couvrir ses jambes. Même si elle n'était pas habituée à montrer ces dernières, fussent-elles couvertes.

Elle se demanda si elle pourrait trouver une cotte quelque part, ou de l'étoffe pour en coudre une. Toutefois, ne voulant pas lui réclamer davantage, elle enfila la tunique par-dessus sa tête et se leva, laissant tomber la couverture.

— C'est indécent pour une femme de se montrer sans jupe, dit-elle craintivement, sans oser regarder en face l'homme avec qui elle avait été si intime pendant la nuit.

Toute impression de communion disparue, elle ne parvenait pas à combler le fossé qui les séparait. Et il ne semblait pas se soucier de la regarder, non plus. Mais qu'était-elle pour lui, sinon une servante ? Soudain, elle toucha sa gorge, se rendant compte qu'il lui avait ôté son collier d'esclave. Il gisait sur le sol, à côté du lit.

Elle ne pensait pas qu'elle supporterait qu'il le lui remette. Elle s'affaira à plier la couverture.

— Les affaires de Grete sont quelque part. Armina doit savoir où. Demandez-lui où elle les a mises.

Roderick espéra que ses paroles exprimaient le désintérêt, tandis qu'il versait de l'eau dans sa cuvette pour se laver. Drapée dans sa tunique, Théa ressemblait plus à un page qu'à une femme. Au moins sa cotte faisait-elle ressortir sa silhouette, même si elle était usée et déchirée.

L'état de sa garde-robe lui rappela de nouveau ses insuffisances. Un homme de sa position aurait dû être capable d'habiller une femme avec laquelle il couchait.

Avec raideur, il fixa le petit miroir carré, ayant l'intention de passer la lame de son couteau sur son visage.

Théa finit par s'aviser de l'humeur du Faucon. Mais elle ne comprenait pas son irritation. Et qui était Grete ? Elle allait lui poser la question, mais elle se retint et marcha d'un pas résolu vers le lit pour le défaire, pensant qu'il voulait qu'elle se rende utile.

— Vous aurez des draps propres et un matelas neuf ce soir, messire, je vous le promets.

Roderick commit l'erreur de se retourner pour voir ce qu'elle faisait. Elle choisit ce moment pour se pencher sur le lit et s'étirer en avant. La tunique remonta sur ses hanches, exposant la douce chair blanche de ses cuisses au-dessus de ses bas. Ce spectacle le figea sur place et durcit encore son désir douloureux. Que son corps le trahisse ainsi, c'était plus qu'il ne pouvait supporter.

Il laissa tomber son couteau dans la cuvette, saisit la table de toilette à deux mains et se pencha dessus en grognant.

— Sortez d'ici, tout de suite ! ordonna-t-il, les dents serrées.

Puis il ferma les yeux et plongea la tête dans l'eau froide.

— Quoi ?

Théa se détourna, les draps dans les mains, et le contempla avec des yeux ronds tandis qu'il s'ébrouait.

— Vous êtes-vous coupé ?

— Non. Partez !

Il désigna la porte de son poing.

— Quittez cette chambre sur-le-champ ! Assurez-vous que mon lit soit refait pour ce soir et que vous soyez nue dedans. Vous ne me blâmerez pas de vous fesser si je dois encore vous chercher.

Elle le fixa d'un air stupide, tandis qu'il était tiraillé par le désir. Puis elle déglutit et passa le bout de sa langue rose sur ses lèvres sèches. Etait-il fâché parce qu'elle ne l'avait pas remercié pour la tunique ? Lui montrer de la gratitude était trop lui demander.

— Peut-être… voudriez-vous que je vous rase ? offrit-elle.

Il grogna.

— Allez-vous-en.

Théa hésita un moment encore, puis elle franchit la porte, déconcertée.

Courroucé et insatisfait, Roderick se tourna vers le miroir et considéra d'un œil noir le reflet qu'il lui présentait. Il ne se raserait pas ce jour-là. Ses mains tremblaient trop pour qu'il tienne la lame sans se trancher la gorge.

Chapitre 11

Tout de suite après être descendu, Roderick envoya chercher Ellie et Jesse et leur ôta leur collier d'esclave. Il tendit les trois cercles de fer à son sénéchal et déclara :

— Sire Deitert, faites savoir que j'ai libéré mes esclaves, et assurez-vous que cela soit porté dans les registres de l'abbaye. Elspeth, Jesse et Théa n'appartiennent plus à personne dans cette demeure. Si elles veulent acquérir un époux parmi les hommes qui demeurent non mariés, elles peuvent le faire, en me demandant d'approuver leur choix. A partir de maintenant, elles recevront des gages pour le travail qu'elles accomplissent sous mon toit, aussi longtemps qu'elles resteront ici.

Cette annonce faite, le duc indiqua qu'il allait partir dans le Nord pour chasser et relever ses pièges. Elspeth lui prépara des provisions. Théa le regarda partir sur Victorieux. Il ne s'arrêta pas pour lui dire au revoir et ne prêta même pas attention à sa présence.

Il ne dit pas quand il rentrerait.

Chaque nuit de son absence, Théa se retira dans sa chambre, comme il l'avait ordonné avant son départ.

Elle estimait que certaines choses avaient manqué dans la façon dont il les avait libérées. Il n'avait pas rassemblé sa maisonnée pour l'élever au rang de châtelaine de par son autorité. C'était une lourde omission de sa part. En vérité, il l'avait laissée dans une seule position, celle de sa maîtresse.

En s'en allant si vite après leur avoir rendu leur liberté, il les obligeait à livrer leur bataille toutes seules pour se faire respecter. Ensemble, les trois femmes conclurent que rien n'avait changé pour elles, sauf qu'elles n'avaient plus à porter leur lourd collier.

Théa décida qu'aussi longtemps qu'elle demeurerait dans ce misérable pays, elle ne mourrait pas de faim. Elle ordonna aux bouchers d'abattre trois truies, fit allumer la hutte pour fumer la viande et s'occupa de vérifier les charrettes de légumes, de fruits et de grains qui étaient amenées au château.

Elle organisa des fumigations de camphre et de soufre dans toute la forteresse, fit brûler les paillasses et les remplaça par de nouvelles, faites de foin frais et d'aiguilles de pin. Quand l'un des écuyers lui apporta la peau d'ours du Faucon, elle la fit laver dans les bains romains. Il fallut la rincer quatre fois avant qu'elle retrouve son lustre. Avec les jours qui diminuaient et devenaient plus frais, elle mettrait longtemps à sécher.

Le Jour du Seigneur se passa calmement. Il y eut une messe et un long sermon dans l'abbaye dénuée de toit. Un repas froid suivit sur la place du village, la majorité de la nourriture étant fournie par le duc absent. Théa, Jesse et Elspeth étaient trop fatiguées pour se joindre aux villageois, mais Théa ressentit profondément la censure des femmes mariées, qui n'avaient pas l'habitude d'accepter une maîtresse parmi elles.

Le lundi matin, le travail reprit. Tout le jour, les yeux verts de Théa furent maussades et troublés. Elspeth finit par lui demander ce qu'elle avait, tandis qu'elles remuaient la graisse de porc dans un chaudron.

Théa souffla une mèche de cheveux qui était sortie de son foulard pour se coller à son front moite.

— Si vous voulez le savoir, je pense à chez moi, et j'essaie désespérément de me rappeler les ingrédients nécessaires pour fabriquer du savon. C'était une tâche dont... d'autres personnes s'occupaient.

Elle ne voulut pas mentionner les serviteurs de sa mère.

— Du savon ? répéta Elspeth en levant sa cuillère de bois.

— Oui. Sans une bonne quantité de savon, ce château va vite redevenir aussi sale qu'il l'était la semaine dernière.

— Peut-être que certains connaissent les secrets pour faire de la soude avec des cendres. Je suis sûre que l'abbé a des recettes, suggéra Ellie.

— Il y en a de nombreuses. Je ne veux pas me laver avec la soude que l'on emploie pour laver les draps.

— Pourquoi n'allez-vous pas à l'abbaye, parler avec le frère Laurence ?

Théa la regarda comme si elle avait perdu l'esprit. Elle n'eut pas envie de lui rappeler qu'elle ne pouvait franchir la herse sans alerter sire Deitert, ce qu'elle ne voulait pas. Elle préférait penser aux savons qu'elle avait chez elle, des savons de toutes sortes, depuis les riches morceaux dont ses sœurs et elle se servaient pour laver leurs cheveux jusqu'aux savons au lait d'avoine avec lesquels elles éclaircissaient leur teint. Sans parler des crèmes et des onguents qu'elles utilisaient pour adoucir leur peau. Mais elle ne s'était jamais préoccupée de savoir comment tout cela était fabriqué. C'étaient les serfs les plus humbles de son père qui s'en chargeaient, car c'était un travail pénible et fastidieux.

Tout concourait à lui faire penser à sa maison. La nostalgie croissait dans son cœur, et elle ne pouvait imaginer qu'un baiser du duc d'Emory suffise à la chasser.

S'il daignait l'embrasser de nouveau. S'il décidait de revenir chez lui.

Parfois, elle haïssait Roderick d'Emory. Il lui avait ôté son collier, mais tout son fief l'avait vue avec. Elle resterait à jamais l'esclave du seigneur. Puis elle se rappelait ce qu'elle ressentait quand il la prenait dans ses bras. Ses lèvres l'apaisaient et la réconfortaient. Elle avait plus gagné à son contact qu'elle l'aurait jamais cru possible. Elle avait touché l'amour du doigt, l'avait éprouvé, et le lui avait retourné comme un présent. Mais la triste vérité était qu'il ne ressentait pas d'amour pour elle. Juste de la concupiscence.

Le Faucon d'Emory ne voulait pas de l'amour qu'une sotte esclave franque lui offrait. Même si elle lui disait exactement qui elle était, elle ne pensait pas que cela ferait de différence. Il la traitait de « petite Franque » de la même manière méprisante et insultante qu'elle l'appelait « Saxon ». Il se moquerait des titres qui suivaient son nom. Pour lui, elle n'était que Théa, son esclave.

Constamment, elle se jurait qu'elle ne referait pas deux fois la même erreur. Elle ne s'éprendrait pas de lui. Elle ne s'avilirait pas de nouveau. Ce qui s'était passé entre eux cette nuit-là ne se reproduirait pas.

Il fallut trois jours pour fabriquer le savon. De bonne heure le jeudi matin, elles se mirent à confectionner des bougies.

Dans l'après-midi, les sabots de Victorieux résonnèrent sur le pont-levis, annonçant le retour du Faucon. Théa se pencha sur le chaudron de suif, vérifiant les parfums qu'elle ajoutait à la mixture. Ellie lui donna un coup de coude.

— Il est arrivé, dit-elle en désignant la herse.

Théa observa Victorieux qui trottait vers les écuries. Son cheval tenait la tête haute, magnifique. Le vieil Henry accourut pour le prendre par la bride pendant que Roderick démontait. Le cheval de bât qu'il avait emmené avec lui était chargé de fourrures. Dès qu'il mit pied à terre, le Faucon parcourut des yeux la cour animée, pour s'assurer que tout le monde était au travail.

Son regard passa sur Théa comme si elle n'était pas plus importante que son tonnelier cerclant des barils ou le forgeron frappant sur son enclume. Ravalant sa déception, elle ramena son attention sur la cire. Roderick d'Emory refusait de la reconnaître. Eh bien, elle pouvait en faire autant.

Espérant cacher les larmes qui embuaient soudain ses yeux, elle regarda le ciel noir et couvert. Il y avait de la tempête dans l'air. Elle parvint à contrôler sa voix et demanda à Elspeth de vérifier la consistance du suif.

— Il semble que nous ayons un bon lot, dit Ellie.

Le regard de Théa se porta de nouveau sur Roderick. Il se

mouvait avec grâce d'un poste de travail à l'autre, inspectant les tonneaux, s'arrêtant pour parler au forgeron. Il dominait ce dernier de sa haute taille. Il portait des braies et un justaucorps sans manches, et elle put voir à la lueur de la forge les poils blonds qui brillaient sur ses avant-bras. Ses yeux s'élargirent quand elle s'avisa qu'il était aussi musclé que le forgeron.

Ses joues s'empourprèrent. Elle se souvenait exactement du contact de ces bras forts quand il la tenait nue contre lui.

Jesse arriva des bains, ayant lavé et étendu le linge de la journée.

— Mmm… Cela sent bon, dit-elle.

— C'est du laurier, expliqua Ellie. Théa a écrasé les feuilles et ajouté le jus au suif.

— Où prenez-vous vos idées ? demanda Jesse.

— Nous le faisons à la maison, répondit Théa.

— Oh, la maison…

Jesse poussa un gros soupir.

— Ne commencez pas, l'avertit Ellie.

— Mon fils me manque.

— Vous pouvez en avoir un autre ici, déclara Elspeth d'un ton pratique.

— Comment pouvez-vous lui dire cela, Ellie ? se récria Théa.

Elspeth contempla les nuages qui s'amoncelaient au nord.

— Mon fils m'a été enlevé il y a un an par son père, pour l'élever au manoir. La même chose allait arriver au fils de Jesse, et elle le sait. Non ?

— Je ne pense pas que mon seigneur m'aurait séparée de Jacob avant qu'il soit assez grand pour être formé.

Théa n'avait jamais pensé à cela auparavant. Elle regarda les deux femmes, qui étaient maintenant de la même classe qu'elle. Le mariage était la seule protection qu'une femme pouvait espérer. Pour la première fois, elle regretta d'avoir été aussi légère.

— A quelle distance au nord sommes-nous, à votre avis ? demanda-t-elle d'un ton détaché.

— Nous sommes arrivées en bateau. Comment voulez-vous que j'évalue la distance ? rétorqua Elspeth.

— La Saxe n'est pas si éloignée. J'ai vu des cartes dans la maison de mon père.

— Et alors ? répliqua Elspeth d'un ton sec. Oubliez ce que vous avez dans la tête, Théa.

— Si nous volions un bateau de pêche ? suggéra Jesse.

— Nous trois ?

Ellie eut un rire mordant.

— Nous pourrions suivre la côte, dit Théa.

— Mais oui ! Aujourd'hui nous fabriquons des bougies, et demain nous serons des marins ! Nous serions vite mortes de soif et d'épuisement. Nous en reparlerons dans un mois, quand nous aurons nos premières nausées matinales.

— Qu'est-ce que c'est ? demanda Théa.

— Ce qui arrive à chaque femme quand elle découvre qu'elle attend un enfant, répondit Elspeth sans mâcher ses mots.

— Vous voulez dire un bébé ? s'enquit Théa, choquée.

— Oui, ma petite, un bébé.

— Mais nous n'avons pas de maris !

— Un mari ? Ha ! Vous avez un homme, non ? Il s'est vanté devant les prêtres d'avoir répandu sa semence en vous. Il va vous labourer jusqu'à ce qu'un enfant en sorte.

— Mais je croyais…

La voix de Théa s'affaiblit.

— Est-ce fait ainsi ?

— Les bébés sont la conséquence du plaisir d'un homme.

Théa lâcha la mèche qu'elle tenait. Juste ciel, à quel point avait-elle été aveugle ? Sa mère l'avait pourtant avertie, mais elle avait fait fi de ses recommandations. Elle était vraiment stupide.

— Nous ne devons pas retarder notre départ, dit-elle faiblement.

Elspeth secoua la tête.

— Le mal est fait. S'enfuir n'arrangera rien.

— Cela arrêterait l'ensemencement…

Elspeth haussa les sourcils.

— Avez-vous eu vos menstrues ?

— Non, mais ce n'est pas le moment. Elles n'arriveront pas avant le dernier quartier de lune.

— Attendez de voir si elles reviennent. Si elles s'arrêtent, c'est que la graine est bien plantée et qu'un bébé poussera.

Théa se remit furieusement au travail.

— Combien de fois faut-il ? Combien de semence ? Il faut beaucoup de graines, pour planter un jardin.

— Je ne sais pas.

— Moi non plus, dit Jesse en rougissant fortement. Mon suzerain m'a prise maintes fois avant que mon fils soit conçu. Les autres servantes trouvaient que j'avais de la chance. Et puis, quand il a cessé de s'intéresser à moi, mes menstrues se sont arrêtées et le bébé a grandi.

— Il a cessé de s'intéresser à vous ?

C'était une autre notion que Théa n'aurait jamais pu imaginer jusque-là. Mais il était clair que Roderick ne s'intéressait plus à elle.

— Oui. Je l'aimais vraiment, mais il ne voulait plus de moi. Il s'était entiché d'une fille plus jolie que moi. Toutefois, il a reconnu mon fils. Et il ne m'a pas chassée de chez lui.

Théa fronça les sourcils, pensant à chez elle. Son père n'avait jamais reconnu d'enfants de leurs servantes. Mais son frère Roy s'intéressait de près à toutes les femmes, passant de l'une à l'autre avec une belle inconstance.

Elle regarda la pâle beauté d'Elspeth et la charmante vivacité de Jesse, et les vit pour la première fois comme des rivales.

— Nous sommes toutes les trois des esclaves de Roderick d'Emory.

Ellie hocha la tête.

— Oui. Il est temps que vous vous en rendiez compte.

— Et il peut nous avoir toutes les trois ? Lui céderiez-vous, s'il vous voulait ?

— Théa, c'est le seigneur, dit Jesse. Bien sûr, que nous le ferions.

Théa déglutit. Elle avait refusé Merrault parce qu'il était inconstant. Il était venu à Landais chercher une épouse, alors qu'il était connu qu'Anne d'Aix-la-Chapelle était sa maîtresse. Y avait-il des hommes fidèles et sincères en dehors des légendes ou des chansons ? Elle se demanda si son père était aussi fidèle qu'elle l'avait toujours cru.

— Il n'est pas différent des autres seigneurs, renchérit Elspeth. Si une femme croise son chemin…

— Alors ma décision est prise. Je vais partir d'ici.

Théa ferma la bouche pour ne pas en dire plus. Elspeth la regarda avec de la pitié dans les yeux.

— Petite sotte ! Vous ne pouvez pas partir. Jesse et moi non plus. C'est ici que nous vivrons jusqu'à notre dernier jour. Aucun champion ne viendra vous sauver. Les Francs ne viennent pas dans ce pays. Ils n'y sont pas les bienvenus. Vous feriez mieux de prier Dieu que notre nouveau seigneur demeure fort et résolu. Sinon, les Vikings reviendront et nous aurons un maître cruel qui ne se souciera pas que nous soyons battues ou abusées par ses hommes.

— Conduire un bateau ne doit pas être si difficile, intervint prudemment Jesse. Cela ne m'a pas paru si compliqué.

— Croyez-vous que ce soit aussi facile que de faire des chandelles ? répliqua Elspeth en la foudroyant du regard, lui intimant de ne pas encourager Théa.

— Je ne resterai pas ici une nuit de plus, dit cette dernière, le menton buté.

— Le duc d'Emory ne vous laissera pas partir, déclara Elspeth. Il tient à ce qu'il a. Si vous vous enfuyez, il lâchera ses chiens derrière vous et vous pourchassera jusqu'au bout de la terre.

Théa fixa le chaudron de suif dans un silence courroucé, pendant que les paroles d'Ellie tombaient en elle comme une pierre.

— Là, laissez-moi vous remplacer, offrit Jesse. Rentrez un moment, buvez un gobelet d'eau et mangez un bout de pain. Ce feu est trop fort pour vous.

— Je vais laver les murs, répondit Théa en abandonnant volontiers sa corvée.

Quand elle fut partie, Elspeth jeta un regard virulent à Jesse.

— Ne l'encouragez pas dans ses folles idées de fuite.

— Elle est très malheureuse, ici. Elle n'est pas comme nous, Ellie. Elle a été élevée dans un manoir. Je ne pense pas qu'elle ait jamais travaillé aussi dur dans sa vie.

— Elle ne travaille pas plus dur que vous ou moi.

— Mais si nous pouvions nous échapper ?

— Vous ne le pouvez pas, et vous le savez. Autant cracher dans le vent.

— Si j'allais avec elle, je suis certaine qu'elle s'assurerait que je sois joliment récompensée par sa famille. C'est une dame. Vous le savez aussi bien que moi, Ellie.

— Alors laissez sa famille la défendre. Ce n'est pas notre affaire.

La grand-salle était vide. Théa chercha quoi faire et se décida pour l'escalier, frottant les marches l'une après l'autre. Ses pensées étaient sombres. Elle pouvait à peine digérer toutes les informations qui venaient de lui être données. Elle s'asseyait souvent sur ses talons, comptant sur ses doigts, essayant d'appliquer à sa situation la logique qu'elle avait apprise de ses précepteurs.

Il fallait sûrement coucher maintes fois avec un homme pour faire un enfant. Elle songea aux chevaux que sa mère élevait, et au nombre de fois où un étalon montait une jument pour l'engrosser. C'était si simple, si évident. Comment n'avait-elle pas fait le rapprochement ?

Tandis qu'elle s'asseyait sur les marches propres, les mains inertes sur ses genoux, elle pensa à la dernière nuit qu'elle avait passée avec sire Roderick. Ses joues s'enflammèrent lorsqu'elle se rappela les libertés qu'elle lui avait laissé prendre avec son corps. N'avait-elle plus de fierté ? Qu'était devenue cette qualité ? Elle était une Bellamy. Chaque fois qu'elle lui accordait de telles privautés sur sa personne, elle lui permettait de répandre sa semence en elle.

Elle n'avait pas songé à autre chose qu'au doux moment qu'ils avaient partagé, ayant besoin du réconfort qu'il lui prodiguait. De nouveau, elle porta sa main à sa gorge, à sa peau libérée du pesant collier. Même sans lui, elle reconnaissait qu'elle appartenait au Faucon d'Emory. S'il entrait à cet instant dans la grand-salle et claquait des doigts, elle devait lui obéir.

Elle se concentra sur la pièce qui l'entourait. Jour après jour, elle retrouvait son lustre. Le sol de marbre était devenu une beauté, avec ses dalles noires et blanches qui brillaient grâce à la cire qu'elle avait préparée et aidé à passer.

C'étaient ses efforts qui avaient accompli cela. Tant de choses attendaient encore d'être faites. Elle vit la grand-salle non pas comme elle était maintenant, ni comme elle l'avait vue la première fois, sale et négligée, mais restaurée dans toute sa gloire.

Une grande maison renaissant de ses cendres. Et elle se voyait elle-même au centre de cette maison, aussi royale que sa mère dirigeant Landais.

Mais elle n'était pas la dame du château.

Cet honneur serait réservé à l'épouse de Roderick d'Emory.

Elle fit un signe de croix et joignit les mains. Penchant la tête pour prier, elle récita un *mea culpa* et un acte de contrition pour ses péchés d'orgueil et de luxure. Son âme était en danger mortel.

Le duc d'Emory n'épouserait jamais une esclave. Il n'élèverait jamais une si basse créature à son côté. Elle avait peut-être été son égale le jour où ils s'étaient rencontrés, mais elle ne l'était plus.

Elle ouvrit les mains et fixa ses paumes rougies et cornées. Ce n'étaient plus les mains d'une noble dame. Elles étaient aussi abîmées que celles de Jesse quand elle finissait de laver le linge, chaque jour.

Elle les posa sur son ventre. Elle ne pourrait jamais supporter la honte de mettre au monde un bâtard saxon. Elle était une

Bellamy. Une Bellamy, par la grâce de Dieu. Et cependant la troupe de femmes volées par Roderick d'Emery l'évitait à l'église parce qu'elle était sa maîtresse.

Pour l'amour du ciel, comment avait-elle pu commettre une erreur aussi terrible ? Pourquoi ne lui avait-elle pas dit son nom tout de suite ? Parce qu'elle avait craint qu'il la rançonne ? Au moins, être rançonnée aurait été un sort honorable. De nouveau, quand il l'avait amenée à Blackstone avec ce maudit collier d'esclave, elle s'était laissé aveugler par sa fierté.

Elle aurait pu demander asile au prêtre, si seulement elle lui avait donné son vrai nom. Mais elle s'était sentie si furieuse, si insultée, qu'elle avait platement refusé de livrer le nom de son père à des Saxons. Quelle sotte elle avait été !

Oui, elle avait été poussée par la colère et la fierté.

Quel bien cela lui ferait-il de dire la vérité, maintenant ? Aucun. Le mal qui lui avait été fait était irréparable.

Pire, plus elle passait de temps à Emory, plus elle se sentait désolée pour ces gens. Elle ne pouvait haïr les vassaux de Roderick et son peuple. Ce n'était pas leur faute si les Vikings leur avaient tout pris.

Elle avait essayé de conserver sa colère et son sens de l'outrage, comme une armure contre le Faucon. Mais elle avait échoué même là.

Elle avait passé chacune des cinq dernières nuits à frissonner dans le lit vide de Roderick, soupirant après lui. Souhaitant qu'il revienne. Brûlant qu'il la prenne de nouveau dans ses bras et qu'il attise son désir, pour la consumer de plaisir.

Maintenant qu'il était rentré, elle savait sans nul doute qu'elle s'avilirait encore complètement.

S'il entrait à cet instant dans la grand-salle, elle serait à ses pieds s'il ne faisait qu'hausser un sourcil dans sa direction.

Et que lui donnait-il de lui ? Il ne lui accordait même pas un sourire.

Oh, elle devait quitter Emory. Partir maintenant, avant que l'hiver s'installe.

Elle se jura de garder ses projets pour elle, désormais. Elle ne demanderait pas l'aide d'Elspeth ou de Jesse. Elle partirait cette nuit… à un moment où personne ne la chercherait ni ne penserait à elle. Pendant le repas du soir, quand tous les hommes seraient à table et mangeraient leur content.

Chapitre 12

La tempête éclata quand Théa atteignit la carrière proche du port. Le vent hurlait et sifflait autour des falaises de pierre noire. Les sabots de Victorieux résonnaient sur le granit. C'étaient les éclairs et le tonnerre qui effrayaient surtout Théa. Elle pouvait supporter la pluie, même un déluge, mais elle avait une grande peur qui lui restait de son enfance : la foudre.

Il pleuvait très fort quand elle démonta et prit Victorieux par la bride, lui faisant descendre le sentier rocailleux jusqu'au cœur de la carrière. Grâce aux éclairs lumineux, elle aperçut une cabane près de la jetée.

D'un côté, elle craignait de descendre au niveau de la mer ; mais, de l'autre, elle redoutait d'être frappée par la foudre en traversant la falaise.

Elle appréhendait aussi de s'arrêter si tôt dans sa fuite. Elle n'était pas encore hors de vue du village de Blackstone, ou de la tour de garde de l'île de March Island, même si, de nuit et avec la tempête qui faisait rage, elle doutait que quelqu'un l'aperçoive ou aperçoive son cheval.

Victorieux fut content d'atteindre l'abri de la grossière construction. Il s'ébroua comme un chien et taquina le ventre de Théa, réclamant son affection. Elle caressa sa crinière et gratta ses naseaux.

— Tout ira bien, Victorieux. Nous avons un long voyage devant nous, mais nous sommes forts et jeunes.

Théa attacha la bride à un pilier de bois qui supportait le toit et chercha dans le noir des choses utiles. Il y avait des chiffons et plusieurs caisses qui contenaient des outils de carrier. Elle trouva un briquet et du petit bois. Rien à manger, mais elle avait emporté quelques provisions. Le briquet lui serait utile en route. Elle utilisa les chiffons pour sécher Victorieux.

Il avait été bien nourri dans l'après-midi, et elle avait elle-même mangé un bon souper avant de partir.

Elle avait décidé de rentrer chez elle en suivant la côte. Quand elle avait porté un plateau à sire Michael, il lui avait confirmé ce qu'elle avait entendu dire du pays au sud d'Emory. Il avait dit qu'il habitait à soixante-dix lieues au sud, en traversant la forêt.

Le dimanche, au village, Théa avait écouté des chasseurs saxons qui parlaient de ceux qui s'étaient perdus dans cette immensité boisée. Certains étaient morts en essayant de traverser les montagnes, surpris par l'hiver. Par ailleurs, d'après ce qu'elle avait appris avec ses précepteurs, de nombreuses rivières rendaient le passage entre la Saxe et la Lorraine très difficile. La Weser, l'Ulm et la Moselle étaient beaucoup plus profondes et périlleuses à franchir que la Somme qu'elle connaissait.

Elle écarta d'un haussement d'épaules les barrières naturelles qu'elle devrait affronter plus tard. Elle avait des problèmes à résoudre dans l'immédiat. Elle ôta sa selle du dos de Victorieux, la posa sur une caisse et la sécha soigneusement. Henry l'avait bien entretenue. Les clochettes en argent qui l'ornaient tintèrent gaiement. Elles avaient de la valeur. Théa pourrait les troquer contre de la nourriture et un hébergement si elle rencontrait des villes ou des villages. Elle pourrait peut-être même échanger sa selle contre une traversée sur un bateau. C'était son espoir de rentrer chez elle au plus vite, avant l'hiver.

La pluie martelait le toit de l'abri. Elle se pelotonna dans le coin le plus sec, ses bras autour de ses genoux, et observa les vagues qui s'écrasaient sur la courte jetée. Chaque éclair la faisait sursauter, mais elle n'était plus une enfant. Elle ne laisserait pas la tempête la terrifier, même si les coups de tonnerre lui faisaient tinter la tête, comme de lointaines cloches d'église.

Victorieux piaffa et agita la queue. Elle le rejoignit pour le calmer, en lui caressant le flanc, et il tourna la tête avec un hennissement. Mais, par-dessus le vacarme de la tempête, elle entendit *réellement* une cloche qui sonnait. Ding, dong ! Ding, dong ! Elle dressa l'oreille.

— Qu'est-ce que c'est que cela ? se demanda-t-elle à voix haute.

Intriguée, elle alla au bord de l'abri et scruta l'obscurité. La tempête était un peu moins forte. Un éclair traversa le ciel, illuminant la mer d'un côté du port à l'autre. La tour de garde qui se dressait sur l'île apparut un instant. Mais il y avait autre chose. Théa sentit son cœur se contracter. Un bateau. Un grand bateau.

Elle s'immobilisa, attendant la prochaine explosion de lumière. Son cœur battit plus vite. Un nouvel éclair sillonna le ciel et éclaira l'entrée du port. Un navire se dessinait bien dans la nuit.

L'image resta imprimée sur la rétine de Théa. Elle avait déjà vu des navires comme celui-ci, au Havre… avec des effigies de dragons à la proue et à la poupe. C'était un navire viking !

— Mon Dieu, non ! Ce n'est pas possible ! s'écria-t-elle.

S'abritant les yeux, elle courut sous la pluie battante jusqu'au bout de la jetée. Elle distinguait clairement la tour, car l'île n'était pas très loin au large. Le bateau était là, à côté.

Un autre éclair lui permit d'apercevoir la voile. Elle était rabattue. Toute une rangée d'avirons plongeait dans l'eau avec précision, à l'unisson.

Théa faillit avaler sa langue. Elle regarda vers le village, où de chaudes lumières brillaient aux petites fenêtres des chaumines reconstruites. Au-delà se dressait la sévère silhouette de la forteresse. Grande ouverte et vulnérable. Théa avait pu passer sous la herse avec son cheval sans être arrêtée. Les portes étaient béantes.

— Oh, mon Dieu ! Qu'ai-je fait ?

Elle avait drogué tout le monde au château de Blackstone.

Prise de panique, elle retourna en courant à l'abri et remit sa selle sur le dos de Victorieux. Ses mains tremblaient tellement qu'elle put à peine boucler la sangle et la serrer.

Des Vikings ! Roderick allait être tué. Par le ciel ! Elle ferma les yeux et appuya son front contre le flanc de l'étalon. Que devait-elle faire ? Elle devait les prévenir. Les réveiller.

Elle détacha la bride et se mit en selle. Elle tourna immédiatement le cheval vers le sentier abrupt qu'elle lui avait fait descendre en marchant à côté de lui. Enfonçant ses talons dans ses flancs, elle le poussa vers la falaise.

La forteresse de Blackstone était aussi silencieuse qu'une catacombe. Seuls deux chiens sortirent pour aboyer après Victorieux quand Théa arrêta l'étalon devant les portes grandes ouvertes de la grand-salle.

— Doux Jésus ! s'exclama-t-elle en se laissant glisser à terre.

Elle attacha son cheval à un poteau, sous la pluie qui tombait à verses. Pendant un moment elle se tint sur la marche inférieure, fixant les énormes portes massives qui venaient d'être mises en place dans l'après-midi. Elles ne pouvaient être ni fermées, ni barrées. Les charpentiers devaient encore les ajuster.

Théa chassa ses cheveux mouillés de ses yeux et monta l'escalier en courant. Le spectacle qui l'accueillit dans la grand-salle était pire que ce qu'elle avait imaginé. Les hommes et les garçons étaient affalés là où le sommeil les avait surpris. Quelques-uns avaient essayé d'aller se coucher, mais ils n'avaient pas dépassé les premières marches qui menaient à la galerie.

Un autre coup de tonnerre la fit se retourner vers les portes. Elle ne pouvait les fermer contre la pluie. La tempête s'engouffrait à l'intérieur, la repoussant en arrière, formant des flaques autour de ses pieds, mouillant les lambris fraîchement cirés.

Trempée jusqu'aux os, Théa frissonna pour d'autres raisons que le froid et l'humidité. Si elle ne pouvait pas les réveiller ? Comment pourrait-elle abaisser la herse toute seule ? Elle ne savait pas faire marcher le mécanisme, et n'avait pas assez de force. Elle serra ses mains sur ses bras, tremblante. Il fallait qu'elle trouve Roderick. Il saurait que faire.

Une serre froide s'enfonça dans la chair de son bras.

— Où êtes-vous allée ?

Théa sursauta et cria. Elle tournoya sur elle-même et ne découvrit qu'Armina, courbée en deux par les rhumatismes. Elle déglutit, avec l'impression que son cœur battait dans sa gorge.

— Où étiez-vous ?

Les lèvres de la vieille femme se retroussaient comme celles d'un chien hargneux. Elle désigna les tables.

— Regardez ! Les hommes de mon maître ronflent sur leurs gobelets pendant que vous vous promenez !

— Où est sire Roderick ? demanda Théa. Réveillez-les. Prenez un seau d'eau, s'il le faut, et lancez-le au visage de sire Deitert. Tout de suite ! Il faut que je trouve sire Roderick. Les Vikings sont à nos portes !

— Les Vikings ! glapit Armina. Menteuse ! Vous avez empoisonné tous les hommes, sorcière !

— Non, ils sont ivres, Armina. Avez-vous perdu l'esprit ?

— Ha !

La cuisinière alla en traînant les pieds jusqu'à la table la plus proche, sur laquelle le sénéchal était affalé. De la cervoise gouttait du gobelet incliné dans sa main, mouillant trois pages endormis à ses pieds.

— Non, c'est du poison. Vous pouvez peut-être m'expliquer ce que c'est que ça !

Elle sortit une racine de jusquiame de la poche de son tablier. La panique envahit Théa. Les Vikings approchaient de leurs côtes et la seule personne éveillée à Blackstone lui cherchait querelle.

— Je vous le dis, il y a des Vikings dans le port. J'ai vu deux bateaux près de l'île. La cloche de l'abbaye sonnait l'alarme !

Armina plissa les yeux et brandit la racine.

— Jetez cette racine ! s'écria Théa. Nous n'avons pas le temps de discuter.

— C'est du poison.

Armina posa une main sur l'épaule de Deitert et le secoua rudement.

— Réveillez-vous, vieil homme ! Réveillez-vous avant que les pilleurs vous ôtent la vie !

Elle se rendit vite compte que rien ne pouvait le tirer de son sommeil. Elle remit la racine dans sa poche et lança un regard lourd de menace à Théa.

— Vous pensez pouvoir échapper à la vengeance du Faucon ? Ce sera une joie de vous voir vous tortiller sous le fouet. Il y a longtemps que l'on aurait dû vous châtier, sorcière !

— Fort bien. Ne m'aidez pas.

Théa se tourna vers l'escalier et le monta en courant.

— Je garde la racine, sorcière ! cria Armina derrière elle. Ce sera une preuve pour le prêtre et pour le Faucon. Il est grand temps que notre seigneur sache qui vous êtes !

Un poing glacé se resserra autour du cœur de Théa. Elle arriva dans la galerie, essoufflée.

— Vieille harpie ! marmonna-t-elle.

Elle s'arrêta devant la porte ouverte de Roderick, tremblant de la tête aux pieds. Elle porta une main à son visage pour en essuyer la sueur. Puis, carrant les épaules, elle entra dans la chambre obscure. Il était étalé sur sa peau d'ours, un bras sur les yeux.

La terreur contracta la poitrine de Théa. Ses genoux fléchirent sous elle. Elle se laissa tomber à terre à côté de la cheminée éteinte, les yeux rivés sur sa longue silhouette.

— Que faire ? murmura-t-elle, désespérée. Comment le réveiller ?

Elle se mordilla la lèvre et se tritura les doigts. Elle voyait son seul espoir de rentrer chez elle réduit en cendres. Dehors, un éclair déchira le ciel. Le vent violent fit claquer les volets neufs contre le mur. Un coup de tonnerre explosa, assez fort pour réveiller des morts.

Théa se leva d'un bond et courut à la croisée pour fermer

les contrevents. Roderick se redressa brusquement dans son lit, tirant son épée de son fourreau.

— Qui est là ?

Il était réveillé !

— C'est moi, Théa !

Elle réussit à mettre un volet en place, mais ne parvint pas à attraper l'autre. Roderick vint vers elle en chancelant, la pointe de son épée raclant le sol. Il tendit le bras et ferma l'autre volet.

— Messire...

Théa déglutit. Ses nerfs étaient tendus à craquer.

— Messire, il y a des Vikings dans le port.

— Quoi ?

Les yeux bleus de Roderick papillonnèrent. Il la regarda fixement, comme s'il était incapable de rassembler deux pensées cohérentes.

— Des Vikings, insista-t-elle. Deux bateaux. Je les ai vus. Ils étaient près de l'île. La cloche de l'abbaye sonne l'alarme. Nous ne l'entendons pas à cause de la tempête.

Roderick mit les mains sur ses épaules et la secoua.

— Qu'avez-vous dit ?

— Des Vikings, messire. Dans le port. Ils sont revenus.

— *Doux Jésus !*

Ses doigts s'imprimèrent dans la chair de Théa.

— Vous êtes trempée. Comment ? Pourquoi ? Que faisiez-vous dehors sous la pluie ?

Théa se raccrocha à ses avant-bras pour se soutenir.

— Messire, vous allez me tuer pour cela, mais je dois vous dire la vérité. Vos hommes sont tous endormis. J'ai concocté une potion soporifique et l'ai mise dans les tourtes à la viande, pour pouvoir m'échapper. J'ai vu les bateaux quand je suis arrivée à la carrière. Les Vikings arrivent, messire. Nous devons faire venir les villageois au château et fermer les portes.

— Roderick, y a-t-il des ennuis ?

Sire Michael se présenta en vacillant sur le seuil.

— Avez-vous besoin de moi ?

— Oui, Michael. Fichtrement.

Le Faucon poussa rudement Théa de côté.

— Vous allez rester ici.

Il la lâcha et alla à son coffre de guerre, qu'il ouvrit brusquement.

— Prenez votre épée et votre armure, Michael, si vous en êtes capable. Il se peut qu'il n'y ait que vous et moi pour défendre ce qui reste de Blackstone. Dieu nous vienne en aide.

— Messire !

Théa courut à lui alors qu'il luttait pour fermer son haubert tout seul. Elle le boucla dans son dos.

— Laissez-moi vous aider. Je peux peut-être réveiller les autres. Armina est réveillée, aussi.

Tout en fixant son baudrier sur ses hanches, Roderick lui fit face. Il lui décocha le regard le plus froid qu'elle avait jamais vu.

— Vous avez causé tous les dommages qu'Emory peut supporter. Restez ici. Ne croisez plus mon chemin cette nuit. Le ciel vous aide si les Vikings franchissent cette porte.

Il prit son épée et son écu et sortit à grands pas de la chambre, claquant la lourde porte derrière lui et appelant Michael. Ces bruits résonnèrent dans la pièce silencieuse, et Théa entendit encore le déclic redoutable d'un verrou.

Elle pouvait à peine respirer, tant sa poitrine était contractée. Elle arpenta la chambre froide, massant ses bras meurtris. Un frisson lui passa dans le dos.

Elle était perdue.

Elle alla à la porte et posa l'oreille sur le bois, guettant des bruits qui lui indiqueraient que quelqu'un d'autre était réveillé. Par chance, sire Michael n'était pas descendu souper dans la grand-salle. Mais à quoi serait-il bon contre une horde de Vikings, elle ne pouvait l'imaginer.

Elle continua à écouter et finit par percevoir des pas dans la galerie. Puis des voix, les exclamations excitées des garçons et le timbre plus grave des écuyers tirés de leur profond sommeil. Théa prit une inspiration tremblante. Au moins, ils n'auraient pas la gorge tranchée pendant qu'ils dormaient.

Ensuite, elle alla s'agenouiller devant l'âtre pour ranimer le feu avec le tisonnier et ajouter du bois. La chambre était glaciale et mettrait un moment à se réchauffer. Elle s'assit sur les jonchées, délaça ses sandales et ôta ses bas. Ils étaient sales et maculés de boue. Puis elle enleva sa tunique et l'étendit sur l'un des fauteuils pour la faire sécher. Les fils d'or du tissu lamé brillaient à la lueur du feu.

Nue et frissonnante, Théa alla à la table de toilette et versa de l'eau dans la cuvette. Elle se lava avec soin, de la tête aux pieds, après quoi elle s'enroula dans la couverture en laine posée sur le coffre et se rassit devant la cheminée pour réchauffer ses mains et ses pieds.

L'aube allait être longue à venir… si elle vivait pour la voir.

Herewald le Marcheur n'était pas enchanté d'être le premier à tester les défenses de Roderick d'Emory. Il était déjà assez contrariant que la tempête l'ait contraint à chercher abri dans le port de Blackstone, mais s'échouer sur les rochers entassés dans la baie par le Faucon piquait sa vanité de Viking danois.

— Par tous les diables, Faucon, vous auriez pu m'avertir de ce que vous prépariez, dit l'énorme Danois.

Il ajouta quelques jurons bien sentis pour réchauffer l'air frais du matin.

— Comment voulez-vous que je sorte mes bateaux de ces rochers ?

— En vérité ? lança Roderick avec un grand sourire. Je ne compte pas que vous y réussissiez. Mon plan est de piller tout navire qui essaie de contourner l'île. Vous avez vu les balises, non ?

— Par le pouce d'Odin, oui, je les ai vues. Mais nous étions trop occupés à ramener la voile. Comment pouvais-je savoir que je trouverais un si mauvais accueil dans la baie de Blackstone ?

— Messire…

Roderick lui donna une tape dans le dos et lui tendit la main pour l'aider à débarquer du canot.

— Considérant ce que les Normands ont fait à Blackstone ce printemps, Odin a dû être avec vous tout au long de la nuit. Juste au-delà des rochers sur lesquels vous vous êtes échoué, il y a des rangées de piques qui auraient mis votre coque en pièces. Vous vous en êtes bien sorti. Bienvenu à Blackstone.

— Humph ! grogna Herewald.

Maintenant que ses pieds étaient plantés sur la terre ferme, il porta ses énormes poings à sa ceinture et se dressa de toute sa haute taille, examinant les alentours.

— Mes compliments, Faucon. Vous avez fait du beau travail pour rebâtir le village. Je vois que toutes les chaumines ont un toit. Et qu'est-ce là, qui entoure votre forteresse ?

— Une barbacane, mon ami. Construite sur le modèle des Romains, mais en plus grand, déclara fièrement Roderick.

— Vous m'en direz tant. Impressionnant, Emory. Très impressionnant. Il me paraît que vous vous êtes fermé comme une huître.

Herewald frotta ses mains rougeaudes.

— Il faudra que vous me fassiez faire le tour de vos défenses. Je pourrais prendre certaines de vos idées. Cela me plaît. Cela me plaît beaucoup.

— Je m'y attendais.

Roderick se tourna vers sire Deitert et sire Michael.

— Michael, voulez-vous escorter les hommes d'Herewald dans la grand-salle ? Assurez-vous qu'ils soient bien accueillis et nourris. Deitert, je vous laisse faire apporter les coffres de notre bon ami.

— Vous aimerez ce que j'ai dedans, Roderick. Ou tout au moins vos femmes l'apprécieront. Hâtez-vous, Deitert. Je vous ai apporté une ou deux choses spéciales, également.

— Je m'en occupe tout de suite, dit le sénéchal.

— Maintenant, Roderick, je veux voir de plus près ce cheval gris.

Herewald se tourna vers son hôte et lui passa un bras sur les épaules.

— Quelle bête splendide. Il paraît assez grand pour supporter un homme de ma taille.

Roderick étudia Herewald le Marcheur, qui avait gagné ce surnom à douze ans, parce qu'il était si gros qu'aucun cheval ne pouvait le porter.

— Victorieux fait vingt paumes de haut, messire. Mais je ne veux pas m'en séparer.

— Nous verrons cela. Nous avons pensé qu'il s'agissait d'un esprit, à le voir voler le long de la falaise. Mes hommes l'ont pris pour la monture d'une Walkyrie. Et il nous a bien semblé que c'était une femme qui le chevauchait. Il faudra que vous me présentiez cette lutine, aussi. Allons, faites-moi faire un tour et commençons par votre abbaye. Les moines fabriquent le meilleur vin que j'ai jamais goûté.

Tandis que les deux hommes s'engageaient dans le chemin qui montait du port, les Saxons restés au village poussèrent un soupir de soulagement. Herewald était un bon voisin, pour un seigneur de guerre danois. Sire Deitert envoya un homme au château pour faire ouvrir les portes et dire aux femmes qu'elles pouvaient revenir chez elles sans rien craindre. Otto les escorterait et préviendrait la cuisine qu'un repas copieux devrait être servi promptement. Des hommes affamés arrivaient.

Le frère Laurence fut ravi de revoir son oncle Herewald et lui fit volontiers visiter son abbaye. Le Danois apprécia les rénovations accomplies durant l'été. Il admira les poutres et les chevrons neufs.

— Eh bien, mon garçon, il semble que vous soyez débrouillard, finalement. Je pensais que vous n'étiez bon qu'à tomber à genoux en extase. Alors, Roderick, buvons-nous de ce vin de mon neveu ?

Les trois hommes s'assirent à la table du réfectoire et y passèrent la majeure partie de la matinée. Roderick en oublia la terreur de la nuit précédente. L'après-midi, ils remorquèrent les drakkars d'Herewald avec le bateau de Roderick pour les dégager des rochers et les amarrer près du village pour la nuit.

Puis, pendant que les hommes du Danois projetaient de passer la soirée à l'auberge et de dormir sur les drakkars, Herewald et son lieutenant, Osgood, furent invités à souper à la forteresse.

Il était tard quand ils arrivèrent. Néanmoins, Roderick emmena d'abord les deux Danois aux écuries pour leur montrer le percheron. Le vieil Henry avait soigné les quelques blessures que l'étalon s'était faites durant cette chevauchée intrépide et dangereuse de la nuit dernière. *Pour l'amour du ciel, descendre et remonter la falaise en pleine nuit, sous l'orage !* pensa Roderick en lui-même. Les choses restaient à régler entre lui et une certaine petite Franque obstinée et volontaire.

Au cours du souper, Herewald complimenta encore Roderick sur la façon dont il avait redressé Blackstone après l'attaque des Vikings. Puis il réclama le premier poulain du nouvel étalon en échange de ses années d'aide et de protection.

Roderick pouvait mal lui refuser cela. Avec de la chance, Victorieux engendrerait autant de poulains et de pouliches qu'il avait de juments.

Mais ce qui déconcerta totalement le Faucon, ce fut l'offre d'Herewald de deux cents marks en or pour sa belle esclave franque aux cheveux noirs.

Chapitre 13

Théa n'avait aucune idée de l'heure qu'il était quand elle entendit quelqu'un qui ouvrait le verrou. Elle avait si faim qu'elle était prête à se pâmer. Elle avait bu depuis longtemps l'eau qui restait dans le pichet.

Quand la porte s'ouvrit, elle se leva et lissa la tunique de lamé vert sur ses flancs. Elle voulait paraître aussi présentable que possible pour Roderick, priant que pour une fois son apparence lui éviterait le châtiment auquel elle s'attendait.

Ce fut sire Deitert qui entra et laissa passer devant lui Jesse chargée d'un plateau. Sans un mot, il adressa un signe de tête à la jeune femme, ressortit et referma la porte à clé.

— Oh, Théa…

Jesse cligna de ses grands yeux. Ses taches de rousseur ressortaient sur la pâleur de son visage. Elle posa le plateau sur le coffre et enlaça Théa comme si elle était sa plus chère amie, perdue depuis longtemps.

— J'ai de ces nouvelles ! Quelle nuit nous avons passée ! Nous étions terrifiées à l'idée de voir arriver les barbares. Sire Roderick nous a cachées dans les caves avec les femmes du village. Nous venons juste de sortir, et c'est le branlebas de combat. Nous avons besoin de vous promptement, dans les cuisines. Vous devez vous dépêcher. J'ai apporté du pain et du fromage, c'est tout ce que j'ai pu réunir en vitesse. Je vais vous aider à vous changer.

— Me changer ? Pour mettre quoi ?

— Ces habits. Faites vite.

Théa prit un morceau de pain et l'avala pour apaiser son estomac. Jesse déplia une chemise et une cotte. Théa mordit dans le fromage et se lécha les doigts avant de toucher le vêtement de soie, d'une belle couleur crème.

— Où avez-vous eu cela ?

Jesse désigna sa propre cotte neuve.

— Sire Deitert a apporté ces habits de l'abbaye et nous a demandé d'améliorer notre apparence. Il y a un visiteur important dont le bateau s'est échoué la nuit dernière. Ce n'étaient pas des Vikings. Ou, du moins, pas des ennemis.

— Pas des Vikings ? répéta Théa en s'étranglant sur ces mots.

— Non, ce sont des amis. Un seigneur voisin. Un Danois, à ce qu'ils disent. Venez, vite !

Le fromage se coinça dans la gorge de Théa. *Ce n'étaient pas des ennemis !* Elle avait renoncé à sa seule chance de s'échapper, et les arrivants n'étaient pas des barbares !

Elle réussit difficilement à avaler, mais la bouchée de fromage se logea comme une pierre dans son estomac. Elle fixa les volets fermés, regrettant de ne pas avoir regardé dehors au cours de cette longue journée et de ne pas avoir essayé de sauter. Jesse tira sur sa tunique et la fit passer par-dessus sa tête. Puis elle lui enfila la chemise et la cotte neuves.

— Oh, elle est parfaite pour vous, dit-elle en nouant les lacets dans le dos de Théa.

Elle lui passa ensuite un surcot vert d'eau, qui était coupé dans le drap le plus fin que Théa avait jamais touché. Il était fermé par des nœuds sur les épaules et les côtés.

— La couleur est assortie à vos yeux. Maintenant, Théa, enfilez les pantoufles et voyez si elles vous vont. Je vais prévenir sire Deitert que vous êtes prête.

— Prête à être décapitée ? lança Théa en glissant les pieds dans les pantoufles de vélin, et en s'émerveillant de la douceur de la peau.

Le sénéchal ouvrit la porte et s'inclina gravement devant elle.

— Venez, je vais vous escorter dans la grand-salle, dit-il en lui offrant son bras.

Comme tout ceci est étrange, pensa Théa pendant que Jesse reprenait le plateau vide et les suivait dans l'escalier.

Une horde d'hommes à l'air barbare emplissait la salle. Ils avaient des cheveux blonds aussi longs que ceux de sire Roderick et des barbes qui faisaient pâlir la sienne. Tous étaient des géants et paraissaient farouches, affamés et fort dangereux. Aux yeux de Théa, ils avaient tout à fait l'allure de Vikings. Si c'étaient des Danois, pourquoi la forteresse n'était-elle pas en état de siège ? Roderick s'était-il rendu ?

Elle serra les doigts sur le bras de sire Deitert pendant qu'il la guidait lentement jusqu'à la porte des cuisines. Une fois hors de la grand-salle, elle poussa un soupir de soulagement et tourna la tête vers le sénéchal.

— Messire, sommes-nous attaqués ? Qui sont ces hommes ?

La forte mâchoire de Deitert se contracta.

— Vous êtes trop curieuse, femme. Si cela ne tenait qu'à moi, vous subiriez les pires tourments. Vous devez vous assurer que le souper soit le meilleur repas jamais servi à sire Roderick et à ses hôtes. C'est la seule raison pour laquelle je vous ai fait sortir de cette chambre. Les autres femmes disent qu'elles ne sont pas capables de servir un roi.

— Un roi ?

— Oui, le roi des Danois, Herewald le Marcheur, est venu à Blackstone. Ecoutez-moi bien, Théa la Franque : un de mes hommes doit suivre chacun de vos pas. Si vous tournez un pied en direction des écuries ou de la herse, je vous ferai flageller, qu'il y ait ou non des hôtes dans la grand-salle. M'entendez-vous ?

Théa regarda ses yeux glacés.

— Oui, messire, je vous entends.

— Quand le repas sera prêt, vous viendrez vous-même le servir, déclara encore sire Deitert d'un ton bref, avant de sortir des cuisines.

Elspeth poussa un soupir de soulagement en voyant Théa.

— Qu'avez-vous préparé ? demanda celle-ci.

— Un cuissot de chevreuil avec des raves, et du pain est en train de cuire.

Ellie porta la main à son front moite, l'air dépassé.

— Qu'avons-nous d'autre, Jesse ?

— Des fèves d'Armina, des pommes fraîches que j'ai choisies et du fromage fumé.

— Parfait.

Théa releva ses manches.

— Tommy, allez demander à Otto six de ses meilleurs rougets. Devons-nous nourrir tous les hommes que j'ai vus dans la grand-salle ?

— Oui, et même plus, répondit Elspeth. Ils étaient plus nombreux à rompre leur jeûne, ce matin.

— Ce qu'il nous faut, c'est quelques sauces pour rendre ce que nous avons digne d'un roi. Armina, quel est votre fromage préféré ?

— Un qui n'a pas été empoisonné par vous, sorcière.

— Bon, nous allons utiliser le fromage frais. Arnulf, allez m'en chercher deux grands pots dans le cellier.

— Oui, maîtresse, dit le deuxième garçon en partant en courant.

Elspeth se remit à tourner la broche. Elle regarda Théa et lui demanda en français :

— Jusqu'où êtes-vous allée ?

— Pas très loin, répondit Théa, les lèvres pincées. La carrière de granit. J'ai vu les drakkars et suis revenue prévenir Roderick.

— Sotte, dit Elspeth.

Il plut encore ce soir-là. Une pluie froide et continue qui promettait de durer toute la nuit. Le roi ne ressemblait pas à un roi tel que Théa l'imaginait. Il était vêtu de cuir et de drap, des habits usés et pratiques. Il était aussi grand que Roderick, plus pâle, et ses yeux étaient d'un bleu si foncé qu'ils paraissaient violets. Des cils clairs les bordaient. Théa jugea qu'il devait avoir l'âge de sire Deitert lorsqu'elle s'approcha de la table avec un plateau chargé. Elle fit une révérence et se tint immobile, en silence, lui offrant le premier choix comme le protocole le voulait.

Herewald le Danois la fixa et se tourna vers Roderick, la laissant tenir son plateau. Ils parlèrent dans une langue qu'elle ne comprit pas. Finalement, il ramena son attention sur le plat de rougets braisés et prit le meilleur morceau. Théa s'inclina de nouveau et passa à Roderick. Il avait les yeux noirs, et refusa son offre d'un signe de main, sans un mot. Cela ennuya Théa de se courber devant lui, mais elle devait le faire avant de servir les autres convives.

Ce repas fut une agonie pour elle. Les Saxons qu'elle avait drogués avec sa potion la veille lui décochaient des regards aussi glacés que celui de sire Deitert. Les Danois souriaient largement et faisaient des remarques qu'elle ne comprenait pas. Enfin, le dernier plat fut servi, les pichets de cervoise remplis et posés sur les tables. Sire Deitert se leva, salua le roi et son seigneur, et traversa la grand-salle pour reconduire Théa à l'étage.

Tenant sa longue jupe d'une main, elle regarda droit devant elle en montant les marches.

— Je gage que vous avez trouvé le repas satisfaisant, messire ?

Il lui répondit par un grognement, prit une clé dans le trousseau qu'il portait à sa ceinture, ouvrit la porte de Roderick et fit entrer Théa. Elle passa devant lui le menton haut, en lui souhaitant les pires supplices.

Il ne referma pas la porte tout de suite, et elle se tourna vers lui.

— Vous m'avez interrogé sur le repas, esclave d'Emory. Je dois dire qu'il a pleinement satisfait Herewald. Il a offert à sire Roderick une énorme bourse de pièces d'or pour vous acheter. A ce que j'ai compris de l'entretien en danois, l'offre a été acceptée. Dormez bien, femme.

Il sortit sur ces mots et verrouilla la porte derrière lui. Abasourdie, Théa ne put bouger.

— Vendue !

Théa pivota vers la cheminée, fixant d'un regard noir les misérables tisons que personne dans cette stupide forteresse ne songeait à ranimer, sauf elle.

— Vendue ! Quoi, ce goujat ! Ce butor sans cœur ! Ce fils d'une ribaude saxonne ! Comment ose-t-il ? Il ne peut pas me vendre ! Maudit soit-il, il m'a donné ma liberté ! Et vous, espèce de bâtard, lança-t-elle en direction de la porte, vous le savez !

Il n'y eut pas de réponse à ses paroles. La porte était fermée, les volets aussi, et le feu mourant plongeait la chambre dans l'obscurité.

Se sentant plus seule et misérable qu'elle l'avait jamais été dans sa vie, Théa s'assit dans le haut fauteuil de Roderick, se couvrit le visage de ses mains et pleura. Ses larmes étaient accompagnées par des flots de remords et de récriminations.

Elle était revenue parce qu'elle ne pouvait supporter l'idée de quelque chose arrivant à Roderick. Elle l'aimait. Elle n'avait pas voulu que du tort lui soit causé. Elle était revenue pour le sauver.

Et si elle était partie, c'était parce qu'elle ne pouvait tolérer de rester ici, l'aimant sans qu'il lui retourne ses sentiments.

Il l'avait vendue. Elle releva la tête et essuya son visage du dos de ses mains. Elle chercha en elle sa fierté, ayant besoin de la fine armure qu'elle lui prodiguait pour continuer à vivre. Il fallait qu'elle survive. Elle ne devait jamais lui laisser savoir combien il l'avait blessée profondément.

Finalement, elle se leva, le menton aussi ferme que sa bouche, ayant versé toutes les larmes qu'elle pouvait verser.

Elle s'agenouilla sur les froides dalles de marbre devant la cheminée et alluma un autre feu. La chaleur des flammes lui réchauffa les joues. Leur éclat éclaira les coins sombres de la pièce.

— Je suis fatiguée, dit-elle.

Elle épousseta ses mains, se remit debout et ôta avec soin son surcot et sa cotte neuve, les pliant de manière qu'ils ne se froissent pas. Elle aimait la sensation de la soie sur son corps, qui la gainait comme une caresse. Sa mère avait des cottes comme celle-ci, mais elle estimait ses filles trop jeunes pour porter des vêtements aussi révélateurs.

Elle rangea ses habits dans le coffre, à côté des tuniques de Roderick. Elle sortit sa robe de chambre et la plia sur le bras du fauteuil où il aimait à s'asseoir pour se déchausser. Puis elle fit sa toilette, dit ses prières et se coucha, se couvrant de sa lourde et chaude fourrure.

Elle ferma les yeux. Le sommeil fut long à venir, mais elle disciplina son esprit en récitant encore et encore la même prière. Elle était profondément endormie quand Roderick vint se coucher.

La chambre était chaude. Roderick s'assit dans son fauteuil, posant les bras sur les accoudoirs. Il sentit le velours de sa robe de chambre sous son bras gauche. Théa l'avait préparée pour lui.

Il ne s'autorisa pas à regarder le lit où elle dormait. Il refusait de laisser sa beauté affaiblir sa résolution. Jusqu'à ce qu'Herewald s'en aille le lendemain, il devait garder l'esprit clair. Maintenir l'équilibre du pouvoir entre lui-même et le puissant Danois était une chose délicate. Ce soir, Théa avait fait une belle entaille dans son armure.

Herewald était sérieux. Il voulait Théa. Il avait doublé, puis triplé sa première offre. Il ne désirait pas simplement une jolie femme à ajouter à sa collection d'épouses et d'esclaves ; il était fou d'exotisme, à la façon dont les hommes âgés étaient souvent fous de jeunes et belles jouvencelles.

Mais Herewald n'aurait pas Théa.

Tandis que Roderick contemplait les flammes, il ne put se convaincre qu'il l'aurait lui-même, un jour. Parce que ce qu'il voulait vraiment d'elle n'était pas seulement son corps. Il voulait son amour. Tout son amour, sans réserve. Complet et total. Avec de la loyauté et de l'honneur, tout ce qu'il ne pouvait pas lui donner en retour.

L'état de ses coffres était tel qu'il ne pouvait la garder que comme sa maîtresse. C'était la position qu'elle avait. Elle ne pourrait jamais être davantage.

La froide tempête qui était arrivée si brusquement marquait le changement de saison. Il avait cet hiver pour remettre sa maison et son fief en ordre. Il avait jusqu'au début du printemps pour faire procéder aux semailles. Ensuite, il devrait retourner à Aix-la-Chapelle. Cette fois, pour y quérir une épouse noble et bien dotée.

Mais il garderait Théa. Ses qualités lui étaient déjà trop précieuses. Même avec son mauvais caractère et son intrépidité, elle était pour lui un atout dont sa forteresse ne pouvait se passer. Entre les hauts murs de Blackstone, elle travaillait comme le maréchal le plus courageux, régissant, soumettant, ordonnant, accomplissant ce qui avait été impossible à réaliser sans elle.

Sombrement, Roderick espéra que l'épouse qu'il choisirait viendrait à lui avec la moitié des qualités que Théa montrait.

Cela le ramena au présent. Que devait-il faire au sujet de sa dernière traîtrise ? Et comment s'assurerait-il qu'elle ne le trahisse plus jamais ? Le feu ne lui fournit pas de réponse.

Il se leva et prit une autre bûche pour la poser sur les tisons. Puis il s'accroupit sur ses talons, se brossant les mains, observant les étincelles.

— Est-ce que vous m'avez vendue ? demanda Théa dans son dos.

Il pivota et la regarda, assise au milieu de son lit massif. Elle serrait la fourrure sur sa poitrine, attendant sa réponse en retenant son souffle.

— Vous vendre ? Qui vous a parlé de cela ?

Les ombres dissimulaient le visage de Roderick, et le feu auréolait ses cheveux d'un halo doré.

— Sire Deitert. Mais vous n'avez pas répondu à ma question. M'avez-vous vendue au Danois ?

Roderick appuya un bras sur son genou.

— Non.

— Oh ! fit Théa, très doucement.

Avec cela s'écroulaient tous les arguments qu'elle avait préparés quand elle s'était aperçue que Roderick était arrivé.

— Le marchandage n'est pas terminé.

Le calme que Théa avait éprouvé à sa première réponse disparut. Elle se pencha en avant, scrutant sa bouche.

— Le marchandage ? Vous ergotez sur le prix ?

Roderick étudia son visage pincé. Il ne distinguait pas si elle était pâle ou rouge, mais il pouvait voir combien ses yeux étaient larges et apeurés. Son menton tremblait.

— Pas moi. Mais Herewald est un homme déterminé. Il va faire une autre offre demain matin, que je refuserai aussi, alors il s'adressera directement à vous. Il cherchera à vous séduire par des promesses de bijoux, d'habits, de douces fourrures. Il connaît toutes les manières et paroles suaves que j'ignore, et il vous offrira des choses que je ne puis vous donner. Qu'ai-je d'autre que ces terres désolées, cette forteresse de pierre et ces deux mains ? Herewald me montre combien je suis pauvre.

Roderick se leva brusquement. Théa l'observa, soumise au regard intense qu'il fixait sur elle. Elle ne savait plus que lui demander.

Il porta les mains à son baudrier pour le défaire. Théa baissa la tête, contemplant la peau brillante qui couvrait tout le lit. Elle l'avait brossée et peignée longuement pendant son absence. Elle ne put le regarder quand elle lui posa sa question.

— Messire, me ferez-vous partir avec lui ?

Le baudrier tomba par terre. Elle entendit siffler les lacets de son justaucorps.

— Non, Théa.

Il jeta le vêtement à travers la chambre. Puis il enfonça

ses poings serrés dans le matelas. Théa leva craintivement les yeux et vit son courroux sur son visage.

— Ne vous approchez pas de cet homme, ou je le tuerai.

Elle déglutit, subjuguée par l'émotion qui faisait rage dans ses yeux.

— Mais si… c'est comme vous dites, et qu'il vient à moi ?

— Encouragez-le, Théa, et vous fixerez la limite de ses heures sur cette terre. Vous pousserez Blackstone à la guerre.

— Je suis innocente ! se récria Théa. Je n'ai fait que servir un repas, comme me l'avait commandé votre sénéchal. Je n'ai pas adressé un seul mot à cet homme pour l'encourager ou le décourager. Je ne connais même pas la langue dans laquelle vous parliez et ne sais rien de vos discussions.

Roderick lui saisit le menton.

— Pensez-vous que ce soit la vue de vous dans cette cotte de soie, ce soir, qui a excité la concupiscence d'Herewald ? Non, ma dame. Il vous a aperçue hier soir et vous a prise pour une Walkyrie se rendant à Walhalla sur son cheval d'argent. C'est un homme épris d'un rêve. Cela, je ne puis vous le pardonner.

— Comment a-t-il pu me voir ? La tempête faisait rage. Le bateau était loin.

Roderick lâcha son menton et se redressa, la dominant. Il posa les mains sur la ceinture qui retenait ses braies et la déboucla avec des gestes brusques.

— Combien de bateaux avez-vous vus ?

— J'en ai vu deux.

— Il n'y en avait qu'un sur les rochers, le drakkar d'Herewald. Vous avez semé la panique dans le fief. Vous avez dérangé le village. Vous avez empoisonné mes hommes, mes pages, moi-même.

Ils étaient arrivés au cœur du problème. Théa détourna de nouveau son visage pour demander :

— Qu'allez-vous faire ?

Il retourna à son fauteuil pour délacer ses bottes.

— Attendre.

— Attendre ?

— Oui. Herewald partira à la marée haute. Ensuite, vous et moi aurons des comptes à régler.

Il avait l'intention de la laisser sur des charbons ardents, redoutant son châtiment. Théa s'écarta du milieu du lit et se recoucha, tirant les couvertures sur ses seins. Elle aurait préféré en finir tout de suite.

Il se mit au lit, et les cordes gémirent sous son poids. Théa resta rigide un certain temps, puis rassembla son courage pour se tourner vers lui et le regarder. Il avait les mains sous sa tête, les yeux grands ouverts, et fixait le plafond.

— Pourquoi vous considérez-vous comme un homme pauvre, messire ? Vous êtes riche au-delà de ce que la plupart des hommes peuvent rêver. Vous avez vos terres, vos gens. Cette forteresse imprenable. Des ressources que vous pouvez exploiter : des forêts pleines de gibier, des carrières de pierre, des vassaux loyaux et votre propre force. Est-ce que l'on ne juge la valeur d'un homme qu'aux pièces qui garnissent ses coffres ?

— Théa, taisez-vous, maintenant. Je veux dormir.

Il fronça si farouchement les sourcils que Théa se retira vers le bord du lit. Puis, brusquement, il tourna la tête vers elle, l'air toujours aussi sévère.

— Non. Dormir est impossible pour vous comme pour moi. N'est-ce pas vrai ?

— Je crois que si.

— Nous devons parler.

— Parler de quoi, messire ? demanda craintivement Théa.

— Pourquoi avez-vous fait cela ?

Chapitre 14

— Fait quoi, messire ?

— Empoisonné toute ma maisonnée.

Les yeux de Théa s'élargirent sous cette accusation.

— Je ne vous ai jamais empoisonnés. C'était juste une potion soporifique que j'ai préparée pour me donner le temps de m'échapper.

— Je veux la vérité. Armina vous condamne comme une sorcière.

Il saisit fermement son menton entre son pouce et son index.

— Etes-vous une sorcière ? Comment se fait-il que vous vous y connaissiez en herbes et potions ?

Il lui demandait la vérité, mais elle ne pouvait la lui donner.

— C'était requis de moi… là d'où je viens.

Elle ne pouvait lui dire : dans le manoir de ma mère, qui est une dame. Veiller à la santé de tous les serfs signifiait que l'épouse du seigneur devait connaître l'art de guérir, et le transmettre à ses filles.

— J'ai prouvé que je savais guérir sur votre bateau. Cela ne fait pas de moi une sorcière.

Roderick grommela.

— Il est bon pour vous que je vous aie emmenée de France. Ils n'ont pas de tolérance pour ces choses-là, là-bas. Ici, en Saxe, nous respectons ceux qui traitent avec le monde des esprits.

— Je ne suis pas une sorcière. Je n'invoque pas les esprits

et n'adresse mes prières qu'au Christ, comme l'enseigne notre mère l'Eglise.

Soudain, Théa éternua. Roderick la borda plus étroitement avec la couverture.

— Magnifique. Maintenant, vous allez tomber malade.

— En quoi cela vous importe-t-il ? Est-ce parce que je ne pourrais pas travailler ?

— Non. Pour d'autres raisons. Je veux que vous ne souffriez d'aucun mal, Théa.

Elle soupira, car le plus grand mal lui avait déjà été fait. Comment pouvait-elle nier qu'il y avait quelque chose entre cet homme et elle ? Un lien qui défiait les explications. Elle était vulnérable au moindre de ses caprices.

— Comment allez-vous me punir, messire Roderick ?

Il porta la main à sa tête brune et glissa les doigts dans ses cheveux.

— La punition correspondra au crime.

Au lieu de s'écarter de lui, Théa se pressa contre son torse, cherchant sa chaleur. Il regarda par-dessus le sommet de sa tête.

— Me haïssez-vous tellement ? demanda-t-il.

Est-ce qu'elle le haïssait ? Pour l'instant, ses bras forts la mettaient à l'abri de tout. Ses baisers étaient aussi doux que du vin rouge. Ses manières étaient rudes, mais elle savait qu'au fond il ne lui voulait pas de mal.

— Non, messire. Il y a quelque chose en vous qui empêche ma haine de devenir amère. Même si cela m'ennuie souvent.

— Oui, cela m'ennuie aussi, petite Franque.

Théa posa sa joue sur son épaule, sensible à son mépris, comme lorsqu'elle l'appelait Saxon. Ils avaient de terribles préjugés concernant leurs peuples respectifs.

— Il me semble que vous avez de nombreuses raisons de savoir gré aux Francs, déclara-t-elle avec raideur. Vous dirigez ce fief par la grâce d'un empereur franc.

— Non, Théa. Il est mien par ma naissance, et appartiendra à mes fils après moi. Aucun Franc ni aucun Viking ne me le prendra.

— Comment était-il avant que les Vikings viennent ?

— Je ne m'appesantis pas sur le passé. Ce qui était n'est plus. Je reconstruis. En particulier cette forteresse, avec la pierre noire qui vient de mes montagnes. Je bâtirai un château comme on n'en a jamais vu et je le remplirai de mes fils et de mes filles, et de leurs fils et de leurs filles.

Théa étudia son visage. Il était perdu dans sa vision.

— J'ai juré quand j'ai découvert que tout était détruit que, s'il le fallait, je taillerais chaque pierre de mes mains nues et les poserais les unes sur les autres, jusqu'à ce que Blackstone soit si bien fortifiée qu'aucun ennemi n'ose attaquer ses murs. C'est ce que j'ai fait, comme Herewald l'a vu hier soir. Je n'ai pas fini. Il reste beaucoup à faire.

— Où avez-vous appris ces choses-là ?

— Des Romains.

— Mais vous n'avez pas les hommes pour mener cette tâche à bien.

— J'ai une centaine de dos. L'une des raisons pour laquelle il nous fallait des femmes, c'était pour libérer les hommes de la nécessité de faire à manger.

— Combien de temps cela prendra-t-il ?

— J'ai moins de trois ans. Cela sera terminé d'ici là.

Théa se demanda où elle serait dans trois ans.

— Roderick, combien de temps me garderez-vous ici ?

— Jusqu'au matin, bien sûr.

— Non, à Blackstone.

— Que me demandez-vous ?

— Quelles sont les limites de mes liens avec vous.

— Les limites ?

— Oui. Pouvez-vous me donner des moyens d'espérer regagner ma liberté ?

— Je ne vous libérerai pas. Votre sort a été scellé quand je vous ai vue sur la berge de cette rivière. C'est mon désir pour vous qui a fait de vous mon esclave. Et mon désir pour vous qui m'a poussé à vous enlever votre collier. Mais aussi longtemps que je vivrai, vous resterez liée à moi et à Blackstone.

Sans se laisser impressionner par ses paroles, Théa s'appuya lourdement sur lui, ses seins s'écrasant contre son torse, ses doigts caressant la forte colonne de son cou.

— Messire, vous êtes le duc d'Emory. Vous devez prendre femme et engendrer des héritiers pour votre fief. Qu'adviendra-t-il de moi quand cela arrivera ? Pensez-vous épouser une dame et lui demander de me tolérer, perchée sur vos genoux comme je le suis en ce moment ?

Roderick prit la main de Théa et l'écarta de lui. Il voyait où elle voulait en venir. Comme elle savait retourner la situation ! L'image qu'elle lui présentait était incongrue. Une femme de sang noble, et riche, pour lui donner des enfants. Et une esclave selon son cœur, à caresser et cajoler. Les deux n'allaient pas ensemble. Il voulut néanmoins riposter à l'impudence de Théa par une réponse brutale.

— Je vous garderai tout de même.

— Avec une épouse ?

— Les épouses peuvent être domptées, comme les maîtresses au mauvais caractère.

— Alors vous aurez deux femmes contre vous.

— Ne vous souciez pas de cela, Théa. Il s'en faut d'un an avant que je prenne ce genre de décision. L'avenir est de mon ressort, pas du vôtre.

Théa courba la tête et fit la moue. Quand elle releva le menton, Roderick fut frappé par le défi qui brillait de nouveau dans ses yeux.

— Voulez-vous m'entendre dire pourquoi je vous ai fui ?

Il crispa les mâchoires et l'étudia.

— Dites-le.

— Vous avez amené trois esclaves dans votre château. Une blonde dont la sagesse ne cesse de me surprendre. Une rousse attrayante et d'un tempérament plus doux que le mien. Elles tentent tous vos vassaux. Il m'a été signalé que vous pouvez coucher avec nous trois et faire de nous ce que vous voulez. Ces femmes vous considèrent comme un beau vaurien dans son droit et acceptent leur sort. Mais pas moi.

— Que voulez-vous dire ?

— Que je ne puis vous partager avec une autre femme.

— Vous pensez me brider ?

— Non, messire. Je ne fais que vous prévenir. J'ai tendance à être jalouse. Si vous prenez Jesse, Elspeth ou une autre dans votre lit, je prendrai mon temps jusqu'à ce que la saison soit clémente, puis je rentrerai chez moi. Rien de ce que vous pourrez faire ne m'arrêtera.

— Ah ! C'est donc la menace de l'hiver qui vous a retenue dans votre intrépide voyage.

— Vous savez que je suis revenue pour vous avertir du danger.

Théa ne ressentait plus nulle crainte. Elle dirait tout, s'il le fallait.

— Sachez ceci : je ne redoute ni la longueur du trajet, ni les hasards de la route, seulement la saison. Si nous étions au printemps ou en été, je ne serais pas là, à attendre un jugement du duc d'Emory. Je suis assez forte pour affronter votre courroux. Vous m'avez déclarée publiquement votre seule propriété et m'avez interdit de jouir de la compagnie d'autres hommes.

— C'est mon droit. C'est moi qui vous ai capturée. Il en sera comme je le voudrai, et nul autre que moi ne vous touchera d'aucune manière.

— C'est ce que vous dites. Vous vous êtes attribué des droits souverains et m'avez privée des miens. Je me suis inclinée. Ce n'est pas contre cela que je m'élève. Entendez-moi bien, Roderick d'Emory : je ne vous partagerai pas avec une autre femme.

— Oho !

Roderick rit bruyamment et abattit sa main sur le postérieur de Théa.

— Il faudrait une gueuse robuste pour m'empêcher de butiner. Cela n'a jamais été fait jusqu'ici.

— Ne me mettez pas au défi d'y arriver.

Théa ôta sa main du bas de son dos.

— Je veux bien me plier à mes devoirs, si cela me chante. Mais je ne le ferai pas si vous êtes déloyal avec moi.

— Vous êtes une gueuse bien téméraire. Trop téméraire, à mon goût. Je pourrais accepter une telle frugalité si j'en tire des bénéfices satisfaisants. Mais un brin de fille avare de ses faveurs, qui se tient loin de moi, n'est pas une consolation à mes yeux. Avant que la nuit soit longue, je vais écarter vos cuisses et vous punir de votre crime. Vous souffrirez d'inconfort toute la journée de demain. Croyez-moi, petite Franque.

Théa étouffa un cri.

— Vous me traitez comme une ribaude !

— Ne venez-vous pas d'offrir de satisfaire mes désirs pour empêcher toute autre femme de faire valoir ses droits sur moi ?

— Je voulais dire…

Théa ferma la bouche.

— Promettez-moi de limiter vos ardeurs et de ne prendre nulle autre dans votre lit, et je ferai tout ce que vous me demanderez.

Roderick posa le doigt sur son menton provocant, puis le fit glisser le long de sa gorge, jusqu'au sillon entre ses seins.

— Avez-vous appris qu'un homme dont les plaisirs sont comblés par une douce générosité et un total abandon regarde rarement ailleurs ?

— Ma connaissance dans ce domaine est limitée à ce que vous m'avez enseigné. J'ai mes exigences. Vous avez les vôtres. Promettez-moi d'être sincère, et je me livrerai à vous chaque fois que vous me ferez signe. Que ce soit dans votre chambre, dans votre cuisine, ou dans quelque endroit des terres que vous possédez. Je ne vous refuserai jamais rien.

— Sans dépit ? Sans rancœur ? En mettant de côté pour toujours l'amertume de la captivité ?

— Oui, promit solennellement Théa. Je me soumettrai à vous dans ces termes, si vous agréez à mes deux conditions. Que vous ne mettrez pas une autre femme dans votre lit pendant que je l'occupe, et que, lorsque vous prendrez une épouse, vous renoncerez à tout droit sur moi et me libérerez là où vous m'avez trouvée.

— Non. Vous demandez trop.

— Je ne puis demander moins, messire. Non seulement vous tenez ma vie et mon âme en votre pouvoir, mais vous vous frayez un chemin insidieux dans le cœur que j'avais juré de vous fermer. Ce n'est pas simplement mon corps que vous menacez contre ma volonté, mais mon amour que vous m'arrachez. Je ne peux vous donner qu'une fois tout ce que j'ai. C'est ainsi que je suis. Quand vous en aurez fini avec moi et que vous devrez en prendre une autre pour les besoins de votre fief, vous devrez me libérer de votre joug.

— Vous demandez trop ! répéta Roderick en abaissant la couverture pour exposer son corps à son regard. Tout le monde à Blackstone vous considère comme mon esclave. Vous ne pouvez rien exiger de votre maître et seigneur.

La lueur de défi se ralluma dans les yeux de Théa.

— Je vous offre la paix entre nous. Mon obéissance à tous vos souhaits. Au lieu de me traiter en ennemie, soyez mon allié. Je mettrai votre maison en ordre. Blackstone deviendra la plus belle demeure du Nord. Je ne vous duperai pas et ne vous priverai pas d'un seul de mes talents. Tout ce que je vous demande, c'est de me relâcher quand vous aurez fini de m'utiliser.

— Vous offrez ! Vous commandez avec l'arrogance d'une reine. Non, Théa. Ce n'est pas votre volonté qui prime ici. C'est la mienne.

— Votre pouvoir est absolu. Vous pouvez faire ce qu'il vous plaît. Même pardonner à une femme qui n'a commis aucun crime envers vous.

— Je ne puis faire cela.

— Pourquoi ?

— Pour la simple raison que l'on ne peut se fier à vous. Vais-je vous libérer en France pour vous voir semer des graines de discorde contre moi ? J'ignore jusqu'où vous pourriez aller pour me faire condamner, et je ne prendrai pas ce risque.

— Je vous donne ma parole, ici et maintenant, de ne jamais vous causer aucun tort. Ni par intention, ni par pensée, ni par parole, ni par action. Si vous me rendez aux miens, je ne répéterai jamais votre nom. Je vous jure une totale loyauté, sur les âmes de toute ma famille. Je ne vous trahirai point, Roderick d'Emory. Je vous en fais le serment le plus solennel, Dieu m'en soit témoin.

Théa se saisit de son épée posée près du lit et la porta à ses lèvres pour baiser la relique de saint Pierre incrustée dans son pommeau.

— Je le promets sur mon âme. Je ne révélerai jamais votre nom, ni ne vous causerai le moindre tort.

Aussi émouvante et grave que soit sa supplique, Roderick garda ses distances. Il lui reprit son épée, le visage froid et sérieux.

— Vous ne m'avez pas donné l'occasion de juger de la valeur de votre parole ou de vos serments.

— Comment pouvez-vous dire cela ? se récria Théa. N'ai-je point obéi à tous les ordres que vous m'avez donnés ? Votre château n'a-t-il pas été nettoyé et votre cellier garni ? Vous ne m'avez pas fait jurer de ne pas m'enfuir. Vous ne m'avez pas extorqué de promesse quand vous m'avez enlevé mon collier. Une chose encore : si j'avais voulu obtenir la protection de l'abbaye, j'aurais pu l'avoir. Il est en mon pouvoir de la demander à l'abbé à tout moment. Mais je ne l'ai pas fait, parce que quelque chose me lie à vous. Je suis digne de confiance.

— Vos belles protestations et vos beaux arguments ne m'influencent pas compte tenu de la malveillance que vous avez montrée. Mon chevalier le plus valeureux a failli mourir de votre main. Hier soir, vous avez endormi tout le monde dans ce château avec vos potions. Maintenant il vous convient de passer un marché, engageant votre âme et celle des vôtres. Où est la vérité ?

Théa grogna et se retint de frapper son torse de ses poings, tant elle était frustrée.

— Vous tournez chaque fait et chaque vérité dans le sens

qui vous convient, messire. Je demande une faveur, et vous me condamnez ?

— Vous ne méritez pas de faveur.

— Je ne mérite pas d'être retenue captive loin de chez moi seulement parce que j'ai reconnu votre visage. Je vous en supplie, donnez-moi les moyens de vous prouver que l'on peut me faire confiance. Ou fixez un laps de temps pendant lequel mon intégrité pourra être testée. Si je vous manque, déniez-moi tout droit. Mais si je vous suis loyale, accordez-moi ce que je vous demande.

— Vous essaieriez de conclure un pacte avec le diable. Mais vous réclamez une épreuve. Je vous l'accorde.

— Indiquez-moi vos exigences.

— Tout ce que vous promettez doit m'être donné dès cet instant. La liberté et le plaisir que je prendrai avec votre corps, votre pleine coopération chaque fois que nous coucherons ensemble. Votre soumission à tous mes vœux. Dans ma maison, vous vous comporterez avec modestie devant mes hommes, vous vous assurerez que tout le travail nécessaire soit fait. Vous vous exécuterez sans rancœur, sans grimaces, sans pétulance et mauvaise humeur. Vous me montrerez la même loyauté que mes chiens fidèles. Vous me baiserez même la main après une punition méritée. Si vous créez la moindre discorde sous mon toit ou entre nous, nous n'aurons plus d'accord valable.

— Et la durée de cette épreuve ?

— Jusqu'à l'Epiphanie.

— Qu'il en soit ainsi, agréa Théa. Je vous ai déjà donné ma parole. Je mets tous les talents que je possède à votre disposition à partir d'aujourd'hui.

— Oui, qu'il en soit ainsi, confirma Roderick. Si vous me dupez, votre collier vous sera remis et vous resterez mon esclave jusqu'à la fin de vos jours.

— Mais si je réussis votre épreuve, vous me donnez votre parole que lorsque vous irez chercher une épouse à Aix-la-Chapelle vous me ramènerez à l'endroit où vous m'avez enlevée ?

— Je ne promets rien avant que l'épreuve soit conclue.

Avant que je prenne un engagement, je veux que mes conditions soient remplies.

Roderick la souleva et la posa à côté de lui. Il se leva, alla à son fauteuil, enfila sa robe de chambre et s'assit devant le feu.

Il souhaita silencieusement pouvoir lui faire la promesse qu'elle demandait. Ses arguments éloquents prouvaient une fois de plus qu'elle venait d'un milieu peu ordinaire. Il n'insistait pas pour connaître son identité. De fait, il ne voulait pas la savoir. Quand il l'avait trouvée, elle avait l'air d'une servante aux pieds nus, en cotte passée et tablier. Il avait besoin de croire que c'était ce qu'elle était pour la retenir auprès de lui.

Comment, sinon, pourrait-il disposer d'elle librement ? Il avait retourné ce problème chaque jour où il était allé chasser. Il était revenu au château pour la posséder. Elle rêvait d'amour et en attendait de lui. Il n'en avait pas à lui donner.

Elle était sa créature, maintenant, et il ne voulait pas se soucier d'autre chose à son sujet.

Théa ne dit rien tandis qu'il couvrait le feu pour la nuit. Lorsqu'il mit un genou dans le lit, elle lui laissa la plus grande partie du matelas. Il s'étendit face à elle et repoussa la peau d'ours. Ses yeux semblaient refléter les dernières flammes de l'âtre quand il contempla ses seins et son ventre blanc.

Il se rappela ce qu'il lui avait promis auparavant. Que le seul prix qu'elle aurait à payer pour sa forfaiture serait d'être meurtrie tout le lendemain après avoir été utilisée à sa guise. D'être marquée dans sa chair par sa possession d'elle.

Il n'était pas d'humeur à se retenir plus longtemps. Il l'empoigna rudement et l'attira sous lui. Sa bouche descendit sur la sienne, prenant de manière implacable ce qu'elle lui devait.

Alors que précédemment il avait dû la cajoler pour l'amener à lui ouvrir ses lèvres et ses cuisses, là elle se rendit de son plein gré. Il ne lui facilitait pas les choses. Il n'avait pas envie de les lui faciliter. Il avait besoin de passion débridée pour apaiser son désir et il se satisfit, s'assurant seulement qu'elle soit profondément excitée, attendrie et ouverte par ses doigts autant qu'une femme pouvait l'être, avant de commencer l'assaut final de sa citadelle.

Il n'y avait pas de quartier à accorder, car la guerre entre eux continuait. Les armes qu'ils choisissaient d'utiliser étaient leurs deux corps, enlacés, torturés, échauffés et frénétiques. Roderick plongea en Théa le plus loin qu'il put et recueillit son cri dans sa bouche. Il saisit ses épaules dans ses bras, la serrant contre lui, sentant de façon si aiguë les tremblements qui la parcouraient qu'il faillit perdre son propre contrôle.

Il l'embrassa, la goûta, la cajola, le sexe rendu douloureux par l'étroitesse de son ventre resserré autour de lui. Puis, lentement, il commença à se retirer. Les yeux de Théa s'ouvrirent tout grand et elle le saisit par les cheveux.

— Ne me quittez pas, supplia-t-elle.

— Vous quitter ? Notre joute ne fait que commencer, ma dame.

Elle referma les yeux, s'émerveillant de son intrusion en elle, qui ne cessait de se répéter. Elle entoura son large dos de ses bras et s'accrocha à lui comme si sa vie en dépendait, l'accompagnant dans la folle spirale qui les menait vers l'extase. Ils étaient collés l'un à l'autre par leur sueur. Elle ignorait ce qu'était la tension qui grandissait irrémédiablement en elle, mais quand il glissa une main entre eux et caressa le centre palpitant de son plaisir, elle explosa.

Roderick recueillit son cri de volupté entre ses lèvres et s'enfonça plus profondément en elle. Puis il ne put se contenir plus longtemps et son contrôle lui échappa. Il la prit d'assaut, de plus en plus fort, tous les muscles de son corps contractés par la quête du plaisir. Enfin, poussant un cri de triomphe, il se libéra et s'affala sur elle.

Théa ne dit pas un mot quand il s'abattit sur elle de tout son poids. Il ne l'écrasait pas. Cela lui semblait bon, parfait. Sa seule crainte, alors qu'il respirait de manière entrecoupée au-dessus d'elle, était qu'il meure d'épuisement dans ses bras. Elle posa les doigts sur les muscles noués de son cou.

— Messire, allez-vous bien ? demanda-t-elle peureusement.

Roderick était incapable de parler, mais il hocha la tête, chercha sa bouche et l'embrassa avec gratitude. Puis, redoutant de l'étouffer sous lui, il roula sur le dos, l'entraînant avec lui. Elle posa son oreille sur son cœur, enfila les doigts dans la toison blonde qui couvrait son torse et poussa un soupir de contentement.

Il la désirait encore, douloureusement. Il savait que la cause de ce désir insistant était la chasteté forcée qu'il avait supportée l'année précédente. Il décida de céder à ce besoin. Cette nuit, il satisferait une fois pour toutes la faim dévorante qui le tourmentait. Il caressa la tête de Théa, lissant ses boucles noires et y enfilant ses doigts. Il entourait ses épaules d'un bras. Elle lui paraissait si parfaite, si juste pour lui, et il s'en émerveilla en la sachant si petite à côté de lui.

Puis il reprit leur duel, car son sexe semblait ne plus vouloir s'amollir. Des heures plus tard, harassé, il s'endormit avec Théa blottie étroitement dans ses bras.

Quand il s'éveilla, il découvrit que le feu avait été ranimé. Théa, drapée dans une couverture, se tenait devant la fenêtre ouverte et contemplait les champs ravagés par la pluie battante des deux dernières nuits.

Le rose de l'aurore donnait à ses joues un bel éclat plein de santé. En entendant Roderick bouger dans le lit, elle se tourna et s'approcha de lui, la couverture qui s'entrouvrait lui laissant apercevoir ses jambes blanches et fuselées.

Il s'appuya sur un coude, la tête sur sa main, et l'observa avec intérêt. Elle monta gracieusement sur l'estrade et exécuta une révérence, la tête inclinée ; puis elle releva les yeux vers lui, avec un visage plein de fraîcheur qui n'aurait pas déparé une reine.

— Messire, dit-elle, un sourire hésitant sur sa bouche pulpeuse.

Amusé, Roderick jeta les jambes hors du lit.

— Quelle justice supplémentaire cherchez-vous ce matin, femme ?

— Je ne requiers rien de vous, Roderick d'Emory. En

vérité, messire, je me tenais à la fenêtre en réfléchissant à mon sort. Armina s'est occupée d'enlever mes cordes à linge du poteau de flagellation.

Il se dressa au-dessus d'elle.

— Pas d'exigences ? Pas de marchés ? Pas de commandements sur ce que vous devez avoir ou ne pas avoir ?

— Non, messire. Je me rends.

Sa réponse satisfit Roderick. Il tendit la main et l'aida à se redresser.

— Occupez-vous de mon eau, alors. Je la veux bien chaude, pour raser cette maudite barbe de mon visage.

Chapitre 15

Roderick passa le reste du petit matin à regarder bouger Théa. Elle était un plaisir à contempler, une fête pour les yeux. Il était un peu méfiant à l'égard de cette femme qu'il appréciait si grandement. Elle possédait tant de qualités et de talents qu'il n'avait jamais pensé trouver dans une femme ordinaire. Mais se laisser fasciner par elle était un luxe qu'il ne pouvait se permettre, se rappela-t-il solennellement.

Néanmoins, il la convoitait fortement pendant qu'elle s'activait dans la chambre, chauffant de l'eau sur le feu, apportant du savon et des linges sur la table qu'il avait placée près de son fauteuil. Lorsqu'elle entreprit de le raser, elle tint son couteau d'une main expérimentée et se pencha sur lui pour passer la lame sur sa peau, emplissant ses narines de son parfum. Ses gestes étaient légers mais sûrs, tandis qu'elle se concentrait sur sa tâche et mordillait le coin de sa délicieuse bouche.

Chaque fois qu'elle se tournait pour nettoyer la lame dans la cuvette, la couverture glissait un peu plus sur sa poitrine. Roderick observait ses bras lisses, son cou mince et les rondeurs blanches de ses seins. Alors qu'elle arrivait à la fin de sa tâche, raclant les derniers poils qui restaient sous son cou et passant doucement les doigts sur son menton nu, il s'empara des plis de la couverture. Elle pivota pour rincer le couteau, il tint bon, le nœud se défit et la couverture tomba à terre.

— Messire ! s'exclama-t-elle en lâchant son instrument.

Roderick noua les bras autour de ses hanches et prit dans sa bouche la pointe tentante d'un mamelon.

Théa retint son souffle de surprise et de plaisir, tandis qu'il la portait jusqu'au lit défait. Elle caressa ses joues lisses de ses paumes, admirant son beau visage, pendant qu'il l'allongeait sur le dos. Il reprit possession de son sein, en aspirant la pointe dans sa bouche.

Elle était péniblement excitée, et ce depuis qu'il était sorti du lit, magnifique, pour la dominer de sa haute taille, son sexe dressé devant lui. Elle écarta les cuisses pour l'accepter en elle, mais il continua à lécher et mordiller son mamelon rendu sensible par ses caresses, la faisant trembler, envoyant des ondes de plaisir jusque dans son ventre.

— Messire, ne me taquinez pas.

Elle leva les genoux, serrant ses hanches entre ses jambes, essayant en vain de l'attirer à elle. Il frotta son menton sur le bouton rose, humide et dur, se fraya un chemin entre ses seins et se mit à tourmenter l'autre mamelon. Les doigts de Théa se crispèrent sur sa mâchoire et elle s'efforça inutilement de le repousser.

Il saisit ses poignets et lui écarta les bras, la tenant clouée à la peau d'ours. Il n'avait pas l'intention de lui céder aussi vite.

Un moment plus tôt, pendant qu'elle le rasait, il s'était avisé que l'hiver arrivait à Emory. Il aurait toutes les longues nuits sombres et froides de la morte saison pour lui apprendre chacun des plaisirs qu'ils pouvaient partager. Ce matin-là il avait décidé de s'occuper de ses seins, les tétant pour les faire se durcir et se gonfler, imaginant que du lait allait couler dans sa bouche. Il ne se lassait pas de cette expérience et était prêt à la renouveler matin, midi et soir.

Elle s'arqua contre lui. Si petite et si parfaite, mais si forte, ses cuisses s'imprimant dans sa taille. Elle agitait la tête d'un côté et de l'autre, le suppliant.

— Assez, assez, je vous en prie.

Roderick lâcha le sein qu'il suçait et leva la tête pour la regarder. Une vive rougeur teintait sa gorge, ses joues et son front. Ses cheveux moites collaient à son visage. Elle était dans tous ses états.

— Vous réclamez d'être apaisée, Théa ?

Elle le fixa, les paupières plissées, se méfiant du pouvoir qu'il avait sur son corps. Elle pouvait à peine supporter de contempler son trop beau visage. Elle humecta ses lèvres et déglutit, avant de lâcher d'une voix rauque qu'elle reconnut à peine :

— Je ne sais pas ce que je réclame.

Sans lâcher ses poignets, Roderick s'allongea sur elle, pressant son sexe durci contre sa féminité moite et brûlante.

— Vous me direz si je vous fais mal ?

— Vous ne pouvez me faire mal.

Théa planta ses dents dans sa lèvre inférieure et se tendit vers lui.

— Donnez-moi davantage, s'il vous plaît !

— Nouez vos jambes autour de moi, Théa. Aussi haut que vous le pouvez.

Elle lui obéit immédiatement.

— Encore, insista-t-il, s'avançant en elle d'un pouce, et savourant cet instant.

Il ôta les mains de ses poignets et les posa sur ses seins, les caressant et les frottant au rythme où il la pénétrait. Leurs pointes étaient dures et brûlantes. Aussi longtemps qu'il le put, il l'observa pendant qu'elle frémissait et s'agitait sous le plaisir qu'il lui donnait. Puis il ne réussit pas à se contenir davantage. Il libéra sa semence en elle, secoué par la force de la volupté qui le parcourait. Epuisé, il pouvait à peine respirer.

Quand elle le put, Théa se glissa au bord du lit, sortant un pied pour ramener la couverture sur elle. Roderick était allongé sur le dos, une main sur sa poitrine qui se soulevait fortement.

— Nous avons besoin d'un bain, messire, dit-elle, les narines frémissant délicatement.

— Oui, mais pas ensemble, femme. Nous sentirions la même chose en sortant des bains romains qu'avant d'y entrer.

Théa le regarda avec des yeux ronds.

— Oh ! fit-elle.

Le sexe de Roderick réagit à son expression. Puis elle sauta du lit et alla à la table de toilette, enveloppée dans la couverture.

— Vous avez encore des hôtes qui doivent rompre leur jeûne. Pardonnez-moi si je dois me consacrer à d'autres devoirs.

Roderick rit et s'étira.

— Faites, petite Franque, dit-il avec affection.

Elle lui jeta un coup d'œil par-dessus son épaule.

— Vous ne m'en voulez pas ?

— Non.

Il roula sur le côté, posant la tête sur sa main pour observer ses ablutions.

— Je vous aurai de nouveau à moi une fois que la marée aura baissé.

Théa sourit largement.

— A votre guise.

Elle se lava, s'habilla et s'en alla trop vite au goût de Roderick, qui se leva à son tour, pensif.

Il avait beaucoup de choses à considérer, en particulier le charme que cette petite Franque exerçait sur lui. Il espérait que ce charme se dissiperait, pour qu'il n'ait pas de problème à la ramener au bord de la Somme — en l'abandonnant au courroux de son père.

Il avait songé à cette éventualité, au cours de la nuit. Durant le temps qui restait avant qu'il soit forcé de prendre une épouse, Théa pouvait attendre un enfant. Si elle était grosse, il ne la libérerait pas avant que le nourrisson soit sevré. Et il garderait le bébé. Si elle se révélait stérile, et si ses sentiments pour elle ne changeaient pas, il devrait repenser à l'opportunité de lui accorder la libération qu'elle réclamait.

A son avis, son désir de rentrer chez elle prouvait qu'elle n'avait pas beaucoup réfléchi. La famille à qui il l'avait volée n'accepterait probablement pas son retour dans son sein. Sa longue absence serait une cause de disgrâce. Si ses parents avaient peu de moyens, il leur serait impossible de la doter et d'arranger un mariage pour elle. Et elle ne pouvait pas non plus entrer au couvent sans une somme d'argent.

Si elle considérait sa situation de plus près, elle verrait que quitter Blackstone serait peut-être la pire chose qu'elle pouvait faire.

Toutefois, si elle respectait ses conditions, il lui donnerait sa promesse à l'Epiphanie. Mais c'était encore loin, il avait le temps d'y penser. En attendant, il devait songer à une punition qui apaiserait la colère de ses vassaux et de ses serviteurs, sans aller à l'encontre de la tendresse qu'il éprouvait pour Théa.

Il se lava et s'habilla.

Théa revit Roderick alors qu'elle dressait la table pour le repas du matin. Il se tenait près du roi danois et ils penchaient la tête, discutant sérieusement. Le Faucon d'Emory portait sa plus belle tunique, coupée dans une étoffe lamée de couleur bleue assortie à ses yeux. Elle était bordée de fourrure et c'était un vêtement aussi riche que tous ceux que Théa avait vus à la cour. Le duc était si beau qu'elle ne put que se figer, son plateau à la main, pour le contempler.

Elle regarda sa bouche avec amour, se rappelant son goût et son contact, ravie qu'il lui ait permis de raser la barbe qui la cachait. Large et ferme, sa lèvre supérieure s'incurvait aux coins. C'était une bouche qui pouvait joliment sourire, s'il le voulait. Tandis qu'il écoutait Herewald, elle vit deux lignes se creuser profondément dans ses joues, comme sous l'effet des fardeaux qu'il portait. Cela la toucha et elle pensa :

Si je pouvais faire sourire cet homme de temps en temps, si je pouvais alléger ses fardeaux, Dieu me pardonnerait mon péché de l'aimer sans sacrements.

C'étaient sa mâchoire et son menton qui l'intriguaient surtout. Aussi grand qu'il soit, il n'avait pas une once de chair en trop et sa mâchoire en témoignait. Elle était toute en angles, et s'achevait par son menton carré. Il était superbe, avec ses yeux couleur de saphir qui pouvaient pénétrer toutes les défenses de Théa. Il les tourna vers elle, lui faisant signe de le rejoindre.

— Oh, non, murmura-t-elle.

Elle posa le plateau sur la table, s'essuya les mains sur son tablier et s'approcha de lui avec des questions dans les yeux. Elle adressa une révérence aux deux hommes, puis regarda le visage solennel de Roderick.

— Vous avez besoin de moi, messire ?

— Oui, Théa, répondit-il en français. Le roi Herewald désire vous parler. Vous lui accorderez votre attention et pardonnerez son français hésitant.

— Bien, messire.

Elle le gratifia d'une autre courbette et d'un grand sourire, puis se tourna vers Herewald le Marcheur. Son visage était aussi rouge que du jus de betterave, comme s'il avait retenu son souffle durant plusieurs minutes.

— Comment puis-je vous aider, sire ?

Le roi s'éclaircit la gorge, puis déclara d'un ton guttural :

— Damoiselle Théa, mon ami le Faucon... ne voit pas d'un bon œil l'attention que je vous porte. Je lui ai fait une offre fort généreuse pour vous acheter. Las, il dit que vous êtes une femme libre, à même de choisir celui de nous que vous préférez. Je suis un homme riche et pourrais vous offrir tous les trésors terrestres qui ravissent les femmes. Voudriez-vous considérer ma cour ?

Théa regarda Roderick, mais son visage ne trahissait rien. Elle baissa les yeux et fit une petite révérence.

— Pardonnez-moi, sire. Sire Roderick ne dit pas la vérité. J'ai de grandes dettes envers lui et ne suis pas libre de chercher un autre protecteur, quelles que soient les richesses dont vous voudriez m'honorer.

— Vous refusez ? s'écria Herewald, stupéfait.

— Non, sire, je ne refuse pas. Je suis seulement tenue par des liens que je ne puis ignorer.

— Comment cela se peut-il ?

Herewald se tourna vers Roderick, déconcerté.

— Vous préférez un duc à un roi ? Ha ! Vous êtes fort chanceux, Roderick. Peut-être que cette femme vous aime et ne veut pas me le dire. Damoiselle Théa, je vous prie d'accepter le présent que j'ai présenté à votre seigneur. Je ne le reprendrai pas ; cela m'insulterait.

Confuse, Théa les considéra tour à tour. Le Danois indiqua un grand coffre rangé près de l'escalier.

— Regardez. Voyez si cela vous convient.

Roderick agréa d'un signe de tête, avec raideur. Théa alla s'agenouiller près du coffre et souleva son couvercle sculpté. Un parfum de roses lui monta aux narines. A l'intérieur se trouvaient des coupons des plus riches étoffes, des soies vénitiennes, de la futaine, de la dentelle, du lin et du drap dans toutes les couleurs de l'arc-en-ciel. Théa passa les doigts sur une pièce de futaine bleu foncé, imaginant une nouvelle tunique pour Roderick.

— Oh, sire Herewald, vous êtes bien trop aimable. Bien sûr, que cela me convient. Merci.

Herewald donna une bourrade à Roderick.

— Que vous avais-je dit ? Quelle femme refuserait des étoffes ? Bon. Je suis satisfait. Vous pouvez la garder pour le moment, Faucon. Peut-être que lorsque je reviendrai en visite, la rose se sera fanée et qu'elle ne me trouvera plus si vieux ni si déplaisant.

— Ce sera tout, Théa, dit Roderick. Je ferai monter votre présent. A présent, Herewald, cessons de parler. Mangeons.

— Ah !

Le Danois sourit largement.

— Je vous ai inquiété, pas vrai, Faucon ?

— Pas un instant, répondit Roderick.

Lorsqu'ils furent installés à la table, Théa avait quitté la grand-salle. Roderick se dit avec confiance qu'elle se ferait fort rare pour le reste de la matinée. Il ne se trompa pas.

Il plut encore après le départ d'Herewald. Les champs étaient détrempés, les hommes ne pouvaient sortir. Ils passèrent deux jours assis aux tables de la grand-salle, oisifs. Benjamin dessina un fauteuil confortable et un lit pour sa chambre. Une chose conduisit à une autre et, avant que le temps s'améliore, il y eut des croquis pour toute sorte de nouveautés.

Le dimanche s'annonça si brillant et si clair que Roderick ordonna à tout le monde de se rendre à la messe. Il jucha Théa sur Victorieux et chevaucha jusqu'à l'abbaye, apportant tous les dessins réalisés sur du parchemin dans une sacoche en cuir. Après l'office, il discuta avec le frère Laurence de la fabrication des différents meubles, pendant que sa maisonnée allait rejoindre les festivités sur la place du village. Théa exceptée.

Elle attendit Roderick. Elle n'était pas autorisée à sortir de la forteresse sans être accompagnée par le duc. C'était sa punition pour avoir tenté de s'enfuir. Armina lui jeta un regard triomphant avant d'aller profiter de sa journée de loisir.

La vieille cuisinière avait présenté la racine de jusquiame et une tourte moisie à sire Roderick. Ce dernier lui avait demandé de regarder autour d'elle, les hommes et les garçons en pleine forme. Le pire dont ils avaient souffert était une bonne nuit de sommeil, et il avait refusé un châtiment plus lourd.

— L'ancien seigneur l'aurait fait fouetter, avait insisté Armina.

— Mon père ne comptait pas ses servantes sur les doigts d'une main, comme moi. Laissez aller, Armina. J'ai subi plus de torts pendant que vous étiez dans la cuisine que je n'en ai subi de la part de la Franque.

— C'est une sorcière, je vous dis. Elle vous a ensorcelé, vous a pris sous le sortilège de ses cheveux noirs. Le diable est à l'œuvre à travers elle.

— Alors nous ferions bien d'aller à l'église pour purifier nos âmes, avait conclu Roderick.

Armina s'était éloignée en grommelant, mécontente. Mais à présent qu'elle pensait que Théa était bannie du village, elle était satisfaite.

Roderick acheva sa discussion avec le frère Laurence et commanda les meubles, car les moines avaient des outils et deux bons menuisiers. Puis il hissa Théa sur Victorieux, monta derrière elle et s'éloigna du village — ostensiblement pour inspecter les champs.

La grêle avait endommagé certaines des céréales, mais les récoltes semblaient prêtes à être moissonnées. Roderick indiqua à Théa que le battage du grain était le travail le plus pénible, d'après lui. Ensuite, comme l'après-midi était beau et doux, il tourna l'étalon en direction de la montagne, pour montrer à Théa la vallée vue d'en haut. Ils arrivèrent finalement à la mare et à la cascade.

Roderick avait emporté une collation, un outre de vin, du pain et du fromage. Ils nagèrent ensemble et firent l'amour sur le sol couvert d'aiguilles de pin, puis ils mangèrent et contemplèrent la paisible vallée au-dessous d'eux.

— C'est un endroit merveilleux, dit enfin Théa, quand elle fut repue dans tous les domaines. Je peux voir pourquoi vous aimez tant votre pays. Et vos gens sont de bonnes gens, Roderick. Ce que les Vikings ont fait est une honte.

— C'est le prix de vivre ici.

Roderick regarda au loin, un brin d'herbe entre les doigts.

— C'est arrivé maintes fois. Attila le Hun a tout dévasté et brûlé la moitié de la forêt derrière lui. Charlemagne a fait la même chose il y a cent ans. J'ai vu ma part de ravages perpétrés au nom de Lothaire. Quand cela se produit, nous prenons un nouveau départ. Je ne suis pas le premier Emory à repartir de rien. La vie continue.

— Oui, agréa Théa.

Elle le trouvait très sérieux. Une seule chose manquait à une journée aussi parfaite, passée avec lui dans une telle intimité qu'ils partageaient leurs pensées : ni l'un ni l'autre ne parla d'amour.

Le dur travail des moissons fut partagé par tous. Le grain fut mis en gerbes, battu et engrangé. Quatre vaches mirent bas, et le lait fut abondant. Les femmes firent de la crème, du beurre et toutes les sortes de fromages dont elles purent se souvenir. L'abbé envoya une copie de toutes ses recettes à Théa, qui savait lire, et ainsi maints savoir-faire oubliés furent ressuscités.

Durant cette période occupée, une véritable tendresse se développa entre Théa et Roderick, sur la base de leur accord. Fidèle à sa parole, Théa donna tout d'elle, et quand ils faisaient l'amour c'était une union parfaite. La nuit, ils dormaient l'un près de l'autre, bras et jambes emmêlés. Elle veillait à satisfaire tous les besoins du Faucon, anticipant même ses ordres et son retour à la forteresse, capable de lire le désir dans ses yeux, de jour ou de nuit.

Les jours qui suivirent les moissons, un rythme de travail différent se mit en place. Lorsqu'il fit plus froid, les femmes sortirent rarement de la grand-salle. Les hommes, eux, sortaient chaque jour pour œuvrer aux défenses de Blackstone.

Le forgeron s'activait sans désemparer et le bruit de son marteau résonnait tout le temps. Il forgeait de nouvelles armes, des grilles, des chaînes, des serrures, des marmites, et il fabriqua un nouveau candélabre pour la grand-salle. Roderick le fit installer avec un système de poulies, pour pouvoir le descendre afin de piquer les bougies et les allumer.

Il commanda également de fines bandes de fer qu'il monta dans sa chambre. Théa resta assise à coudre pendant qu'il travaillait avec un maillet, des clous et une herminette pour tendre un sommier sous le matelas de paille. Ce sommier était plus ferme que le treillis de cordes et Théa put dormir sans rouler contre Roderick, la nuit. Elle confectionna un nouveau matelas avec du duvet de canard et leur lit devint très confortable, un lieu agréable pour passer les longues nuits d'hiver.

Ils étaient tous si occupés que personne ne remarqua le changement de saison. La fin de l'automne était arrivée, et la froidure hivernale s'installa avec des chutes de neige qui blanchirent tout.

Ils avaient des chaussures. Des bottes et des pantoufles, et de chaudes bandes molletières garnies de fourrure qui leur tenaient chaud.

Les meubles arrivèrent de l'atelier de l'abbaye peu après que son toit neuf fut terminé. Ils furent livrés un par un, et le frère Laurence accompagnait toujours la charrette. Théa pensait que c'était pour se faire inviter à souper.

Quand les premiers gels sévères glacèrent le port, de bonnes réserves de bois avaient été faites. Les bateaux avaient été mis au sec. La cervoise coulait à flot, car les récoltes d'orge et de houblon avaient été abondantes.

Les écuyers et les pages s'entraînaient chaque jour, sous la conduite de sire Michael. Tandis que l'hiver avançait, toutes les femmes du village reçurent une tâche à exécuter chez elles. Celles qui savaient filer le firent. Le fil était donné ensuite aux trois tisserandes et à celles qui savaient tricoter ou manier le crochet. Leurs articles étaient livrés au château tous les quinze jours, comptés et rangés. Des vêtements étaient coupés dans du drap et tout le monde était habillé chaudement.

Théa enregistrait toutes les fournitures qui entraient ou sortaient. Elle comptait chaque paire de bas, chaque fourrure, chaque baril de vin ou de cervoise. Rien n'échappait à son contrôle vigilant.

Roderick s'asseyait souvent pour examiner ses tailles. Avant qu'elle ne se mette à tout inventorier, il n'avait eu aucune idée de ce qu'il fallait chaque jour pour assurer le bien-être de ses gens. Même la moindre peau d'écureuil était recensée avant et après avoir été tannée.

Le duc surprit Théa en vérifiant ses comptes et en corrigeant certains de ses chiffres. Rien ne lui échappait. Elle était étonnée de découvrir qu'il savait lire et compter, car elle avait cru que les Saxons étaient ignorants. Il passait beaucoup de temps à travailler sur ses propres parchemins. Bien qu'il ne montre pas à Théa ses croquis et ses plans, il en discutait pendant des heures avec Benjamin, Michael et Deitert.

Derrière les courtines, Théa se sentait parfois emprisonnée. Elle accueillait avec joie le rituel de la messe du dimanche.

Le jour précédant l'Epiphanie, une forte tempête de neige obligea tout le monde à rester à l'intérieur. Roderick s'assit avec les tailles de Théa, puis les emporta dans la resserre. Il revint stupéfait par la quantité de fourrures amassée par ses chasseurs et par leur variété.

— Au printemps, je pourrai devenir marchand au lieu de pirate, déclara-t-il.

— Mieux vaut vous occuper de vos défenses, observa Deitert. Les Vikings peuvent revenir.

Cette remarque mit Théa fort mal à l'aise.

— Ne vous inquiétez pas, Théa, dit Roderick en lui tapotant la main. S'ils viennent, ils n'atteindront pas la côte.

Elle se demanda si sa tranquille affirmation se révélerait exacte. Si les Normands se montraient plus habiles qu'Herewald ?

La fin de son épreuve approchant, elle attendit, sans dire un mot de leur marché même si elle ne pouvait penser à autre chose. Elle ne dormit pas cette nuit-là, ayant trop de questions à l'esprit. Est-ce que Roderick se souviendrait de l'échéance ? Et s'il était mécontent d'elle ? S'il avait remarqué des failles dans le respect de son serment ?

Le matin de l'Epiphanie se leva, clair et frais, et comme c'était un jour saint aucun repas ne devait être servi avant qu'ils aillent à l'église. Roderick se leva le premier, alluma une bougie et ranima le feu. Puis il se tourna en souriant et invita Théa à venir s'asseoir avec lui dans son fauteuil. Elle apporta la peau d'ours pour les couvrir.

Au chaud sous la fourrure, Roderick prit ses mains dans les siennes et examina ses paumes usées par le travail pendant un long moment, en silence. Puis il la regarda dans les yeux, la mine solennelle.

— C'est l'Epiphanie, dit-il. Le jour où nous devons régler nos comptes.

Théa hocha la tête, la gorge sèche, incapable de parler. Il porta ses mains à ses lèvres et baisa le bout de ses doigts.

— Allez-vous me demander si je suis satisfait de vous ?

Elle fit signe que non. Elle avait trop peur qu'il réponde

qu'il avait trouvé des manquements dans sa conduite. Roderick soupira et se pencha pour prendre son épée qui se trouvait par terre, à côté du lit, toujours à sa portée.

Il la dégaina et la tint entre eux.

— Vous avez rempli votre épreuve, Théa, et m'avez prouvé la valeur de votre parole. Vous m'avez donné tout ce que je pouvais attendre de vous, jusqu'au plaisir de votre corps dans chacune de nos étreintes. Je vous promets que le jour où je quitterai Blackstone pour aller chercher une épouse à la cour, je vous ramènerai à l'endroit où je vous ai enlevée. Dieu m'en est témoin, je vous le jure.

Il leva le pommeau de son épée et en baisa la relique, comme Théa l'avait fait. Après quoi il reposa son arme et serra Théa contre lui sous la peau d'ours.

— Vous avez mon serment.

Il n'en dit pas plus, et posa un baiser sur sa tempe. Théa embrassa sa bouche avec la plus profonde gratitude.

— Sachez ceci, reprit Roderick quand leurs lèvres se séparèrent. J'aimerais que les choses ne changent jamais entre nous. Si je n'étais pas contraint par les besoins du peuple de Blackstone, je continuerais à vivre dans la pauvreté avec vous tous les jours de ma vie.

Théa hocha la tête en silence. Puis elle sourit et se leva pour aller vaquer gaiement à ses tâches de la journée.

L'hiver s'étira et Théa prit conscience de changements subtils à la forteresse et dans le village. A la fin de février, il apparut que toutes les femmes d'Emory étaient grosses — sauf la vieille Armina et Théa.

Un matin de neige, Roderick et sire Deitert sortirent ensemble, et Elspeth se montra très nerveuse durant tout le temps de leur absence. Théa lui demanda ce qui n'allait pas. Elspeth confia avec un visage crispé :

— Sire Deitert a choisi de demander à sire Roderick la permission de m'épouser. Je l'ai prié de n'en rien faire, mais il insiste. Il ne veut pas que notre enfant naisse bâtard.

— Oh.

Théa se demanda comment elle n'avait pas noté auparavant la taille épaissie d'Ellie. Elle ne sut que dire. Toujours prête à réconforter, Jesse étreignit Elspeth avec chaleur et lui dit de ne pas s'inquiéter.

Les deux hommes ne rentrèrent que tard dans l'après-midi, apportant de la neige dans la grand-salle quand ils tapèrent leurs bottes et ôtèrent leur lourde cape. Deitert regarda Elspeth et lui adressa un clin d'œil. Entre lui et Roderick, le frère Laurence ressemblait à un petit hérisson brun. Il secoua sa robe et essuya la neige qui couvrait sa tonsure.

Roderick attira l'attention de tous en annonçant :

— Rassemblez-vous, mes amis. Un mariage va être célébré à cet instant.

Il s'éclaircit la gorge et fit signe à Elspeth d'approcher.

— Pourvu que la fiancée soit consentante. Dites-moi, femme, voulez-vous épouser ce vieillard grisonnant ? Je vous ai laissée libre de choisir tout Saxon non marié. Est-ce là l'homme que vous voulez ?

Elspeth jeta ses bras autour des épaules du chevalier et embrassa son visage barbu devant tous.

Le frère Laurence prononça les vœux et donna sa bénédiction. Et la soirée se passa à célébrer l'événement en bonne compagnie.

Théa vaqua à ses tâches avec la force de l'habitude, mais ce mariage l'avait troublée. Certes, elle formulait ses meilleurs souhaits pour Elspeth. Mais c'était la réaction de Roderick qu'elle ne parvenait pas à saisir.

Lorsqu'ils se retirèrent, ce soir-là, un grand feu flambait dans la cheminée et la chambre était trop chaude, pour une fois. Roderick resta debout devant la fenêtre ouverte, regardant dehors. Théa mit un châle sur ses épaules et le rejoignit, se demandant s'il allait dire ce qui le chiffonnait.

— Quelque chose ne va pas, messire ? s'enquit-elle au bout d'un moment.

Il pivota sur ses talons et la regarda de haut, le visage impénétrable.

— Etes-vous grosse, Théa ? demanda-t-il abruptement.

— Non, messire.

Elle secoua la tête, guettant toute trace d'émotion sur son visage. Son expression demeura distante.

Il ferma brusquement les volets, puis il lui ôta son châle et la prit par les épaules, tenant son corps nu à bout de bras pour l'examiner intensément.

— A quand remontent vos dernières menstrues ? questionna-t-il comme s'ils discutaient de l'épaisseur de la neige sur le bord de la fenêtre.

Théa ne put trouver les mots pour lui répondre directement et détourna son visage.

— Elles… ne sont jamais régulières. Elles peuvent arriver quand je les attends le moins ou disparaître pendant plusieurs mois.

Sa réponse déçut Roderick. Il contempla sa taille fine.

— Dommage, dit-il en la soulevant dans ses bras pour la porter sur le lit. Toutes les femmes sont grosses. Je suppose que je suis las qu'on me demande si je ne fais pas mon devoir.

— Est-ce qu'ils osent vous poser cette question ? s'enquit Théa tandis qu'il la bordait chaudement.

Il se dévêtit et la rejoignit. Les mains jointes sous sa tête, il contempla le plafond et réfléchit à l'enfant qu'elle pourrait lui donner. Malgré sa petite taille, elle était robuste. Elle n'était jamais malade. Il compta le temps qu'il leur restait. Mars et, si le printemps tardait, avril, avant que le port soit libéré des glaces. Cela serait-il suffisant pour l'engrosser, la retenant ainsi à Blackstone deux années de plus jusqu'à ce que le bébé soit sevré ?

Couchée près de lui, elle ne disait rien. Quand il se tourna et plaça sa main sur la douce courbe de son ventre, elle ne s'écarta pas, ni ne se rapprocha de lui.

— Je veux un fils de vous, dit-il avec conviction, les yeux fixés sur sa main. Mais vous êtes trop menue. Je peux couvrir la largeur de vos hanches de ma main.

Théa se mordilla la lèvre, pensive. Elle n'avait pas vraiment peur, mais elle éprouvait de l'appréhension. Il était d'une étrange humeur, une humeur qu'elle ne lui avait pas vue auparavant. Avant qu'elle puisse le percer à jour, il se remit à fixer le plafond, le visage impassible.

— Vous êtes mécontent de moi ? demanda-t-elle.

— Non, Théa. Mais je commence à me demander si vous n'êtes pas stérile.

Elle se mordit la langue avant de lâcher une réplique acerbe qui ruinerait ses efforts précédents. Il ignorait combien il lui était difficile, parfois, de ne pas laisser libre cours à son humeur, de ne pas le contrarier et de supporter ses écuyers souvent inconvenants. Mais elle lui avait juré de ne pas créer de discorde sous son toit.

— Emory a besoin d'enfants dans chaque foyer, poursuivit-il. Pourquoi celui-ci serait-il différent ? Si Armina en était capable, j'attendrais d'elle qu'elle mette au monde d'autres fils, également. Mais elle peut s'occuper des couches et balancer les berceaux.

— Elle ne s'occupera pas de mon enfant, déclara Théa.

— Oh ? fit Roderick, un sourcil levé. Attendez qu'il y ait un bébé pour vous battre à son sujet, petite Franque. Alors, vous pourrez sortir vos griffes pour le défendre. Armina a élevé sept fils vigoureux et quatre filles, et a été une bonne nourrice.

Théa ne répondit pas. Elle s'efforçait de se tenir éloignée de la cuisinière, pour tenir son serment et ne pas susciter de discorde.

Le lendemain matin, elle se rendit dans la cuisine et se mit à récurer les plats et les marmites qu'Ellie salissait. Armina voulut prendre sa place, ses articulations craquant à chacun de ses mouvements.

— Vous pourriez vous occuper de filer, aujourd'hui, Armina, lui dit Théa. Il y a de la laine qui attend dans la grand-salle. Prenez un tabouret et asseyez-vous près du feu. Roderick m'a dit que vous saviez comment faire chanter une quenouille.

La vieille femme caqueta.

— Pour sûr que je sais, sorcière. Je vous montrerai.

Elle mit un châle sur ses épaules et sortit. Satisfaite, Théa donna l'ordre aux deux marmitons d'aider Elspeth et Jesse et mit la dernière touche au repas matinal, avant de le faire servir.

Dans la grand-salle, Armina maniait sa quenouille avec dextérité et filait un fil fort régulier. Assise au chaud, elle était ravie d'observer les allées et venues des uns et des autres. Au bout de quelques jours, elle devint moins querelleuse.

Roderick suivait son propre programme, incitant ses hommes à faire de même. Ils s'entraînaient le matin de bonne heure, puis travaillaient sur les remparts.

Chaque dimanche à l'église, les femmes se rassemblaient et parlaient de leurs enfants à venir. Elspeth se joignait à elles, heureuse de porter le bébé de sire Deitert. Jesse n'était pas sûre du père du sien, mais affirmait que la joie d'être grosse d'un nouvel enfant lui suffisait.

Vers la mi-mars, la sage-femme fut débordée par les naissances. Le froid avait disparu et le parfum des fleurs printanières emplissait l'air. C'était le meilleur moment pour ramasser des herbes et regarnir les coffres à médecines de la forteresse. Théa arpentait avec impatience les pièces du château, brûlant d'aller explorer les bois voisins. Même si elle dépensait son énergie dans le potager, cela n'apaisait pas son désir d'aller quérir de l'hellébore, de la digitale ou de l'aunée officinale.

Roderick était beaucoup trop occupé à surveiller les travaux pour emmener Théa chercher des herbes et des racines. Chaque fois qu'elle glissait une allusion aux maigres provisions de remèdes, il répondait qu'il pourrait peut-être l'emmener dans la montagne le lendemain. Mais le lendemain n'arrivait jamais.

Chapitre 16

Juin 842
Palais de l'empereur Lothaire, Aix-la-Chapelle

La chambre du chancelier était emplie par la lumière brillante du matin. Sur sa table, des piles de lettres scellées s'accumulaient depuis plus d'un mois. Sire Roger Bellamy avait pris congé de son suzerain, l'empereur Lothaire, pour des raisons personnelles.

Il entra à grands pas dans la pièce. Ses serviteurs s'inclinèrent, le saluant avec respect, s'empressèrent de le débarrasser de son élégante cape, d'avancer son fauteuil et de veiller à son confort.

La rumeur que son dernier voyage s'était soldé par un échec avait précédé l'arrivée du chancelier. Personne n'osait être le premier à aborder le sujet avec lui. Tous disparaissaient discrètement, ne laissant que son secrétaire affronter sa terrible colère.

Le sire de Bellamy croisa les mains dans son dos et se tint devant les fenêtres ouvertes. Le soleil aurait dû le réchauffer, mais il émanait de lui une froideur qui retenait Griswold de lui faire la conversation. Contempler le parc empli de roses et de fleurs n'estompait pas l'hiver qui habitait le cœur de sire Roger.

Combien de temps il resta là, à observer la rosée qui s'évaporait et les oiseaux qui dansaient au-dessus des jardins de l'empereur, il n'aurait su le dire. Il secoua la tête pour l'éclaircir, essayant d'en revenir aux devoirs qu'il avait abandonnés. D'abord les lettres.

Il était trop nerveux pour s'asseoir dans le fauteuil à haut dossier. Ouvrant le rouleau qui se trouvait sur le dessus, il jeta un coup d'œil à son secrétaire, qui n'avait pas émis un son depuis qu'il était entré.

— Eh bien, allez-vous parler, Griswold ? Ou allez-vous rester assis là à trembler, semant de l'encre sur votre table ?

— Je ne voulais pas interrompre vos pensées, messire chancelier.

— Humph.

Sire Roger parcourut le document et dit d'un ton sec :

— Je puis entendre aux bruits hors de cette pièce que l'empereur ne rechigne pas à me déranger.

Il lança le parchemin à son secrétaire.

— N'avez-vous ouvert aucune de ces missives en mon absence ?

— Messire, je n'aurais pas brisé un sceau sur un document destiné à vos seuls yeux.

— Eh bien, brisez-les tous, maintenant.

Le sire de Bellamy souleva toute la pile et la mit dans les bras de Griswold.

— Lisez ces lettres et ne me parlez que de celles qui requièrent directement mon attention. A présent, sortez. L'empereur arrive.

Griswold se leva, s'inclina et disparut dans l'antichambre. Resté seul, sire Roger rassembla ses pensées, passa les doigts sur son front et écouta le vacarme qui s'élevait au-delà de la porte. Quand l'empereur se déplaçait, c'était en grande pompe, précédé par des serviteurs qui couraient devant lui pour ouvrir les portes et annoncer son passage. Le vieux Lothaire aimait cela.

Quand la porte extérieure de sa suite s'ouvrit, sire Roger se redressa. L'empereur ne trouverait pas de faille dans son armure. Finalement, la dernière porte céda et le héraut cria :

— Sa Majesté, l'empereur Lothaire !

— Roger ! s'exclama Lothaire en entrant. Je suis venu tout de suite.

— Sire.

Roger mit un genou en terre et pressa son poing sur son cœur. L'empereur le prit par les épaules, le redressa, lui donna l'accolade et l'embrassa sur les deux joues.

— Par ma barbe, vous vous êtes absenté longtemps.

— Oui, sire.

— Avez-vous trouvé Althéaline ?

— Non, sire.

— Non ? Mais nous étions si certains que les pistes étaient fraîches et que vous la retrouveriez, cette fois.

— Moi aussi.

Le sire de Bellamy était réaliste. Le temps était venu de faire admettre leur perte à sa famille. Théa ne reviendrait plus.

— Vous n'avez rien trouvé en Frise ? Les épaves des drakkars vikings ne vous ont pas rendu d'espoir ?

— Depuis septembre dernier, sire, j'ai personnellement inspecté tout endroit source de rumeurs, toute épave, questionné tous les capitaines de tous les ports de l'empire, du nord au sud. Mon fils Roy et mon plus jeune frère, sire Augustin, ont visité tous les ports de Barcelone à Constantinople. Si Théa avait été vendue ou échangée, je le saurais.

— Alors vous en concluez que les Vikings l'ont gardée.

— Non, sire. J'en conclus que ma fille est morte. J'arrive de Landais, où j'ai demandé que des messes soient dites chaque jour pour le salut de son âme. J'ai aussi demandé à mon frère l'évêque d'Auvergne de faire dire des messes par le pape, en sa mémoire.

Les yeux pâles de Lothaire s'emplirent de compassion. Il étreignit de nouveau son vieil ami.

— Acceptez mes condoléances, Roger. Je sais combien vous aimiez votre fille. Peu d'hommes aiment leurs enfants comme vous. J'espère qu'un jour votre chagrin s'atténuera.

Sire Roger essuya ses yeux verts et se redressa d'un air déterminé.

— J'ai informé Lilla que la vie doit continuer. J'ai deux autres filles à établir. Et mon plus jeune fils, Jason, vient d'être accepté comme écuyer par sire Merrault. Le printemps est presque passé, et c'est une saison de renouveau. Je dois m'estimer heureux d'avoir vécu cinquante ans sans avoir eu à affronter une telle tragédie.

Lothaire lui pressa l'épaule et désigna l'embrasure de la fenêtre, ensoleillée.

— Pardonnez-moi, je vais m'asseoir. Nous avons beaucoup à discuter, et je crains que ma visite ne soit longue. Etes-vous en état de la supporter ?

— Oui, sire. Pardonnez-moi mon impolitesse. Asseyez-vous, je vous prie. Comment puis-je vous servir ?

— Eh bien, j'ai plusieurs problèmes pour lesquels vous pouvez m'aider, Bellamy.

Sire Roger attendit.

— Vous vous rappelez ce maudit tournoi que nous avons organisé à Montigney le Jeudi saint ?

— Vous voulez dire cette monstruosité qui a failli nous faire tous excommunier ? Comment aurais-je pu l'oublier ?

— Humph. Bien. Si vous pouviez contrôler votre moralisateur de frère, qui se prend pour le pape d'Aix-la-Chapelle, nous nous en trouverions tous mieux. Mais ce n'est pas tout. Pendant votre absence, j'ai reçu la visite d'un émissaire de mon frère, Louis le Germain.

— Que veut-il encore ?

— Ni plus ni moins que d'habitude. Il a ordonné à ses ducs de prendre des épouses franques. Ulm est marié à Madeleine de Normandie et Weser doit épouser Claire de Boulogne. Cela laisse seulement le duc d'Emory sans attaches.

Sire Roger se caressa le menton.

— Qu'en est-il d'Anne ?

— Elle reste au couvent de Solbert.

— Je suppose qu'elle a mis au monde son bâtard.

— Oui.

Lothaire considéra gravement son chancelier.

— C'est un fils. Un beau fils, vigoureux. Vous ai-je dit que le Faucon va bientôt revenir pour choisir une épouse ?

— Cela s'entend, si votre frère Louis a décidé de marier ses vassaux à des femmes franques.

— Le Faucon revient contraint et forcé, sous le coup de lourds impôts levés par Louis pour l'inciter à choisir promptement. Or je veux que Roderick d'Emory soit bien marié, au meilleur sang que nous avons à offrir. Vous parliez de vos filles cadettes. Je requiers qu'elles soient amenées toutes les deux à la cour, et présentées à Roderick.

Si Lothaire n'avait pas été un monarque, sire Roger aurait tiré son épée et l'en aurait transpercé.

— Sire, dit-il d'un ton mordant, les filles qui me restent seront mariées dans le royaume. Ma femme ne pourrait supporter qu'elles partent à des centaines de lieues de chez nous, et de ne plus les revoir. Ni moi non plus.

Lothaire leva une main lasse.

— Je sais, Roger, je sais. Mais vous devez comprendre ma position. Je ne puis laisser les jeunes ducs les plus forts de l'empire hors de mon contrôle. Vous savez de quoi le Faucon est capable. Aucun château qu'il assiège ne lui résiste. Il est le seigneur de guerre le plus brillant depuis mon grand-père, Charlemagne. L'émissaire de Louis m'a informé qu'il a complètement rebâti Blackstone *en moins d'un an*. C'est la forteresse la plus puissante du Nord. Mes fils et moi avons besoin de Roderick lié à nous de façon sûre. C'est pourquoi j'ai choisi votre maison pour lui fournir une épouse.

— Vous voulez utiliser mes filles comme un appât pour le piéger ? Savez-vous ce que vous demandez, sire ?

— Pouvez-vous me suggérer une autre solution ? Vous connaissez Louis. Il paraît qu'il accroît son armée chaque jour. Pensez-vous qu'un traité gardera ma couronne sur ma tête ? Charles et lui deviennent téméraires depuis leur victoire à Fontenoy. Par mes yeux, si j'avais eu le Faucon d'Emory à mon côté, nous n'aurions pas perdu cette bataille, Bellamy.

Sire Roger inspira profondément.

— Sire, le traité que je négocie vous assure d'être le Saint Empereur romain.

— Je sais, je sais, dit Lothaire, le regard lointain. Mais songez aux conséquences d'une guerre, Bellamy. Avec des hommes comme Ulm, Weser et Emory contre nous, nous perdrons beaucoup plus que ce que Merrault a perdu pour moi à Fontenoy. Alors qu'adviendra-t-il de votre famille ? De vos fils, de vos précieuses filles ? De votre épouse ? Si vous avez une autre solution, donnez-la-moi. Je l'accepterai.

Sire Roger arpenta la pièce sans rien dire. L'empereur attendit, puis reprit.

— Je donnerai à celle de vos filles qui épousera Emory le duché de Lorraine, en cadeau de mariage. Je crois que cela agréera au Faucon. Il n'y a que le domaine de Lozere entre la Lorraine et ses terres. Louis en sera fou furieux.

— Le duché de Lorraine appartient à Anne d'Aix-la-Chapelle.

— Je n'ai fait que le promettre à son bâtard, qui est issu de Roderick d'Emory.

Cette information ébranla le chancelier.

— Pas de Merrault ?

— Non, pas de Merrault. Il suffit de regarder le garçon pour reconnaître le sang du Faucon. Voulez-vous le voir ?

— Non, Lothaire. Vous êtes rusé comme un renard, mais je sais quand vous dites la vérité. Qu'en est-il d'Anne ?

— Anne est mourante. Elle est peut-être morte, à l'heure où nous parlons.

— De quoi ?

— De la vérole. Un visiteur à Solbert était malade. Je le sais de la meilleure source, votre frère l'évêque. Henri écrit que c'est la justice de Dieu pour les pécheurs.

— Et l'enfant ?

— Il est indemne. Je ne l'ai jamais envoyé à Solbert. Anne ne voulait pas de lui. Si elle l'avait pu, elle l'aurait noyé.

— Vous me jetez dans une drôle de marmite, sire. Avez-vous parlé au Faucon du bébé ?

Lothaire haussa les épaules.

— Je le ferai peut-être. Eric est un adorable bambin. Louisa et moi l'aimons beaucoup. Que pouvais-je faire d'autre de lui ? Il est de mon sang, un prince, même s'il est bâtard.

— Et vous donneriez son héritage à ma maison ?

— Tout ceci s'arrangera, avec le temps.

— Dieu nous garde, murmura sire Roger.

Plus fort, il déclara :

— Sachez ceci, Lothaire : je marierai mes filles près de chez moi. Ni Lilla ni moi ne pourrions supporter d'en perdre une autre. Ma maison n'est plus la même depuis que Théa a disparu. Aucune de mes filles ne sera forcée à se marier. Ni par vous, ni par moi.

— Vos filles doivent épouser quelqu'un. Roderick d'Emory fera un bon époux et vous donnera des petits-fils à foison. Vous ne regretterez pas cette alliance.

— J'ai conscience des avantages qu'elle présenterait pour moi. Mais ce qui me préoccupe et me pousse à émettre des réserves est le bonheur de mes filles, qui vient en premier lieu. Si ma benjamine m'annonçait qu'elle voulait épouser le fauconnier maure de Lilla, parce qu'elle l'aime, j'approuverais cette union.

— Vous plaisantez ?

— Non, sire. Vous ne connaissez pas ma Margot.

Elle n'avait pas dit une seule fois qu'elle l'aimait.

Il y avait des moments où il semblait à Roderick que cette déclaration était sur le bout de la langue de Théa, presque prête à jaillir d'elle. Mais, aussi soigneusement qu'elle régentait tout, Théa réussissait à ne jamais laisser glisser ces trois petits mots, « Je vous aime », même dans les plus grands débordements de passion.

Roderick attendit tout le printemps. Chaque jour il se jetait dans des tâches qui ne pouvaient être achevées avant des années, retardant l'inévitable. Puis sa surveillance acérée du port porta ses fruits. Six drakkars vikings s'échouèrent, et les barbares venus piller Blackstone furent faits prisonniers. Roderick les garda jusqu'à ce qu'Herewald vienne et marchande pour leurs vies. Il fut heureux de se débarrasser d'eux, et plus heureux encore du prétexte qu'ils lui avaient donné de ne pas prendre la mer ce printemps.

Puis il eut une visite de son suzerain, Louis de Germanie, qui vint inspecter ses réparations et vérifier l'état des défenses du nord de la Saxe. Louis resta une semaine et parla avec ardeur de partir en guerre dans un proche avenir. Roderick fut prié d'évaluer les forces de Lothaire et ses forteresses à ses frontières du nord. Et de se marier sans tarder dans une puissante maison franque. Louis brûlait de conclure des alliances qui paveraient sa route quand le jour viendrait où il prendrait la couronne de Lothaire. Il donna à Roderick jusqu'au premier juin pour voguer vers la France.

Comme les grains de sable d'un sablier, le temps que Roderick avait encore à passer avec Théa s'épuisait. Chaque nuit, quand il la tenait dans ses bras, il l'aimait de son mieux, car elle lui avait tout donné. Pas une fois elle ne s'était retournée contre lui, le fustigeant pour quoi que ce soit.

Elspeth donna le jour à une belle petite fille la dernière semaine de mai. Deitert était tellement entiché du bébé et de sa femme que Roderick ne pouvait s'empêcher de l'envier.

Théa avait passé neuf mois avec lui le jour où ils mirent les voiles.

Leur départ fut si singulier. Théa était descendue à la jetée accompagnée de tout le monde. Les adieux furent longs, ainsi que les vœux de bonheur. Quand le bateau de Roderick se prépara à quitter le quai, Théa se tourna vers Elspeth et Jesse et les remercia de leur aide, puis, très calmement, gravit la passerelle.

Roderick avait prié qu'elle ne le fasse pas. Oh, combien il l'avait demandé ! Qu'elle l'embrasse une fois de plus, avait-il supplié, qu'elle se cramponne désespérément à lui comme elle le faisait chaque nuit, mais qu'elle tourne les talons et revienne en courant sur la berge. Il aurait donné n'importe quoi pour la voir faire cela. Il aurait eu quelque chose vers quoi revenir, alors. Car il mesurait quelle somme de respect et de douceur elle lui avait prodiguée.

Elle monta à bord et le regarda. Il hocha la tête. Elle se dirigea vers la cabine sans jeter un coup d'œil en arrière, vers les visages ahuris de la digue.

Tant de choses avaient changé. Tant de choses restaient les mêmes. Le parfum des ancolies flottait dans l'air humide du soir. Les lis et les fougères envahissaient le bord de la rivière sous l'abondant feuillage des aulnes, des peupliers et des saules. Le plein été était arrivé dans la vallée de Longervais, toujours le même aux yeux habitués de Théa, et en même temps unique et nouveau.

La barque se balança quand Roderick se pencha en avant, appuyant sur le gouvernail, évitant le courant rapide du milieu du fleuve.

Le cœur de Théa tambourinait dans sa poitrine. Il faisait presque nuit, mais il restait encore tant de lumière dorée. Elle frangeait l'herbe verte, les feuilles des arbres, les collines verdoyantes. Elle pouvait tout voir, même si en réalité elle voyait très peu, car il lui faisait mal de détourner les yeux de l'homme qu'elle aimait de tout son être.

Le petit bateau glissa plus loin que l'ombre jetée par la forteresse de Longervais. Elle parut différente à Théa. Les murs étaient-ils plus hauts ? Elle ne se souvenait pas.

Roderick l'étudia en passant et déclara qu'ils avaient ajouté un rempart et un pont-levis. Théa se demanda quels changements avaient été opérés à Landais. Si sa famille n'était pas là ? Son cœur manqua un battement. Le nœud douloureux de son ventre se resserra.

Cela fait si longtemps, pensa-t-elle. *Peut-être que je ne reconnaîtrai pas Landais.* Se tournant vers Roderick, elle vit sa mâchoire contractée, sa bouche rigide. *Si seulement il m'aimait. Je ne pleurerai pas quand nous nous séparerons.* Combien de fois s'était-elle juré cela, ce jour-là ?

A présent, la barque se rapprochait du rivage… vers un épais bouquet d'arbres avec un énorme cyprès qui se penchait sur l'eau. La gorge de Théa se noua.

Pendant tout le trajet vers le sud, elle s'était consolée avec une idée : *Je serai chez moi, une femme libre, plus une esclave ou une maîtresse.* Le doux balancement de l'embarcation s'arrêta quand l'avant s'enfonça dans la terre noire de la berge. Théa en remercia le ciel en silence. Son estomac était toujours sensible à la fin de la journée.

Ses nausées avaient commencé durant la dernière semaine du Carême. Elle en avait eu chaque soir, depuis, mais s'était méprise sur leur cause, parce que ce n'étaient pas les nausées matinales à propos desquelles Elspeth l'avait avertie. Craignant que Roderick devine ce qu'elle avait, elle avait caché les signes de plus en plus évidents de sa grossesse. Elle savait qu'elle enlevait à Roderick quelque chose dont il ne se serait jamais séparé s'il avait su la vérité.

Comme elle était devenue habile à garder des secrets. Elle songea au temps où elle disait tout ce qui lui passait par la tête.

— Cela me semble être l'endroit, Théa, dit Roderick.

Il lança une corde sur le rivage et attacha le petit bateau à un aulne.

— C'est l'endroit.

Théa parvint par miracle à parler. Il descendit, lui tendit la main et lui fit poser les pieds, solidement, sur la terre franque.

— Je vais vous accompagner chez vous.

Théa secoua la tête. Des larmes jaillirent de ses yeux et elle jeta les bras autour de Roderick, cachant son visage contre son torse.

— Non, messire, vous ne devez pas. Je vous ai fait le serment de garder votre identité secrète. Si vous m'accompagniez, vous pourriez être reconnu. Tout ira bien pour moi. Tout le monde me connaît. Ils vont penser que je suis un fantôme. Prenez soin de vous, messire.

— Théa, vous n'avez pas à faire ceci.

Roderick se raccrocha jusqu'au bout à de faux espoirs.

— Vous savez que je veillerais toujours sur vous.

Il ne put trouver autre chose à dire. Il retint rigidement les mots : « Ne me quittez pas, je vous aime. »

Quand ou comment cette femme avait fait germer ces sentiments dans son cœur en friche, il l'ignorait. Mais elle l'avait fait. Elle avait nourri les graines de l'amour depuis son premier baiser jusqu'au dernier. Roderick sentit venir l'hiver dans la glace qui enserrait son cœur.

Théa s'accrocha à lui, l'embrassant avec plus de ferveur qu'elle l'avait jamais fait, cherchant à emporter son goût avec elle. Puis, avec une volonté qu'elle pensait ne plus avoir, elle ôta ses mains de lui et sourit à son visage dur comme du granit.

— Vous êtes un homme de parole, Roderick d'Emory. Allez, maintenant. Votre ami Michael attend votre retour à l'embouchure de la Somme. Je prie que vous ayez de la chance à la cour de l'empereur. Je resterai toujours votre loyale servante. Adieu, messire.

Un autre baiser aurait brisé sa résolution. Théa se détourna de lui et s'enfonça parmi les arbres. La douleur de son cœur pesait si lourd qu'elle l'écrasait presque. La fierté garda ses épaules droites tandis qu'elle s'éloignait. Elle força son échine à se redresser et leva la tête, affermissant son menton et ses pas.

Roderick brûlait de la rattraper et de la saisir par le bras. Les articulations de ses doigts blanchirent sur l'écorce noire de l'aulne tandis qu'il s'obligeait à rester figé sur place.

Le serment qu'il lui avait fait le fit la laisser partir.

Elle s'enfonçait de plus en plus dans le bois, loin de lui. Il avait la gorge nouée, serrée par la douleur qui sourdait de son cœur. Il souffrait, et aucun son ne franchit ses lèvres jusqu'à ce que Théa disparaisse à sa vue.

— Théa, dit-il dans un coassement. Regardez-moi.

Mais elle ne le fit pas. Le pays auquel il l'avait arrachée l'avait engloutie.

Comme tout était familier. Les buissons de mûres étaient drus le long des sentiers usagés et lourds de fruits encore verts, mais bourdonnaient d'abeilles et de guêpes. Plus loin, le chemin s'élargissait au bord d'un ruisseau qui gargouillait bruyamment, empli par une pluie récente.

Les arbres étaient plus épais, pensa Théa. A chaque pas dans les bois, elle pouvait à peine supporter d'attendre de retrouver la large voie romaine qu'elle connaissait si bien.

Elle se mit à courir quand elle atteignit le moulin, inutilisé à cette époque de l'année. Au-delà, les bois étaient plus denses de nouveaux rameaux, semblant emplir tout l'espace où elle se frayait jadis des chemins avec Victorieux.

Et puis, tout à coup, les murs blancs de Landais se dressèrent devant elle. Elle cria avant même de franchir les grilles :

— Maman, maman, je suis de retour ! Maman, papa, Jocelyne, Marie ! Maman !

Des oies et des serviteurs se pressèrent dans la cour qu'elle traversa en courant. Les portes de la grand-salle étaient ouvertes. Théa pensa que son cœur tambourinant allait exploser tandis qu'elle gravissait les marches.

— Maman !

Elle s'arrêta sur le seuil. Ses yeux parcoururent la galerie, avec ses arches et sa lumière dorée qui se déversait en bas. Dans l'escalier, courant comme si elle avait le feu à ses jupes, il y avait dame Lilla.

— Maman, je suis rentrée ! cria-t-elle.

— Théa ! hurla sa mère.

Des cris montèrent de partout à la fois. Des voix aiguës, des voix qui résonnaient, des exclamations et des pleurs. Les bras de sa mère se refermèrent si fortement sur elle qu'elle ne pouvait plus respirer.

Lilla n'en croyait pas ses yeux. Elle serrait Théa sur sa poitrine, embrassant son visage chéri, puis elle l'écarta d'elle pour l'examiner de la tête aux pieds. Alors elle fondit en larmes de joie. Elles pleurèrent et pleurèrent encore jusqu'à ce qu'elles se mettent à rire.

La vieille Jocelyne fut la plus secouée par le retour de Théa. Elle s'effondra par terre, se mouchant dans son tablier, pleurant sans pouvoir s'arrêter.

Marie, qui avait été jadis aussi intrépide que Théa, ne pouvait pas la lâcher.

L'air s'emplit de questions posées toutes à la fois. L'émotion les submergeait tous, en particulier Théa. Sagement, dame Lilla ordonna de préparer un thé fort et décida de mettre sa fille au lit.

— Tu es aussi mince qu'un fétu de paille et tellement… tellement…

Les mots manquèrent à Lilla de Landais.

— Repose-toi, ma chérie. Tu sembles en avoir besoin. Nous parlerons plus tard.

Même si Lilla savait que sa maison était l'endroit le plus sûr sur terre, elle fit quérir le sénéchal des Bellamy et ordonna que des gardes soient placés devant la porte de Théa et sous les fenêtres de sa chambre. Puis, pour la première fois depuis près d'un an, elle fit fermer les portes du manoir. Elle n'avait jamais perdu espoir que sa fille revienne.

Ensuite, elle pria sire Georges de se rendre à cheval à Aix-la-Chapelle, rapidement, et de remettre son message à sire Roger en personne.

Elle envoya un autre vassal à Roy et à Andrée pour les informer que leur sœur était revenue saine et sauve. Enfin, elle fit prévenir l'évêque Henri d'Auvergne et sire Augustin que leurs prières, leurs messes et leur pèlerinage n'avaient pas été vains.

Cela fait, elle se rendit dans l'aile ouest où ses vieux parents vivaient en paix. Elle fit asseoir sa mère et réveilla son père, leur annonçant la nouvelle avec précaution, car leur cœur n'était plus aussi robuste. Tous deux avaient décliné depuis l'enlèvement de Théa.

Chapitre 17

Marie était assise dans un fauteuil à bascule et attendait que Théa se réveille. Cela lui semblait durer une éternité. Même lorsqu'elle se pinçait, elle ne pouvait en croire ses yeux.

Théa était couchée dans son lit et dormait malgré l'aube qui se levait. Elle se tournait souvent, nerveuse et agitée, criant dans une autre langue. Marie pensait reconnaître certaines de ses paroles, du saxon qu'elle avait appris avec ses précepteurs. Elle distinguait des mots tendres, « mon doux, mon aimé ». Elle immobilisa le fauteuil pour mieux écouter et crut entendre sa sœur prononcer le nom Derrick. Ou était-ce Eric ?

Troublée, elle se leva et arpenta la chambre. Si elle n'avait pas promis à sa mère d'être avec Théa quand elle se réveillerait, elle se serait enfuie. La culpabilité d'avoir abandonné sa sœur que toute la famille aimait si tendrement pesait lourdement sur ses minces épaules. Elle ne supportait pas de penser à ce que Théa et elle auraient à se dire, comme elle ne supportait pas d'affronter la rancœur que sa sœur devait sûrement lui porter. Mais leur mère avait insisté pour que Théa ne se réveille pas seule, sans un membre de la famille à son chevet, et Marie obéissait toujours à dame Lilla.

Théa s'éveilla enfin. Quand elle se redressa dans son lit, Marie comprit la raison de sa veille : une panique complète se peignit sur le visage de sa sœur.

— Où suis-je ? Doux Jésus, suis-je vraiment à la maison ?

— Oui !

Marie s'assit sur le lit et l'entoura d'une étreinte rassurante. Les bras de Théa se resserrèrent si farouchement autour d'elle qu'elle ne put plus respirer. Puis Théa l'écarta d'elle pour la regarder. Avec un sourire tremblant, elle demanda :

— Comment t'es-tu portée, ma chère sœur ?

Marie ne put rien dire et de nouvelles larmes coulèrent sur son visage.

— Non, non, ma petite, protesta Théa en la reprenant contre elle et en lui baisant le front. Je t'en prie, ne pleure pas en ce jour heureux. Je me suis tellement inquiétée pour toi. Comme j'ai craint qu'il t'ait été fait plus de mal qu'à moi ! Mais ma foi en Dieu me disait que tu étais saine et sauve.

— Oh, Théa, je me reproche tout. Si je n'avais pas caché tes souliers, il ne te serait rien arrivé. Il ne s'est pas passé un jour sans que je verse des larmes pour toi et que je prie pour ton retour. Je suis tellement marrie. Je n'aurais jamais dû te laisser seule. C'était impardonnable. Sais-tu que papa n'a même pas voulu me battre pour diminuer mes remords ? Mais grâce au ciel, tu es revenue !

Marie pleura de plus belle, et pendant quelques minutes ni l'une ni l'autre ne purent parler. Comme avant, Théa se ressaisit la première et réconforta sa cadette, l'embrassant tendrement sur la joue.

— Plus de larmes. Sèche tes yeux et promets-moi de ne plus pleurer.

— Mes larmes sont des larmes de joie. Comment as-tu supporté ces neuf mois, ma sœur ? Comment nous as-tu été rendue ? Tu dois me dire tout ce qui t'est arrivé.

Théa soupira et passa les mains dans ses cheveux emmêlés. Elle esquiva l'inquisiteur regard bleu de Marie. Malgré toutes les confidences qu'elles avaient échangées en grandissant, elle ne pouvait charger sa sœur de la vérité. Les coins de sa bouche se relevèrent.

— Ainsi tu avais caché mes chaussures, petite diablesse.

— Oui. Je le regrette. Je ne ferai plus jamais une chose aussi stupide.

Théa sourit, ne lui en voulant pas de cette espièglerie.

— Je suis beaucoup plus à blâmer que toi, Marie. Je ne puis répondre à tes questions. Je ne pourrai peut-être jamais parler librement de ce qui m'est arrivé cette dernière année. J'ai eu très, très peur, au début. Mais l'homme qui m'a enlevée n'était pas complètement inamical. Nous en sommes venus à nous respecter de bien des façons. Il m'avait promis que lorsqu'il prendrait femme, il me ramènerait là où il m'avait prise.

— Oh, Théa, tu parais si blessée, dit Marie, ses yeux s'embuant de nouveau.

— Oui, je le suis, ma douce sœur. Rentrer à la maison était tout ce que je désirais. J'ai appris une chose de mon expérience : nous devons chérir chaque jour que nous passons ensemble.

— Pourquoi ? demanda Marie, troublée. Cet homme ne reviendra pas te chercher, n'est-ce pas ?

— Non, non. Il ne le fera pas. Et comme toi et moi avons toujours partagé nos secrets, je dois te dire que je ne m'attends pas à rester très longtemps à la maison.

— Pourquoi ?

— Je crains que papa ne me bannisse dans un couvent quand il saura que je porte un enfant.

Les yeux de Marie s'élargirent et elle les baissa sur la chemise de nuit de Théa, cherchant un signe qui confirme ses paroles.

— Papa ne te punira pas pour cela !

— Chut, Marie, dit Théa en posant les doigts sur les lèvres de sa sœur. Tu dois garder mon secret jusqu'à ce que je rassemble la force de dire la vérité à maman.

Marie se raidit.

— Maman ne laissera pas papa te bannir. Et moi non plus. Tu es sotte de penser qu'il le ferait.

— Marie…

— Non, Théa, écoute-moi. Tu ne sais pas combien papa t'a cherchée. Il partait sans arrêt. Le royaume entier a été fouillé. Il a pris la mer par trois fois, pour suivre les côtes. Roy et oncle Augustin aussi. Ils sont allés vers le sud, à Gênes et Barcelone, et vers l'est, aussi loin que Constantinople, visitant tous les ports où les Vikings auraient pu te vendre ou t'échanger. Papa ne te chassera pas de la maison, même si tu étais revenue avec dix bâtards dans les bras.

Théa secoua la tête.

— Tu sais, Marie, je n'ai jamais dit à mon ravisseur qui j'étais. J'étais si furieuse, au début, et si fière. Je craignais que si je lui disais le nom de mon père, il me rançonne si chèrement que cela aurait mis toute la famille en danger. Puis, quand le temps a passé, je me suis juré de tenir le nom de Bellamy à l'abri de toute souillure. Maintenant, je suis rentrée en portant un enfant. Bientôt, ma seule vue sera une cause de honte pour vous tous. Je désirais tellement revenir que je me suis montrée égoïste. Je crois que j'ai commis une grande erreur en revenant.

— Non, Théa, non, ne pense pas cela. Ne le dis pas. Nous t'aimons. Landais sera toujours ta maison. Tu es ici chez toi. Tu n'aurais pu vouloir rester avec cet homme horrible.

— Détrompe-toi, Marie. Le quitter a été la chose la plus dure que j'aie jamais faite.

— Tu es tombée amoureuse d'un barbare ?

— Un barbare ? En toute honnêteté, Marie, je crois que dès que je l'ai vu, je l'ai aimé.

Et cela remontait au tournoi de Montigney, quand Théa avait posé les yeux pour la première fois sur Roderick d'Emory.

— Le quitter m'a arraché le cœur. S'il m'avait aimée ne fût-ce qu'un peu, je ne serais pas rentrée. Je ne l'oublierai jamais, ni n'aimerai un autre que lui.

— Tu as pu aimer un Viking à ce point ?

— Oui.

Théa prit un regard lointain. Elle attendait le jour où elle souffrirait moins qu'en ce moment. Roderick lui avait volé son cœur complètement, et l'avait brisé de la même manière. S'il lui était possible de guérir, elle dirigerait ses efforts dans ce sens.

Etrangement, elle ne craignait pas plus le courroux de son père qu'elle ne doutait de l'amour de sa mère. Quand sire Roger arriva une semaine plus tard, elle affronta sa fureur avec calme.

— Où as-tu été emmenée ? Quel était le nom de cet homme ? Que t'a-t-il fait ? Je vais l'annihiler, le détruire, le ruiner ! Dis-moi !

Il fut facile à Théa de regarder son père dans les yeux et de ne rien dire. A chacune de ses questions, elle répondit :

— Je ne sais pas.

Elle se contenta de faire allusion à des Vikings, à un pays vert et froid fait de montagnes, d'eau, de neige et de glace. A la fin, elle expliqua :

— Papa, c'était un homme honorable. Ses raisons de m'enlever justifiaient son crime envers moi. Parce qu'il a fini par s'attacher à moi d'une certaine façon, il m'a relâchée. Je ne puis rien vous dire de plus. Ne vous suffit-il pas que je sois rentrée ?

Le sire de Bellamy arpentait la chambre de jour. Ses talons auraient martelé le sol sans désemparer si les dalles d'ardoise n'avaient pas été recouvertes de tapis d'Orient. Il avait les mains jointes dans le dos, plongé dans ses pensées.

Dame Lilla ne voulait pas le déranger. Ou, plus exactement, elle ne voulait pas qu'il la dérange. L'expérience lui disait qu'il cesserait bientôt d'aller et venir. Mais elle savait que lorsqu'il s'arrêterait, elle n'apprécierait pas les mots qu'il prononcerait.

Son époux s'immobilisa sous l'arche qui se trouvait au bout de la pièce, là où les volets grands ouverts laissaient entrer le chaud soleil et la brise d'été. Il se tourna abruptement vers l'alcôve où Lilla s'affairait à cataloguer une nouvelle potion. Elle sentit sa rage pénétrer son îlot de calme. La chambre tout entière vibrait de l'orage à venir.

— Lilla, Théa protège son ravisseur, déclara-t-il.

Elle leva la tête et posa sa plume, prenant le temps de rassembler ses pensées.

— Oui, messire, je le sais.

— Et vous l'acceptez ?

La voix de sire Roger vibrait de fureur.

— Roger, pour moi il suffit que Théa soit à la maison. Pourquoi vous faut-il davantage ?

Il explosa.

— Comment osez-vous me demander cela, femme ?

Lilla tressaillit. Ses cris devaient sûrement porter jusqu'à Longervais.

— Je veux des réponses à mes questions. Je ne puis laisser un tel crime impuni. Je puis à tout moment lever une armée contre n'importe quel royaume danois ou nordique qui abrite le ravisseur de ma fille. Je voudrais les écraser, une fois pour toutes. Mettre fin à ces attaques sur des personnes innocentes, à ces raids de barbares ! Si Charles le Chauve ne s'était pas aplati devant ces vauriens et n'avait pas payé pour garder la Norvège hors de France, pensez-vous qu'ils auraient osé remonter la Somme et enlever ma fille ? Je veux que du sang viking coule sous mes pieds !

— Mon mari, vous auriez pu le faire l'année dernière. Vous auriez pu frapper quand votre rage était la plus brûlante. Pourquoi voudriez-vous maintenant aller vous faire tuer et entraîner avec vous vos fils, votre gendre, vos neveux, vos frères et les fils de centaines de nos amis ? Votre fille disparue est saine et sauve. Elle est à la maison. La seule chose que vous avez perdue est un cheval qu'aucun homme ne pouvait monter. Cela devrait vous suffire.

— Sacrebleu, cela me suffirait si Théa était la même. Mais elle ne l'est pas.

Il frappa le mur de pierre de son poing, avec une telle force que Lilla craignit qu'il ne se soit brisé la main. Mais il était tellement aveuglé par la rage qu'il ne sentait rien.

Il s'écarta de la fenêtre éclairée et vint s'asseoir sur la banquette recouverte de damas, près de sa femme. Il lui prit la main et la serra dans ses paumes calleuses.

— Je ne me suis jamais senti aussi impuissant, aussi inutile et aussi vulnérable de toute ma vie, depuis le jour où Théa a disparu.

Ce que cette admission coûtait à son époux, Lilla essaya de ne pas en juger. Elle saisit le petit avantage qu'elle lui fournissait.

— Moi aussi, je me suis sentie impuissante, messire. C'est un miracle que Théa soit revenue. Peut-être que les changements que vous voyez en elle se seraient produits de toute façon. Car elle était jeune, impulsive et volontaire. Maintenant, elle est une femme adulte.

— Mais elle a été blessée. Je ne puis supporter le terrible chagrin que je lis dans ses yeux. Cela me brise le cœur.

— Je sais. Je le vois aussi. Nous devons lui laisser du temps… Le temps de se remettre. Nous avons tous besoin de temps pour nous faire à tout cela.

Le temps, pensa sire Roger en tressaillant, était un luxe que l'empereur ne lui accorderait pas. Pas quand il insistait pour conclure une union entre sa maison et le Faucon d'Emory. Voyant la détermination de sa femme, cependant, il garda ses pensées pour lui. Avec Lilla, cela valait mieux.

Le sire de Bellamy n'emmena que Marie lorsqu'il retourna à la cour. Il découvrit qu'il ne pouvait aborder le sujet du mariage et d'un époux avec Théa, et Lilla déclara que Marguerite était trop jeune. Il se contenta donc de Marie, prenant Jocelyne avec elle pour la servir. Ils arrivèrent pour la célébration de la fête de l'empereur, qui durait une semaine.

Les courtisans correspondirent à tout ce que Marie avait imaginé ; ils étaient pleins de pompe et d'importance. L'empereur était aussi rusé qu'un vieux renard, ainsi qu'on le lui avait dit.

Tant de beaux seigneurs et chevaliers faisaient la chasse à des épouses riches et belles, à la cour de Lothaire, qu'ils terrifièrent la jeune fille. Se sentant péniblement peu sûre d'elle, elle souhaita que Théa l'ait accompagnée pour lui donner du courage.

Au moins, son père résidait hors du palais. Elle pouvait mener une vie normale dans la maison que Roger Bellamy possédait. Pas aussi normale qu'à Landais, mais c'était la capitale, après tout.

Après avoir rencontré Sa Majesté, Marie pensa que l'empereur était déçu par elle. Il l'avait appelée Althéaline. Son père l'avait informé qu'elle était Marie et que Théa avait décliné son invitation. Pendant un moment, Lothaire avait paru fort mécontent.

Marie avait vécu si longtemps dans l'ombre d'Andrée et de Théa qu'elle avait le sentiment de ne pas être à la hauteur de leur beauté. Mais cela ne la consola pas d'être la seule à être présentée à l'empereur. De fait, après trois visites à la cour, elle choisit de rester à la maison quand son père se rendait aux réjouissances du soir, ce qui contrariait de plus en plus sire Roger.

Elle ne comprenait pas ce qui irritait son père et commença à demander quand elle pourrait rentrer à Landais.

Ce qu'elle appréciait en ville, en revanche, c'étaient les achats qu'elle pouvait faire. Les marchands, les marchés ! Là, elle était dans son élément. Chaque matin, dès qu'elle pouvait inciter Jocelyne à sortir, elle partait avec un grand panier et s'arrêtait chez les vendeurs de légumes, chez les dentellières, chez les cordonniers et les drapiers. Et elle adorait marchander pour le moindre achat, même si son père réprouvait cette habitude et que Jocelyne la trouvait commune.

Jocelyne était forcée de l'accompagner, car une dame ne sortait pas sans son chaperon. Mais Marie, nerveuse, insistait pour être escortée en outre par l'un des vassaux les plus forts de son père. Louis de Longervais avait été son garde personnel pendant près d'un an. La témérité de Marie n'avait jamais été qu'une imitation du courage de Théa. Elle avait perdu toute effronterie le jour de l'attaque des Vikings.

Ainsi escortée, elle se frayait un chemin dans le marché, dépensant l'argent de son père.

— Oh, Jocelyne, regarde cette étoffe ! As-tu jamais vu une aussi belle nuance de vert ? Et sens comme elle est douce !

— C'est le velours le plus rare que j'aie jamais vu, agréa

la nourrice en caressant le coupon. Et ce serait une couleur parfaite pour Théa, aussi. Vous pourriez avoir chacune une cotte, la quantité est suffisante.

— Vert menthe. Il me le faut, déclara Marie.

Quand l'excitation des négociations commença, elle se concentra sur l'obtention du prix le plus bas, sans remarquer autre chose. Le marchand resta ferme sur son prix. Il ne voulut pas le baisser, même pour le coupon entier.

— Fort bien, dit Marie d'un ton hautain. Gardez votre étoffe. Je vais regarder à un autre étal.

— Ce velours est digne de la cour ! se lamenta le drapier, conscient qu'il allait perdre une vente.

— Et votre prix est trois fois trop élevé. Non, j'ai fait ma dernière offre.

— Mes enfants mourraient de faim et je perdrais mon commerce si j'acceptais de tels rabais, insista l'homme en se frappant la poitrine.

Sous une arcade du marché, Michael de Lozere observait avec amusement la jouvencelle aux cheveux noirs qui mettait le drapier à la torture. Au début, il avait pensé que c'était Théa, mais elle s'était tournée et il avait aperçu les tresses enroulées autour de sa tête.

Fasciné, il s'approcha, assez près pour entendre les paroles de la jeune fille. Sa voix était familière, et son profil était la réplique de celui de Théa. Il se rappela ce soir lointain où une jouvencelle qui ressemblait à Théa était avec elle au bord de la Somme. Comme elles étaient délicieuses, toutes les deux, dans la lumière dorée du couchant ! L'autre jeune fille avait des tresses d'un noir de jais qui lui battaient les reins. Pouvait-elle être la sœur que Théa appelait Marie ?

Cette pensée s'incrusta dans la tête de Michael. La logique lui disait qu'une telle coïncidence était impossible, mais la jouvencelle avait accroché son regard, et il voulait savoir qui elle était.

Elle reprit son panier, haussant le menton d'un air hautain. Ah, avoir une fille aussi volontaire à lui, pour la dompter et la taquiner ! Il s'approcha d'elle par-derrière. Juste comme elle quittait l'étal du drapier, il tendit une main gantée pour la retenir.

A l'instant où il la toucha, elle hurla. Ce n'était pas un cri de surprise. Elle hurlait de terreur. Une vieille femme jaillit des étals, glapissant comme une harpie. En un clin d'œil, un grand chevalier tira son épée et la pointa sur le torse de Michael.

— Oh, ma petite !

Jocelyne prit Marie dans ses bras protecteurs, tandis que Michael battait rapidement en retraite.

— Pardon, maîtresse. Je voulais juste parler à cette jouvencelle.

La nourrice le menaça d'un panier.

— Comment osez-vous ? Accoster ma dame, espèce de goujat ! Vous l'avez terrorisée. Allez-vous-en, vaurien !

— Mes excuses.

Michael leva les mains.

— Pardonnez-moi, ma dame, je ne voulais pas vous alarmer. Demandez à votre chevalier de poser son arme. Je ne ferais jamais de mal à une aussi belle jouvencelle. Je me suis juste avancé pour vous demander votre nom.

— Quel besoin avez-vous de connaître son nom ? fulmina Jocelyne. Reculez, scélérat, ou je demande à notre garde de vous passer par l'épée !

Elle regarda Marie qui tremblait, livide.

— Partez, j'ai dit !

Michael comprit qu'il n'obtiendrait rien.

— Mes excuses, répéta-t-il à Marie.

Elle leva son menton délicat et fit la moue, les lèvres gonflées comme si elle avait été piquée par une abeille. Cela serra le cœur de Michael de la voir si bouleversée. Il brûlait de la consoler. Mais son chaperon ne lui laisserait pas cette chance.

Les lèvres de Marie s'écartèrent. Elle leva les yeux et regarda pour la première fois le sombre chevalier. Devant elle souriait le plus bel homme qu'elle avait jamais vu de sa vie. Des yeux magnifiques, du bleu le plus profond, pétillaient en la contemplant. Elle n'avait jamais vu non plus des cils aussi épais, aussi longs ou aussi noirs. Elle eut l'impression qu'une flèche lui perçait le cœur.

Elle était abasourdie, ne sachant que dire ni que faire, et elle ne put prononcer un mot, de toute manière, car Jocelyne l'entraînait. Elle jeta un coup d'œil en arrière au grand chevalier. Ses cheveux étaient aussi noirs que ceux de son frère Roy. Non, que ceux de Théa. Mais au lieu d'être bouclés, ils ondulaient doucement et appelaient sa main.

— Je vous demande pardon, jeune dame, pour la frayeur que je vous ai causée, reprit Michael d'une voix douce et profonde.

Marie rougit jusqu'à la racine des cheveux.

— Je vais bien, dit-elle en posant une main sur le bras de sire Louis, qui abaissa son épée. Vous m'avez surprise.

— Assez de ces sottises ! s'écria Jocelyne en se plaçant entre eux. Nous rentrons à la maison. Venez, messire Louis.

Marie ne protesta pas, mais à la porte du marché elle regarda de nouveau en arrière et vit que le chevalier lui souriait toujours. Son regard intense la parcourut d'un frisson. Qui était-il ? Elle avait été bousculée par Jocelyne avant de pouvoir le découvrir.

Avait-elle jamais rencontré un homme comme lui ? Non, jamais, et avoir été écartée de lui comme une enfant par sa nourrice la froissait. N'était-elle pas assez âgée pour être à la cour ? N'était-elle pas ici pour trouver un mari ? Si !

Au marché à la viande, Marie recouvra ses esprits et s'arrêta pour demander à Jocelyne d'acheter trois gros poulets et une saucisse.

— Quel besoin avons-nous d'acheter de la viande ? se rebiffa la vieille femme. La cuisinière s'en occupe.

— Parce que j'ai envie de manger du poulet, rétorqua Marie avec pétulance. Ne sois pas fatigante et va les chercher, Jocelyne. Sire Louis et moi t'attendrons ici.

— Assurez-vous de bien garder ma petite, marmonna Jocelyne en s'éloignant.

Marie se tourna vers sire Louis.

— Avez-vous reconnu ce chevalier qui m'a parlé ?

— Non, ma dame. Je ne le connais point.

— Messire Louis, je veux savoir qui il est. Il ne m'a pas effrayée. C'est juste qu'il est arrivé derrière moi, et vous savez combien je suis nerveuse quand quelqu'un fait cela.

— Oui, ma dame.

— Trouvez son nom et d'où il vient. Je vais attendre Jocelyne et nous rentrerons directement à la maison. Ce n'est qu'à trois rues d'ici. Nous ne risquerons rien.

— Etes-vous sûre, ma dame ?

— Oui, messire Louis. Je dois savoir qui il est.

Durant tout le trajet de retour, Jocelyne gronda Marie. Sa tirade atteignit son apogée lorsqu'elles arrivèrent chez elles.

— Là, là, là ! Jocelyne, quand cesseras-tu de me traiter comme un bébé ?

Marie jeta son panier et se mit les mains sur les oreilles. La nourrice exaspérée fondit en larmes.

— C'est vous qui avez hurlé comme si on vous attaquait, et ensuite vous envoyez votre seul garde acheter un coupon de tissu ! Je vais demander à votre père de vous renvoyer à Landais. Vous n'êtes pas faite pour la ville ou la vie à la cour.

— Le plus tôt sera le mieux ! déclara Marie.

Elle s'enfuit en courant dans le jardin pour échapper aux jérémiades de la vieille femme, et pour compter les minutes jusqu'à ce que son garde revienne avec l'information qu'elle voulait.

Sire Louis revint au milieu de l'après-midi. Marie se jeta sur lui, frémissante de curiosité.

— Qu'avez-vous découvert, Louis ?

Le jeune homme parcourut le jardin des yeux pour s'assurer que Jocelyne n'était pas dans les parages.

— Son nom est sire Michael de Lozere, ma dame.

— Je ne connais pas ce nom.

Marie fronça les sourcils, souhaitant que le chevalier soit le plus valeureux et le plus audacieux de tous.

— Oui, ma dame. Je l'ai suivi au palais et suis certain de son identité. Et comme j'ai vu dans vos yeux un éclat que je n'avais jamais vu auparavant, j'ai essayé de découvrir tout ce qu'il y a à savoir sur lui.

— Dites-moi. Ne me faites pas attendre.

— Il est le vassal d'un duc saxon de grand renom. Son suzerain est Roderick d'Emory. C'est le duc d'Emory que sire Merrault a défait quand il est devenu champion.

— Oui, mais cela remonte à des siècles. Quoi d'autre ?

— Ils viennent d'arriver de Saxe pour trouver des épouses.

— Vraiment ?

Les yeux de Marie se mirent à étinceler. Par le ciel ! Elle qui avait évité la cour comme si elle était infestée par la peste !

— Michael de Lozere a-t-il trouvé une épouse ?

— Plusieurs m'ont dit qu'il est plus intéressé par le fait de sonder le terrain. Il paraît que sire Michael est un débauché. Tout en douces paroles et effets de charme, bien que son suzerain soit d'une tout autre sorte. On parle beaucoup d'eux, ma dame. Le duc est considéré comme le meilleur parti à fréquenter la cour cette année. Son vassal Michael de Lozere le suit de fort près.

— A quoi ressemble le duc ?

— Il est aussi blond que les Saxons ont la réputation de l'être, dame Marie.

— Un blond ? Alors il ne m'intéresse pas.

Marie joignit les mains, tentant de paraître posée et détachée. *Comme c'est excitant !* se dit-elle. *J'irai à la cour ce soir et demanderai à papa de me présenter proprement.*

Marie arpentait la galerie, attendant impatiemment le retour de son père. Quand elle le vit, il arborait un sévère froncement de sourcils et paraissait fort mécontent.

— Jocelyne m'a dit qu'un homme t'a accostée au marché.

Troublée, Marie ne sut que dire, tout d'abord.

— Eh bien, vous savez comment je suis, papa, depuis le

jour où les Vikings m'ont fait la peur de ma vie. Je suis mal à l'aise quand quelqu'un m'approche par-derrière. Je suis sûre que cet homme ne me voulait pas de mal. Il a été choqué par l'assaut que Jocelyne lui a donné, et par l'épée de sire Louis pointée sur son cœur.

— On m'a tout narré, déclara sire Roger d'un ton sec, irrité d'avoir emmené la peureuse Marie avec lui. Tu n'es pas à la hauteur du devoir que j'envisageais pour toi à la cour, Marie.

— Mais, papa..., bredouilla-t-elle.

— Non, ne montre pas ton courage en essayant de discuter avec moi. Tu t'accroches aux jupes de ta mère pire qu'un bébé de cinq ans. Je te renvoie à la maison demain.

— Mais, papa !

Marie perdit toute couleur. Ce n'était pas du tout ce qu'elle souhaitait.

— J'ai pris ma décision, ma fille. A présent, tais-toi.

— Mais, papa... Je..., gémit-elle d'un ton aussi plaintif que celui de Marguerite.

— Silence ! tonna sire Roger.

Marie serra les mâchoires. Son père la regardait d'un air sévère, de la plus effrayante des manières. Il était en colère contre elle, et contrarié. L'incident du marché lui prouvait qu'il avait eu tort d'amener Marie à Aix-la-Chapelle. Elle n'était pas assez robuste pour affronter la vie à la cour. Et il avait d'autres soucis que de s'occuper des sottes frayeurs de sa fille, qu'elle aurait dû dépasser depuis longtemps.

Il ne passerait pas non plus ses soirées à cajoler une jouvencelle récalcitrante pour qu'elle montre une étincelle de courage. Pour aggraver les choses, Lothaire avait sommé Roderick d'Emory de choisir une épouse parmi ses trois filles non mariées. L'offre de l'empereur avait été abruptement déclinée. Le duc d'Emory ne voulait d'aucune alliance qui le lierait de quelque forme que ce soit au sire de Bellamy. En privé, sire Roger n'en éprouvait nulle animosité. Il se sentait aussi insulté par les exigences de Lothaire que l'était le Saxon.

Observateur, sire Roger avait noté que le Faucon d'Emory n'accordait d'intérêt qu'à des femmes aussi blondes que lui. Vu ce que la brune Anne lui avait fait, on pouvait le lui pardonner. Mais plus il renouait connaissance avec le duc, plus sire Roger l'appréciait.

Marie essaya de nouveau de parler à son père.

— Papa…

— Marie, tu me déçois. Une Bellamy ne se laisse pas intimider. Va dans ta chambre et emballe tes affaires. Tu rentreras à la maison, où est ta place, demain à la première heure.

Ces mots durs firent s'enfuir la jeune fille, en pleurs. Roger savait qu'il manquait de patience, et regretta que Lilla ne soit pas venue avec lui pour s'occuper de Marie. Jocelyne choyait trop cette dernière, alors que sa femme ne tolérait pas les bouderies et les humeurs.

De ses quatre filles, la seule qu'il comprenait vraiment était Théa. Elle ne recourait pas aux larmes à la moindre gronderie, et ne boudait pas pendant des jours. Alors que Marguerite, Andrée et Marie se réfugiaient dans les jupes de leur mère ou de leur nourrice dès qu'il élevait la voix, Théa lui tenait tête, au risque d'être punie. Elle ne le craignait pas, et pour cela il la respectait.

Le lendemain matin, de bonne heure, les coffres de Marie furent chargés sur un cheval de bât. Elle se mit en selle, ainsi que Jocelyne et son garde, et vingt hommes d'armes du régiment de Bellamy l'escortèrent vers Landais pour la rendre à sa mère. Elle pleura et se lamenta, mais sire Roger poussa un soupir de soulagement de la voir partie.

Chapitre 18

Au palais, sire Roger trouva l'empereur de fort méchante humeur, avachi devant la maquette d'une forteresse de la frontière lombarde qui lui avait coûté une fortune. Il avait demandé à Roderick d'Emory de lui donner son avis sur les capacités de défense de ce château, et le Faucon en énumérait impitoyablement toutes les faiblesses.

— Les quatre tours sont trop hautes pour que même le plus fort des archers soit efficace, dit-il en achevant sa liste. Mais cette arme pourrait être utile.

Il produisit une arme que ni l'empereur ni le sire de Bellamy n'avaient jamais vue.

— C'est une arbalète, une copie que j'ai fait faire d'un modèle suisse. Elle défie tous nos arcs, même les meilleurs.

Pour prouver ses dires, Roderick demanda que toutes les portes soient ouvertes entre la salle à manger et le mur extérieur du palais, et que tout le monde se mette sur le côté. Puis il appuya l'étrange dispositif contre son épaule, visa et actionna un mécanisme qui expédia la flèche à travers six pièces d'affilée. Elle se ficha dans un mur avec un bruit de tonnerre.

L'empereur et sire Roger en restèrent ébahis.

— Les flèches peuvent transpercer n'importe quel haubert, poursuivit Roderick. Un homme bien placé peut tuer des centaines d'adversaires. Et comme arme de chasse, elle est incomparable.

— Montrez-moi cela, dit Lothaire.

Le Saxon lui tendit l'arbalète, qu'il examina avec soin.

— Je veux voir une démonstration de cet engin. Bellamy, vous avez des bois très giboyeux près de chez vous, non ?

— Oui, le gibier est très abondant.

— Je déclare que nous allons partir pour la campagne. Je veux l'opinion du Faucon sur les fortifications que j'ai fait édifier en aval de votre domaine.

— Voir l'Auvergne ne m'intéresse pas, dit Roderick. Les défenses du sud de la France ne sont pas adaptées aux pays du Nord.

— L'empereur se réfère aux possessions de ma femme en Picardie, précisa sire Roger. C'est là que nous résidons. La chasse est superbe.

— J'ignorais que vous habitiez si haut dans le Nord, déclara Roderick, surpris.

— Ma femme n'a jamais voulu quitter le domaine de son enfance, et elle le préfère à la vie agitée de la cour.

— La Picardie…, répéta Roderick, pensif.

— Nous y allons, Roderick, dit Lothaire. Et pendant que vous serez là-bas, vous regarderez de près les trois filles à marier de mon chancelier. Je ne voudrais pas être accusé d'interférer, mais si vous choisissez la plus âgée des trois, j'ajouterai dix mille couronnes d'or et le duché de Lorraine à sa dot.

— Sire, je ne suis pas pauvre ! protesta sire Roger.

— Seulement réticent à vous séparer de vos filles. Vous êtes le plus possessif des pères. Votre fille aînée avait près de vingt ans avant que vous approuviez son mariage avec Cavell. Quant à Roderick, il répugne à prendre une épouse dans une maison si étroitement liée à la mienne, et il a besoin d'une incitation. Réfléchissez, Roderick. Cet or vous serait utile. Et je doublerai la mise si vous concluez le mariage dans le mois.

— Votre Majesté, mes filles ne sont pas à vendre à l'encan, se rebiffa Bellamy avec raideur.

— Nul n'a dit qu'elles l'étaient, déclara l'empereur en riant. Et elles vous rapporteraient leur poids en diamants, si c'était le cas. Ne vous sentez pas insulté par ma proposition. C'est

Roderick que je veux amener à changer d'avis. Et pendant que nous serons là-bas, je souhaite expérimenter vos armes à Longervais.

Roderick fut forcé d'accepter.

Plus tard, en privé, alors qu'il partageait avec l'empereur un bain chaud alimenté par des sources thermales, Lothaire lui dit :

— Vous savez, Roderick, je pourrais vous ordonner d'épouser une des filles de Bellamy.

— Vous pouvez tout ordonner, sire. Mais j'ai cru comprendre que les filles de votre chancelier ne sont pas très aventureuses. Mon fief est loin, et nous ne nous rendrons pas souvent à la cour. Je ne souhaite guère m'encombrer d'une jouvencelle malheureuse accrochée aux jupes de sa mère.

— Vous pourriez vous permettre de rester en France un an ou deux en attendant que votre jeune épouse s'adapte au mariage. Personnellement, j'ai grand besoin de vous jusqu'à ce que ce traité de Verdun soit signé.

— Mes gens ont aussi besoin de moi, sire.

— Je sais, je sais. Mais je vous ai invité à vous baigner avec moi pour discuter d'une épouse. Une femme en vaut une autre.

— Dans ce cas, pourquoi favorisez-vous la plus âgée des filles à marier du sire de Bellamy ?

— J'ai mes raisons.

— Pourquoi n'est-elle pas à la cour ?

— Althéaline d'Auvergne n'est pas venue à la cour depuis plusieurs années. Ses sœurs non plus, d'ailleurs, à part celle que Bellamy a renvoyée chez elle ce matin. Ces filles ont probablement hérité du tempérament de leur mère, qui trouve ma cour exaspérante au mieux. Cela dit, dame Lilla est une très belle femme, qui préfère ne pas concourir pour les faveurs d'un roi ou de ses ministres.

— Sire Bellamy est fortuné, si je comprends bien.

— En effet. Et les femmes de la famille Bellamy ne se mêlent pas de politique, c'est pourquoi je souhaite que vous en épousiez une. Au moins, nous pourrons dormir sur nos deux oreilles, sans craindre qu'un complot soit ourdi dans notre dos.

En lui-même, Roderick se dit que les filles de sire Bellamy, aussi belles soient-elles, ne recevraient pas une once de son attention. Quel que soit le prix que Lothaire place sur leur tête.

— Sortons du bain, Roderick, dit l'empereur. Je veux vous faire rencontrer quelqu'un.

Il sortit de l'eau et attrapa un linge de Turquie pour se sécher.

— Pas une autre jouvencelle, j'espère, fit le Faucon en acceptant le linge que lui tendait un serviteur.

— Non, répondit Lothaire d'un ton de conspirateur. Je pense que vous trouverez Eric beaucoup plus captivant et digne d'intérêt que le sourire d'une donzelle.

Le coffre était arrivé en début d'après-midi. Théa n'en eut pas connaissance avant de rentrer de sa chevauchée.

— Andrée t'a envoyé un présent, chérie, lui annonça Lilla en ouvrant le couvercle.

A l'intérieur, il n'y avait pas moins de dix toilettes de la meilleure qualité.

— Comme c'est gentil à elle.

Théa s'agenouilla et toucha les vêtements. Les belles étoffes et les modèles étaient sans conteste ravissants, mais loin d'être aussi magnifiques que ceux offerts par Herewald le Marcheur.

— Elle va bientôt avoir son bébé et les grossesses changent définitivement la silhouette d'une femme, déclara Lilla. Andrée ne pourra plus porter aucune de ces cottes et aucun de ces bliauts.

Théa tint une cotte devant elle et se tourna vers le miroir ovale de sa mère.

— Tout ceci est beaucoup trop beau pour moi.

— Tu en auras besoin.

— Ce sont des toilettes de cour. Pourquoi en aurais-je besoin ? A-t-on eu des nouvelles de papa ?

— Ton père donne toujours de ses nouvelles.

Lilla frappa de ses ongles le bras de son fauteuil, se demandant ce qu'elle devait dire à Théa. La lettre de son époux était sur ses genoux. Sire Roger la prévenait qu'elles devaient se préparer à recevoir de la compagnie dans la semaine, et à célébrer un prompt mariage juste après. Sur l'ordre de Sa Majesté, précisait-il. Cela suffisait pour glacer le sang de sa femme.

— Il sera bientôt à la maison. A en juger par le ton de sa lettre, tu seras obligée d'aller à la cour que tu le veuilles ou non, Théa.

— Ooooh ! grogna Théa. Cela ne me plaira pas plus que cela n'a plu à Marie, maman.

Lilla nota l'expression sombre de sa fille.

— C'est un devoir. Défierais-tu ton père et l'empereur ?

— Non, je ferai ce que j'ai à faire, mais cela ne me dit rien du tout. Au moins, avec ces habits d'Andrée, il ne sera pas nécessaire de débourser de l'argent pour une garde-robe.

Sa mère lui sourit.

— Théa.

— Oui, maman ?

— Parle-moi de ce qui te tracasse.

Théa plia la cotte d'Andrée et la remit dans le coffre.

— Je ne peux pas. Il vaut mieux que j'oublie.

— Je ne pense pas que tu puisses le faire sans t'épancher. As-tu laissé derrière toi quelque chose sans quoi tu ne peux pas vivre ? Tu es le fantôme de toi-même.

— J'ai changé, maman, c'est tout.

— Cette histoire nous a tous fait changer. Mais ce n'est pas ce que je vois dans tes yeux. J'y lis une blessure, de la douleur et du chagrin.

— Le passé est le passé, maman.

— L'aimes-tu ?

— Qui ?

— L'homme dont tu portes l'enfant.

— Maman !

— Ma chérie, tu peux me prendre pour une sotte, mais il y a certaines choses qu'une femme de mon âge remarque. Tu as beau être mince, c'est évident.

Lilla n'avait jamais vu chez l'un de ses enfants un regard

aussi désespéré que celui de Théa en cet instant. C'était une confirmation suffisante, et une chose terrible pour la mère qu'elle était.

— Je vous en prie, n'insistez pas. Je ne puis en parler.

Ce fut tout ce que dit Théa. Puis elle tourna les talons et sortit dans le jardin, où le soleil et les fleurs pouvaient l'entourer.

Lilla se leva et poussa un profond soupir. Elle avait changé d'avis à propos de Théa. Quand son époux rentrerait, elle lui parlerait de leur deuxième fille.

Car Théa avait besoin d'un époux maintenant. Il fallait qu'elle prenne un nouveau départ dans la vie. Non pas que l'année passée puisse être effacée ou oubliée. Lilla savait que Théa n'y parviendrait jamais. Mais sa cadette ne pouvait rester seulement une fille aimante et une sœur dévouée.

Ce que Théa ne voulait pas dire était ce que sa mère redoutait le plus. D'une certaine manière, durant sa captivité, elle s'était éprise du Viking. Aussi impossible que cela paraisse, Lilla en voyait trop de signes.

Ce qui était nécessaire à sa fille maintenant était un époux assez fort pour effacer toute trace de son ravisseur de son esprit. Même si elle détestait l'idée du mariage, cela l'occuperait, emplirait ses journées et lui donnerait de nouveau un but dans la vie.

Théa ne connaîtrait peut-être plus jamais l'amour. Mais Lilla savait qu'elle était obéissante. Si son père lui proposait un homme de son choix, un homme qui l'accepterait dans son état, portant l'enfant d'un autre, elle se marierait pour satisfaire les souhaits de sire Roger.

Ayant cela à l'esprit, Lilla déroula de nouveau la missive de son mari.

« Ma très chère Lilla,

» Nous avons l'ordre d'unir notre maison à celle d'Emory. J'ai décidé que Marie serait l'épouse convenable du fait de sa nature docile. L'empereur m'accompagne à Landais. Nous arriverons dans moins de quinze jours. Assurez-vous que tous les préparatifs soient faits et Marie avertie. Le mariage suivra notre arrivée.

» Par ordre de Sa Majesté, Roger. »

Lilla avait ses propres idées sur la question. Elle brûla la lettre, puis elle se leva, drapa un châle sur ses épaules et descendit rassembler ses serviteurs.

Par un après-midi ensoleillé, une semaine plus tard, Marie vit Théa qui traversait l'allée sur sa monture. Elle laissa tomber sa broderie et se rua dans l'escalier de la cour en agitant la main. Aussitôt, Théa tira sur la bride du grand hongre rouan.

— Où vas-tu, Théa ?

— Dans la forêt, cueillir des champignons pour les sauces. Veux-tu venir ? C'est une belle journée.

Marie toucha les rubans qui ornaient les harnais du cheval.

— Tu passes beaucoup de temps à chevaucher, dit-elle avec une pointe de reproche.

— Et toi, tu passes trop de temps à l'intérieur. Viens, monte derrière moi. Ce sera comme avant, offrit Théa.

— Cela ne te ferait rien ?

— Bien sûr que non, sotte que tu es. J'adorerais que tu viennes avec moi.

Marie hésita, observant Théa qui maniait habilement le hongre rétif. Ce n'était pas Victorieux, mais Victorieux était unique.

— Je préfère pas.

Théa accepta le refus de sa sœur sans protester. Elle ne fustigea pas Marie pour son manque de courage, ni ne céda au regard craintif de sa sœur qui l'implorait de rester.

— Bon. Je serai bientôt de retour.

— Nous pourrions jouer aux dames.

— J'aime mieux monter.

— Théa… Sois prudente.

— Bien sûr, Marie. Je rentrerai dans une heure environ.

Sur ces mots, Théa partit au galop, ses jupes volant autour de ses chevilles et de ses genoux.

La vieille Jocelyne sortit pour voir ce qui se passait entre ses filles.

— Elle s'en va encore, celle-ci ! maugréa-t-elle en fronçant les sourcils. Au moins, vous avez la sagesse de rester à la maison, vous.

Eprouvant de l'envie pour la hardiesse de sa sœur, Marie retourna dans la grand-salle où sa mère donnait des ordres à des serviteurs.

— Où est allée Théa, Marie ? demanda Lilla.

— Ramasser des champignons dans les bois.

— Tu aurais dû aller avec elle. La promenade t'aurait donné des couleurs.

— Théa préfère chevaucher seule, maman. Mais pourquoi la laissez-vous sortir sans escorte, alors que Marguerite et moi ne pouvons quitter le manoir sans une dizaine de gardes ?

— Théa a droit à ses privautés. Elle est plus âgée que Margot et toi.

— Est-ce parce qu'elle n'est plus vierge qu'elle peut aller et venir sans protection ?

— Marie, je ne veux pas que tu parles ainsi. Tu as raison, Théa aime chevaucher seule, et je respecte son besoin de solitude. Viens, maintenant, il y a du travail à faire.

— Attendons-nous du monde ? Vous avez mis les serviteurs sur le qui-vive, comme si vous vous prépariez à être assiégée par des hôtes.

— Ton père rentre bientôt.

— Papa n'est qu'une personne. Les cuisinières font à manger pour une armée.

— Il doit arriver avec tous ses hommes d'armes. Je préfère être prête.

— J'aimerais que vous me disiez ce qui se trame vraiment.

Lilla sourit et tapota le nez de sa fille.

— La curiosité est un vilain défaut, Marie. A présent,

cours au jardin et rapporte-moi un gros bouquet de fleurs pour éclairer cette salle.

C'étaient toutes les informations que Lilla voulait donner à Marie, à Margot ou à Théa.

Garth était presque un aussi bon cheval que Victorieux. Un peu plus vieux, il aimait à galoper. Théa le laissa filer à sa guise. Jocelyne eût été scandalisée de voir l'ourlet de ses jupes frôler ses genoux, mais elle avait toujours chevauché ainsi.

Elle dépassa le moulin et le ruisseau, puis quitta la route pavée et monta vers la crête qui dominait la forteresse de Longervais. Du sommet de la colline, les rénovations du château étaient impressionnantes. Quatre nouvelles tours avec des toits coniques se dressaient au-dessus des murailles massives. Un grand fossé avait été creusé au niveau des fondations, et était bordé par un monticule de terre. Cela rappela à Théa les plans de Roderick.

Un groupe d'hommes et de chevaux était rassemblé près de la rivière. La vue familière de soldats n'alarma pas Théa. Longervais était le siège du pouvoir dans la région. L'empereur y gardait une partie de son armée.

Elle arrêta Garth, leva une main pour se protéger les yeux et scruta la prairie vide, ainsi que le groupe d'hommes.

— Papa est ici ! s'exclama-t-elle en reconnaissant la bannière de son père. Et il y a aussi Roy et Jason !

Apercevoir ses frères l'emplit de joie. Elle ne les avait pas revus depuis son retour. Orientant le hongre vers les cavaliers, elle galopa à travers champ, son châle et ses jupes volant derrière elle.

Sire Roger la vit arriver et retint son cheval, agitant la main et criant. Théa répondit à son geste et enfonça les talons dans les flancs de Garth.

De son poste d'observation derrière le monticule de terre, Roderick vit le cheval qui chargeait témérairement à travers le terrain d'exercice, vidé pour les essais qu'ils s'apprêtaient à réaliser. Alarmé, plissant les paupières, il découvrit que le cavalier était une femme.

Sur les remparts de Longervais, un coup de tonnerre retentit dans le ciel sans nuages. Roderick fit volter sa monture et planta ses éperons dans ses flancs, sachant qu'il était le seul homme assez près pour éviter une tragédie. Mettant son cheval au grand galop, il fonça sur la cavalière.

Il traversa la prairie détrempée et intercepta le hongre. Tandis qu'il se jetait à bas de son propre cheval et faisait rouler la femme à terre, il la reconnut.

Il la couvrit de son corps alors que six boules de feu explosaient dans tous les coins du champ. Théa hurla lorsqu'elle heurta le sol. Elle hurla encore en entendant ce bruit de tonnerre. Du soufre et du feu pleuvaient tout autour d'elle. Son cheval hennit, terrifié, et s'enfuit.

La terre tremblait de secousses et de la fumée montait dans l'air. De la boue et de l'herbe enflammée volaient dans toutes les directions. Théa cacha son visage dans le torse de l'homme qui la protégeait. Des paquets de cendres et de soufre s'abattaient sur le dos de Roderick.

Ni l'un ni l'autre ne bougea jusqu'à ce que la terre cesse de se convulser.

— Sommes-nous morts ? murmura Théa en se cramponnant à l'homme, sans oser ouvrir les yeux.

Ses oreilles résonnaient encore du fracas qui s'était arrêté. Puis elle entrouvrit les paupières, regarda le visage noirci et maculé de boue au-dessus d'elle et s'exclama dans un souffle :

— Roderick !

— Par tous les diables, que faites-vous ici ? cria-t-il.

— Et vous ? rétorqua-t-elle.

— Théa ! Mon Dieu, Théa ! s'écria sire Roger.

La prairie s'emplit d'hommes qui pataugeaient dans la boue pour rejoindre l'endroit où Roderick aplatissait Théa sous lui. Les premiers à arriver furent son père et ses frères. Ils sautèrent à bas de leur monture tandis que Roderick essuyait la boue de son visage et basculait sur sa hanche.

— Mon Dieu, Emory ! Théa ! Vas-tu bien, ma chérie ?

Les oreilles résonnant encore, Théa n'entendit pas la question de son père. Mais elle eut assez de bon sens pour lâcher Roderick alors que sire Roger s'agenouillait près d'eux, les yeux emplis de larmes.

— Je pense que je suis seulement secouée, papa.

Elle poussa sur les épaules du Faucon pour le déloger. De la boue et des cendres tombèrent de sa tête sur elle.

— Votre père ? murmura Roderick en saxon.

— Oui. Levez-vous, je vous prie.

Il y avait quantité d'hommes pour aider Théa à se redresser. Dès que Roderick s'écarta d'elle, elle fut saisie par les bras de son père. Les deux fils du duc d'Auvergne, Roy et Jason, ainsi que Grégoire de Merrault et Hughes de Cavell, se tenaient prêts à prendre la relève si sire Roger flanchait.

Son père. Roderick déglutit. Michael de Lozere, le visage cendreux, lui tendit une main gantée et le mit debout.

— Cela a été sacrément près ! dit-il en brossant la boue et les cendres du dos de son suzerain.

Quelque peu remis de sa frayeur, sire Bellamy tonna.

— Théa, pour l'amour du ciel, que fais-tu ici ?

Pendant les moments tendus qui suivirent, Roderick s'écarta de la famille émue et s'épousseta, essayant de se composer une attitude. Ironiquement, une seule pensée lui venait à l'esprit : combien de minutes avait-il pour faire la paix avec Dieu ?

Les deux frères de Théa étaient encore plus ébranlés que leur père. Un certain temps passa avant que le calme revienne dans le champ. Enfin, sire Roger se ressaisit et se tourna vers Roderick.

— Messire, j'ai une dette envers vous. Vous avez risqué votre vie pour sauver ma fille. Allez-vous bien ? Je n'ai pas songé un instant à poster des gardes à ce bout de la prairie avant que nous fassions feu.

— Moi non plus, reconnut sombrement Roderick.

Il avait violemment tiré Théa à terre, et il s'inquiétait pour elle. Il prit sa main que tenait Roy et toucha son visage boueux, essuyant une tache.

— Pardonnez-moi de vous avoir si rudement arrachée à votre selle, ma dame.

— Es-tu sûre que tu vas bien ? s'enquit Roy qui l'avait prise dans ses bras.

— Je suis un peu ébranlée, c'est tout.

Théa remercia le ciel que cet accident excuse le tremblement de ses membres. Elle distinguait toujours à peine ce qui se disait et ne voulait pas regarder Roderick. Elle avait surtout envie de rester où elle était, dans l'étreinte protectrice de son frère aîné.

— Doux Jésus, Théa ! murmura ce dernier en enfouissant son visage dans ses cheveux noirs. Faut-il que nous ayons toujours à craindre pour ta vie ?

— Je vais bien, insista-t-elle.

— Et moi ? demanda le plus jeune des Bellamy d'un ton blessé.

Dès qu'il s'avança devant elle, Théa sourit bravement.

— Oh, Jason ! s'exclama-t-elle. Comme tu as changé !

Son petit frère n'était plus un jeune garçon mince et dégingandé. Il était plus grand qu'elle et avait les épaules musclées d'un homme. Elle ne pouvait en croire ses yeux.

— Tu ressembles à oncle Augustin !

Elle jeta ses bras autour du cou du jeune homme et l'embrassa en pleurant.

Roderick s'écarta un peu plus de cette touchante réunion de famille et se retrouva face à Grégoire de Merrault, qui le regardait d'un air furieux.

— Si vous avez fait le moindre mal à Théa en la tirant de sa selle, je vous tuerai, Emory ! lança-t-il d'un ton rageur.

Il s'agissait là d'un ennemi virulent, pensa Roderick.

— Pardon, répondit-il d'une voix douce et menaçante, mais je crois que je viens de sauver la vie de cette femme, Merrault. Si elle a été meurtrie par mes efforts, ce sera sûrement excusé par le fait qu'elle vit et respire.

— Il n'en reste pas moins que vous vous êtes couché sur elle et allongé entre ses cuisses ! Tenez-vous loin d'elle, Emory. J'ai l'intention de faire Théa mienne.

Sire Roger mit fin à leur altercation en poussant Théa vers eux.

— Votre Grâce, puis-je vous présenter ma fille Althéaline. Théa, voici le duc d'Emory, sire Roderick.

Nul ne sembla trouver étrange que Théa ne lève pas les yeux vers le visage du Saxon. Mais elle avait rougi violemment.

— Qu'est-ce qui t'a pris de chevaucher seule ? demanda alors son père en la saisissant par le menton, l'air sévère.

— C'était une journée paisible jusqu'à il y a un moment, répondit Théa. Qu'est-ce qui s'est abattu sur moi ? Que faites-vous ici, papa ?

— Nous testons les défenses de Longervais.

Sire Roger fronça les sourcils.

— Pourquoi es-tu sortie sans escorte ?

— Une escorte, papa ? Aucun cheval dans les écuries ne peut galoper aussi vite que Garth. Mais ne me grondez pas. Regardez : Roy est pâle comme un linge et Jason est complètement abattu. Avez-vous pensé que je pouvais être tuée par vos engins de guerre ?

— Tu aurais fort bien pu être estropiée. Fille sans cervelle !

Il se tourna vers un homme d'armes.

— Allez chercher son cheval, Matthieu. Si tu n'étais pas aussi blanche que du parchemin, ma fille, je te frapperais avec ma ceinture pour ta stupidité. Ne pouvais-tu voir que nous faisions des exercices ?

— Je n'ai aperçu que mes frères, que je n'avais pas vus depuis fort longtemps. Et si vous vous étiez d'abord arrêté chez nous pour nous prévenir, je serais allée ramasser des champignons d'un autre côté.

Là-dessus, Théa porta deux doigts à sa bouche et siffla fortement, puis jeta un coup d'œil en biais à Roderick. Il avait l'air solennel, et pensait que son père était bien sot de la laisser répondre de la sorte.

Garth revint en renâclant, toujours effrayé et furieux. Un

écuyer essaya de le prendre par la bride et il se cabra d'une façon menaçante.

— Attention, Matthieu ! Laissez-moi calmer mon cheval avant qu'il vous tue.

Elle flatta l'encolure de l'énorme bête, qui s'apaisa peu à peu, mais continua à rouler des yeux affolés. Roderick fit signe à Michael d'amener son cheval.

— Vous avez une fille bien téméraire, messire Bellamy, dit-il.

Sans préambule, il souleva Théa dans ses bras et la jucha sur le dos de sa propre monture. Puis il prit la bride des mains de Michael et la tendit à la jeune femme.

— Votre cheval est énervé, ma dame. Prenez le mien. C'est le moins que nous puissions faire.

— Jason, raccompagne ta sœur à la maison, ordonna sire Roger. Et, pour l'amour du ciel, dis à ta mère de garder Théa en sûreté !

Quand les deux jeunes gens s'éloignèrent, le sire de Bellamy poussa un soupir de soulagement et se tourna vers Roderick pour le remercier de nouveau.

— J'étais le plus près et savais ce qui se préparait, répondit modestement le Faucon.

— Néanmoins, je vous dois la vie de ma fille.

— Althéaline, murmura Roderick. Un prénom fort inhabituel.

— C'est le résultat d'une querelle entre ma femme et moi. Je voulais appeler notre fille Caroline, et elle préférait Althéa. Nous avons opté pour un compromis. Théa est ma deuxième fille. Elle aura dix-neuf ans à la prochaine Epiphanie.

— Est-elle fiancée ? ne put s'empêcher de demander Roderick, cherchant la confirmation des prétentions de Merrault.

Cela l'irritait grandement qu'ils s'opposent de nouveau à propos d'une femme. Et il savait au fond de son cœur qu'il tuerait le Franc avant de le laisser épouser Théa.

— Non. Des suggestions ont été faites, mais elles ont toutes été repoussées. Cela dit, vous trouverez Marie tout aussi charmante, et infiniment plus docile.

— Marie, répéta Roderick.

Il quêta le regard de Michael. L'expression de son vassal signifiait clairement : « Nous sommes gravement dans l'embarras. »

Chapitre 19

Théa ne put éviter les gronderies de Jocelyne. La vieille femme fut outrée en voyant son apparence. Jason confia sa sœur aux soins de la nourrice, heureux d'en avoir fini avec elle. Il brûlait de retourner à Longervais pour la suite des exercices dirigés par le Faucon. Pour lui, c'était presque comme une bataille.

— Que t'est-il arrivé ? s'exclama Marie quand elle vit l'état de sa sœur.

Théa ne lui répondit pas.

— Papa arrive avec un régiment de chevaliers de l'empereur, déclara-t-elle vivement. Je dois avertir maman.

Elle annonça la nouvelle à sa mère. Bien que le manoir de Landais soit très propre, elle ordonna de le nettoyer de nouveau, rapidement. La panique la saisit dans les cuisines, car elle n'y vit jamais assez de viande pour nourrir les soldats qui allaient venir.

Ils seraient là avant le coucher du soleil. Théa voulut se joindre au travail frénétique de la cuisinière et de ses aides, mais Lilla ne le lui permit pas. Elle demanda à Marie et à Marguerite de s'occuper des chambres, et envoya Théa prendre un bain et se changer.

— Mon Dieu, imagine que ce soit l'empereur ! lança cette dernière à Jocelyne qui trottait sur ses talons.

— Taratata ! On nous aurait prévenues !

— Qui sait ? Je n'ai pas vu Lothaire, mais cela lui ressemblerait assez d'être sur les remparts, tirant lui-même avec les arbalètes !

Théa grogna en atteignant la dernière marche. Elle avait mal au bas des reins, mais cette douleur l'inquiétait beaucoup moins que la présence de Roderick. Seigneur, qu'allait-elle faire ?

— Otez donc cette cotte boueuse ! la houspilla Jocelyne. Regardez-vous ! Je vais vous étrangler de mes propres mains si vous ne montrez pas plus de bon sens !

— Jocelyne, occupe-toi seulement de l'eau et va aider maman. Elle doit être hors d'elle. Je peux me dévêtir toute seule, je ne suis plus une enfant.

— Si vous voulez m'en convaincre, relevez donc vos cheveux. Il est grand temps que vous vous coiffiez comme il sied à une dame.

— Va et laisse-moi tranquille. Mes cheveux sont bien comme ils sont.

Roderick les aime comme cela, pensa-t-elle, mutine.

La nourrice grogna.

— Si tu veux vraiment me servir, dit Théa, apporte-moi un gobelet de cervoise. J'en aurai l'usage.

— Et où avez-vous pris cette habitude ? Une dame boit du vin, et seulement avec modération.

— Oh, Jocelyne, cesse de me dire ce que font les dames ! Dépêche-toi.

La vieille femme refusa de lui apporter cette boisson, mais une autre servante s'en chargea. La cervoise apaisa les nerfs de Théa. Elle se baigna rapidement et était presque habillée quand le bruit de nombreux cavaliers franchissant les portes annonça l'arrivée de son père.

— Es-tu prête, Théa ? Papa est là !

Marie entra, vêtue d'une magnifique cotte bleu foncé qui moulait ses formes du cou aux hanches. Elle portait par-dessus une cape de brocart blanc qui tombait de ses épaules, et qui était retenue par une broche d'opales flamboyantes.

— Presque, répondit Théa en se débattant avec sa propre cape. Je suis hideuse, dans cette couleur. Dieu, l'empereur !

— J'ai regardé depuis la galerie et ne l'ai pas vu. Il est peut-être resté chez sire Hughes.

— Ce serait une bénédiction.

Théa se signa. Elle aurait besoin de toute la grâce que le ciel pourrait lui envoyer pour survivre à cette soirée.

Marie choisit de ne pas lui dire que le chevalier Michael de Lozere était entré dans la cour juste derrière leur père. Elle préférait garder pour elle toute information sur l'homme qu'elle voulait. Ce soir, elle surveillerait ses sœurs d'un œil d'aigle. Et elle voulait être certaine d'être présentée la première au grand, brun et beau Saxon.

S'il n'était pas venu à Landais chercher une épouse, il allait découvrir qu'il en avait trouvé une.

— Si tu ne te presses pas, Marguerite va enrouler tous les hommes autour de son petit doigt. Nous n'aurons même pas un partenaire à la table, Théa.

— Je pense que je vais rester dans ma chambre. Cette cotte… Dis-moi, Marie, suis-je horrible ?

— Par le ciel, non ! Comment le pourrais-tu ? Tu es aussi belle que toujours. Je n'ai aucune chance, avec toi de retour.

— Je croyais que ton cœur était donné à Albert.

Marie ne confirma pas cette remarque.

— Y a-t-il quelqu'un d'autre ? demanda Théa. Tu as été fort discrète sur tes aventures à la cour.

— Je n'ai pas eu d'aventures ! déclara Marie en rosissant vivement. Mais j'ai vu quelqu'un qui m'a plu.

— Plus qu'Albert ?

— Oui, beaucoup plus !

— Et cet intéressant personnage est-il ici ?

— Eh bien…, fit Marie avec un sourire secret. Oui, il est ici.

— Dis-moi : à quoi ressemble-t-il ? Quel est son nom ? s'enquit Théa, prête à s'affoler si Marie s'était éprise de Roderick d'Emory.

— Il a les cheveux noirs et ondulés. Il est grand, avec un visage superbe. Je sais que c'est un chevalier qui a maintes fois prouvé son courage. Mais je n'ai pas appris que de bonnes choses sur lui : il a la réputation d'être un charmeur, et je suis sûre que c'est ma rencontre accidentelle avec lui qui a poussé papa à me renvoyer si subitement à la maison. Nous n'avons pas été présentés, mais nous le serons ce soir.

Le soulagement envahit Théa.

— Viens, descendons ensemble. En espérant que Marguerite ne nous a pas précédées. Que porte-t-elle ?

— Cette cotte rose qui lui donne l'air d'avoir dix-neuf ans. Je pourrais la lui arracher !

— Et moi en jaune. Nous formons un bouquet. Ne nous laissons pas butiner ! lança Théa en riant. Viens, je suis pressée de revoir Roy et Jason, ainsi que Grégoire. Je n'ai pas été aimable avec lui la semaine dernière, ni la fois d'avant, reconnut-elle.

Le sire de Merrault lui avait gracieusement accordé du temps, deux semaines, pour réfléchir à sa proposition. Elle ne l'accepterait pas, mais elle ne voulait pas non plus qu'ils demeurent fâchés.

— Si j'étais à ta place, observa Marie, je ferais un effort, ma sœur.

La journée avait été longue. Roderick s'était résigné à l'obligation d'accompagner le chancelier à Landais. Lothaire le lui avait ordonné, bien que lui-même n'ait pas souhaité effectuer le trajet supplémentaire.

Le Faucon avait fait tout ce qu'il avait pu pour éviter cela, plaidant une fatigue justifiée, mais en vain. Et il se retrouvait acculé à son sort, depuis l'instant effarant où il avait compris que *sa Théa* était la précieuse Althéaline du duc d'Auvergne.

Tandis qu'ils chevauchaient vers Landais, le sire de Bellamy était en possession du contrat de fiançailles signé par l'empereur, entre Roderick et sa troisième fille Marie. Lothaire avait insisté encore et encore en faveur d'Althéaline, mais sire Roger avait tenu bon contre lui. A ce moment-là, cela n'avait fait nulle différence pour Roderick.

Sot qu'il était.

Sa méfiance envers l'empereur et son chancelier s'était accrue de dix fois au cours de cet après-midi. Ce maudit Merrault n'arrangeait rien, et les révélations de la journée ajoutaient au malaise de Roderick. Sire Roger lui avait souvent jeté des coups d'œil spéculatifs. Son inquiétude avait augmenté. Que savait exactement le père de Théa ?

Ils arrivèrent enfin au manoir des Bellamy. D'une construction fort curieuse, c'était avant tout une maison d'habitation, pas un fortin. Cette maison était abritée derrière une courte muraille et déployait des ailes dans quatre directions. Une tourelle par-ci, une échauguette par-là, une colonnade au milieu, c'était une somme d'ajouts sans style cohérent. Pourtant, il s'en dégageait un charme étonnant.

Lorsqu'ils franchirent les portes, Roderick découvrit des jardins bien entretenus. Le parfum des roses flottait dans l'air estival. Harassé, le Saxon aspirait à un bain, un repas et un lit. Il pensait qu'avant que la soirée soit terminée, l'enfer se déclencherait.

En démontant, il jeta un regard prudent aux gardes de l'empereur qui l'entouraient constamment. Echapper aux cerbères de Lothaire ne serait pas aisé. Ce soir, ce serait impossible.

— Espérons que la cervoise de sire Roger sera puissante, dit Michael en souriant et en s'exprimant en saxon. Nous avons été prévenus que la chasse est bonne, par ici, non ?

— Oui, répondit Roderick d'un ton bref.

Il n'avait pas envie d'entrer dans la grand-salle du sire de Bellamy. Il était bien placé pour savoir que dame Althéaline d'Auvergne n'était pas docile. Et il se disait qu'il comprenait ce que Jean-Baptiste avait ressenti quand Salomé le tourmentait, ôtant un voile après l'autre. Il avait l'impression que son cou était fort vulnérable.

Comme Michael et Roderick s'occupèrent eux-mêmes de leurs chevaux, ils furent les derniers à pénétrer dans la grand-salle. Elle était plus grande que celle de Blackstone. Cette partie du manoir avait clairement été la villa d'un Romain important. Elle était ourlée de piliers de style corinthien qui supportaient un haut plafond voûté. Bien qu'un énorme candélabre soit chargé de bougies, la lumière était diffuse et l'endroit empli d'ombres.

Trois longues tables sur tréteaux étaient installées au-dessous de l'estrade. Une bonne odeur de nourriture emplissait l'air. Un essaim de serviteurs courait en tous sens, offrant des pintes de cervoise écumantes. Une servante aux joues roses, bien en chair, servit Roderick et Michael ; quand elle eut fini, elle regarda souvent derrière elle vers les deux beaux Saxons.

On ne prisait guère les cérémonies, chez le sire de Bellamy. Apparemment, le chancelier avait déjà invité ses hommes à manger et à boire. La plupart des gardes de Roderick en faisaient autant. Soudain, alors qu'il vidait son gobelet, il aperçut quelque chose qui retint son attention du côté de l'escalier. De sa main libre, il tapota l'épaule de Michael et lui indiqua la scène. Roy Bellamy tenait une femme dans ses bras et la faisait tournoyer. Puis il la remit par terre et l'embrassa.

— Sa femme ? suggéra Michael.

— Théa, parvint à dire Roderick, la cervoise bloquée dans sa gorge.

Michael plissa les paupières et ses sourcils noirs se rejoignirent.

— Nous devrions sortir discrètement pendant que nous le pouvons.

Roderick lui désigna les gardes postés derrière lui. Ils ne pourraient pas partir. Michael inclina la tête vers le groupe de femmes qui entouraient sire Roger.

— Il y a là la jouvencelle que j'ai rencontrée au marché, à Aix-la-Chapelle. C'est la Marie qui nous a échappé au bord de la Somme, celle que le sire de Bellamy voudrait vous voir épouser demain.

Roderick poussa un grognement.

Les femmes de la maison étaient de la même taille. Celle qui posait une main sur le bras du chancelier était d'âge moyen, et fort belle. Ses cheveux noirs flottaient librement sur ses épaules.

Quelques mèches grises sur ses tempes la distinguaient de ses filles. Sa ressemblance avec Théa était frappante.

Les deux autres étaient aussi charmantes. L'une avait un petit visage en forme de cœur aussi frais et innocent que possible. Elle portait une cotte rose assortie à la couleur de ses joues. La deuxième, vêtue de bleu, avait des tresses enroulées autour de sa tête comme une couronne. Aussi timide qu'une biche, elle restait près de sa mère et se tenait à l'écart de l'agitation qui entourait Théa.

La servante aux joues rondes revint servir Michael et Roderick et balança ses jupes devant eux.

— Nous sommes étrangers dans cette maison, gueuse, dit Roderick. Quels sont les noms des filles de sire Roger ?

— Théa, Marie et Marguerite. Ce sont des beautés, n'est-ce pas ?

— Oui, acquiesça Michael en souriant. Nous n'avions aucune idée que le sire de Bellamy avait des filles aussi ravissantes.

— Leur père est un bel homme, déclara la servante. Mais elles ressemblent à leur mère, dame Lilla. Je n'espérerais pas grand-chose si j'étais vous, sires chevaliers. Elles n'épouseront pas de simples vassaux.

— Impertinente ! répliqua Michael en riant.

Quand l'accorte Lolly se fut éloignée en faisant danser ses hanches, il remarqua :

— Cette maisonnée est intéressante. Les servantes sont presque aussi séduisantes que leurs maîtresses. Que faisons-nous maintenant, messire ?

— Souper pendant que nous le pouvons.

Roderick entraîna Michael vers une table bondée d'hommes d'armes. Elle était à l'ombre des piliers et offrait une relative sécurité.

— Nous sommes en grand danger, Faucon, déclara Michael.

Roderick ne cessait d'y penser depuis qu'il avait découvert l'identité de Théa. Elle lui avait donné sa parole de ne jamais lui causer de tort. Mais tiendrait-elle son serment quand elle découvrirait qu'il devait épouser sa sœur le lendemain ?

— Oui, le risque est élevé, confirma-t-il.

La famille prit place sur l'estrade, autour de sire Roger. Les admirateurs des jeunes filles se pressaient autour d'elles. Certains étaient assez intimes pour être invités à la haute table. Grégoire de Merrault fut installé à une place d'honneur, à la droite de Théa.

Roderick accepta ce moment d'anonymat, sachant que son hôte se souviendrait bien assez tôt de la raison de sa présence chez lui. En attendant, il brûla de colère en voyant la tête brune de Théa penchée vers celle de son rival, avec qui elle conversait fort sérieusement.

Le repas se poursuivit. Puis, soudain, Théa s'excusa et sortit discrètement alors qu'une troupe d'acrobates entrait pour distraire les convives. Roderick s'assura que nul autre que Michael ne puisse le voir lorsqu'il la suivit.

— Mon époux, nous devons parler en privé, dit Lilla juste après avoir permis à Théa de sortir.

— Nous avons des hôtes, protesta sire Roger.

— Roy peut s'en occuper. Venez dans le jardin, où je pourrai vous faire part de mes tracas.

Le sire de Bellamy céda à ce ton impérieux et suivit sa femme à l'extérieur, dans le jardin enclos sur lequel ouvrait l'atrium romain.

— Parlez, Lilla, dit-il quand ils furent seuls. Qu'y a-t-il ?

— En votre absence, Grégoire de Merrault est venu en visite. Il a demandé à Théa de l'épouser.

— C'est une excellente nouvelle, femme !

— Non. Elle l'a refusé il y a un instant. Il est parti de fort méchante humeur. Cela présage des ennuis. Mais une autre chose me trouble, messire : votre décision de marier Marie à ce seigneur saxon.

— Cela me trouble aussi. Mais il en sera ainsi. Margot est trop jeune.

— Théa ne l'est pas. A mon avis, elle est le seul choix.

— Théa ? Avez-vous perdu l'esprit, ma femme ?

Sire Roger la prit par le bras et l'entraîna derrière un pilier.

— Comment pouvez-vous suggérer une chose pareille ? Pour l'amour du ciel, Lilla, le duc serait en droit de la tuer quand il découvrirait qu'elle n'est pas vierge !

— Pas si nous lui disons la vérité. Et vous pourriez le dédommager.

— Ma dame, c'est vous qui m'avez informé que Théa refuserait tout époux. Ne vient-elle pas de repousser de Merrault ? Maintenant, vous changez d'avis. Lilla, renoncez à cette insanité et laissez-moi tranquille. J'ai eu suffisamment de mal à arranger ce mariage. Il aura lieu demain à midi à la chapelle de Longervais. Vous avez tout préparé et informé Marie.

— Non, je n'ai rien fait de tel. Et je ne donnerai pas mon consentement à cette union. Marie ne fera pas une bonne épouse pour ce géant blond et vous le savez parfaitement, Roger d'Auvergne.

— Votre consentement n'est pas nécessaire, femme.

— Vous m'avez saisie par surprise avec ce mariage saxon. Je ne puis le tolérer, Roger. Vous connaissez Marie : elle vivrait dans la terreur du duc. Je l'ai bien regardé, dans la grand-salle. Utilisez votre tête, mon mari.

— C'est ce que j'ai fait. Il n'acceptera pas des biens endommagés. Or c'est ce qu'est Théa, Lilla.

— Suggérez-vous que votre dieu de la guerre saxon est puceau, et si propre qu'il pourrait jeter la première pierre à n'importe qui ?

Sire Roger grinça des dents. L'expression obstinée de sa femme lui prouvait combien elle se montrerait intraitable. Et ils n'avaient pas le temps de discuter. Le fiancé était déjà là, escorté par vingt des meilleurs gardes de l'empereur. Il changea d'attitude et prit le menton de sa femme, le tenant fermement.

— Lilla, pourquoi nous quereller ? Entre Théa et vous, je n'ai pas eu les moyens de venger l'honneur de notre fille. Maintenant, je vous le demande, laissez-moi agir. Ne me tourmentez pas, ne me faites pas vous gronder. J'ai des devoirs à l'intérieur, le premier étant de présenter le duc à Marie. Venez, prenez mon bras et donnez-moi votre soutien. En temps voulu, nous trouverons un bon époux à Théa. Quelqu'un qui l'acceptera comme elle est. Maintenant, c'est le tour de Marie.

— Je ne puis vous soutenir dans cette affaire. En premier lieu, cet homme a des raisons de montrer de la sympathie envers Théa. Son fief n'a-t-il pas été ravagé par les Vikings ? Si vous étiez honnête avec le Saxon, vous verriez qu'il y a d'autres solutions. Et Théa, par ce qu'elle a vécu, serait capable de s'apitoyer sur ses pertes.

Sire Roger interrompit sa tirade d'un ton sec.

— Lilla ! Ce mariage est une affaire d'Etat. Lothaire veut attacher le duc d'Emory au sol franc. Laquelle de vos filles ne quittera pas vos jupes, femme ? Marie ! Ai-je besoin d'en dire plus ?

Dans l'ombre des ifs, Roderick tenait sa main plaquée sur la bouche de Théa pendant qu'il écoutait la discussion entre le sire de Bellamy et son épouse. Il était doublement content maintenant d'avoir suivi Théa dehors et de l'avoir surprise. Le baiser passionné qu'ils avaient échangé, plein de besoin et de désir, avait attisé son sang. Le sien aussi. Cela avait été une chose bien intrépide. A quel point, il ne l'aurait pas deviné avant qu'ils soient presque découverts par les parents de Théa.

Mais leur conversation l'avait éclairé. Fidèle à sa parole, Théa ne l'avait pas dénoncé. Ses parents blâmaient les Vikings de son enlèvement. Un certain soulagement l'envahit. Il fut de courte durée, jusqu'à ce que le couple des Bellamy retourne dans la grand-salle bruyante.

Théa lui mordit cruellement la main. Il la jeta sur son épaule et l'emporta au fond du jardin, loin des oreilles et des yeux indiscrets. Il pouvait dire au tremblement de son corps qui se débattait qu'elle était furieuse, prête à laisser jaillir son courroux.

Mais il était prévenu. Et, au moins, il pouvait dire qu'il comprenait le plan de Lothaire, maintenant. Les Francs voulaient donc le retenir chez eux en le liant par les lanières du tablier de Lilla de Landais ! Théa réussit à dégager une main et lui pinça méchamment l'estomac.

— Tenez-vous tranquille, Théa. Nous allons parler, ma dame.

— Maudit soyez-vous, Roderick d'Emory ! jura Théa, en lui assénant son poing dans le ventre. Vous allez épouser ma sœur !

— Je n'ai encore épousé personne.

Roderick la fit glisser le long de son corps et l'embrassa pour la rendre plus docile.

— Et je ne le ferai pas, si c'est le plan de l'empereur pour me garder attaché à ce pays quand le mien a beaucoup plus besoin de moi que la France. Calmez-vous et cessez de lutter contre moi. Quel rôle jouez-vous là-dedans ? Qu'avez-vous dit à votre père ?

— Scélérat !

Théa lui échappa et le souffleta violemment.

— Vous le méritez, goujat que vous êtes ! Vous méritez d'être passé par l'épée ! Vous méritez d'être pendu et écartelé ! Ecartez-vous de moi, Roderick d'Emory ! Je vous déteste !

Elle se libéra.

— Théa, si vous me fuyez, je vous pourchasserai !

— Vous êtes impossible ! s'écria-t-elle. Partez sur-le-champ !

— Je ne suis pas un couard, Théa.

Les yeux bleu saphir de Roderick plongèrent dans les siens, étincelants.

— Marie pourrait vous reconnaître.

— Elle ne m'a pas encore regardé.

— Epousez ma sœur, et vous serez un homme mort !

Théa saisit la poignée de sa dague sarrasine. Roderick jeta un coup d'œil à la lame et eut un sourire crispé.

— Je vois que vous vous êtes armée. Est-ce le même petit jouet dont vous vous êtes déjà servie ?

— Vous devriez savoir d'expérience que je le garde bien aiguisé pour trancher de la chair humaine !

Il la rendait si furieuse qu'elle aurait pu lui donner des coups de pied.

— Je vous arracherai le cœur si vous osez épouser ma sœur. Partez. Laissez-nous tranquilles.

Elle tourna les talons et s'enfuit vers la grand-salle. Roderick serra les mâchoires en la suivant. Leur discussion était loin d'être terminée.

Chapitre 20

Sire Roger Bellamy avait envie de cogner les unes contre les autres les têtes de toutes ses femmes. D'abord, son épouse l'avait pris à partie et ulcéré. Ensuite, Théa était revenue à sa table dans un tel courroux qu'elle en avait chassé Grégoire de Merrault pour la deuxième fois. Consterné, le chancelier impuissant avait regardé partir d'un pas raide le seul espoir de sa fille d'un avenir respectable.

Mais ce n'était pas tout.

Marie se conduisait d'une manière absolument déplorable. Elle battait stupidement des cils en regardant le vassal de son futur époux, ce débauché de Michael de Lozere. Son père devait faire appel à tout son contrôle pour ne pas l'empoigner par ses tresses et la secouer afin de la ramener à la raison.

Cet interminable souper s'acheva enfin et Lilla proposa qu'ils aillent marcher dans le jardin. Roderick s'avança pour être présenté aux dames et parut charmé par Théa, à qui il offrit son bras pour la promenade au milieu des roses.

Sire Roger fulmina, exaspéré par la réaction de sa fille. Une femme moins malléable qu'elle n'était pas encore née. Roderick dut pratiquement la traîner dans l'allée, et elle se comportait comme si elle allait tirer sa dague à tout moment et tailler le Saxon en pièces. Et le pire, c'était que le duc ne la quittait pas des yeux. Quel gâchis !

Ils revinrent dans la grand-salle et s'assirent à la table haute. La soirée se poursuivit, tendue, pendant que des ménestrels chantaient. Lilla ne cessait de donner des coups de coude à son époux, comme pour lui dire : « Je vous l'avais bien dit ! » Marie ne regarda pas une seule fois Roderick d'Emory. Elle n'avait d'yeux que pour Lozere. Tout cela était fort éprouvant.

Le chancelier ne pouvait croire à l'attention soutenue que le Saxon portait à Théa. A la cour, les femmes se jetaient à ses pieds et n'obtenaient pas un regard de lui. Plus Roderick entourait Théa de ses soins, plus les yeux de Grégoire de Merrault — qui était revenu entre-temps — devenaient noirs, et plus il buvait.

Finalement, les dames se retirèrent. Sire Roger fit servir une autre tournée de cervoise. Si le duc d'Emory éprouvait vraiment de l'intérêt pour Théa, c'était le moment de négocier, avant qu'une autre femme n'attire le regard du Faucon.

Sachant exactement ce qui allait venir, Roderick mit sa main sur sa chope, refusant d'être resservi. Cette cervoise était très forte. Il s'appuya à son dossier, attendant le premier geste de Bellamy.

— Vous n'en voulez plus ?

— C'est un breuvage très puissant.

— Comme je l'aime. Je m'en sers pour juger du caractère d'un homme.

— Alors resservez-moi, mais resservez-vous aussi.

— Vous êtes un malin, Emory.

— Je ne dirais pas cela.

Roderick compta les hommes à la table et vit combien il était désavantagé. Son hôte leva la main pour faire taire les musiciens, qui posèrent leurs instruments. Ses vassaux commencèrent à s'en aller. Bientôt, la grand-salle se vida tandis que les hommes assis à la haute table continuaient tranquillement à boire. Et puis il ne resta plus que sire Roger, ses deux fils, sire de Merrault, Michael et Roderick.

— Eh bien, vous n'avez rien à dire ? s'enquit le chancelier.

— Cela a été une soirée fort agréable, répondit Roderick.

Il attendit, sachant que dans une négociation le premier à mentionner ce qu'il convoitait était le perdant.

— Que pensez-vous des rénovations que l'empereur a fait faire à Longervais ?

— C'est le manoir le mieux fortifié que j'aie jamais vu.

— Un manoir ! s'exclama sire Roger, choqué.

— Oui, dit calmement Roderick. Il a été construit pour abriter une famille. Une famille puissante, entourée de nombreux hommes d'armes. Il tiendrait bien un siège. En cas de guerre, vous devriez y mettre les vôtres en sécurité.

— Il serait difficile de faire bouger Lilla d'ici. Elle se battrait bec et ongles pour défendre sa maison et ses enfants, ainsi que ses vieux parents.

— Vous êtes fortuné d'avoir une telle femme.

— Cela a ses avantages. Mais je mentirais si je disais que nous ne nous querellons pas. Ma dame est une forte femme.

— Une femme admirable, qui mène remarquablement bien sa maisonnée. J'ai été impressionné qu'elle puisse nourrir cinquante hommes arrivant sans prévenir.

Sire Roger gloussa.

— Elle avait été prévenue. Mais entre vous et moi, Faucon, j'aimerais savoir ce que vous allez dire à l'empereur maintenant que vous avez vu mes trois filles.

— Eh bien, je lui dirai sûrement que vous êtes un homme gâté par le sort, car vos filles ressemblent beaucoup à votre épouse.

Le chancelier joua avec sa chope, fixant durement ses yeux verts sur ceux de Roderick.

— Je n'ai pu faire autrement que de remarquer que vous vous êtes intéressé à une autre fille que celle sur laquelle nous nous étions entendus.

— Vraiment ? fit Roderick.

— Reconnaissez-le, messire. Vous trouvez Théa charmante.

— Etait-ce si évident ?

— Sacrebleu, Faucon ! C'est Marie que j'avais accepté de vous offrir avant que nous arrivions ici. Votre vassal vous l'a quasiment soufflée sous le nez et vous n'avez pas battu d'un cil. Vous n'avez pas détaché les yeux de Théa durant toute la soirée !

Le fracas d'une chope et d'un poing sur la table fit taire Roy et Jason, qui riaient de la frustration de leur père.

— Non !

Grégoire se leva, tirant son épée à deux tranchants.

— Vous ne donnerez pas la femme la plus parfaite de ce pays à ce rustre ! Je ne le tolérerai point !

Un grand silence suivit l'explosion du sire de Merrault. Roderick leva sa chope et la vida, ayant remporté la première manche sur le chancelier. Sire Roger se dressa à son tour, les yeux étincelants, et fixa le jeune homme.

— Théa est ma fille, messire de Merrault.

— Vous ne pouvez la donner à ce Saxon. Nous avions conclu un arrangement, il y a trois ans.

— Nous avions eu une discussion. Je vous avais dit que Théa était trop jeune.

— Trop jeune pour moi, mais pas trop jeune pour être enlevée par des Vikings ! Ces païens ! Ces scélérats ! Mais ils ne sont pas pires que ce Saxon qui se trouve à votre table, un loup invité à entrer dans le poulailler !

— Merrault !

Roy se leva et tira lui aussi son épée.

— Je ne resterai pas oisif pendant que vous souillez l'honneur de ma famille !

— Je n'insulte personne. Je dis la vérité, même si elle est dure à vos oreilles, jeune chevalier. Ne me tentez pas. Ce n'est pas votre sang que je désire goûter, mais celui de ce Saxon que je brûle de verser !

— Vous avez suffisamment fait couler mon sang une fois.

Roderick se leva. Il ne pouvait ignorer plus longtemps les attaques de Merrault.

— Une minute ! rugit sire Roger. Rien n'a été conclu, et il n'a même pas été établi que le Faucon veut Théa. Merrault, allez-vous boire à la santé de ma fille avec nous, ou faut-il que mes hommes vous chassent de chez moi ?

L'amertume emplit les yeux de Grégoire. Il ne pouvait défier le chancelier. La bouche grimaçante, il rengaina son glaive et sortit à grands pas.

— Par ma barbe, Emory, cet homme vous veut du mal ! s'exclama sire Roger.

Roderick rit doucement.

— Il a pourtant gagné notre dernier combat.

— Mais pas le respect de l'empereur.

Dans le silence qui suivit, le sire de Bellamy remplit de nouveau sa chope et celle de Roderick.

— Buvons ! A Théa !

Un serviteur apporta un autre pichet de cervoise et le posa devant son maître. Celui-ci remplit une nouvelle fois les chopes vides. Le jeune Jason s'affala sur la table.

— Enfant ! dit son père en riant. Mets-le au lit, Roy.

— C'est qu'il est lourd ! protesta Roy. Aidez-moi, Lozere.

Michael s'exécuta. Une fois qu'ils furent sortis, Roderick se rassit face au chancelier. Il n'y avait plus qu'eux.

Sire Roger hésita et s'éclaircit la gorge.

— Je voulais que les garçons s'en aillent. Ce que j'ai à vous dire est privé, d'homme à homme, Emory. Et je ne tolérerai pas que ce soit répété.

— Parlez, dit Roderick, préparé au pire.

— Cela me chagrine de vous voir vous fixer sur ma Théa.

— Un père a le droit d'avoir sa préférée.

— Ce n'est pas cela. Oui, Théa est ma préférée. C'est aussi celle de ma femme. Ses sœurs l'idolâtrent. Ses frères l'adorent. Toute cette maison tourne autour de Théa comme si elle était le cœur de notre famille. Il en est ainsi depuis qu'elle est née. Elle a été frappée par la foudre quand elle était toute petite. Cela nous a terrifiés. Depuis, elle a toujours été spéciale pour nous.

Roderick fronça les sourcils.

— Je l'ignorais.

— Humph. Je suis surpris que Lothaire ne vous ait pas raconté cette histoire.

— Non.

Roderick se rembrunit encore. Il était choqué par le peu qu'il savait de Théa, même après avoir vécu intimement avec elle durant neuf mois.

— Lothaire a simplement insisté sur le fait qu'elle est une fille obéissante et qu'elle fera une excellente épouse.

— Oh, oui. Ou au moins elle aurait pu l'être, autrefois.

Sire Roger contempla fixement sa cervoise.

— Je pourrais tuer de Merrault pour ce qu'il a crié tout à l'heure, devant tous.

— Il ne se contrôlait pas. Votre cervoise est redoutable, messire.

— Le problème, c'est que ce qu'il a dit est vrai. Je ne puis le nier, même si j'aimerais pouvoir le faire pour l'honneur de Théa. Je vous ai dit aujourd'hui que j'avais des raisons de la retenir. Théa a été enlevée il y a près d'un an par des Vikings. Elle vient juste de rentrer.

Le chancelier était si plongé dans son chagrin qu'il ne remarqua pas la réaction de Roderick, ou plutôt son absence de réaction, à ses mots.

— Je comprends que vous ne m'en ayez rien dit, comme je comprends votre perte. J'ai souffert moi-même, terriblement, du fait des Vikings. Toute ma famille a été assassinée, à part un cousin. Je les pleure encore.

— Oui, vous êtes un homme qui a connu la tragédie. Comme Théa. Je regrette profondément que Marie ne vous ait pas plu davantage. Elle est charmante, vraiment. Même Marguerite ferait une bonne épouse, à condition d'attendre un peu. Mais vous ne pouvez avoir Théa, messire.

Ces mots avaient été prononcés si doucement, avec tant de regrets, que cela les rendait d'autant plus douloureux.

La deuxième manche était pour le sire de Bellamy.

Roderick but, puis frappa la table de sa chope pendant un moment, pensif.

— A cause d'un précédent engagement avec de Merrault ? demanda-t-il.

— Non, Théa ne veut pas de lui. Je ne la pousserai pas à un mariage qui ne la rendra peut-être pas heureuse. Grégoire peut jurer de la chérir, mais son amertume habitera toujours son cœur. Il était ici la nuit où Théa a été enlevée, et il s'en veut de ne pas avoir fait davantage pour la sauver.

— Alors elle est libre d'accepter ma cour.

— Non, elle ne l'est pas.

Les yeux de sire Roger étincelèrent.

— Ecoutez-moi bien, Faucon d'Emory. Je ne puis garantir la virginité de ma fille. Pour être brutal, messire, elle est revenue depuis si peu de temps que j'ignore encore si elle ne porte pas un bâtard en son sein.

Roderick tressaillit, entendant l'amertume de ce père blessé. Levant la tête, il fixa un recoin sombre de la grand-salle. Son visage avait l'impassibilité du marbre.

— Messire Bellamy, écoutez-moi à votre tour. Je suis venu en France d'un pays dévasté, avec l'ordre de mon suzerain de prendre une épouse franque. Neuf personnes sur dix ont été massacrées à Emory. Nous n'avons plus d'enfants. L'empereur m'a montré un fils qu'il retient en otage contre moi pour s'assurer de mon obéissance. Si votre fille très aimée, Théa, porte un enfant en ce moment, je l'accepterai comme le mien. Je lui donnerai mon nom et lui éviterai le déshonneur de la bâtardise. Un homme comme moi a besoin de fils et de filles. A ces conditions, me donneriez-vous Théa ?

Les yeux de sire Roger se durcirent tandis qu'il fixait Roderick, essayant de sonder le Saxon qu'il avait devant lui. Ses paroles sonnaient vrai. Et, pour sa part, il désirait plus que tout protéger sa fille préférée par le mariage. Le fait de n'avoir pas su la protéger lui-même était en lui une blessure à vif. Toutefois, il ne pouvait supporter que sa Théa se marie aussi loin de Landais.

— Cherchez une autre maison, dit-il enfin. J'expliquerai à Lothaire que nous n'avons pu parvenir à un accord.

— Lothaire ordonne que je choisisse parmi la vôtre. Et puisque je dois le faire, vos plus jeunes filles ne me conviennent point. Je n'en prendrai pas une qui n'a d'yeux que pour un autre homme. La deuxième est trop jeune pour les tâches qu'elle aurait à affronter à Blackstone. Non, seule Théa correspond à mes besoins. Si je le dis à l'empereur, il vous commandera de conduire Théa à l'autel, demain.

— Comment osez-vous ? Vous énoncez cette menace parce que Lothaire vous a promis une récompense si vous la choisissiez.

— Non, l'or qu'il a offert n'a rien à voir là-dedans. Je sens en Théa une parenté qui me dit que nous nous entendrons bien. Il me faut une femme forte, dans ma maison. Les intrigues de Lothaire ne m'influencent point.

— Vous savez pourquoi il agit ainsi.

— Aussi bien que vous. Pour me garder ici. Mais je m'en irai en bateau avec ou sans sa permission.

— Et vous emmènerez Théa avec vous. Vous me forceriez à renoncer à elle, quand je vous ai dit tout ce qu'elle représente pour nous ?

Sire Roger abattit son poing sur la table. Par cette démonstration de force, il indiqua à Roderick la vraie nature de son objection.

— Seriez-vous si fortement opposé à ce mariage si j'acceptais de laisser cette décision à Théa ?

Le chancelier réagit comme s'il venait de recevoir un coup en pleine poitrine.

— Vous donneriez votre parole de ne pas l'obliger à quitter cette province ?

Roderick réfléchit à la question et soupesa sa réponse avec soin.

— Aussi longtemps qu'elle resterait protégée par sa famille et que tout enfant qu'elle porterait serait élevé avec tous les honneurs de sa position et de la mienne, je ne la forcerais pas à quitter cette maison pour venir chez moi. Je donne ma parole de la laisser décider de rester ou de partir avec moi.

Sire Roger essaya d'évaluer la profondeur de cette offre.

— Vous pensez la convaincre de vous aimer ?

Roderick écarta les mains.

— Qui peut répondre à cela ? Il semble que ce ne soit pas une question d'amour, mais une question de confiance. Si je ne puis la convaincre de me faire confiance, elle devra rester ici, dans la maison de sa mère. Comme vous l'avez dit, elle en a déjà été arrachée une fois.

— Mais vous êtes venu ici pour trouver une épouse.

— Et je pense que je l'ai trouvée, messire. Avec votre permission.

— C'est dit de manière éloquente. Supposez qu'elle refuse ? Vous avez vu un exemple de sa volonté, aujourd'hui.

— Oui. Et un exemple de la vôtre comme son père. Vous défiera-t-elle en refusant cette union ?

— Non, elle ne me défiera point, répondit sire Roger. Cela irait trop loin, même pour Théa.

— Peut-être n'avez-vous qu'à l'assurer que ce mariage serait dans son meilleur intérêt. Comme dans le mien. Je ne retiendrai pas contre elle la perte de sa virginité. De fait, je ne l'en chérirai que davantage.

— Alors vous, Roderick d'Emory, pouvez avoir ma fille Althéaline en mariage. Promptement, je vous prie.

Le chancelier se leva, brandit sa chope et s'écria :

— A Théa !

Ils burent tous les deux, posèrent bruyamment leur chope sur la table et se rassirent l'un en face de l'autre.

La troisième manche était pour Roderick.

Il joua un moment avec sa chope que sire Roger avait de nouveau remplie.

— Mon vassal Michael de Lozere m'a demandé de vous parler pour lui au sujet de votre autre fille, Marie.

Les trois filles étaient serrées dans le même lit, et pas une ne dormait.

— Maman va tuer papa, pour s'enivrer de la sorte, dit Marie en tirant la couverture à elle.

Coincée entre ses deux sœurs aînées, Marguerite pleurait.

— Je ne trouverai jamais un mari !

— Oh, tais-toi, petite sotte ! commanda Marie.

Théa souhaita qu'elles se taisent toutes les deux. Elle essayait de se rappeler si elle avait vu Roderick ivre. Non, jamais, et cependant les cris et le vacarme de deux seigneurs fort éméchés ne pouvait être nié. Elle reconnaissait leurs voix.

Juste ciel, d'après le volume de leurs rugissements, ils allaient bientôt se battre. Elle se leva et passa une robe de chambre sur sa chemise de nuit. Marie se redressa d'un bond.

— Où vas-tu ?

— Parler à maman.

— Je vais avec toi !

— Non, Marie. Tu restes ici. Je veux avoir un entretien privé avec notre mère.

Théa traversa la galerie sans regarder en bas, vers les deux hommes qui se comportaient d'une manière aussi grossière. Elle frappa à la porte de sa mère et entra.

— Dormez-vous ?

— Qui pourrait dormir, avec ce tintamarre ?

Lilla était assise près de la cheminée, une broderie à la main.

— Entre, chérie. Je t'attendais.

Théa s'agenouilla à côté du fauteuil.

— Ne pouvez-vous descendre et mettre fin à cette abomination ?

— Théa, tu sais que je ne le peux pas.

— Alors j'y vais, moi.

— Mon enfant, ton père te frapperait avec sa ceinture si tu lui faisais honte de cette façon.

— Ne couvre-t-il pas de honte un hôte de sa maison ?

— Ton père traitera honnêtement avec le Saxon, Théa. Quelques chopes de cervoise ne l'affecteront pas.

— Il ne m'aimera jamais, maman.

— Ton père t'aime de tout son cœur.

— Ne faites pas semblant de ne pas comprendre.

— Théa, il te faut un mari. Tu as besoin de quelqu'un à aimer, qui te traitera aimablement. Ce que j'ai vu ce soir était un spectacle rare, vraiment. N'aie pas peur.

— Pensez-vous qu'ils vont se mettre d'accord ?

— Ils le sont déjà. Ah, voilà les pichets lancés contre les murs.

— Ils vont se battre.

— S'ils le font, ils tomberont ivres morts tout de suite après.

Théa posa la tête sur les genoux de sa mère. Lilla caressa ses boucles d'un geste apaisant. Elles attendirent. Théa était presque endormie quand la porte de la chambre s'ouvrit violemment.

— Où est ma gueuse ? cria sire Roger.

— Papa !

Théa bondit sur ses pieds, choquée.

— Que fais-tu ici ?

Le chancelier considéra sa femme et sa fille en clignant des paupières.

— Tu attends des nouvelles, n'est-ce pas ? Va te coucher, ma fille. Ta mère et moi avons à parler entre nous. D'ici là, cela ne te concerne pas.

— Je veux rester pour entendre votre discussion.

— Ah !

Sire Roger pivota et se débarrassa de son épée.

— Vous avez mal élevé celle-là, ma chère Lilla. Entendez-vous cette langue ?

— Théa, tu es en trop, dit Lilla. Va-t'en.

— Maman, je dois entendre par moi-même.

— Tu le feras en temps voulu. Maintenant, va te coucher.

— Allez, allez, allez ! fit son père en la chassant et en claquant la porte derrière elle.

— Un brave chevalier, qui terrorise les enfants ! persifla Lilla.

— Oh, soyez douce, ma mie. Je sens que je vais avoir une tête épouvantable, demain. Promettez-moi une maison aussi silencieuse qu'une église.

— J'accroîtrai votre misère en faisant claquer tous les plats, si vous ne me dites pas ce que vous avez fait de notre fille.

— De nos filles, mon aimée, de nos filles ! Elles seront mariées demain. C'est tout arrangé. J'ai seulement dû rappeler à ce diable de Saxon qu'il me reste encore une fille à marier.

— Roger d'Auvergne !

— Calmez-vous, femme. Il prend tout. Marie épousera son vassal Michael de Lozere et Théa l'épousera, lui. Il accepte la perte de sa virginité. S'il y a un enfant, il sera le bienvenu. Théa décidera si elle part avec lui en Saxe ou si elle reste ici. Que pensez-vous de cela ?

— Je pense que vous êtes trop ivre pour dire la vérité.

— Je ne suis pas ivre, et tous nos accords ont été portés par écrit.

— Si c'est de votre main, ce sera illisible.

— Faites-moi confiance, ma chère. Je n'ai pas perdu tous mes esprits. Mon secrétaire a tout consigné et nous avons mis notre sceau sur le parchemin. Les maisons d'Emory et de Bellamy sont alliées doublement. Qu'en dites-vous ?

— J'en dis qu'il est temps que vous dormiez, messire.

Lilla l'entraîna vers le lit.

— Pas sans un baiser d'abord.

Sire Roger attira sa femme à lui. Elle l'embrassa les yeux ouverts, voyant son regard trouble. Il ronflait avant qu'elle relève la tête. Elle hissa ses jambes sur le matelas et sourit.

— Avec votre permission, messire, je vais informer nos filles de ces nouvelles.

C'étaient de bonnes nouvelles, et néanmoins ses filles ne lui adressèrent aucun sourire heureux. Théa fondit en larmes, Marguerite se plaignit qu'elle mourrait vieille fille et Marie s'enfuit en courant, pleurant de joie. Lilla ne savait plus laquelle consoler d'abord.

Elle s'occupa de celle qui semblait la plus bouleversée,

Théa, et ne put comprendre ses balbutiements hystériques. Car tout ce que Théa disait était ce que Marie avait constamment répété durant l'année passée.

— Tout est ma faute. Je ne me pardonnerai jamais.

Chapitre 21

Marguerite étreignit Théa.

— Tu as l'air si angélique.

— Ce n'est pas l'impression que j'ai.

Sa toilette avait pourtant tout pour lui donner l'air d'un ange : la cotte et le bliaut, de soie de couleur crème, effleuraient légèrement son corps et flottaient jusqu'à ses pieds chaussés de pantoufles. Son visage était pâle et ses cheveux noirs, qu'elle ne portait jamais attachés ou couverts, étaient ramassés dans un filet couronné d'un cercle d'opales.

— Je suis affreuse.

— Non.

Jocelyne posa un manteau de soie rose sur ses épaules. Il donna un peu de couleur à ses joues. Une ceinture incrustée de perles fines ceignait les hanches de Théa et elle arborait un bijou qui venait de sa propre cassette, une précieuse broche en or sertie d'opales.

— Les mots ne peuvent décrire combien vous êtes belle, dit Jocelyne en chassant les larmes qui ne cessaient d'embuer ses yeux. Oh, ce n'est pas juste ! Vous venez juste de rentrer, et vous allez repartir.

Théa tapota les épaules de la vieille nourrice.

— Chut, Jocelyne. Nous n'avons pas le temps de nous apitoyer.

Jocelyne refusa de lâcher prise.

— Vous devriez avoir quelqu'un qui vous aime !

Théa soupira et jeta un regard implorant à Marguerite, qui haussa les épaules. Elle n'était pas plus capable de contenir les débordements de la vieille femme que Théa.

— Et quelle mouche a piqué Marie ? continua Jocelyne. Je ne l'ai jamais vue agir ainsi… Si directe, si intrépide !

Théa n'avança pas d'opinion. Elle lissa les tresses de Marguerite dans son dos, satisfaite des rubans avec lesquels elle les avait nattées.

— Je vais être si seule, sans Marie pour me tenir compagnie, se plaignit sa jeune sœur.

— Il n'est pas facile d'être la dernière, convint Théa.

Dame Lilla entra, royale. Comme Théa, elle avait retenu et voilé ses cheveux. Sa cotte était d'une couleur si rare qu'elle faisait briller ses yeux bleus tels des saphirs.

— Vous avez opéré des prodiges, Jocelyne !

Elle attira Marguerite devant elle et l'examina de la tête aux pieds.

— Tu es charmante, douce et innocente, ma chérie. Ne prends pas cet air solennel : ton jour viendra. Chaque chose en son temps.

Se tournant vers Théa, elle arrangea son manteau.

— Es-tu prête, Théa ?

Il n'y avait pas de réponse à cette question. Théa regarda ailleurs. Elle ne serait peut-être jamais prête. Toutefois, elle leva bravement le menton et afficha un petit sourire pour faire plaisir à sa mère.

— Finissons-en.

— Ce ne sont pas les mots que j'espérais entendre.

Lilla caressa la joue lisse de sa fille et la prit dans sa paume.

— C'est pour le mieux, chérie. Les intentions de ton père sont bonnes. Tu ne dois pas te sentir trahie par nous.

— Allons-y.

Théa savait que si elle laissait filtrer la moindre tendresse maintenant, tout son courage s'évaporerait. Ce qui l'irritait le plus était le méchant tour joué à sa famille. Que Roderick ait attiré l'innocente Marie dans ses machinations était plus qu'elle ne pouvait supporter. Pensait-il qu'il pouvait étouffer la vérité à jamais en liant Marie à son vassal ? Il se trompait. Elle s'assurerait qu'il regrette ce jour.

Jocelyne ôta son tablier et couvrit ses cheveux gris d'un modeste voile, puis les quatre femmes descendirent dans la grand-salle, où les hommes attendaient. Marie était descendue plus tôt, trop excitée pour attendre patiemment en haut que les autres soient prêtes.

Ils se rendraient en procession à la chapelle de Longervais, où les mariages auraient lieu. Théa regarda autour d'elle et ne vit ni Roderick, ni Michael. Dans la cour, la selle de Garth était ornée de fleurs d'été, et des jacinthes et des asters étaient entremêlés à la bride enrubannée de Théa. Près du hongre, la jument que Marie avait l'habitude de monter était également fleurie et décorée de rubans. Les deux jeunes femmes furent mises en selle par leur père et la brillante chevauchée commença.

Lorsqu'ils arrivèrent à Longervais, sire Cavell se tenait à côté de l'empereur Lothaire sous la nouvelle herse. Toute la maisonnée était là pour les accueillir. Dame Hélène attendait sur les marches du donjon. Elle enlaça tendrement Théa, qu'elle n'avait pas revue depuis son retour.

— Je ne me suis jamais pardonné cette fièvre, dit-elle.

— N'en parlons plus, ma dame, la rassura Théa. Ce qui est arrivé a été ma faute.

— Vous n'avez pas changé, hormis d'être plus belle que jamais, ma douce enfant. Venez, entrez. C'est un grand honneur qui nous est fait aujourd'hui.

Ils gagnèrent la chapelle, qui était pleine de vassaux et de serviteurs des deux maisons voisines. Roderick attendait avec le prêtre à la porte de la nef. Près de lui se tenait Michael. Théa remarqua l'expression de ce dernier. Il ne souriait pas, ni ne fronçait les sourcils, mais contemplait Marie d'un air fasciné.

Théa n'osa pas regarder Roderick. *Je le tuerai*, se jura-t-elle, se sentant nue sans sa dague sur sa hanche.

Le sire de Bellamy conduisit ses filles aux Saxons et resta entre eux jusqu'au moment où on lui demanda de renoncer à toute prétention sur elles. Il donna la main de Théa à Roderick. Marie s'avança avec empressement vers l'homme que son père lui avait si rapidement permis d'épouser.

Bien qu'elle soit double, la cérémonie de mariage parut fort brève à Théa. Puis ils assistèrent à la messe. Le festin de noces eut lieu dans les jardins de Longervais.

Anéantie, Théa se retrouva fêtée et embrassée par tous les gens présents, qui lui présentaient leurs vœux. Il y eut des danses et de la musique, les flûtes et les tambours résonnant à ses tempes. La nourriture et les boissons étaient abondantes et les plaisanteries paillardes ne manquèrent pas, faisant rougir Marie. Théa se retira mentalement de la fête, plus silencieuse qu'elle ne l'avait jamais été. L'empereur lui-même ne put lui arracher un sourire lorsqu'il la coiffa du diadème de Lorraine.

Avant la tombée du crépuscule, Garth et le grand destrier de Roderick furent amenés. Des hommes d'armes devaient les escorter dans la montagne, au relais de chasse de sire Roger. Une autre escorte se préparait à accompagner Michael et Marie jusqu'à un cottage prêté par sire Cavell et dame Hélène.

Le moment de quitter les réjouissances arriva trop vite. Théa se libéra de la foule et prit Marie à part.

— N'aie pas peur, ma sœur. Je veillerai toujours sur toi.

Marie eut un sourire rayonnant. Elle n'avait jamais paru plus heureuse.

— Je n'ai pas peur, Théa. C'est exactement ce que je veux.

Tandis qu'elle enlaçait Marie, Théa sentit la main de Roderick se resserrer sur son coude. Un avertissement de ne rien dire, de ne rien révéler ? Elle ne put que le deviner, car ils s'étaient à peine regardés. Lorsqu'elle se tourna vers Michael, son expression dut en dire long, car il se raidit et haussa un sourcil.

— Vous ne serez pas une belle-sœur envahissante, n'est-ce pas, dame Théa ?

— Ne me donnez pas de raisons de l'être, messire.

— Bonne chance à vous, Michael, dit Roderick en donnant

une tape dans le dos à son vassal, pour couvrir la tension de cet instant.

Puis il se tourna et saisit Théa dans ses bras.

— C'est assez de tout cela, je pense.

Il plaqua un baiser impudent sur sa bouche, et fut encouragé par les noceurs.

— Attendez un peu, Roderick d'Emory ! siffla Théa contre ses dents.

— Je ne puis attendre.

Roderick la hissa sur son cheval et monta prestement sur le sien, pendant que leurs gardes se mettaient en selle. Il ne voulait pas perdre un moment. Il frappa le flanc de Garth et donna l'allure, chargeant sur les portes. Entraînée aussi vivement, Théa n'offrit qu'un signe de main à sa famille avant de la perdre de vue.

L'expression de Roderick était aussi fermée que la sienne. Ils ne s'étaient pas parlé de la journée, à part quand ils avaient prononcé leurs vœux. Seule Marie avait totalement apprécié le mariage.

Ce matin-là, dans le cabinet de travail de son père, Théa s'était assise devant le secrétaire de sire Roger pour écouter la lecture de son contrat de mariage. Elle donnait à son mari des terres, des titres, de l'or et des bijoux. Puis venaient dix chevaliers, soixante-quinze vassaux, une centaine de serfs avec leurs femmes, leurs enfants, leurs animaux et leurs biens qui devaient être transportés en Saxe. Dix juments percheronnes et un étalon. Vingt vaches laitières et un taureau, des porcs et des truies, de la volaille à foison.

La liste des équipements de la maison emplirait deux fois tous les bateaux que Roderick possédait : des coffres, des tables, des lits, des draps, des épices, de la toile et des lainages, des linges turcs et des tapis tissés, des lampes, de la cire d'abeille et de la porcelaine de Limoges, des services en argent et des assiettes en or, des poteries de toute sorte, le tout envoyé à Emory.

Une bonne partie de la fortune de son père était transférée

au Faucon. Cinq bateaux des Bellamy seraient dépêchés dès que possible.

C'était fait. Roderick d'Emory avait reçu la riche dot qu'il était venu chercher en France.

Le relais de chasse était niché dans un vallon planté de grands et beaux ormes. Ses murs en colombage et son toit de chaume se fondaient dans le paysage. Des fougères poussaient jusqu'à ses abords, dansant dans la légère brise d'été. A l'intérieur, des lampes étaient allumées pour les accueillir.

Une fois dans la clairière, leur escorte tourna bride pour retourner à Longervais. Théa et Roderick devaient rester seuls. Dame Lilla avait dit à sa fille que des serviteurs avaient été envoyés pour préparer la maison, mais ils étaient déjà repartis, pour ne pas troubler l'intimité de la jeune mariée. La même chose avait été prévue pour Michael et Marie, dans un cottage à des lieues de là. Penser à sa sœur si outrageusement manipulée glaça de nouveau le sang de Théa.

Roderick démonta et attacha son étalon à un piquet. Avant qu'il puisse se tourner pour aider Théa, elle avait sauté à terre. Elle conduisit elle-même Garth à l'écurie et entreprit de lui ôter sa selle.

— Je vais le faire, Théa.

— Je n'ai pas besoin de votre aide, messire.

La selle était plus lourde que ce qu'elle aurait dû porter dans son état, mais elle était déterminée à se débrouiller seule, et la colère lui donnait la force nécessaire.

Roderick resta sur le côté, notant les coups d'œil meurtriers qu'elle lui lançait. C'était une Théa différente de celle qu'il avait l'habitude de voir. Différente, vraiment ?

La tête haute et le dos rigide, elle piétina la paille fraîche, ne se souciant pas de sa cotte qui traînait, et donna un seau d'avoine à sa monture.

— Occupez-vous de votre propre cheval, messire. Je ne suis plus votre servante.

— Théa.

Roderick s'avança pour l'intercepter. Il fallait qu'ils parlent, et le plus tôt serait le mieux.

— Ne me touchez pas !

La virulence de son ton tint Roderick à distance.

— Théa, nous…

— Je ne veux pas vous écouter ! cria-t-elle en mettant les mains sur ses oreilles. Vous avez ce que vous êtes venu chercher en France, une femme et une dot digne d'un roi ! Vous vous tiendrez à l'écart de moi. Et vous respecterez le marché conclu avec mon père. Je ne serai plus obligée de faire quoi que ce soit pour vous. Cette fois, vous êtes allé trop loin, Roderick d'Emory. Je ne vous pardonnerai jamais.

Avant qu'il puisse prononcer un mot, Théa lui tourna le dos et quitta l'écurie. Elle alla droit à la maison, ouvrit violemment la porte et la claqua derrière elle.

Le bruit ébranla la paix de l'endroit. Les oiseaux protestèrent. Puis le silence revint autour du relais.

Théa était heureuse que Roderick ne l'ait pas pressée à lui parler durant la journée. Elle était incapable de se montrer agréable. Et elle n'aurait pu supporter un instant de prétendre que tout allait bien. Ce n'était pas le cas.

Elle vit le bois préparé dans la cheminée, la nourriture et le vin posés sur la table. D'énormes bouquets de fleurs disposés dans de grands vases parfumaient l'air. Le relais avait été nettoyé et rendu aussi luxueux que possible, tel un nid. On avait veillé à leur confort dans les moindres détails.

Théa ôta son capuchon et se débarrassa de sa cape, qu'elle plia avec soin. Puis elle alluma le feu et s'assit dans un fauteuil devant la cheminée. Elle fixa les flammes. La journée avait passé dans un tourbillon. Maintenant, le temps s'arrêtait. Ses paroles mordantes, dans l'écurie, n'avaient été que le sommet de l'iceberg logé dans sa poitrine. S'obligeant à rester calme, elle agrippa les bras du fauteuil et attendit que Roderick arrive.

Il prit son temps. Aucun cheval n'avait jamais été aussi bien soigné. Théa se mit à arpenter la pièce, trop nerveuse pour manger ou rester tranquille. Quand la porte s'ouvrit, elle n'était pas prête. Elle pirouetta sur elle-même, son manteau balayant l'âtre. Roderick se tenait sur le seuil, les pieds écartés dans une posture arrogante.

La lumière des bougies dorait sa peau hâlée. Son visage arborait une expression dure et froide, celle qu'il devait avoir avant d'aller à la bataille. De fait, ils étaient en guerre. En entrant dans la maison, il avait envahi le domaine de Théa.

— Je suis à votre service, ma dame.

Il fit claquer ses talons et s'inclina, balayant le sol de sa coiffe ornée de plumes. Puis il se redressa et plongea les yeux dans ceux de sa femme. Il jeta sa coiffe à travers la pièce, avant d'en faire autant avec sa superbe cape. Ensuite, il s'approcha d'un pas lourd de la table bien mise, l'observa et se servit une chope de cervoise écumante. Il la vida, la reposa brusquement sur la table et alla s'asseoir dans le fauteuil devant la cheminée, allongeant ses jambes puissantes et croisant les chevilles. Avec un air de parfaite indifférence, il posa les mains au-dessous de sa ceinture, sur son ventre plat.

— Regardez-moi, Théa.

— Je vous regarde, maudit soyez-vous. Mais nous n'avons rien à nous dire.

— Au contraire, ma femme. D'abord, vous allez me dire pourquoi vous ne m'avez pas avoué qui vous étiez.

Il se leva et la domina de sa hauteur, se servant de sa haute taille comme d'une arme.

— Dame Althéaline de Limousin, princesse de l'ancien royaume de Landais, marquise de Guyenne, duchesse de Lorraine et des dix-sept provinces du duché d'Auvergne, fille du chancelier de l'empereur Lothaire. Aimée de sire Grégoire de Merrault, mon ennemi juré et adversaire détesté. Sœur adorée de sire Roy d'Auvergne, de Limousin et de Guyenne. Maîtresse de la forteresse de Blackstone, esclave du duc d'Emory. Par quel titre voulez-vous que je vous appelle ?

Théa avait tressailli à chacun de ses titres énumérés durement, et à cette dernière appellation méprisante.

— Est-ce que « gueuse » ne convient plus ? Je n'ai pas voulu que ceci arrive. Ce n'est pas moi qui nous ai mis dans cette situation, c'est vous.

— Vous niez avoir participé aux manigances de votre famille contre moi ?

— Je n'y suis pour rien. Le marché que vous avez conclu avec mon père fait plus que vous avantager, alors qu'il n'atténue en rien la blessure qui m'est portée.

— Vraiment, ma dame ? Supposez que je veuille une épouse, une véritable épouse, qui vive où je vis, qui aille où je vais ? Pour me chérir et me soutenir, comme cela a été mentionné dans nos vœux. *Pourquoi ne m'avez-vous pas dit qui vous étiez ?*

— Cela n'aurait fait aucune différence dans la façon dont vous m'avez traitée.

— Est-ce la raison pour laquelle vous m'engluez maintenant dans cette toile d'intrigues ?

— La seule intrigue que je connaisse est celle entre vous et votre vassal, Michael de Lozere. Craigniez-vous que Marie vous reconnaisse, Roderick ? Est-ce pour cela que vous avez agi ainsi ?

— Sacrebleu, Théa !

Il s'approcha d'elle, dangereux et menaçant.

— Si j'avais su votre nom, je me serais assuré que nos chemins ne se croisent plus jamais.

Théa frémit. La vérité brute faisait si mal qu'elle était surprise de ne pas saigner. Avait-elle gardé un petit espoir que ce mariage pourrait marcher ? Elle le perdit en voyant la froideur de ses yeux. Incapable de soutenir son regard, elle baissa les paupières et choisit ses mots avec soin.

— Alors nous sommes mal lotis, messire mon époux, lâcha-t-elle, le cœur lourd. Je vous laisse à votre souper et à vos libations.

Elle se détourna de lui et quitta la pièce principale pour la chambre située à l'étage, où un lit avait été préparé. Une chemise de nuit de soie était posée dessus. Théa se dévêtit, se lava et enfila la chemise avec des gestes mécaniques, étouffant la douleur qui faisait rage en elle.

Elle dut fournir un effort délibéré pour se mettre au lit et commander à son esprit de s'endormir. Sa dernière année, avec la rude discipline qu'elle s'était imposée, lui permit d'obtenir ce qu'elle voulait. Elle ne verserait pas de larmes inutiles sur cette journée, pas plus qu'elle n'en avait versé sur le passé.

Chapitre 22

La nourriture posée sur la table ne disait rien à Roderick, et il n'était pas tenté non plus par la forte cervoise dont il avait abusé la nuit précédente. Il sortit et se tint à la lisière de la forêt, apercevant le ciel clair à travers les arbres. Une myriade d'étoiles brillait au-dessus de lui, comme pour le bénir. Mais il ne se sentait pas béni.

Depuis son retour à la cour, ses moments de solitude avaient été rares. Mais les gardes toujours présents de Lothaire n'étaient plus là, à présent. Cette nuit et les deux à venir lui avaient été accordées par le manipulateur le plus redoutable de l'empereur — Bellamy.

Le Faucon se voyait condamné à jouer sans fin le même rôle. Maintenant que Lothaire avait solidement planté ses serres dans sa chair, il ne le lâcherait pas. Il avait l'ordre d'aller de forteresse en forteresse, pour améliorer les défenses de l'empereur, sans rentrer chez lui.

Se fustigeant d'avoir été le plus grand des sots, Roderick ne pouvait ni avancer, ni reculer. Comment pourrait-il jamais se fier à *dame Althéaline* ? Il avait perdu *sa Théa*. Le courroux bouillonnait en lui, lui dévorant le corps et l'âme. A quel point la femme qu'il avait été contraint d'épouser trempait-elle dans les roueries de Lothaire ? Cette femme qui porterait ses fils, cette femme qu'il en était venu à aimer comme il n'avait jamais aimé auparavant.

Pourquoi, par le ciel, ne pouvait-elle être juste ce qu'elle avait eu l'air d'être — une douce et simple jouvencelle ?

Sacrebleu, elle s'était servie de lui comme d'une harpe. Avec l'habileté d'une courtisane expérimentée, elle avait jeté l'appât et il l'avait gobé tout entier, se retrouvant à ses pieds, vulnérable.

Avec un grognement, Roderick regarda autour de lui et nota combien le relais de chasse était isolé. Au fond des bois, ils étaient seuls, sans personne pour les observer. Il ne s'était pas senti aussi libre depuis son arrivée à Aix-la-Chapelle, en juin.

Aujourd'hui, c'était le trois juillet. Le vent et la terre gémissaient comme chaque nuit. Les fourrés bruissaient des chasseurs nocturnes qui pourchassaient leur proie. Des oiseaux de nuit chantaient. Des chouettes volaient lourdement. Il avait à sa portée deux chevaux forts et rapides. Avec eux, il pourrait s'enfuir et rejoindre la Saxe. Dans la maison se trouvait une femme qu'il voulait aimer et emmener avec lui, mais il ne le pouvait pas.

Ce soir, il n'avait pas accordé à Théa la bataille qu'elle désirait. Le jour où il l'avait libérée, il lui avait fait confiance. Il n'avait craint que la douleur qu'elle causait à son cœur. La laisser partir avait été la chose la plus difficile qu'il avait jamais faite.

Il ne pouvait lui pardonner le mensonge qu'elle avait maintenu entre eux, et dont elle se servait maintenant comme d'une arme contre lui.

Lothaire s'était joué de lui. Il était prêt à parier son bras droit que l'empereur avait su depuis le début qui avait enlevé la fille de son chancelier.

— Que je sois maudit ! jura-t-il à voix haute. Je me suis comporté comme un sot !

Il se détourna et rentra dans la maison. Il couvrit le feu et souffla toutes les bougies. L'escalier qui conduisait à la chambre était étroit, et le plafond bas. Il se courba en posant les pieds sur le sol de planches.

C'était la retraite d'un chasseur. Aux murs étaient accrochés des trophées et des armes. Le lit bas, sous les chevrons, était assez large pour deux. Un édredon de duvet couvrait Théa. Il entendit son souffle régulier ; elle dormait.

Prenant garde aux poutres, Roderick ôta son justaucorps de velours, ses chausses et ses plus belles bottes saxonnes. L'eau de la cuvette était froide. Il s'aspergea le visage et le cou, se passa un linge sur le torse. Les cordes du lit grincèrent et craquèrent lorsqu'il se coucha. Le matelas de plumes s'enfonça sous son poids et Théa roula contre lui. Sa respiration ne changea pas quand il glissa un bras sous ses épaules.

Elle remua et se tourna, pressant son visage dans son torse. Cela ne faisait pas un mois qu'ils avaient fait l'amour — dans la cabine de son bateau qui avait jeté l'ancre à l'embouchure de la Somme. Une dernière nuit douce-amère, une nuit d'adieux, sans récriminations, sans paroles de désespoir ou de chagrin pour leur séparation du lendemain.

Une main de Théa reposait sur son torse, douce et légère. Une main de dame, pas accoutumée au travail. Elle n'avait plus ce parfum terrien, aussi puissant que celui des herbes qu'elle avait semées un peu partout dans Blackstone. Elle sentait l'eau de rose et les onguents précieux.

Une chemise de nuit de dame les séparait. Roderick saisit sa mâchoire et, levant son visage, l'embrassa pour la réveiller. Son désir pour elle n'avait pas diminué. Il était dévoré par un feu brûlant.

Impatiemment, ses doigts défirent les rubans de satin de sa chemise et se glissèrent sous la soie coûteuse pour trouver ses seins. Elle ne lui avait jamais été dérobée ainsi par un vêtement, même par les plus froides nuits d'hiver. Il perdit patience et lui arracha la chemise des épaules, percevant son exclamation étouffée. Puis il la dévêtit complètement.

— Vous pouvez jouer à la dame où vous voulez, sauf dans mon lit.

Ce fut tout ce qu'il dit avant de la clouer sous lui, la couvrant de son corps, sa bouche quêtant du réconfort, exigeant la seule vérité qui demeurait entre eux.

Le désir. Attisé comme un feu provoqué par la foudre, il les incendia et les ravagea. La passion et le besoin poussèrent Roderick à plonger en elle et à assouvir ses ardeurs jusqu'à ce que la lumière de l'aube emplisse le relais de chasse par les fenêtres ouvertes.

Roderick prit le visage de Théa dans sa paume et scruta ses yeux verts pour dénicher la vérité qui se cachait en elle.

La méfiance se dressait entre eux, empêchant les mots de se former.

— Avez-vous faim ? demanda Théa en pressant sa main contre sa joue.

— Je suis affamé, dit Roderick. Venez, nous allons rompre notre jeûne et parler.

Il la tira du lit et la mit sur ses pieds. Elle enfila une fine chemise de toile, rien de plus, et il se vêtit juste de ses chausses. Ils auraient le temps de s'habiller plus tard.

Théa lui prépara un bon repas, avec du pain, du fromage et des œufs. Roderick se laissa tenter par de la marmelade aux fruits d'été et du miel. Elle ne mangea presque rien, mais prit soin de cacher sa répulsion pour la première collation de la journée.

— Allez-vous retourner à la cour, Roderick ?

— Je le dois. C'est l'empereur qui le veut, pas moi.

— Avez-vous des nouvelles d'Emory ?

— Aucune qui me cause d'alarme.

Soudain, Théa soupira et leva les yeux vers les siens.

— Je ne puis vous pardonner d'avoir mêlé Marie à cela.

Roderick soutint son regard avec calme.

— Vous pouvez en blâmer votre père. Mais vous feriez mieux d'examiner vos propres motifs.

Il serra les mâchoires et se tourna vers la fenêtre. Dehors, les oiseaux gazouillaient.

— Nous allons ranger. Je vous ramènerai cet après-midi chez votre mère.

Théa se rendit compte qu'il était inutile de discuter, pas plus qu'elle n'avait pu discuter la veille avec son père. Elle avait cru à tort qu'elle serait libre de choisir son mari. Si elle lui avait tenu tête au moment de signer son contrat de mariage, il l'aurait frappée de sa ceinture. Et si elle était entrée dans son lit de noces en portant les traces de ce châtiment, son époux aurait sûrement décidé de tuer son père. Comme son père tuerait Roderick s'il savait que c'était l'homme qui l'avait enlevée.

Comment pouvait-elle marcher sur cette corde raide et survivre ?

Elle émietta un petit pain entre ses doigts.

— Aurai-je des nouvelles de vous, Roderick ? Viendrez-vous me voir à Landais ?

— Vous voulez continuer cette farce ? Si c'est votre désir, venez à Aix-la-Chapelle. Je dispose de chambres au palais.

Les yeux de Théa s'élargirent. Elle ne pouvait lui avouer sa grossesse maintenant. Qui savait quelle serait sa réaction ?

— Aller à la cour ? Avec tout le monde qui m'observera pour voir si mon ventre se gonfle d'un enfant, et qui chuchotera dans mon dos ? Comment pouvez-vous le suggérer ? Après la façon dont Anne d'Aix-la-Chapelle vous a trahi, comment pouvez-vous me demander cela ? Si vous n'avez pas de fierté, considérez la mienne. Non, je n'irai pas à la cour. Je resterai ici.

— Ce qui veut dire que vous ne souhaitez point prétendre qu'il y a un mariage entre nous ?

— Vous en avez accepté les termes. Je résiderai où je voudrai. Vous pouvez faire ce qui vous plaît à la cour de Lothaire. Prendre une maîtresse. Je m'occuperai de mes propres affaires.

— De vos affaires !

Roderick explosa, et se pencha par-dessus la table pour soulever Théa de son siège.

— Si vous voulez me cocufier, femme, vous entendrez parler de moi ! Le marché que j'ai conclu avec vous est honorable. Je ne vous laisse que le choix de votre résidence. Si vous me couvrez de honte, souillez mon nom ou me forcez à porter des cornes, ce choix vous sera retiré.

— Je ne parlais pas de prendre un amant, mais de pourvoir

à mes propres décisions. Si vous me menacez, Roderick, vous le regretterez. Car j'ai le pouvoir de vous rendre la vie infernale.

— Et moi, j'ai le pouvoir et le droit de vous infliger la ceinture de chasteté la plus étroite et la plus sûre jamais conçue. Y avez-vous songé, femme ? Jouez-vous de moi et vous regretterez le jour où vous êtes née. Ni votre père, ni votre maudit empereur ne pourront rien pour vous, car je suis votre époux. Vous allez venir avec moi à Aix-la-Chapelle.

— Non. Tout le monde pense que j'ai été enlevée par des Vikings. Les gens vont être assez choqués de voir que vous m'avez épousée, moi, quand tous savent que vous étiez venu pour Marie. Je n'irai pas à la cour.

— Alors rentrez à Blackstone. Informez votre famille que c'est votre décision. Je suis las des maudites manipulations de Lothaire et de votre retors de père. Si vous leur avez révélé une partie de l'histoire, vous auriez dû tout leur dire.

Théa élargit les yeux, incrédule.

— Je n'ai rien dit à personne !

— Ne me mentez pas, Théa. Depuis que je suis arrivé à la cour, on m'a pressé de m'allier à votre famille, alors qu'il en existe une douzaine d'autres qui m'eussent mieux convenu.

— Je n'y suis pour rien, rétorqua Théa. Vous ne seriez pas vivant aujourd'hui si j'avais dit la vérité à l'un des miens. Mon père vous aurait déjà tué.

— Par tous les diables, pourquoi ne m'avez-vous pas dit qui vous étiez ?

— Qui *je suis*, Roderick ! cria-t-elle aussi fort que lui, emplie de colère.

Il la secoua, faisant claquer ses dents. Puis, soudain, il contourna la table, l'attira à lui et l'enveloppa de ses bras, la serrant contre lui conscient qu'il ne pourrait jamais supporter de la laisser partir.

— Quelle différence cela aurait-il fait, Théa ? murmura-t-il d'un ton guttural, contre ses cheveux.

Il repensa à ce soir doré, au bord de la Somme, où elle lui

était apparue telle une nymphe des bois. Même si elle lui avait hurlé ses titres à la figure, il l'aurait quand même enlevée.

Théa posa un baiser sur la toison blonde de son torse.

— Aucune.

Elle était prête à admettre cette vérité, et lui aussi.

Il la tint à bout de bras et la contempla.

— Je ne regrette pas mes actions. Les choses ont été redressées, maintenant. Toute blessure causée à votre honneur est réparée.

— Que voulez-vous vraiment de moi, Roderick ?

— Ai-je besoin de le dire ?

— Oui.

Elle retint son souffle, priant qu'il lui dise juste une fois qu'il l'aimait. S'il le faisait, tout serait arrangé.

— Je veux que vous reveniez à Blackstone, Théa. Je ne voulais pas vous laisser partir, mais je vous avais donné ma parole. Je regrette cette faiblesse.

— Parce que vous avez tenu parole, j'ai mis ma confiance en vous.

Des larmes brillèrent dans les yeux de Théa, mais elle les retint. Elle n'avait jamais pleuré devant lui. Elle ne le ferait pas maintenant.

— Ne pouvez-vous me l'accorder de nouveau ?

— Cette fois, vous avez piégé ma sœur dans vos complots.

— Théa, le mariage de Michael et de Marie est un mariage d'amour. Dieu leur vienne en aide, mais c'est ce que c'est.

— Je ne crois pas à ces choses-là.

Par ces mots douloureux, Théa révéla toute sa désillusion.

Roderick lâcha ses épaules et s'écarta pour regarder la clairière par une fenêtre ouverte.

— Allez vous habiller, Théa. Il est temps que je vous ramène chez vous, avant que nous ne nous querellions plus vivement.

— Comme vous voudrez, messire.

Elle reprit un ton qui ne révélait rien de ses sentiments. C'était mieux ainsi.

La seule à ne pas être surprise par le retour du duc et de la duchesse d'Emory à Landais fut Lilla. Des paris avaient été faits parmi les serviteurs, comme quoi les jeunes époux ne quitteraient pas le relais de chasse avant d'avoir épuisé les provisions de trois jours. Et dans la famille Bellamy, on souhaitait désespérément que Théa ait trouvé l'amour dans son mariage, elle aussi.

L'expression de Théa et de Roderick mit fin à ces espoirs. Théa s'enfuit dans sa chambre dès qu'elle entra dans le manoir. Roderick se montra mal à l'aise et chercha aussitôt quelque chose à quoi s'occuper. Après avoir répondu aux questions de Lilla sur les accommodations du relais de chasse, il partit pour Longervais, continuer son inspection. Il passa la soirée enfermé avec sire Roger, discutant des fortifications et préparant son rapport pour l'empereur.

Théa descendit souper, plus silencieuse et plus solennelle qu'auparavant. Elle se retira de bonne heure, accompagnée par son mari. Le matin, Roderick se leva de bonne heure et s'en alla avant que les femmes ne descendent.

Pendant qu'elles rompaient leur jeûne dans l'atrium, Lilla considéra Théa avec une inquiétude grandissante.

— Veux-tu en parler, Théa, ou vas-tu continuer à tout garder en toi ?

— Il n'y a rien à dire, maman.

— Théa…

Il ne servait à rien d'essayer d'amadouer la jeune femme, Lilla s'en rendait compte. Le caractère intraitable de l'enfant qu'elle avait été s'était transformé en une formidable obstination. Toutefois, l'ambiance de la maison changea abruptement quand Michael et Marie rentrèrent avant midi.

C'était là le couple de jeunes mariés que tous souhaitaient voir. Les regards timides, la tendresse, leur fascination mutuelle. La joie que Lilla désirait tant voir se trouvait ouvertement dans le mariage de Marie, pour le plus grand bonheur de tous. La mère des deux jeunes mariées se consola avec l'idée qu'une des unions au moins était réussie.

Il y eut beaucoup à faire tout de suite après l'arrivée de Marie, car elle se rendait à la cour, avec plaisir cette fois. La nécessité de préparer et d'emballer ses affaires pour le départ du lendemain détourna l'attention de la misère de Théa. Par ailleurs, des serviteurs rassemblaient la dot des deux jeunes femmes, car ils avaient été informés que le premier des bateaux mis à disposition par sire Roger avait atteint la côte.

Avant que la garde de l'empereur et les chevaliers saxons ne partent pour Aix-la-Chapelle, les premiers chariots furent conduits à l'embouchure de la Somme.

Chapitre 23

Le mois de juillet passa, chaud et beau. Théa se promenait dans les jardins le matin et le soir. A l'œil expérimenté de Lilla, sa fille présentait tous les signes d'une grossesse. Bien qu'il lui fût difficile de retenir ses questions, la châtelaine de Landais y parvint. Elle attendit patiemment, craignant ce que le temps allait révéler : si Théa portait l'enfant de son ravisseur, ou celui de son mari.

Roy revint vers la fin du mois. Il implora Théa de venir avec lui à Aix-la-Chapelle et de rejoindre son époux à la cour. Ce que le frère et la sœur se dirent, Lilla n'en sut rien. Mais Roy quitta le manoir dans une fureur que sa mère ne lui avait jamais vue. Elle interrogea Théa, aussi bouleversée que son fils aîné.

— Qu'as-tu dit à Roy pour le mettre dans cet état ?

— Seulement que je n'irais pas à la cour pour faire honte à mon époux en promenant mon ventre devant l'empereur.

Théa était rentrée chez elle en espérant qu'elle attendait un enfant, pour garder quelque chose de Roderick. Maintenant, ce bébé qu'elle avait tant souhaité serait traité de bâtard par tous, même si son vrai père le reconnaissait. Elle ne se souvenait que trop bien de l'humiliation qu'Anne d'Aix-la-Chapelle avait infligée à Roderick. Elle ne l'obligerait pas, elle, à se battre pour son honneur. Elle pouvait lui épargner cela.

Elle ne se sentait plus chez elle dans son propre pays, mais elle ne se voyait pas non plus retourner à Emory et se présenter aux gens comme l'épouse légitime du duc.

Sire Roger leur fit savoir que l'inspection des défenses continuait. Roderick devait être fort occupé. Les deux premiers bateaux étaient partis pour la Saxe. Un autre devait prendre la mer. Le quatrième transporterait surtout du bétail. Le dernier à s'en aller le premier septembre serait celui de Roderick.

Théa devint plus renfermée au fur et à mesure que l'été passait. Le premier août, un cavalier arriva de Concordia avec la nouvelle que Lilla attendait depuis longtemps : la naissance de son premier petit-fils. Andrée avait mis au monde un robuste garçon, plus tôt que prévu.

Cette heureuse nouvelle mit Landais en émoi. Des préparatifs furent faits pour se rendre à Concordia.

Théa refusa d'y aller. Sa sœur aînée vivait beaucoup trop près de la cour. Le lendemain matin, elle regarda partir sa mère, Marguerite, Jocelyne et la moitié des serviteurs. Le manoir lui sembla terriblement vide après leur départ précipité. Le repas de midi avec ses grands-parents âgés la consola un peu et lui procura de la compagnie. Mais lorsqu'elle rejoignit l'aile familiale, silencieuse, elle se sentit perdue.

Elle prit un panier dans la cuisine et décida de ne pas se laisser abattre. Elle fit seller Garth et partit dans les champs chercher des herbes.

Lorsqu'elle rentra, son panier débordait d'écorces de cerisier et de fougères. A la porte de la grand-salle, la servante Lana l'arrêta.

— Il y a un visiteur, ma dame.

— Oh ?

Théa ôta son foulard et secoua ses cheveux.

— Qui est-ce ?

— Je n'ai pas compris son nom, ma dame. Ce pèlerin parle très mal notre langue. Je l'ai invité à se mettre à table, comme votre mère l'aurait ordonné. Il attend à l'intérieur.

— Vous avez bien fait.

Théa tendit son panier à Lana.

— Portez ceci dans la chambre de jour de maman, s'il vous plaît. Je m'en occuperai plus tard.

— Bien, ma dame.

La servante se retira. Théa entra et vit le voyageur assis dans l'ombre au bout de la table de son père. Des pèlerins s'arrêtaient souvent au manoir, où ils étaient bien accueillis et logés pour la nuit, s'ils le désiraient.

Les jupes de Théa balayèrent les dalles de marbre, annonçant son arrivée. Le chevalier se retourna et plissa les paupières, gêné par le soleil qui venait de l'atrium. Il se leva pour saluer la jeune femme.

— Bienvenue à Landais, bon chevalier, dit Théa en souriant poliment et en parlant avec lenteur. Je suis marrie qu'il n'y ait pas eu de dame pour vous recevoir à votre arrivée. Ma mère est partie en visite, et j'étais sortie ramasser des herbes. Je suis dame Althéaline d'Emory.

Une fois qu'elle ne fut plus éblouie par la lumière, Théa poussa une exclamation en reconnaissant le grand homme dressé devant elle.

— Messire Deitert ?

— Est-ce vrai ? Vous êtes la dame d'Emory ?

Il se laissa tomber sur un genou et plaça son bras droit sur sa poitrine, avant de continuer d'une voix altérée par l'émotion.

— Ma dame, j'ai appris à Aix-la-Chapelle que mon seigneur s'était marié, et on m'a donné l'adresse de cette demeure. Je suis ébahi.

— Pas plus que moi, lui répondit Théa en saxon.

Il se montra saisi pendant plusieurs minutes, le teint cendreux, la bouche essayant de prononcer des excuses dont Théa n'avait que faire. Elle tira doucement sur ses mains qu'il tenait farouchement.

— Tout est bien, messire Deitert. Je n'ai nulle rancœur envers vous.

— J'aurais dû savoir, petite.

Ebranlé, Deitert se releva lentement. Théa l'enlaça en lui répétant qu'elle ne lui en voulait pas.

— Vous n'avez jamais été ce que vous sembliez être, dit-il. Est-ce que tout va bien pour vous ? Et mon suzerain ? Sire Roderick est-il ici ?

— Non. Il est en Normandie, je crois. Quelles sont les nouvelles de Blackstone, messire Deitert ?

— Il est bon que je vous aie trouvée. Le message que j'apporte était destiné à mon seigneur.

Il regarda autour de lui.

— Vous pouvez parler librement, dit Théa, car je suis la seule à comprendre le saxon.

De nouveau, Deitert se mit à genoux et lui prit les mains.

— Les enfants d'Emory sont en danger, ma dame.

Théa poussa un cri et porta une main à son cœur.

— Pourquoi ? Que s'est-il passé ?

— Une fièvre, ma dame, qui a pris cinq de nos bébés et deux de leurs mères. Je crains qu'elle ne pénètre dans la forteresse et que ma petite Anne et ma chère Ellie ne puissent y échapper.

— De quelle sorte de fièvre s'agit-il ?

— Je ne sais pas. Je sais seulement que le fief de mon seigneur est en péril, un péril que nos défenses ne peuvent arrêter. Tout le monde à Emory sait que c'est vous qui avez sauvé la vie de sire Michael. Voulez-vous venir ? Le bateau qui m'a amené peut vous conduire à Blackstone en cinq jours. Nous avons besoin de vous, ma dame.

— Je vais venir, déclara aussitôt Théa. Sur-le-champ. Je vais me préparer pour le voyage, et je dois trouver le moyen de prévenir mon époux.

Elle plongea les yeux dans ceux du chevalier.

— Tout ne va pas bien ici pour Roderick, messire. L'empereur le garde en permanence sous la surveillance d'un maréchal.

Puis elle porta ses doigts à son front, réfléchissant à tout ce qui devait être fait en hâte.

— Reposez-vous et mettez-vous à l'aise. Je vous promets de ne pas être longue.

Théa courut à la chambre de jour de sa mère. Dans son placard se trouvaient des fioles préparées contre toutes sortes de maladies et de blessures. Il y avait aussi des racines séchées et des bouquets de simples. Les poudres étaient contenues dans des jarres. Tout était étiqueté, et le recueil de recettes pour les onguents, baumes et cataplasmes était posé sur la table, comme d'habitude.

Théa prit tout ce qu'elle put rassembler, anxieuse d'avoir un échantillon de chaque remède connu par sa mère. Elle prit également le livre, qui était précieux.

Ensuite, elle courut à sa chambre et réunit un petit paquet de vêtements pour le voyage. Elle se tourna vers le lit où elle n'avait dormi que deux nuits avec Roderick après leur mariage, et le fixa comme s'il pouvait lui indiquer le moyen de prévenir son mari sans attirer l'attention de l'empereur ou de ses espions.

Elle s'agenouilla près du petit coffre qui contenait les habits de noces de Roderick. Il ne l'avait pas fermé à clé quand il était parti, et une fois que ses vêtements avaient été nettoyés Théa les avait remis dedans. Elle souleva le couvercle, se demandant comment lui laisser un signe qu'il devait rentrer à Blackstone le plus vite possible. Elle caressa le riche lamé de sa tunique, promenant les doigts sur l'emblème brodé au fil d'or.

Le fier faucon s'élevait dans les airs, les ailes déployées, serrant un cœur dans ses serres acérées.

Prestement, elle prit sa dague passée dans sa ceinture. Plus que toute autre chose qu'elle possédait, ce poignard était un symbole d'elle-même. Elle transperça le cœur, enfilant la lame dans l'épais tissu, en faisant ressortir la pointe au-dessus de la tête du faucon, en direction du nord et de la Saxe.

Puis elle ferma les yeux et murmura une prière rapide pour qu'il voie ce signe et le comprenne. Elle n'osa pas laisser une note écrite, pas même pour apaiser l'inquiétude que sa mère allait ressentir. Ensuite, elle referma le couvercle du coffre et enclencha le verrou, sachant que seul Roderick pourrait l'ouvrir avec sa clé.

Sous le couvert de la nuit, les coffrets et paquets de Théa furent attachés sur le cheval de sire Deitert. Elle demanda un autre cheval pour transporter ce qu'il y avait en trop, et le valet d'écurie qui aidait le chevalier ne vit rien d'anormal dans cette requête. Quand tout fut arrimé, elle le congédia.

— Je devrai vous retrouver au moulin, murmura Théa à son compagnon de voyage, craignant que quelqu'un dans la maison ne devine ses intentions. Il y a une sortie dans le jardin qui n'est pas gardée. Il me faudra une demi-heure, pas plus, pour vous rejoindre. Allez, maintenant, messire chevalier. Que Dieu vous garde.

Théa le regarda partir des marches du manoir, tandis que les ombres de la nuit s'allongeaient. Il franchit les portes sans être ennuyé par les gardes, qui les refermèrent derrière lui et les barrèrent pour la nuit.

Elle retourna dans la grand-salle, réfléchissant à ce qu'elle faisait. Pour une raison qu'elle ne pouvait définir, elle ne voulait pas alerter les serviteurs sur les vrais desseins du chevalier. Elle ne voulait pas non plus dire à ses grands-parents qu'elle partait, pour ne pas avoir à leur expliquer pourquoi elle devait s'en aller. Un nœud de peur lui contractait le ventre à l'idée qu'elle allait mettre en danger l'enfant qu'elle portait pour voler au secours du peuple de Roderick.

Des minutes passèrent tandis qu'elle se tordait les mains, dans l'indécision. La mort ne faisait pas de quartiers. Que ferait Roderick, face à un tel dilemme ? Elle ne trouva pas la réponse. Elle mit une cotte de voyage, des bottes résistantes et sa cape.

Silencieusement, elle sortit en courant de la grand-salle, disparaissant de nouveau de Landais.

Chapitre 24

Le sire de Bellamy et Roderick inspectaient les défenses du Tréport, en Normandie. Il était tard et la journée avait été longue. Sire Roger était las et affamé, et son gendre ne valait guère mieux.

— Assez, grommela le chancelier. Je meurs de faim. Rentrons à Landais, Roderick. Ce sera une chevauchée plus longue, mais mes vieux os aspirent au réconfort d'une épouse et à retrouver un foyer accueillant. Je gage que vous pouvez en dire autant.

— Comme vous voudrez, messire, agréa Roderick sans discuter.

Lui aussi, aspirait au bien-être que seule Théa pouvait lui prodiguer. Il éperonna son cheval pour suivre son beau-père. Derrière eux, la colonne de gardes qui ne les quittait pas se mit en branle.

Accompagné par le bruit des chevaux, Roderick se livra à ses propres pensées. La canicule du mois d'août brûlait le pays des rives de la Bretagne à celles de Normandie, sans épargner les forêts et les douces rivières de Picardie. Il était impatient de rentrer chez lui.

Michael était resté à Aix-la-Chapelle, avec une jeune épouse si éprise de lui qu'on ne pouvait compter sur lui pour faire autre chose que de coucher avec sa femme.

Il n'avait pas un homme à qui il pouvait confier un message. Lothaire, toujours aussi manipulateur, en voulait toujours plus.

Se rendre à Landais en pleine nuit était une folie. A minuit, ils étaient toujours en selle. Sire Roger galopait comme un homme possédé. Roderick ne connaissait pas assez bien la région pour se rendre compte que le chancelier utilisait des raccourcis.

Ils atteignirent soudain le moulin de Landais, et ne tardèrent pas à découvrir les murs blancs du manoir. Le vacarme des trente cavaliers qu'ils étaient annonça leur retour. Des lumières s'allumèrent dans la maison.

En sautant à bas de son cheval harassé, Roderick songea à sa femme logée à l'intérieur. Théa allait-elle se lever pour l'accueillir ? Le recevrait-elle aimablement ?

Il tendit la bride de sa monture à un valet d'écurie. Le sire de Bellamy démonta à son tour, tapa des pieds pour rétablir sa circulation, et rugit comme un taureau en s'approchant des portes ouvertes de la grand-salle.

Son épouse se tenait sur la plus haute marche, serrant un châle sur ses épaules. Elle fit une révérence en signe d'obéissance à son seigneur, puis se releva et jeta les bras autour de son mari. Aucune de ses filles n'attendait avec elle.

Roderick tourna le dos au couple qui s'embrassait, n'écoutant pas les paroles qu'ils échangeaient, et ravala sa déception. Théa ne s'était pas donné la peine de venir l'accueillir. Il ôta sa sacoche de selle du dos de son cheval et la jeta sur son épaule, soulevant la poussière du voyage de ses habits.

Il avait les jambes engourdies. Il avait besoin de repos et la faim le dévorait. La troupe d'hommes d'armes fatigués qui l'accompagnait entra avec lui dans la grand-salle, lui offrant l'anonymat. Il se rendit aux commodités et se lava le visage et les mains avec de l'eau froide. Puis il s'installa à une table hâtivement garnie de viande froide, de pain, de fromage, de vin et de cervoise.

Il promena les yeux sur les serviteurs qui accouraient avec des plateaux. Il ne vit pas le visage qu'il souhaitait voir.

Toutefois, il avait plus de chance que sire Roger : l'épouse de ce dernier l'avait entraîné hors de la grand-salle avant qu'il ait le temps de se désaltérer.

Une servante adressa une révérence à Roderick sans oser le regarder. Elle lui offrit un pichet de cervoise.

— Messire d'Emory.

Il détecta de la crainte dans ses manières. Quelque part dans le manoir silencieux, le rugissement de sire Roger indiqua que quelqu'un avait des ennuis. Les hommes d'armes se turent, écoutant, mais pas plus que Roderick ils ne purent saisir le sens de cette explosion. Le Faucon étudia la grand-salle, où régnait une atmosphère tendue. Les serviteurs étaient visiblement crispés. Les gardes serraient les mains sur leurs longues piques.

Roderick fut le seul à bouger. Il leva sa chope et la vida, puis la reposa et prit une assiette de viande.

Quelque chose n'allait pas. Tout l'été il avait craint le nœud invisible qui ceignait sa gorge et menaçait sa tranquillité d'esprit. Il se resserrait, à présent. Son vieux renard de beau-père était courroucé. Roderick se demandait quelles nouvelles une épouse pouvait donner à un homme de retour d'un voyage épuisant pour provoquer une telle réaction. Il se sentait mal à l'aise.

Il tourna ses pensées vers Théa. Où était-elle ? Peut-être qu'elle savait quelle tempête se préparait et avait préféré se tenir à l'écart. Il pouvait imaginer sa jeune sœur et elle se raccrochant l'une à l'autre dans la crainte du courroux de leur père. Il imaginait aussi Théa se tenant au-dessus de lui, triomphante, tandis qu'on l'écartelait.

Il avait fini sa viande quand sire Roger apparut à la porte de l'atrium. Il avait l'air hagard, et semblait avoir pris dix ans de plus en une heure. Avant de franchir le seuil, il redressa ses épaules.

— Messire d'Emory, dit-il d'une voix forcée, en s'approchant de la table. Avez-vous apaisé votre soif et votre faim ?

— Oui, votre table était bien garnie, messire, répondit Roderick, sur ses gardes.

— Alors si je puis m'imposer à vous un peu plus longtemps cette nuit, j'aimerais vous parler dans mes appartements.

Voilà, pensa Roderick. *Ma sentence de mort.* Mais en se levant, il réfléchit. C'était le chancelier qui était bouleversé. Il n'avait jamais paru aussi ébranlé. Son assurance semblait le quitter d'une seconde à l'autre. Le Faucon ne l'avait jamais vu dans un tel état. Sans un mot, il le suivit dans une aile privée du manoir.

Sa femme, dame Lilla, se tenait sur le seuil de sa chambre de jour. Elle était fort pâle, et regarda Roderick avec des yeux hantés.

— Ma dame, qu'est-ce qui vous trouble à ce point ? demanda-t-il sans pouvoir s'en empêcher.

Il vit dans le regard de la châtelaine que ce n'était pas lui qui était en danger. C'était quelqu'un d'autre, très cher à cette femme de caractère.

— C'est ma fille, messire d'Emory. Elle est partie.

— Partie ? répéta Roderick. Votre plus jeune fille ?

— Non, Théa.

— Partie ? redemanda-t-il sans comprendre, la gorge serrée. Partie où ? Que dites-vous là ? Théa n'irait nulle part sans ma permission.

Sire Roger plaça un gobelet d'alcool dans la main de son gendre et l'invita à boire. Roderick pensa que dame Lilla avait plus besoin d'un remontant que lui. Il lui tendit le gobelet et passa un bras sur ses épaules.

— Voulez-vous m'expliquer cette nouvelle, ma dame ? Je crains qu'elle n'ait aucun sens pour moi. Pouvons-nous nous asseoir ?

Son corps était brisé par la chevauchée, et son esprit ne valait guère mieux. Dame Lilla refusa de s'asseoir et se mit à arpenter la pièce en se tordant les mains.

— Andrée, ma fille aînée, a donné naissance à un fils fin juillet. J'ai emmené Marguerite à Concordia avec moi. Théa est restée à Landais. Elle ne voulait pas se rendre près de la cour.

Elle considéra Roderick avec des yeux qui brillaient d'amour maternel, même si elle était sur la défensive.

— Je dois tout vous dire, messire d'Emory. Je dois vous informer de la vérité telle que je la connais. Je crains votre colère. Mon époux redoute votre courroux contre nous. Mais je ne puis esquiver mon devoir.

— De grâce, dites ce que vous avez à dire, dame Lilla, l'encouragea Roderick.

— C'est ma faute si vous avez épousé Théa. Je pensais que de toutes mes filles, elle serait la plus apte à compatir à vos malheurs. Je me suis gravement trompée sur elle.

Dans le silence qui suivit, Roderick ne trouva rien à dire. Il était trop fatigué.

— Je vous en prie, ma dame, continuez. Où voulez-vous en venir ?

— Théa est partie avec un autre homme, messire.

Roderick battit des cils. Un terrible silence tomba sur la chambre tandis qu'il tentait d'assimiler ces paroles. Il secoua la tête.

— Non, dit-il. C'est impossible.

Lilla se tordit de nouveau les mains et jeta un regard implorant à son mari. Celui-ci s'empressa de tendre un autre gobelet d'eau-de-vie à Roderick. Cette fois, il l'accepta et avala l'alcool d'un trait. Puis il agrippa le dossier d'une chaise garnie de damas et plongea durement les yeux dans ceux de la châtelaine.

— Ma dame, je connais Théa. Elle a trop d'honneur pour être partie avec un autre homme. Vous vous trompez. Et vos paroles sont une insulte pour moi. Elle est peut-être partie, mais elle n'aurait pas suivi un homme de son plein gré. Elle m'aime.

— Messire…

Lilla se laissa tomber sur un petit tabouret, déroutée par sa réaction. Ce n'était pas du tout ce qu'elle avait attendu.

— Exposez-moi les faits, je vous prie. Tout ce que vous savez.

Lilla inspira pour se calmer et s'efforça de cesser de triturer sa cotte.

— Je vous l'ai dit, nous sommes partis précipitamment pour Concordia, et j'ai emmené avec moi presque tous mes serviteurs les plus fidèles. Théa est restée seule ici, avec une poignée de domestiques et de gardes. Après notre départ, un homme est arrivé au manoir. C'était un inconnu, et il parlait mal le français. Théa n'était pas là quand il est arrivé. Lorsqu'elle est rentrée, elle l'a salué à ma place. Lana dit qu'elle les a vus s'étreindre fort tendrement. Ils semblaient bien se connaître. Le soir, l'homme s'en est allé. Le lendemain matin, les serviteurs ont découvert que Théa était partie. Nul ne l'a revue depuis. Nous avons fait des recherches, comme la première fois, mais elle a disparu. Mon époux et moi ne pouvons conclure qu'une chose : cet homme était le Viking qui a enlevé Théa. Elle a choisi de partir avec lui. Je suis désolée.

Lilla courba la tête et respira d'une façon entrecoupée. Puis elle releva les yeux vers Roderick.

— Je dois vous dire autre chose, messire. Vous savez que Théa a été enlevée, mais je ne suis pas sûre de ce qu'elle vous a dit à propos de sa capture. J'ai la conviction, parce que je la connais bien, qu'elle s'est profondément éprise de son ravisseur. Elle porte l'enfant de ce Viking.

Roderick se retint de crier : « L'homme qui a enlevé Théa n'est pas un Viking ! » Il se contenta de fixer dame Lilla, à court de paroles.

Celle-ci poursuivit, disant qu'elle pensait que c'était sa grossesse qui avait poussé Théa à partir sans un mot d'explication. Elle mentionna la réaction de son fils aîné, qui avait mal pris la nouvelle que sa sœur attendait un bâtard. Peut-être que Théa craignait pour la sûreté de son enfant.

Roderick l'interrompit d'un signe de la main.

— De grâce, ma dame, épargnez-moi. Je suis harassé. Demain matin, quand je serai plus frais, j'aimerais vous parler de nouveau.

Lilla se retira dans sa chambre pour bercer son chagrin, et Roderick se rendit dans la sienne.

Dans l'immédiat, il ne pouvait rien faire pour résoudre le

mystère de la disparition de Théa. Un bain chaud l'attendait dans sa chambre. Un tonnelet d'eau-de-vie était posé sur une table pour améliorer son humeur. Les serviteurs marchaient sur la pointe des pieds, effrayés par leur maître, évitant Roderick.

Le manoir de Landais évoquait une tombe. Roderick tressaillit, saisi de remords, se demandant s'il en avait été ainsi la dernière fois où Théa avait disparu. Pour le reste, que sa femme soit partie sans laisser de traces ni de message lui paraissait si étrange qu'il ne pouvait le croire.

Ne pouvant confier ses pensées à quiconque dans la maison, dès qu'il eut pris son bain il se mit à arpenter la chambre de Théa comme un homme possédé. Bien sûr, sa mère avait déjà fait fouiller la pièce à fond, cherchant tout indice que Théa aurait pu laisser derrière elle. Il fit la même chose, en vain.

L'eau-de-vie de sire Roger lui ôta la capacité de penser de façon cohérente. Il jeta un coup d'œil au lit qui l'attendait. Ce lit vide ne le tentait pas. Il voulait avoir Théa dedans. Il avait besoin qu'elle soit là pour lui. Il donna un coup de pied dans le coffre qui se trouvait devant lui et hurla de douleur, parce qu'il s'était meurtri les orteils. Sautant sur place, il se dit qu'il fallait être stupide pour s'en prendre à un solide coffre saxon.

C'est alors qu'il remarqua que le verrou était fermé.

Il avait déjà fouillé les affaires de Théa, cherchant une note ou le signe qu'elle s'était débattue. Elle ne serait pas partie de son plein gré avec un ravisseur. Juste ciel, elle l'avait combattu de toutes ses forces lorsqu'il l'avait enlevée.

Il chercha la clé du coffre dans sa sacoche. Il ouvrit le verrou et souleva le couvercle. Un parfum de cire d'abeille et de santal lui monta aux narines lorsqu'il approcha une chandelle du contenu bien rangé du coffre. La dague de Théa lui sauta tout de suite aux yeux. Elle ne s'en séparait jamais. La lame perçait le cœur brodé sur sa tunique de lamé. Sa pointe aiguisée ressortait au-dessus de la tête du faucon.

Roderick toucha le tissu, intrigué. Théa ne l'aurait pas coupé sans une bonne raison. La lame perforait son cœur et indiquait les armoiries d'Emory. D'un geste brusque, il retira la dague et la plaça sous les vêtements pliés. Puis il referma le coffre, souffla la chandelle et se mit au lit.

Il savait où était Théa. Elle était allée à Blackstone. Il ferma les yeux et s'intima de dormir. Au matin, il s'occuperait de la situation qu'elle lui avait laissée. Il y avait un mystère à résoudre.

Le lendemain, il interrogea la jeune servante qui avait servi le visiteur inconnu. Il la questionna longuement, l'incitant à lui donner des détails. A quoi ressemblait l'homme ? Théa l'avait-elle appelé par son nom ? La litanie continua un bon moment. Il interrogea de la même manière les gardes qui avaient surveillé les portes et le valet d'écurie qui s'était occupé des chevaux.

Il s'avisa assez vite que l'étranger qui était venu à Landais devait être Deitert. Cela ne faisait qu'épaissir le mystère. Pourquoi son sénéchal aurait-il quitté son poste à Blackstone ? Pourquoi n'avait-il pas reçu de nouvelles d'Emory de tout l'été ? Il ne pouvait imaginer le chevalier négligeant ses devoirs à ce point. Et qu'est-ce qui avait pu inciter Théa à partir avec une telle hâte ?

Il revenait chaque fois à dame Lilla, car la mère était la clé de l'esprit de sa fille. Mais Lilla était totalement déconcertée. Elle ne pouvait expliquer la disparition de Théa que par son amour pour son ravisseur viking. Elle ne voyait personne d'autre qui aurait pu l'inciter à partir. A part les hommes qu'ils recevaient chez eux et connaissaient, Théa n'avait pas d'ami particulier, bien qu'elle ait beaucoup d'admirateurs.

Roderick aurait voulu expliquer à la châtelaine qu'il savait parfaitement que Théa aimait *son Viking.* Mais il ne pouvait révéler qu'il était cet homme sans risquer sa tête. Il était donc impuissant à rassurer Lilla et à lui affirmer que sa fille n'avait pas trahi la confiance de sa famille.

Il ne lui restait rien d'autre à faire que de continuer ses missions. La guerre faisait rage dans tous les coins de l'empire et l'empereur attendait beaucoup de lui. Paris avait été ravagé le lundi de Pâques. Les espions de sire Bellamy rapportèrent que le frère félon de Lothaire, Louis le Germain, avait utilisé des Vikings danois conduits par Ragnar Ladbok pour piller et saccager les terres de son frère Charles, ainsi que celles de Lothaire.

Quand Roderick arriva à Aix-la-Chapelle avec sire Roger, il apprit à Michael la disparition de Théa et lui fit part de sa conviction que Deitert était venu parce que quelque chose n'allait pas à Emory. Il lui parla aussi de ses soucis par rapport à son jeune fils, que Lothaire gardait en otage pour s'assurer de sa coopération.

— Je sais que l'empire est en guerre, mais ce n'est plus notre combat, Michael. Quand Lothaire m'a relâché après le tournoi de Montigney, il a renoncé pour toujours à mes services. Vous avez été témoin de son serment, et j'ai chez moi un document portant son sceau. Mais Lothaire détient mon Eric. Anne est morte. Mon fils devrait m'être rendu. Nous devons trouver un moyen de reprendre Eric à l'empereur.

Il fixa la cheminée vide.

— Quand le moment viendra de repartir, Eric ne peut être laissé en arrière pour être utilisé contre moi.

— Dites-moi ce que vous voulez que je fasse, déclara Michael. Vous savez que je suis votre homme.

— Quand je partirai, vous devrez vous rendre au palais, enlever Eric et l'amener à Blackstone.

— Vous n'avez qu'à demander, lui assura son vassal.

Roderick se mit à réfléchir à la façon dont il quitterait la France. Son bateau jetterait l'ancre dans l'embouchure de la Somme le quinze du mois. Il avait l'intention d'être à bord, quoi qu'il advienne.

Le fait qu'ils n'aient pas eu de nouvelles d'Emory de tout l'été continuait à le tracasser. Il trouvait étrange que Deitert n'ait pas envoyé un seul message à Aix-la-Chapelle. Ils n'avaient reçu qu'un recensement du frère Laurence, et celui-ci n'était pas bon : il y avait eu douze décès, mais leur cause n'était pas indiquée. Sept enfants en bas âge étaient morts.

Les pensées de Roderick étaient de nouveau allées à Théa. Elle lui manquait plus qu'il aurait cru possible qu'une femme lui manque. Sans cesse, il se remémorait leur nuit de noces au relais de chasse des Bellamy. Comme leurs étreintes avaient été nécessaires et désespérées, comme elles avaient été brutales et totales.

Théa, son adorable Théa, était la seule femme qui avait jamais touché son cœur. Il aspirait à l'avoir à son côté, brûlait de la tenir dans ses bras, souffrait de ne pouvoir l'embrasser. Qu'elle ne soit pas avec lui à la cour l'emplissait d'amertume.

Cette vulnérabilité que lui donnait l'amour le stupéfiait et le préoccupait nuit et jour. Il s'était juré après la trahison d'Anne d'Aix-la-Chapelle de ne plus jamais laisser une femme pénétrer ses défenses. Mais Théa s'était frayé un chemin jusqu'au cœur de son être. Il l'aimait. Il l'aimait passionnément.

Il n'avait jamais eu de prémonition de sa vie. Mais ses cheveux continuaient à se dresser sur sa nuque quand il pensait à Théa. Elle avait besoin de lui. Emory avait besoin de lui. Sa femme était en danger. Il le sentait dans la moelle de ses os.

Il ne pouvait se reposer la nuit, car chaque fois qu'il fermait les yeux il voyait son visage, tiré et fatigué, épuisé par des tourments sans nom. Il fallait qu'il rentre à Blackstone pour la protéger, pour la sauver.

Alors que la mi-septembre approchait, Michael craignait qu'ils ne puissent rejoindre le bateau de Roderick, et moins encore échapper aux gardes de Lothaire. L'empereur s'arrangeait pour mettre chaque jour de nouveaux obstacles sur leur chemin.

Roderick était tellement consumé d'inquiétude pour Théa qu'il se mouvait comme un homme mort, aveugle à tout ce qu'il avait autour de lui.

Ils accompagnèrent Lothaire à Quentowic, sur la côte, où l'empereur devait rencontrer son frère affaibli, Charles. Paris avait été saccagé, Rouen était en ruine, et les Danois étaient partout, détruisant tout. Charles avait besoin d'un prêt de Lothaire pour acheter les Danois et les faire partir.

Des drakkars vikings avaient remonté la Loire le jour de la Saint-Jean-Baptiste, le vingt-quatre juin. Soixante-sept avaient accosté à Nantes. Les Vikings avaient massacré les gens venus en ville pour la fête. Ils avaient pillé l'église, tué l'évêque et sa congrégation, mis à sac le riche marché au sel et au vin. Puis ils étaient repartis avec leur butin et leurs esclaves et avaient établi leur camp dans une abbaye abandonnée de l'île de Noirmoutier, à l'embouchure de la Loire.

Charles craignait qu'ils y restent indéfiniment et se servent de cette base pour continuer à harceler son royaume. Il avait affronté Ragnar à Paris, sur les berges de la Seine, et avait été vaincu. Le Danois avait fait plus de cent prisonniers. Puis il s'était retiré dans l'île de la Cité et avait pendu tous ses captifs sous les yeux horrifiés du roi. Maintenant, il acceptait de cesser ses massacres et ses pillages, et d'agir comme protecteur de Charles contre les attaques d'autres Vikings, à condition que Charles lui verse le prix qu'il demandait : cinq mille livres d'argent.

Lothaire, rusé, avait consenti à faire ce prêt à son jeune frère si celui-ci lui jurait allégeance. Roderick n'avait pas participé aux négociations.

— Sacrebleu ! s'écria Lothaire, ce jour-là, en mettant son cheval à la hauteur de celui de Michael.

Il était cramoisi de rage.

— Qu'est-ce qui ne va pas avec votre suzerain, Lozere ? Depuis quand le grand Faucon d'Emory s'est-il mis à penser avec ses reins ? Où est passé son tempérament ?

— Je crois que c'est de retenir ce tempérament qui le rend si distrait, sire, répondit Michael.

— Alors dites-moi, qu'est-ce qui lui remettra l'esprit d'aplomb ? Pendant que j'essaie de rassembler cet empire, le meilleur tacticien que je connaisse se morfond après des jupons !

— Sire, c'est vous qui avez arrangé ce mariage.

Lothaire grimaça.

— Je suppose qu'il est amer, pour avoir été trahi par une gueuse pas une seule fois, mais deux.

Michael resta silencieux, même s'il n'appréciait pas la comparaison entre la nièce de l'empereur, Anne, et la gente épouse de son seigneur, Théa.

— Dites à Roderick que je le veux en Lorraine, sur-le-champ. J'ai déjà envoyé de Merrault faire le siège de Lejeun. J'ordonne que cette ville soit prise avant le premier octobre. Ensuite, je veux que toute la Lorraine soit consolidée. Je ne tiens pas à ce que Louis me souffle dans le cou au printemps. Par le ciel, Louis viendra signer à Verdun, comme Charles, ou je ferai promener sa tête sur une pique. Dites à Roderick que ce sont mes ordres.

— Sire, vous savez que nous devons d'abord servir Louis, qui est le roi de tous les Germains.

— Certes non, Lozere ! Vous êtes ici et vous servirez le pouvoir le plus haut, l'empire.

— Permettez-moi de vous rappeler que vous avez dispensé mon suzerain de tout service envers vous après le tournoi de Montigney, sire.

— Tudieu, chevalier, ne pinaillez point avec moi ! J'ai besoin du Faucon pour en finir avec ces complots contre moi. Il n'y a pas meilleur que lui pour acculer Louis. Transmettez-lui mes ordres.

Sur ces mots, Lothaire éperonna son cheval et retourna en tête de la colonne. Michael le regarda s'éloigner, ennuyé. Il savait que la seule chose que voulait Roderick était de rentrer chez lui. Tout le reste avait cessé de lui importer.

Les ordres de Lothaire eurent un bon côté : avant d'aller se battre, Roderick et Michael prirent un congé pour mettre leurs affaires en ordre. Pour Michael, cela signifiait aller à Landais et voir Marie, que son père avait renvoyée là-bas pour quelque temps. Etonnamment, Roderick accepta de l'accompagner.

Leur sempiternelle garde objecta à ce détour. Sire Marcus, le maréchal de l'empereur, déclara que ce retard affecterait grandement le siège de Lejeun. Roderick répliqua qu'il ne s'en souciait pas. Michael voulait voir sa femme et ils iraient à Landais, point final.

Ils arrivèrent le dix-huit, sans être attendus, et trouvèrent le manoir plein à craquer. Les Bellamy avaient réuni leur famille pour célébrer l'anniversaire des parents de Lilla et la fête d'Andrée. La maison était si pleine qu'il n'y avait pas de place pour les soldats de Lothaire.

Sire Marcus dut installer ses hommes d'armes à Longervais. Seuls dix de ses chevaliers et écuyers restèrent à Lancais, avec lui. Et encore, ils furent logés dans une dépendance, alors que Michael et Roderick étaient accueillis au manoir.

Lorsqu'il pénétra dans la grand-salle, Roderick eut la surprise de sa vie : Grégoire de Merrault était assis à la longue table entre Andrée et Marguerite.

— Que faites-vous ici, Merrault ? lança-t-il d'un ton sarcastique. Avez-vous envoyé quelqu'un d'autre se battre à votre place à Lejeun ?

— Lejeun ? répéta Grégoire en écarquillant ses yeux bleus.

Il se leva et vint se placer face aux deux Saxons avec un sourire narquois.

— Ah, je vois. L'empereur a décidé de se servir de vous pour dérouter les Vikings, Emory. Sans une épouse pour vous ragaillardir, le labeur est tout ce qui vous reste. Est-ce là que vous vous rendez, mon ami ?

— Ne m'appelez pas votre ami, répliqua Roderick, coupant.

— Il suffit, messires.

Sire Roger se plaça entre les deux hommes.

— Le moment n'est pas à raviver les anciennes blessures de guerre. C'est un jour de réjouissances. Michael, Roderick, soyez les bienvenus. Je suis heureux que vous nous ayez rejoints. Lilla, commandez plus de viande et de cervoise pour mes gendres.

Une jeune femme s'approcha de Roderick, un bébé endormi dans les bras, et lui tendit sa main.

— Nous ne nous sommes pas rencontrés, messire, mais je suis Andrée. Et voici mon fils, Rafael.

Andrée était plus grande et plus robuste que Théa, mais tout aussi jolie. L'expression de Roderick s'adoucit quand le bébé bâilla et chercha la poitrine de sa mère. Il lui rappela son propre fils, dont il était privé.

— Mes compliments, dame Andrée. Votre fils est un ange.

Il se détourna quand une petite main se posa avec insistance sur son bras. Il découvrit la benjamine des sœurs Bellamy qui réclamait son attention.

— Je voudrais vous dire un mot, messire, murmura-t-elle en rougissant. J'ai des nouvelles importantes à vous donner. Mais je ne puis vous parler librement ici. On pourrait m'entendre.

Roderick hocha brièvement la tête pour lui indiquer qu'il comprenait.

— J'irai vous voir dans votre chambre, ce soir, chuchota encore Marguerite pendant que Marie retrouvait bruyamment son époux et l'assaillait de ses effusions.

Roderick opina et la raccompagna à table, intrigué. Il présenta ses respects aux parents de dame Lilla et mangea son repas en silence. Dès la fin du souper, Marie entraîna Michael dans leur chambre. Peu après, les grands-parents de Théa se retirèrent, ainsi que les dames.

Dès qu'il le put, Roderick plaida la fatigue du voyage et se retira à son tour. Il ne resta pas seul longtemps. Un moment plus tard, on frappa doucement à sa porte et Marguerite se faufila dans la chambre en vérifiant que personne ne la voyait. Elle portait une chemise de nuit et une robe de chambre.

— Qu'avez-vous à me dire ? demanda-t-il.

Marguerite prit un air fort sérieux.

— J'ai été accostée par un jeune homme en me rendant au village, hier. Il m'a priée de vous transmettre un message très important, et de ne le répéter à personne d'autre.

— Qui était-ce ?

— Il m'a dit qu'il s'appelait Benjamin, et qu'il était votre parent. Comme il était grand et blond comme vous, je l'ai cru. Il m'a demandé de vous avertir qu'il a conduit votre bateau à Nez-sur-Mer, après avoir été attaqué par deux fois. Il a dit que vous connaissiez la crique et qu'il vous attendrait une semaine, pas plus.

Marguerite se mordit la lèvre et regarda Roderick d'un air effrayé.

— Autre chose, messire. Quand j'ai appris que Grégoire

de Merrault était de retour, j'ai voulu aller le saluer dans les chambres de mon père. Je l'ai entendu dire à mon père que l'empereur l'avait envoyé ici dans le seul but de détruire votre bateau. Il a ajouté que vous aviez été envoyé ailleurs sous un faux prétexte.

Roderick fronça les sourcils tandis qu'il considérait ces révélations.

— Qu'attendez-vous en échange de ces informations ?

— Rien, messire.

Marguerite rougit violemment.

— Je vous dois plus que je ne puis le dire. J'ai toujours été très jalouse de ma sœur Théa, à cause de l'affection que le sire de Merrault lui portait. J'avoue que je le voulais pour moi. En épousant Théa, vous m'avez rendu plus facile de le conquérir. Je ne comprends pas ce que l'empereur demande à Grégoire, ni pourquoi l'homme que j'aime vous veut tant de mal, mais je crains que vous ne soyez en danger. A présent, je dois m'en aller.

— Attendez, dit Roderick.

— Je n'ose m'attarder. Vous êtes prévenu, messire. Je suis heureuse que vous soyez revenu à Landais.

La jeune fille s'esquiva aussi discrètement qu'elle était entrée.

Roderick arpenta sa chambre, le pas alourdi par son armure. *Assez de cette folie*, se dit-il. *Je rentre chez moi.*

Tel un homme possédé, il se débarrassa de l'armure et en laissa tomber les lourdes pièces par terre. Puis il cria pour appeler un serviteur et commanda un bain. Ensuite, il demanda à l'homme qui tremblait devant lui d'aller quérir sire Michael dans sa chambre, quelles que soient ses activités.

Il prit son bain en réfléchissant. Après quoi il enfila une tunique, des chausses et des bottes souples pour monter à cheval. On frappa de nouveau à sa porte. Ce n'était pas Michael, comme il s'y attendait, mais dame Lilla.

— Mes serviteurs me rapportent que vous êtes mécontent, messire. Que puis-je pour vous ? Je ne voudrais pas que l'on dise que l'hospitalité de ma maison est en faute.

Roderick contempla son visage élégant et son regard plein de sagesse.

— Je n'ai besoin de rien, ma dame, sauf de partir d'ici et de rentrer chez moi, où je suis requis de toute urgence.

— Vraiment ? demanda Lilla, troublée. Qu'est-ce qui vous en empêche ? Ne vous sentez pas obligé de rester ici à cause de Marie, qui n'y voit pas plus loin que le bout de son nez.

Roderick sentit qu'il pouvait faire confiance à cette femme, qui tenait si bien sa vie en mains.

— Ne pensez pas que c'est elle qui me retient, ma dame. Malgré l'affection que je lui porte et mon amitié pour Michael, ce n'est pas leur bonheur de jeunes mariés qui entrave mon départ. Je suis pris dans un complot ourdi par Lothaire.

— Ah, le vieux renard…

Lilla soupira et regarda la porte qu'elle avait laissée ouverte.

— La nuit n'est pas très fraîche. Voudriez-vous m'accompagner dans le jardin, messire ?

— Avec plaisir, répondit Roderick.

Peu après, parmi les roses odorantes, elle sourit à son gendre.

— Dites-moi, que vous veut l'empereur ? Je sais qu'il admire grandement vos talents de constructeur.

— Il a cherché à m'éloigner sous un faux prétexte, ma dame. Tout à l'heure, j'ai eu la surprise de trouver ici le sire de Merrault, que j'étais censé aller soutenir dans un siège.

— Et ce siège n'existe pas ?

— Non.

— Curieux, dit Lilla en fronçant les sourcils. Très curieux. Vous avez prouvé depuis longtemps votre loyauté à l'empereur. Il exige beaucoup de vous, et ne vous traite pas justement. Je suis troublée aussi qu'il retienne le fils que vous avez eu avec dame Anne.

— Je ne me plains pas, ma dame.

Lilla le considéra avec attention.

— J'aimerais vous aider, Roderick. Et j'aurais tellement voulu que votre mariage avec Théa soit satisfaisant.

Roderick détourna les yeux vers les roses qui bordaient l'allée.

— Je crois que Théa et moi nous entendons d'une manière éminemment satisfaisante, ma dame.

— Vraiment ?

La châtelaine choisit ses mots suivants avec soin.

— J'ai beau essayer, je ne puis voir Théa comme une traîtresse. Elle est toujours si spontanée, si directe. Je m'efforce de ne pas me tromper sur elle, comme le font maintes mères. Si elle nourrissait de la rancœur contre vous, elle l'aurait montré d'une manière ou d'une autre. Or pas une fois je ne l'ai entendue prononcer un mot dur à votre encontre.

Lilla réfléchit, le front plissé par l'inquiétude. Elle regarda Roderick, mais son visage était impénétrable. Elle soupira.

— Quelque chose me tourmente. Quand Théa est partie, elle a emporté une fiole de chacun de mes remèdes. Et vous dites que l'on a besoin de vous d'urgence dans votre fief ?

— Oui.

— Y a-t-il eu des morts ?

— Oui. Le recensement de mon abbé indique que douze personnes sont mortes cet été.

— C'est un nombre inhabituel ?

— Pour un peuple robuste et en bonne santé, oui.

— Je vois.

Lilla décida de prendre le taureau par les cornes et de révéler à son gendre ses pensées les plus sombres.

— Messire d'Emory, se pourrait-il que ma fille n'ait pas trahi notre confiance en elle, finalement ? Ne soupçonnez-vous point, comme moi, qu'elle s'est rendue chez vous ? Si, par hasard, un messager portant de mauvaises nouvelles était venu ici en ne vous ayant pas trouvé à la cour, avait rencontré Théa et lui avait délivré son terrible message ? Théa n'aurait-elle pas cru de son devoir d'agir dans votre intérêt, en tant que dame d'Emory et châtelaine de Blackstone ? Ne serait-elle pas partie avec ce messager ? Elle aurait fait cela sans hésiter, si elle avait pensé que l'on avait besoin d'elle. D'elle et de ses talents de guérisseuse.

Comme la logique et l'intuition de cette femme la guidaient

bien à travers ce labyrinthe de faits troublants pour arriver à la seule conclusion possible, pensa Roderick. Mais il ne dit rien.

— C'est très curieux, reprit Lilla en le considérant d'un air pensif. Vous avez un visage fort intéressant, Roderick. Savez-vous que vous ne révélez absolument rien ? Vous ne trahissez jamais la moindre émotion. Mais il y a autre chose, messire : votre querelle avec Grégoire de Merrault. Elle est sérieuse, et je sais d'où elle vient. Une méchante dame de la cour qui vous a trompés tous les deux. Je puis résider à la campagne, mais je suis au courant de ce qui se passe à Aix-la-Chapelle. Dame Anne vous a trahi, mais je ne puis croire que ma Théa en ait fait autant. Elle a toujours eu un cœur loyal et aimant.

Les coins de la bouche de Roderick se relevèrent en un rictus. Il s'assit lourdement sur le banc au côté de dame Lilla et fixa l'enclos de verdure qu'était son jardin.

— Théa est la femme la plus courageuse que je connaisse, dit-il. Si j'osais croire à votre version de la disparition de votre fille, ma dame, je serais obligé de vous faire une confession.

— Une confession, messire ?

— Oui.

Roderick hocha la tête.

— Une conscience coupable trouble souvent même les âmes les plus endurcies. J'ai longtemps cru que je pourrais aisément quitter votre pays sans me soucier du passé.

— Je crains que vous ne me mystifiiez, messire. Faites-vous allusion à Théa ?

— Etes-vous toujours convaincue que votre fille est tombée amoureuse de son ravisseur viking ?

Roderick joignit les mains entre ses genoux, la tête inclinée, les yeux rivés sur la terre bien bêchée.

— Je ne voudrais pas vous blesser en répétant ces mots.

— Les jugez-vous vrais ? Je vous demande une réponse honnête, ma dame.

— N'insistez pas, messire.

— Je le dois, car je veux la vérité.

— Oui, elle l'aimait profondément. Mais, contrairement à mon mari, je ne crois pas qu'elle vous ait trompé.

— Je sais qu'elle ne l'a pas fait, ma dame. L'honneur de Théa est ce qu'il y a de plus noble en elle. Il la protège, et rayonne aux yeux de tous. Même pour quelqu'un d'aussi sot que moi, qui est trop aveugle pour voir ce qu'il a sous les yeux.

Roderick souriait en parlant, et Lilla le regarda avec surprise. Elle se leva, ses yeux d'un bleu de nuit scrutant son gendre de la tête aux pieds.

— Ma Théa aimait son Viking de tout son cœur, murmura-t-elle d'une voix sans timbre. Est-ce que quelqu'un vous a déjà dit que vous pourriez aisément passer pour un parent de Ragnar Lodbok, messire ?

Roderick gloussa.

— J'espère avoir de meilleures manières que lui, ma dame.

— Oui, certes. Mais vous lui ressemblez, avec votre blondeur et votre tempérament farouche. La coïncidence est trop grande, n'est-ce pas ? Une énigme à déchiffrer. Théa n'a rien voulu me dire. Or savez-vous qu'elle avait l'habitude de me livrer ses moindres pensées ? Quant à vous, messire, vous avez négocié longuement et durement et n'avez pas voulu d'une sœur vierge aussi richement dotée que Théa. Il vous fallait la fille qui m'avait été enlevée. Est-ce que j'approche de la vérité ? Confirmerez-vous mes pensées, ou me laisserez-vous spéculer au long des années ?

Lilla était trop craintive pour attendre une réponse à sa question. Elle tourna le dos au grand Saxon et s'engagea dans l'allée pavée. Près d'un if, elle s'arrêta, se tourna et sourit à son gendre, lui tendant la main pour qu'il vienne l'escorter.

— Venez, messire d'Emory. Nous devons nous assurer que vous quittiez Landais en toute sécurité. Avec l'hiver qui apportera bientôt ses pluies et ses tempêtes, vous ne manquerez à personne à la cour. Venez.

En arrivant près du manoir, Lilla s'arrêta de nouveau et riva les yeux sur les prunelles bleu sombre du Faucon, qui ne lui confirmaient toujours rien ni ne niaient ses propos.

— J'ai une question, messire. Aimez-vous ma fille ?

Roderick l'étudia longuement, puis répondit d'une voix douce :

— De tout mon cœur. Théa est tout pour moi.

Lilla ferma les yeux et poussa un profond soupir, en pressant une main sur sa poitrine pour contenir son émotion.

— Cela a été ma prière, durant ces nombreux mois. Merci, Roderick. Dieu vous accompagne jusqu'à elle.

Bouleversée, elle porta un coin de son voile à ses yeux et attendit un moment pour se recomposer une attitude.

— Maintenant que notre fête de famille est terminée, la grand-salle est livrée à l'homme de l'empereur et à ses chevaliers. Je vais m'assurer qu'ils dorment, messire. Laissez-moi m'occuper de tout. Faites-moi confiance.

Chapitre 25

Septembre 842
Forteresse de Blackstone, Emory, Saxe

Les nuits étaient le pire. La grand-salle de Roderick était si oppressante. On avait beau laisser toutes les portes ouvertes, la chaleur restait à l'intérieur du château, et les fièvres redoublaient.

Il semblait à Théa qu'elle soignait malade après malade depuis un temps infini. Des mères venaient avec leurs bébés. Des pères gravissaient la colline en portant leur femme qui avait succombé à la maladie.

C'étaient surtout les bébés qui tombaient malades. Théa ne pouvait donner de nom à ce fléau. Il consistait en frissons et en des fièvres éprouvantes qui laissaient les petits corps impuissants dévastés.

La chaleur de la fin de l'été se fit encore plus harassante. Théa priait pour que la pluie vienne mettre fin à cette canicule déterminée à les vaincre. Mais il ne pleuvait pas.

Jesse, Elspeth et les moines s'occupaient à l'abbaye de ceux qui s'étaient remis. Théa ne vit ses deux amies qu'un bref moment avant que son ordre de séparer les malades des bien-portants soit exécuté.

Elle faisait brûler tout ce qui lui paraissait contaminé. L'éruption qui apparaissait sur le corps des malades formait des cloques et séchait s'ils devaient guérir. Elle n'avait jamais rien vu de pareil.

Le recueil de sa mère ne l'aidait guère. Elle pouvait traiter les symptômes, apaiser les boutons et la peau enflammée, mais elle était incapable de guérir qui que ce soit. Seul Dieu en avait la faculté.

Sire Deitert restait à la forteresse, aidant Théa à soigner les malades et les mourants. Parfois, Théa pensait qu'elle allait devenir folle, à entendre les cris et les pleurs des bébés souffrants. Elle ne pouvait pas se reposer.

La canicule empira encore et de la poussière flottait dans l'air. L'humidité doubla.

Théa priait toujours pour qu'un orage dissipe la chaleur. Tandis que septembre s'écoulait, il n'y eut plus de nouveaux patients montant du village. La maladie était contenue dans la forteresse. Les gardes que Théa avait demandé à sire Deitert de poster à la herse ne laissaient entrer personne dans Blackstone.

Dans la cour intérieure, le vieil Henry avait aménagé un petit cimetière. C'étaient les maçons envoyés par sire Roger qui étaient morts les premiers. Théa se demandait s'ils avaient apporté la maladie avec eux et l'avaient transmise aux villageois.

Deux des pages de Roderick étaient morts, ainsi qu'une mère celte et son bébé, depuis que Théa était arrivée. En tout, vingt-quatre des précieux Saxons d'Emory avaient péri.

Ceux qui guérissaient le faisaient très lentement. Ils étaient très affaiblis. Jour après jour, ceux qui allaient mieux aidaient à laver et essuyer la peau fiévreuse des malades.

Ce jour-là, Théa était assise dans une alcôve, un bol de bouillon dans une main et une cuillère dans l'autre, qu'elle était trop fatiguée pour lever. Elle regardait les murs de la forteresse, qui lui cachaient le village.

Le château de Roderick l'entourait. Bâti pour protéger ceux qui étaient à l'intérieur, il protégeait maintenant ceux qui étaient à l'extérieur. Ses remparts de vingt pieds de haut tenaient la pestilence à l'écart du peuple d'Emory.

La brise qui entrait par la fenêtre hérissait ses cheveux sur sa nuque. Elle chassa une mouche, mais celle-ci revint encore et encore.

En regardant autour d'elle, dans la grand-salle où étaient étendues toutes les palettes, elle vit ce qui lui parut être une horrible invasion de ces insectes. On ne parvenait pas à les chasser.

La mouche qui lui tourmentait le bras revint à l'assaut. Théa refusa qu'elle lui suce la peau. Elle la frappa avec un linge humide, la tuant contre le banc de pierre. Puis elle contempla de nouveau la grand-salle. Il y avait plus de mouches qu'elle n'en avait jamais vu à Blackstone. Elle fronça les sourcils.

Pour elle, les mouches étaient des créatures du diable, porteuses de saleté et de maladie. Pourquoi ne les avait-elle pas remarquées auparavant ? D'où venaient-elles ? Pouvait-elle faire quelque chose pour qu'elles restent dehors ? Si l'on fermait le château, la chaleur tuerait tout le monde.

Elle monta dans sa chambre et consulta le livre de sa mère. Lilla avait recueilli plusieurs méthodes pour chasser des insectes importuns : de la citronnelle, ou du jus et des écorces de citrons. Mais il n'y avait pas de citrons à Blackstone. Elle conseillait aussi de détruire tous les déchets, en les enfouissant et en les recouvrant de chaux ou de soude. Les malades et leur chambre devaient être gardés scrupuleusement propres.

Théa avait fait tout cela, et pourtant les mouches emplissaient l'air.

Le soir arriva enfin. Elle s'assit avec Deitert à la table poussée sur le côté de la grand-salle. Elle ne savait pas comment elle aurait fait sans lui. Il soulevait les corps qu'elle ne pouvait pas bouger, et travaillait sans relâche à ses côtés.

— Comment pouvons-nous nous débarrasser de ces mouches, messire Deitert ? demanda Théa.

— En brûlant le sol, répondit le chevalier. En sortant toutes les bêtes des enclos et des étables, et en nettoyant tout. Les mouches se nourrissent de fumier et de déchets.

— Il suffirait de mettre de la chaux dans les commodités et de tout brûler dans la cour, dit Théa. Venez, allons réveiller Henry.

— Non, ma dame. Il faut d'abord éloigner les malades de la fumée et des cendres que nous allons causer.

— Pour les mettre où ? Nous ne pouvons les sortir de la forteresse.

— Il faut les transporter au deuxième étage, dans le dortoir.

Cette tâche s'avéra extrêmement difficile, car il fallait porter la plupart des malades. Mais il faisait plus frais, en haut. La brise soufflait des remparts. Deitert et Théa installèrent tout le monde le plus confortablement possible. Puis Théa alluma les précieuses bougies à la citronnelle de sa mère.

Deitert la raccompagna en bas en la soutenant d'une main ferme. Une fois que les bêtes furent lâchées hors des grilles, ils travaillèrent la moitié de la nuit avec Henry pour balayer la paille souillée des étables et l'étendre dans la cour. Ensuite, ils la recouvrirent d'une couche de paille sèche.

Théa, inquiète, regarda ses deux compagnons.

— N'y a-t-il pas d'autre moyen ? Si le feu s'étend, Roderick me blâmera d'avoir détruit tous ses efforts.

— Si ce sont les mouches qui transmettent la maladie, nous n'avons pas le choix, répondit Deitert d'un ton las. Montez voir les malades, ma dame. Henry et moi nous occuperons du reste.

Théa hocha la tête, résignée. S'il fallait noircir Blackstone pour se débarrasser de ce fléau, qu'il en soit ainsi, se dit-elle. Elle entra dans la grand-salle par la seule porte ouverte. Tous les volets avaient été fermés. Les pots de soufre qu'elle avait disposés pour chasser les mouches fumaient. Elle monta au deuxième étage en portant deux seaux d'eau fraîche. Arrivée en haut, elle s'affala contre le mur de pierre. L'odeur de paille brûlée entrait par les meurtrières, mais pas la fumée. Théa trouva un lit propre et se laissa choir dessus, incapable de dormir.

Le tonnerre gronda au loin toute la nuit. Au lever du soleil, Théa sortit sur les remparts et regarda la cour, en bas. Un tapis noir la couvrait d'un bout à l'autre. De la suie maculait les murailles. Avant de descendre, elle n'eut aucune idée de l'importance du feu.

Mais quand elle arriva dans la grand-salle où Deitert et

Henry dormaient, épuisés et couverts de cendres, elle constata les dégâts : les portes neuves de Roderick, qui portaient l'emblème du Faucon, avaient brûlé. Les flammes avaient pénétré à l'intérieur, léchant les murs récemment replâtrés et consumant tout le bois. Pas une porte, un volet ou un lambris n'étaient indemnes au rez-de-chaussée.

Blackstone était dans un pire état que lorsque Théa y était arrivée pour la première fois. Mais il n'y avait plus de mouches.

Aucun malade ne mourut dans les jours qui suivirent. L'un d'eux se rétablit suffisamment pour aider à soigner les autres. La vieille Armina, qui avait elle aussi été touchée par la maladie, se remit assez pour se plaindre de la nourriture.

Finalement, la pluie arriva. Se rendant dans la cuisine pour aller chercher la soupe, Théa s'arrêta pour écouter le tonnerre et sentit les premières gouttes sur sa peau.

— Qu'il pleuve, mon Dieu ! pria-t-elle à voix haute. Qu'il pleuve des jours et des jours !

Quand elle monta la marmite au deuxième étage, une douzaine de malades étaient assis sur leur palette.

— Il pleut, ma dame, dit un nommé Arnulf.

La pluie était une bénédiction du ciel. Théa servit du ragoût à ceux qui pouvaient absorber une nourriture solide. Deitert donna du bouillon aux autres. Les soins continuèrent.

Un petit garçon pleurait en appelant sa mère. Ses cloques avaient séché et Théa le baigna, puis lui appliqua un onguent. Il suça son pouce et s'endormit contre elle. Un autre enfant pleura longtemps dans la nuit.

Une par une, les fièvres cédèrent. Un par un, les malades recouvrèrent leurs forces. Sire Deitert fit sortir ceux qui étaient guéris.

Les soldats que Roderick avait chargés de garder les portes ne laissaient approcher aucun parent éploré. Même quand le feu avait ravagé la cour, ils étaient restés à leur poste, leur arbalète à la main. Aucune personne bien portante n'était autorisée à entrer. A l'arrière de la forteresse, vingt-quatre tombes attendaient d'être bénies.

Quand un petit enfant fut déclaré suffisamment remis pour partir, Deitert le prit dans ses bras et descendit aux portes du château. C'était lui qui avait la seule clé de la herse. Alors qu'il s'approchait des grilles, il vit son suzerain qui se tenait de l'autre côté, les poings serrés sur les épais barreaux.

Il s'arrêta.

— Messire, vous êtes revenu !

— Oui, fit Roderick. Ouvrez la herse.

— Vous ne pouvez entrer, messire.

— Vous osez me dire que je ne puis rentrer chez moi ?

— Oui, messire. Ecartez-vous et laissez-moi donner cet enfant à mes gardes.

— Regardez un peu plus loin que votre nez, chevalier. Vos gardes sont affalés à mes pieds, et peuvent s'estimer heureux que je ne les aie pas tués. Où est Théa ?

— A l'intérieur, messire.

— Vieux fou que vous êtes ! Ouvrez cette grille !

L'enfant que portait Deitert se mit à pleurer. Le vieil homme le consola en lui donnant de petites tapes dans le dos et en faisant claquer sa langue.

— Là, là, petit. Mieux vaut t'habituer à entendre ces rugissements. Tu les entendras souvent, en grandissant.

— Deitert ! tonna Roderick, rageur, incapable de bouger la herse ou même de la secouer.

L'un des gardes assommés secoua la tête et se remit sur ses pieds. Il prit un seau d'eau et le jeta sur son compagnon, le réveillant à son tour. Tous deux étaient saisis par la fureur de leur seigneur. Mais ils craignaient encore plus la maladie qui faisait rage dans la forteresse que le courroux du duc.

— Qu'avez-vous fait à ma demeure ? rugit Roderick.

Toutefois, ce n'était pas cette maudite forteresse qui l'inquiétait le plus. C'était la femme qui se trouvait dedans.

Finalement, il se calma. Mais quand Deitert ordonna aux deux gardes de le tenir pendant qu'il libérait l'enfant, il vociféra de plus belle. Deitert entrebâilla la grille, fit sortir le petit garçon en larmes et referma aussitôt à clé, avant que

Roderick puisse échapper aux soldats. Les menaces et les ordres du Faucon ne furent pas écoutés. Deitert tourna le dos et retourna au château.

Il but deux gobelets de cervoise brune avant de remonter au deuxième étage, aider Théa avec les sept malades qui restaient. Elle tint un jour de plus, puis s'effondra.

Incapable de la réveiller, Deitert l'allongea sur une palette propre et attendit que les suées et la fièvre se déclarent. Il avait lui-même contracté la maladie tout au début, un cas beaucoup plus bénin que ceux qui avaient suivi. Il redoutait l'intensité de l'affection qui pourrait toucher Théa.

Elle dormit un jour entier. A son réveil, elle ne vit plus que trois personnes dans le dortoir. Armina était retournée dans la cuisine, et les soupes étaient moins bonnes.

Aucune éruption n'était apparue sur la peau de Théa. Elle s'assit, faible de ne pas avoir mangé, terriblement lasse, et regarda les deux enfants allongés sur leur palette. La petite fille qui pleurait tant la nuit tendait les bras, réclamant du réconfort. Théa la prit dans ses bras, la rafraîchit, la nourrit et la berça pour qu'elle s'endorme. Puis elle s'endormit aussi, et dormit plus longtemps que l'enfant.

Elle s'éveilla dans le lit de Roderick. Deitert la redressa contre une pile d'oreillers et lui présenta un bol et une cuillère en argent, déterminé à ce qu'elle mange sa soupe.

— Vous êtes la dernière, ma dame. Le château est vide, maintenant. Allez, mangez, vous devez essayer d'aller bien.

Théa s'ébroua. Elle toucha sa peau et la trouva fraîche, ne vit pas de boutons sur ses bras.

— Je n'ai rien, Deitert. Je ne suis pas malade.

— Nous ne pouvons en être sûrs. Pas encore. Vous êtes très faible. Nous devons attendre et voir.

Le sénéchal ne lui dit pas que son époux tempêtait dans le village. Théa mangea sa soupe, but de l'eau fraîche et se rendormit.

Elle rêva du jour où Roderick rentrerait. Rêva de l'allure qu'aurait sa demeure lorsque toute sa dot serait arrivée. Alors, peut-être, il lui dirait qu'il l'aimait. Quand elle s'éveilla, elle se rappela les murs noircis.

Il valait mieux que Roderick reste à Aix-la-Chapelle.

Elle se réfugia de nouveau dans le sommeil, sentant son enfant bouger vigoureusement dans son ventre. A son réveil, elle découvrit Armina qui caquetait au-dessus d'elle.

— C'est du beau !

— Quoi ? demanda Théa, déconcertée.

— Oh, cette chambre, ma dame, répondit la cuisinière en posant un bol sur la table, près de l'élégant lit haut. Je n'ai jamais rien vu d'aussi majestueux.

Elle passa ses doigts déformés sur les draps bordés de dentelle.

— Vous êtes une sorcière, vraiment. Voici votre soupe. Mangez-la. Aujourd'hui, c'est le jour où le duc va entrer au château. Si vous voyiez la machine qu'il a hissée sur la colline ! Je ne peux pas dire que je le blâme de vouloir revenir, maintenant que j'ai vu cela. C'est un beau lit. Il n'en a pas le même sur son bateau.

— Roderick est ici ?

— Depuis quinze jours. Je m'attends à ce que ce pauvre vieux Deitert soit mis à mort.

Chapitre 26

Armina essaya de mettre le bol de soupe de palourdes dans les mains de Théa. Elle ne voulut pas le prendre. Jetant les jambes hors du lit, elle s'accrocha à un montant sculpté pour se soutenir.

— Or ça, vous êtes grosse ! coassa Armina.

— Oh, écartez-vous, méchante vieille mégère.

Théa s'efforça d'atteindre la porte. Sa chemise de nuit flottait autour de ses membres pâles. Armina passa un bras osseux autour de sa taille pour l'empêcher de tomber sur le sol recouvert de tapis.

— Méchante ? Qui est la méchante ? Vous, sorcière ! Je suppose que vous voulez descendre, non ?

— N'essayez pas de m'arrêter.

— Non, je ne le ferai pas. Cela devrait être un spectacle à voir ! Le jeune seigneur monté contre le vieux bouc qui lui a appris tous les tours qu'il connaît !

Les caquètements d'Armina portaient sur les nerfs de Théa, mais elle avait besoin de l'aide de la vieille femme pour descendre les escaliers. La tête lui tournait. Le sol lui semblait monter vers elle.

Se tenant aux murs et soutenue par la cuisinière, Théa arriva dans la grand-salle ravagée, où l'odeur de bois brûlé emplissait l'air. Elle retint une exclamation quand elle franchit les portes et vit le chevalier en armure qui lui tournait le dos, son épée tirée. Mais le pire, c'était l'horrible machine qui dominait la herse fermée.

— Deitert ! cria-t-elle, mais sa voix ne porta pas assez loin.

La machine exécutait ce pour quoi elle était faite. Les coups terribles portés aux grilles en fer firent que Théa se boucha les oreilles et hurla. Cette fois, Deitert l'entendit et se tourna. Il avait l'air redoutable et farouche. Elle chancela vers lui sur les larges marches. Il la rejoignit dans un bruit de métal, laissa tomber son glaive dans les cendres et l'attrapa avant qu'elle s'affale.

— Ma dame, vous ne devriez pas être ici.

— Ouvrez les grilles, messire Deitert. Je vous ordonne de les ouvrir.

Deitert n'avait pas abaissé sa visière, et Théa vit briller des larmes au bout de ses cils argentés.

— Je ne peux pas, ma dame. J'ai juré de défendre et protéger mon seigneur. Si je le laisse entrer et vous toucher, il risque d'en mourir. Je ne puis le permettre. Le Faucon est le fils que je n'ai pas eu. Mieux vaut que nous nous battions et qu'il soit blessé plutôt qu'il prenne cette maladie de vous.

— Touchez-moi, messire Deitert ! l'implora Théa. Regardez ma peau ! Je ne suis pas infectée. Ce n'est pas la maladie qui m'affecte, mais le bébé que je porte qui sape mes forces. Je vous en supplie, ouvrez les grilles et laissez entrer mon mari. Je ne suis pas malade, je sais que je ne le suis pas.

— Quelques jours de plus et nous pourrions en être certains.

— Nous avons attendu assez longtemps. Plus personne n'est tombé malade depuis près d'un mois. C'est fini, messire. Allez lever la herse.

— Voilà, voilà !

Armina sortit de la grand-salle avec une couverture de fourrure qu'elle étala sur les marches. Elle prit Théa par les épaules et l'assit assez rudement.

— Allez, allez, vieil épouvantail ! lança-t-elle. Battez-vous contre votre seigneur. Nous, les dames, allons regarder couler le sang.

— Armina ! protesta Théa.

Deitert hésita, ne sachant qui suivre de sa tête ou de son cœur. Il regarda le visage pâle de Théa, puis la machine qui ébranlait la herse dans un bruit de tonnerre.

— Je suppose que je ferais mieux de le laisser entrer, marmonna-t-il en se dirigeant vers les grilles sans son glaive ni son bouclier. Cessez de frapper ! tonna-t-il.

Le rugissement qui lui répondit fut tout aussi féroce.

— Avez-vous recouvré vos sens, espèce de vieux benêt ?

— C'est pour une bonne raison que je vous ai laissé dehors, petit.

Deitert ôta son casque et le jeta par terre, où il résonna.

— Enlevez votre maudite machine de devant moi et venez vous battre comme un homme ! Nous avons un compte à régler, freluquet !

Il jeta encore ses gantelets, puis la plaque de fer qui lui couvrait la nuque et les épaules. A l'extérieur, les lourdes roues de la machine grincèrent tandis qu'on la reculait.

Deitert sortit la clé des grilles et s'avança bruyamment pour la tourner dans la serrure. Les chaînes et les contrepoids jouèrent avec des raclements et la herse se releva. Roderick se dressa dans l'ouverture.

— Oh, cela va être bien ! gloussa Armina en frappant dans ses mains.

Théa essaya de se lever, mais la cuisinière la tint fermement en place.

— Non, non, ma dame d'Emory. Vous restez là avec moi.

— Ne me touchez pas ! répliqua Théa, furieuse.

— Taisez-vous et regardez, duchesse.

Théa toucha son front, qui était moite de transpiration. Roderick pénétra dans la cour dans un bruit de fer. Il portait un casque argenté avec le Faucon d'Emory figé en vol. Plus de métal le recouvrait que Théa n'en avait jamais vu sur un chevalier. Son armure paraissait indestructible.

Elle se crispa. Dans son vieux haubert rouillé, sire Deitert n'avait aucune chance. Et puis le sénéchal ôta sa dernière protection, enlevant sa cotte de mailles. Roderick le dominait, menaçant, un bouclier dans une main et une épée à double tranchant dans l'autre.

Deitert se débarrassa encore de son justaucorps matelassé. Il se tint debout, blanc comme du marbre, nu jusqu'à la taille.

— Eh bien ? lança-t-il, les poings sur les hanches, en affrontant son seigneur du regard.

Théa retint son souffle. Armina rit, ravie. Roderick cria derrière lui, et deux écuyers arrivèrent en courant. Ben et Frederick défirent son armure et prirent son casque. Cela fait, le Faucon ôta son haubert et son pesant justaucorps. Il était torse nu, comme Deitert. Lorsqu'il plia les genoux, se préparant au combat à mains nues, ses muscles brillèrent au soleil.

Ni l'un ni l'autre des deux hommes ne semblait prêt à céder d'un pouce.

— Vous m'avez interdit l'entrée de ma forteresse, déclara Roderick d'un ton accusateur.

— Oui, pour une bonne raison, sacrebleu ! La mort et la maladie régnaient entre ces murs. C'est pour votre bien que je vous ai tenu éloigné. Pour que vous puissiez vivre et recevoir la rouste que j'ai l'intention de vous donner.

— Vous m'avez écarté de ma femme, de mon foyer. Pensiez-vous la prendre pour vous ?

— Elle est sous ma protection, et il était temps que je fasse cela pour elle. Vous, brute que vous êtes, vous avez enlevé une dame et fait d'elle votre esclave. Vous avez abusé de sa bonne éducation et de sa nature délicate. Vous l'avez engrossée de votre bâtard. Quand vous en avez eu fini avec elle, vous l'avez rejetée et êtes parti chercher une dot pour satisfaire votre cupidité.

— Je l'ai épousée, fit remarquer Roderick.

— Trop tard, jeunot. Vous auriez dû l'épouser le jour où vous l'avez amenée à Emory. Au lieu de cela, vous nous avez fait honte à tous en la traitant comme une ribaude et une esclave.

— J'ignorais qu'elle était une dame, alors.

— Menteur ! Vous le saviez dans votre cœur. Et moi, dans

ma stupidité, à cause de la loyauté que je vous ai jurée, j'ai fermé les yeux sur son sort. J'ai manqué à mes serments les plus sacrés de chevalier. Vous et moi devons réparation à cette dame. Préparez-vous à subir ma justice, Roderick d'Emory !

Deitert se lança sur Roderick, la tête baissée, les poings en avant. Bien qu'il s'attende à l'attaque, Roderick recula de plusieurs pas, prenant des coups dans l'estomac.

Théa hurla. La foule qui était dehors se pressa à l'intérieur. Des hommes et des femmes avec des bébés dans les bras et de jeunes enfants accrochés à leurs jambes bataillèrent avec des moines tonsurés pour avoir la meilleure place. Des encouragements s'élevèrent pour Roderick, étouffant les protestations de Théa.

— Ha, ha ! coassa Armina. Frappez-le, Deitert ! C'est bien !

Théa lutta pour se mettre sur ses pieds. Tandis qu'elle se levait en chancelant, Marie l'enlaça et la rattrapa.

— Marie ! s'exclama Théa. Comment es-tu arrivée ici ?

— Théa ! Pour l'amour du ciel, que fais-tu là dans ta chemise de nuit ? Tu es indécente. Et tu as une mine affreuse. Es-tu malade ?

— Non, seulement épuisée. Dis-leur d'arrêter, Marie. Fais-les cesser. Où est Michael ?

— Il n'y a pas d'aide à attendre de lui, ma dame, caqueta Armina. Sire Michael retrousse ses manches pour se venger à son tour du Faucon !

Elle lança son poing en l'air, puis s'arrêta et considéra Marie avec un vif déplaisir.

— Or ça, pas une autre sorcière aux cheveux noirs ! Je suis trop vieille pour me mesurer à deux de vous !

Elle poussa les jeunes femmes vers les portes de la grand-salle.

— Allez, allez, ne restez pas là pour voir le duc se faire casser le nez !

— Aide-moi à retourner dans la cour, demanda Théa à sa sœur. Il faut que j'arrête cela.

— Sûrement pas, rétorqua Marie en l'entraînant à l'intérieur. Dieu du ciel, qu'est-il arrivé ici ? C'est un désastre !

— Marie, va les retenir !

— Non point. Ton mari mérite une rouste. Assieds-toi là.

Marie installa Théa sur un banc devant la table. Elle se redressa et contempla la salle, les sourcils levés.

— Alors c'est là ton doux foyer ? Vraiment, Théa, tu devrais avoir honte. Avais-tu besoin de brûler le château ? Je ne voudrais pas être à ta place quand Roderick verra cela. Est-ce aussi grave dans les étages ?

— Je ne sais pas.

Théa se crispa en entendant les bruits de coups et les ahanements qui venaient de dehors.

— Que se passe-t-il ? Va voir !

Marie retourna à la porte.

— Eh bien, cela prouve qu'il faut compter avec les cheveux gris. Juste ciel, ces Saxons sont de solides gaillards !

Théa couvrit son visage de ses mains.

— Tu n'es pas inquiète, n'est-ce pas ? demanda Marie. Oh, Roderick vient d'expédier Michael sur le dos.

— Je pense que j'ai eu tort de descendre.

— C'est probable. Peux-tu courir, Théa ? Roderick vient par ici, et il a l'air furieux !

Théa s'agrippa à la table et se mit debout, mal assurée. Une ombre franchit la porte et Roderick se dressa dans la grand-salle. Marie s'ôta prestement de son passage.

— Théa ! rugit-il à en ébranler les poutres.

Théa déglutit, incapable de retrouver sa voix. Elle avait l'impression d'avoir la bouche pleine de paille. Roderick posa les yeux sur elle et un frisson la parcourut. Elle avait des sueurs froides, tant elle était effrayée.

— Répondez-moi, femme ! Ne reconnaissez-vous point votre époux, votre seigneur et maître ?

— Si, parvint à dire Théa.

Elle ôta les mains de la table, redressa son dos et déclara d'un ton ferme :

— Bienvenue chez vous, messire Roderick.

Il s'avança sur elle.

— Est-ce là un exemple de la façon dont vous prenez soin de mes biens ?

— Nous avons fait de notre mieux, étant donné les circonstances.

Théa, qui reculait, arriva au bout de la table. Elle agrippa le plateau pour se soutenir. Etait-ce la présence de son mari qui faisait trembler ses jambes à ce point ? Elle se figea, prise dans un rayon de soleil qui tombait de la galerie.

Sa chemise de linon, tachée de suie, était à peine plus épaisse qu'un voile de gaze. Roderick s'approcha d'elle d'un pas plus mesuré et s'arrêta, saisi par la vision qu'elle lui offrait. Elle aurait aussi bien pu ne rien porter.

Il se raidit, outragé, se rappelant qu'elle était sur les marches un instant auparavant. Il parcourut des yeux le corps que son vêtement lui révélait et écarta le désir qu'elle lui inspirait.

— Allez-vous continuer à me fuir, gueuse ?

— Non, messire. Je suis arrivée à destination. Oh, Roderick, votre œil ! Vous êtes blessé !

Il continua à l'examiner. Il serrait et desserrait ses mains rugueuses. Le besoin de la prendre dans ses bras le submergeait. Seule la possibilité qu'elle soit atteinte de la maladie mortelle le retint.

— Mon vieux sénéchal a un poing solide. Gardez votre pitié pour son menton meurtri.

— Vous n'avez pas tué sire Deitert ?

— Le tuer ? Je me couperais plutôt les deux bras. Mais il a été stupide de me fermer dehors. Redoutiez-vous tellement mon courroux, que vous lui avez demandé de faire cela ?

— Oh, non, messire. C'était le conseil écrit dans le livre de ma mère. Rassembler tous les malades en un lieu et arrêter la progression de la maladie en les isolant. Cela a marché, Roderick. Tous sont remis, à présent.

— Et vous, ma dame ? Deitert m'a juré que vous étiez malade.

— Non, messire. Je suis seulement fatiguée. Cela a été un dur été, sans vous.

Théa remarqua qu'il gardait ses distances. Elle faiblit et chancela.

— Je dois m'asseoir.

Elle essaya d'atteindre le banc, mais n'y parvint pas. Roderick bondit pour l'attraper.

— Sacrebleu, femme, ne mangez-vous jamais ?

En un éclair, il la saisit dans ses bras et la serra en sécurité contre son torse. Elle réussit à passer un bras autour de son cou moite. A la seconde où elle le toucha, elle sut qu'il n'était plus important pour elle qu'il lui dise un jour les mots « Je vous aime ». Ses gestes tendres le disaient pour lui. Il la chérissait de plus de façons qu'elle ne pouvait en compter. Les paroles n'étaient pas utiles, après cela.

— Oh, Roderick, je pensais que vous ne viendriez jamais. Nous avions besoin de vous. J'avais besoin de vous.

Roderick grogna et se dirigea à grands pas vers l'escalier. Théa pesait à peine plus qu'une plume dans ses bras. Elle se blottit contre lui et ferma les yeux tandis qu'il gravissait les marches d'une allure décidée.

— Besoin de moi ! répéta-t-il d'un ton sarcastique. Il me semble que vous avez les choses bien en main, petite Franque.

— Où m'emmenez-vous ?

— Dans ma chambre. Voulez-vous que tout mon fief vous voie dans toute votre splendeur ? J'ai assez d'ennuis avec mes hommes sans que vous les tentiez comme vous me tentez.

— Je vous tente ? demanda Théa. Vous n'êtes pas en colère contre moi, messire ?

La tête lui tournait. Elle ferma les yeux. Elle était près de se pâmer lorsqu'il la déposa doucement sur le beau lit qui ornait leur chambre. Il la couvrit de la courtepointe et lui passa un linge humide sur le visage.

— Je ne pense pas que vous auriez dû quitter ce lit, dit-il d'un ton sévère.

— Si je ne l'avais pas fait, vous seriez encore en train d'essayer de détruire votre propre herse.

Théa le laissa tamponner son front, puis, impatiente, elle

lui prit le linge des mains et essuya le sang et la suie qui maculaient son visage.

— J'aimerais beaucoup que mon époux me donne un baiser, dit-elle.

— Votre époux a une lèvre fendue, ma dame.

— Oh, Roderick.

Théa le saisit par les épaules et l'attira à elle.

— Je craignais de ne plus jamais vous revoir. Mon aimé, promettez-moi de rester à la maison, maintenant. J'ai besoin de vous, ici. Ce fief est impossible à mener sans vous.

Roderick glissa un bras sous elle. Il baisa son front et sentit que sa peau était fraîche. Malgré tout, il craignait d'embrasser sa bouche. Elle ferma les yeux. Elle semblait vraiment ne plus avoir de forces. Contrairement à Deitert, qui était en bonne forme, elle s'était épuisée à lutter contre la maladie. Il écarta ses cheveux de son visage et s'aperçut qu'elle s'était endormie.

Il se leva et s'assura qu'elle était bien couverte, allongée au milieu du lit.

Il y avait une gigantesque somme de travail à organiser. Puisque Théa ne pouvait pas le faire, il le ferait.

Dans la grand-salle, Armina caquetait en se remémorant le combat, tandis qu'Elspeth posait des compresses humides sur les bosses de Deitert. Roderick s'arrêta au bas de l'escalier et contempla son vassal de son œil indemne. Le menton de son sénéchal se haussa en un geste de défi. Tous deux grognèrent sourdement.

— Eh bien ? demanda Roderick. L'honneur est-il satisfait par le sang que vous avez tiré de moi aujourd'hui ?

— Il est possible que nous ayons d'autres occasions de nous battre au sujet de votre femme, répondit Deitert, les lèvres enflées.

— Comme je l'ai dit le jour où j'ai amené cette jouvencelle ici, elle est mienne, Deitert.

— Si vous l'aviez traitée comme une jouvencelle, alors, nous n'aurions pas de motif de querelle.

— Bien dit ! s'exclama Armina en lançant le poing en l'air.

— Taisez-vous, Armina, dit Roderick d'un ton posé.

La vieille femme souffla et le regarda avec un respect réticent. Elle plia un genou en signe d'obéissance. Deitert gloussa, malgré ses meurtrissures. Elspeth dissimula un sourire derrière sa main.

Les gens de Blackstone étaient toujours attroupés dans la cour. Roderick sortit sur le perron et des cris saluèrent son apparition. Il sourit et leva les bras pour réclamer le silence.

— Je vois moins de gens devant moi qu'il n'y en avait la dernière fois que j'ai descendu ces marches. Nous avons de nouveau perdu des êtres qui nous étaient chers. J'ai besoin de votre aide, peuple d'Emory. Ma dame a pourvu à vos besoins. Maintenant, nous devons pourvoir aux siens. Il s'en faudra de quelques jours avant qu'elle se remette et vienne vous saluer elle-même. J'aimerais qu'elle descende dans une grand-salle propre, dans une cour décente et dans une forteresse qui ne nous fasse pas honte. Voulez-vous apporter vos seaux et vos brosses, vos chiffons et vos savons, et m'aider à remettre ce château en état pour la dame d'Emory ?

— Oui, messire ! crièrent ses vassaux à l'unisson.

— Alors mettons-nous au travail.

— Vous feriez bien de mettre de la viande crue sur votre œil, d'abord ! lança quelqu'un.

Roderick rit et se tourna. Il découvrit sa belle-sœur qui l'étudiait d'un air sombre.

— Je suppose que vous voulez que je travaille aussi, déclara Marie d'un ton pincé, avant de pivoter sur ses talons et de rentrer dans la grand-salle.

Dans un bruissement soyeux, elle disparut dans l'escalier.

Cette fois-ci, les traces du feu furent enlevées beaucoup plus vite. Dans les jours qui suivirent, Celtes, Francs, Bretons et Saxons travaillèrent ensemble. Des échafaudages furent dressés et les murs lavés de toute suie. Dès qu'ils furent secs, des hommes les enduisirent de plâtre blanc. Un essaim de femmes s'affairaient de partout, lavant, nettoyant, frottant et cirant.

Marie trouva les précieux meubles qui faisaient partie de

la dot de Théa dans les chambres vides du deuxième étage, encore empaquetés. De nouvelles portes et de nouveaux volets furent mis en place et de délicates feuilles de verre furent fixées sur les hautes croisées de la grand-salle.

Lorsque la forteresse fut propre, Marie fit installer les meubles et les fit cirer. Elle supervisa l'accrochage des tapisseries et la garniture des lits, qui furent tendus de beaux draps. Une belle table cirée fut dressée sur l'estrade, avec des fauteuils sculptés pour le duc et sa dame. D'autres chaises plus simples, destinées aux invités, furent alignées de chaque côté.

Théa dormit pendant toutes ces transformations. Elle dormait lorsque les serviteurs revinrent de l'abbaye. Elle dormait quand le fils de Roderick arriva, marchant sur ses petites jambes potelées. Roderick le prit dans ses bras et alla voir avec lui son épouse endormie.

— Qui est-ce ? demanda-t-il à Eric.

Le petit garçon était occupé à sucer son pouce, et ne daigna répondre qu'à la troisième fois. Pointant ses doigts mouillés vers le visage de Théa, il dit :

— Maman.

— Bon garçon.

Roderick se tourna et confia son fils à Jesse.

— Mettez-le au lit.

— Oui, messire.

Roderick s'assit sur le bord du lit. Théa remua la tête sur l'oreiller. Il rabattit le drap, levant un sourcil devant l'élégante chemise de nuit qu'elle portait.

Ses doigts effleurèrent les lacets, sur sa gorge.

Nul doute que sa sœur Marie avait revêtu Théa de ce vêtement raffiné. Il était superbe, d'une pâle couleur crème et d'une texture soyeuse qui convenaient si bien à sa jolie peau. Roderick pensa que Marie pouvait fort bien se vêtir comme elle voulait pour la nuit, mais il avait d'autres idées sur ce que Théa devait porter au lit. Il ouvrit la chemise aussi bas qu'il le put.

Il constata qu'elle n'était pas plus épaisse qu'auparavant, restant toujours un petit brin de fille. Sa peau était rose et claire. Mais son ventre était rond et ferme. Posant la main au-dessous de son nombril, il en sentit la dureté. Quelque chose tressaillit sous sa paume.

Il retira sa main, contemplant cette émouvante rondeur, puis reposa sa paume sur elle, les doigts écartés entre les os de ses hanches. De nouveau, il y eut un frémissement, puis un petit coup de pied qui déplaça son pouce.

Les yeux de Roderick s'élargirent et il haussa les sourcils en souriant. Il avait craint qu'elle ait perdu le bébé, que ce soit la cause de sa faiblesse.

Théa bougea, se rapprochant de la chaleur qu'elle sentait près d'elle. Ses paupières papillonnèrent. Elle semblait avoir du mal à sortir de son profond sommeil. Puis un petit gémissement lui échappa et elle posa une main sur celle de son mari.

— Roderick ?

— Oui.

— Vous n'avez pas allumé les bougies.

— Non, il fait plus frais ainsi.

— Allez-vous bien ?

— Je vais fort bien.

Se réveillant un peu plus, elle se blottit contre son torse.

— Sentez-vous bouger votre fils ?

— Oui.

— Je l'ai amené à la maison avec moi.

Elle pressa les doigts sur les siens.

— Théa, j'ai moi aussi amené un fils avec moi. Il s'appelle Eric et n'a guère plus d'un an. Je prie que vous l'acceptiez et que vous appreniez à l'aimer.

Théa leva les yeux et les plongea dans ses prunelles bleues.

— Eric est-il le fils d'Anne ?

— Vous êtes au courant ?

Comme toujours, Théa se demanda ce qu'elle pouvait lui avouer.

— Oui. Je savais pourquoi Anne avait été envoyée au couvent de Solbert.

— Je suis heureux qu'Eric soit ici, où est sa place. Je craignais qu'il ne reste au palais de l'empereur. Marie a insisté pour aller le chercher avec Michael quand j'ai quitté la France. Elle a réussi à convaincre Lothaire de nous le rendre.

Théa sourit.

— Ah... Il y a donc quelque chose de papa dans Marie, aussi.

Elle fit une pause.

— Roderick... Messire... J'ai toujours su pourquoi l'empereur nous a donné la Lorraine. Ce sera l'héritage d'Eric.

Elle changea abruptement de sujet.

— Demain, je vais me lever et remettre votre maison en état. Je suis marrie pour le feu.

— Deitert m'a tout expliqué.

— Roderick ?

— Théa.

— Comment êtes-vous rentré ?

Roderick gloussa. Il se dévêtit, s'allongea près d'elle et la serra étroitement dans ses bras.

— Vous vous rappelez la nuit de vent et d'orage où vous vous êtes enfuie ?

— Je me souviens vaguement d'avoir fait cette sottise, mon aimé.

— Ah, quelles douces paroles vous prononcez, petite Franque. Je me suis souvent demandé où vous aviez pris vos talents de sorcière, avec vos potions et autres breuvages. Je ne me pose plus la question. C'est votre mère qui s'est assurée que les gardes de l'empereur dorment profondément la nuit où je suis parti.

— Maman ?

— Oui, une dame courageuse, aussi courageuse que son adorable fille Théa. Je vous aime, ma douce. Je ne pense pas que vous mesuriez combien. Je n'aurais jamais pensé qu'une femme puisse devenir aussi importante pour moi. Oui, je suis ensorcelé, comme le dit cette vieille peste d'Armina.

Théa se renversa dans ses bras, étudiant son visage si sérieux, et se demanda l'espace d'un instant s'il avait conscience de ce qu'il avait dit. Mais elle connaissait assez bien son époux pour savoir qu'il pesait chacun de ses mots. Un sourire incurva les coins de sa bouche. Elle décida qu'il était plus prudent pour elle de ne pas relever sa déclaration d'amour. Elle n'avait plus besoin d'entendre ces mots. Les actions de Roderick étaient tout aussi éloquentes.

— Je pensais que l'empereur vous garderait pendant des années, dit-elle finalement.

— Il l'aurait fait, mais il ne comptait pas avec dame Lilla.

— Oh, maman. Elle doit être si inquiète pour moi.

— Non, Théa. Elle sait exactement où vous êtes. Ne soyez pas surprise si elle vient en visite au printemps. Après tout, elle a deux filles qui vivent à Blackstone, maintenant.

— Vous leur avez dit ? A papa, aussi ?

— Non. Votre mère est plus sage que moi vis-à-vis de votre père. Elle lui dira la vérité au courant de l'hiver. De préférence quand un long refroidissement le gardera à la maison et qu'il sera hors d'état de nuire.

— Oh, ciel.

Théa leva la tête et chercha sa bouche. Elle baisa ses lèvres.

— N'allumez pas un autre feu, Théa.

— Non, messire. Je veux juste rester dans vos bras, où je suis au chaud et en sûreté. Voulez-vous m'aider à ôter cette chemise ? Marie insiste pour que je m'habille comme elle.

— Je la bannirai de ma chambre.

— Bannissez Armina, aussi.

Roderick se mit à rire.

— La vieille harpie parle à tout le monde de votre beau lit. Elle prétend toujours que vous êtes une sorcière, et nous ne parlerons pas de ce que votre sœur pense d'elle.

Théa s'étira et sentit ses orteils et ses doigts revenir à la vie. Elle inspira profondément, sa poitrine se pressant contre son mari. La chemise qu'il avait délacée tomba de ses épaules.

— Messire ! s'exclama-t-elle en se moulant le long de son corps dur. Est-ce bien ce que je crois ?

— Chut, Théa, tenez-vous tranquille et ne me rappelez pas ce qui me tourmente.

Il remonta la chemise sur ses épaules.

— Cela fait longtemps depuis notre mariage, messire.

— Ne me le rappelez pas non plus.

— Je pense que je le dois, à moins que vous ne m'ayez remplacée. J'ai un devoir envers vous, non ?

— Théa.

— Oui, messire ?

Roderick se tenait figé, incapable de bouger tandis qu'elle pressait ses lèvres sur son torse.

— Vous devez vous reposer.

— Messire d'Emory. J'ai dormi pendant des jours et des nuits. Ne vous refusez pas à moi. Je voudrais que vous me fassiez le même serment que celui que je vous ai fait un jour, et que je n'ai jamais oublié : dans votre chambre, dans votre grand-salle, dans votre cuisine, n'importe où dans votre fief, je ne me refuserai jamais à vous. Je voudrais que vous me promettiez la même chose.

— Ah, Théa. Je ne nierai plus jamais l'amour que je vous porte. Et je ne me refuserai plus jamais à vous.

Roderick soupira profondément et la souleva pour l'allonger sur le douillet matelas de plumes. Il prit sa bouche sous la sienne.

— Qu'il en soit toujours ainsi entre nous, maintenant et à jamais.

Retrouvez prochainement, dans votre collection

Les Historiques

Le baiser du Viking, de Sarah Rodi - N°954

ANGLETERRE, PRINTEMPS 821

Sur le point d'épouser un lord, la princesse saxonne Anne de Termath est brutalement enlevée par celui qu'on surnomme avec effroi Brand le Barbare – un Viking sans pitié qui a mis les villages du royaume à feu et à sang. Poursuivis par les gardes du roi, tous deux se lancent dans une folle chevauchée à travers champs, jusqu'à atteindre la forteresse de Kald, que Brand a bâtie avec son peuple. Là, auprès du puissant Viking dont elle est la captive, Anne est gagnée par des émotions contradictoires. La peur et le désir se disputent en elle. Car, bien qu'elle soit pour ce guerrier sanguinaire l'instrument d'une vengeance, elle devine chez lui un être bien plus complexe qu'elle pourrait aimer…

Un Highlander pour époux, de Michelle Willingham - N°955

ÉCOSSE, XIXE SIÈCLE

À la suite d'un traumatisme qui hante encore ses nuits, Lady Regina s'est réfugiée dans une existence solitaire, préférant l'ombre à la lumière. Longtemps, elle s'applique à éconduire ses nombreux prétendants, jusqu'au jour où son père lui impose un mariage de convenance avec un homme qu'elle n'aime pas. Acculée, elle se tourne alors vers son meilleur ami, Dalton, vicomte de Camford, qui accepte de tenir auprès d'elle le rôle d'époux. Dalton est en effet le seul en qui Regina puisse avoir confiance, bien qu'elle se sente étrangement vulnérable en sa présence…

La flamme de Warstone, de Nicole Locke - N°956

FRANCE, XIIIE SIÈCLE

Mariée de force au fils aîné de la puissante famille Warstone, Séverine a renoncé à tout ce qui lui était cher : sa passion des arts et de la musique, ses rêves de bonheur. Mais jamais elle n'a abandonné l'idée de fuir son cruel époux. À force de courage et de détermination, elle parvient à s'échapper avec ses deux fils au péril de sa vie… Hélas ! six ans plus tard, alors qu'elle vit cachée mais libre sous le soleil de Provence, voilà que son passé resurgit avec fracas. Balthus, le frère de son ancien mari, l'a retrouvée ! Et cet homme au regard ardent, avec qui elle a toujours senti une alchimie dévorante, exige qu'elle lui restitue un artefact appartenant à la famille Warstone, un objet qui permettrait de prendre le pouvoir sur l'Écosse tout entière…

Un irrésistible séducteur, de Virginia Heath - N°957

SÉRIE : SCANDALEUSES LIAISONS - TOME 4

Londres, Angleterre, 1820

Abandonnée par son père, Felicity a été élevée dans un couvent où elle est devenue une brillante institutrice. Parce qu'elle n'accorde aucune confiance aux hommes, elle est déterminée à ne jamais se marier. Tel est son état d'esprit, jusqu'à ce qu'elle rencontre Jake Warriner. Ce bourreau des cœurs, au charme diaboliquement envoûtant, fait bientôt vaciller toutes ses certitudes. Alors qu'elle devrait le fuir, voilà qu'elle se surprend à rêver de moments plus intimes en sa compagnie, au mépris du danger…

Un chevalier pour amant, de Jenni Fletcher - N°958

Angleterre, 1147

Alors qu'elle embrasse du regard son château de Danville, assiégé depuis de longs mois, Lady Juliana sait qu'elle n'a plus le choix : elle doit capituler. Bien sûr, elle répugne à se soumettre à l'ennemi, mais sa priorité est de secourir ses gens, exsangues et affamés par les privations. Pourtant, face à la flamme de désir qu'elle surprend dans les yeux de Lothar, le chevalier qui a mené le siège et vient aujourd'hui recevoir sa reddition, Juliana se prend à espérer. Serait-elle capable d'user de ses charmes pour gagner du temps jusqu'à l'arrivée des renforts ?

La Princesse et le Viking, de Michelle Styles - N°959

Norvège, VIIIe siècle

En se substituant à sa sœur dans le lit d'Ivar Gunnarson, Thyre n'imaginait pas fondre sous les caresses du ténébreux Viking, de passage sur les rivages de son village. Mortifiée, elle apprend au lendemain de cette inoubliable nuit qu'Ivar a découvert la supercherie. Blessé dans son orgueil, l'implacable Viking est désormais déterminé à se venger d'elle : pour punition, Thyre devra le suivre à Viken et deviendra sa concubine. Un châtiment plus redoutable encore qu'Ivar ne le croit, car son arrivée au royaume viking menace de mettre au jour le secret qu'elle fuit depuis sa naissance…

Les Historiques

HARLEQUIN